Peter Tremayne

FÜR DEN ERZBISCHOF

Ein historischer Kriminalroman

Deutsch von
Irmela Erckenbrecht

Rowohlt
Taschenbuch
Verlag

Die Originalausgabe erschien 1995 unter
dem Titel *Shroud for the Archbishop*
bei Headline Book Publishing, London

Karin Dufner
Umschlaggestaltung Susanne Müller
Foto Mauritius-Superstock

*Deutsche Erstausgabe
Veröffentlicht im Rowohlt
Taschenbuch Verlag GmbH,
Reinbek bei Hamburg, September 1998*

*Typografie Daniel Sauthoff
Satz ITC Galliard PostScript (PageOne)
Gesamtherstellung Clausen & Bosse, Leck
Printed in Germany
ISBN 3 499 13884 0*

Für Peter Haining,
der bei der Taufe
Pate stand, und für
Mike Ashley –
Schwester Fildemas
erste «Konvertiten».

Ein Rechtsprinzip herrscht überall:

das Interesse des Stärkeren.

Plato (427 – 347 v. C.) Der Staat

HISTORISCHE ANMERKUNG

Diese Geschichte spielt im Rom des Spätsommers 664 n. C.

Leserinnen und Leser, denen dieses «dunkle Zeitalter» bisher noch nicht vertraut war, sollten wissen, daß der Zölibat für Ordensfrauen und -männer sowohl in der römisch-katholischen als auch in der später «keltisch» genannten Kirche noch längst nicht überall verbreitet war. Zwar hat es schon immer Asketen gegeben, die zugunsten der vollkommenen religiösen Hingabe auf die körperliche Liebe verzichteten. Doch erst das Konzil von Nicäa im Jahre 325 n. C. mißbilligte die Eheschließung von Geistlichen, ohne sie allerdings ganz zu verbieten. In der römischen Kirche ging der Zölibat auf das Keuschheitsgelübde der heidnischen Vestalinnen und Diana-Priester zurück. Im fünften Jahrhundert verbot Rom allen Klerikern vom Rang eines Abts oder Bischofs den Geschlechtsverkehr mit ihren Ehefrauen; wenig später wurde daraus ein Heiratsverbot, das für Geistliche von niederem Rang allerdings keine Gültigkeit hatte. Erst unter Papst Leo IX. (1049 – 54 n. C.) unternahm die römische Kirche den ernsthaften Versuch, den gesamten westeuropäischen Klerus zur Unterwerfung unter den Zölibat zu zwingen, während die Priester unterhalb des Rangs eines Abts oder Bischofs in der osteuropäischen orthodoxen Kirche ihr Recht zu heiraten bis auf den heutigen Tag behalten haben.

Der keltischen Kirche dagegen blieb die Verdammung der «sündigen Fleischeslust» auch dann noch fremd, als Rom den Zölibat längst zum Dogma erhoben hatte. Ja, im Einflußbereich der keltischen Kirche kam es recht häufig vor, daß Nonnen und Mönche in *conhospitae*, sogenannten Doppelhäusern, zusammenlebten und ihre Kinder im Dienste Christi gemeinsam aufzogen. Das muß man wissen, um die in dieser Geschichte dargestellten Verwicklungen zu verstehen.

I

DIE NACHT WAR WARM UND VON EINEM so schweren Duft erfüllt, wie dies nur bei einer römischen Sommernacht der Fall sein kann. Über dem dunklen Innenhof des Lateranpalasts lag das bittersüße Aroma der in den gepflegten Rabatten wachsenden Kräuter; in der Schwüle war der aufdringliche Geruch nach Basilikum und Rosmarin kaum zu ertragen. Der junge Offizier der Palastwache hob die Hand, um sich die Schweißtropfen abzuwischen, die sich unter dem Visier des Bronzehelms auf seiner Stirn gesammelt hatten. Trotz der Hitze wußte er, daß ihm sein grobwollener, lose über die Schultern hängender *sagus* in den kühlen Stunden vor der Morgendämmerung gute Dienste leisten würde.

Die einzige Glocke der nahe gelegenen St.-Johannes-Basilika schlug Mitternacht, die Stunde des Angelus. Pflichtbewußt murmelte der junge Offizier das vorgeschriebene Gebet: «*Angelus Domini nuntiavit Mariae* ... Der Engel des Herrn brachte Maria die Botschaft ...» Er murmelte, ohne nachzudenken, ohne Gefühl für die Worte oder den Sinn der Sätze, und vielleicht lag es gerade an dieser mangelnden Aufmerksamkeit, daß ihm trotz des Gebets das verdächtige Geräusch nicht entging.

Obgleich die Tenorglocke unbeirrt weiterläutete und der kleine Brunnen in der Mitte des Innenhofs stetig plätscherte, hatte er es ganz deutlich vernommen: das Scharren weicher Lederschuhe auf den Pflastersteinen. Der junge *custos* runzelte die Stirn und neigte angestrengt lauschend den Kopf, um herauszufinden, aus welcher Richtung es gekommen war.

Er war sich sicher, daß er von der anderen Seite des von dunklen Schatten erfüllten Innenhofs schwere Schritte gehört hatte. «Wer da?» fragte er.

Er erhielt keine Antwort.

Vorsichtig zog er sein Schwert, das breite *gladius*, mit dem die berühmten römischen Legionen einst den Völkern der Welt ihren Willen aufgezwungen hatten. Aber das war jetzt Vergangenheit. Inzwischen verteidigte dieses Schwert die Sicherheit eines Palasts, in dem kein Geringerer residierte als der Bischof von Rom, der Heilige Vater der einzigen christlichen Kirche – *Sacrosancta Laternensis ecclesia, omnium urbis et orbis ecclesiarium mater et caput*. «Wer da? Zeigt Euch!» befahl er mit barscher Stimme.

Wieder bekam er keine Antwort, jedoch ... ja, ganz deutlich vernahm der junge Offizier jetzt hastig davoneilende, schlurfende Schritte. Jemand flüchtete aus dem Innenhof in einen der dunklen Gänge, die in andere Teile des Palasts führten. Der *custos* verfluchte die undurchdringliche Finsternis, als er rasch über das Pflaster lief, um in den fraglichen Gang zu spähen. In der Dunkelheit konnte er jedoch nur eine geduckt davonhuschende Gestalt erkennen.

«Halt! Stehenbleiben!» rief er, wobei er versuchte, möglichst herrisch zu klingen.

Die Gestalt begann zu rennen, so daß ihre flachen Sandalen laut auf die Pflastersteine klatschten.

Der *custos* vergaß seine soldatische Würde und stürmte hinterher. Obwohl er jung und wendig war, schien sein Gegner ihm an Geschicklichkeit überlegen zu sein, denn als er das Ende des Durchgangs erreichte, war von dem Verfolgten nichts mehr zu sehen. Der Gang mündete in einen größeren Innenhof, der, anders als der kleinere Hof, in dem der junge *custos* Wache gehalten hatte, von mehreren lodernden Fackeln hell erleuchtet wurde. Dafür gab es einen einfachen Grund, denn dort lagen die Gemächer der päpstlichen Verwalter, während der kleinere Hof nur zum Gästehaus des Palasts gehörte.

Der Offizier blieb stehen. Argwöhnisch blickte er sich auf dem großen, rechteckigen Platz um und entdeckte auf der anderen Seite, vor dem Eingang zu einem der Hauptgebäude, zwei seiner Kameraden. Doch wenn er sie zur Hilfe rief, würde er den Verfolgten warnen. Er preßte die Lippen zusammen und prüfte noch einmal jede Ecke und jeden Winkel des Innenhofs, aber so sehr er sich auch anstrengte, er konnte niemanden erkennen. Gerade wollte er zu seinen Kameraden gehen, um sie zu fragen, ob sie jemanden aus dem Durchgang hatten kommen sehen, als ihn ein leises Geräusch zu seiner Linken innehalten ließ.

Er wirbelte herum und starrte in die Finsternis.

Vor einer der Türen zum Hof stand eine dunkle Gestalt.

«Wer seid Ihr?» fragte er mit rauher Stimme.

Der Angesprochene fuhr erschrocken zusammen, gab aber keine Antwort.

«Tretet vor und gebt Euch zu erkennen!» befahl der Offizier, das gezückte Schwert vor dem Brustpanzer zum Angriff bereit.

«Im Namen Gottes!» keuchte eine schmeichelnde Stimme. «Zuerst müßt Ihr mir sagen, wer Ihr seid!»

«Ich bin *tesserarius* Licinius von den Palast-*custodes*. Und jetzt nennt mir endlich Euren Namen!» entgegnete der junge Mann, überrascht von dieser Antwort. Licinius konnte ein Gefühl des Stolzes nicht unterdrükken, war er doch erst vor kurzem befördert worden. In der alten kaiserlichen Armee war der *tesserarius* der Offizier, der vom General die schriftliche Tagesparole – die *tessera* – bekam. Bei den *custodes* des Lateranpalasts bezeichnete dieser Titel den diensthabenden Wachoffizier.

«Ich bin Bruder Aon Duine», lautete die mit dem lispelnden Akzent eines Fremden vorgetragene Antwort. Dabei trat der Mann einen Schritt vor, so daß das flackernde Licht einer Fackel auf sein Gesicht fiel. Licinius bemerkte, daß der Fremde recht rundlich war und beim Sprechen keuchte wie jemand, der unter Atemnot litt oder kurz zuvor rasch gelaufen war.

Licinius musterte den Mann mißtrauisch und winkte ihn zu sich, um ihn besser in Augenschein nehmen zu können. Der Bruder hatte ein Mondgesicht und trug die in Rom unübliche Tonsur eines irischen Mönchs: Der vordere Teil seines Kopfes war völlig glattrasiert.

«Bruder ‹Eien-Dina›?» versuchte Licinius den Namen des Fremden auszusprechen.

Der Mann bestätigte lächelnd.

«Und was habt Ihr um diese Stunde hier zu suchen?» fragte der junge Offizier.

Der rundliche Mönch breitete beschwichtigend die Hände aus.

«Ich kam gerade aus meiner Studierstube, *tesserarius*», erklärte er und deutete auf die Tür, die hinter ihm lag.

«Seid Ihr drüben im kleinen Innenhof beim Gästehaus gewesen?» erkundigte sich Licinius und zeigte mit dem kurzen, breiten Schwert auf den dunklen Gang, aus dem er gekommen war.

Der mondgesichtige Mönch blinzelte ihn erstaunt an.

«Warum hätte ich dort gewesen sein sollen?»

Licinius seufzte verzweifelt.

«Weil ich jemanden durch diesen Gang verfolgt habe. Ihr wart es nicht?»

Der Mönch schüttelte den Kopf.

«Ich habe die ganze Zeit über an meinem Pult gesessen und meine Studierstube eben erst verlassen. Ich war gerade über die Schwelle getreten, als Ihr mich angesprochen habt.»

Licinius steckte sein Schwert in die Lederscheide zurück und strich sich verwirrt mit der Hand über die Stirn.

«Und Ihr habt auch sonst niemanden gesehen?»

Wieder verneinte der Mönch kopfschüttelnd.

«Niemanden. Bis Ihr mich aufgefordert habt, Euch meinen Namen zu nennen.»

«Dann verzeiht mir, Bruder. Ihr könnt in Frieden Eurer Wege gehen.»

Der rundliche Mönch neigte dankbar den Kopf, ehe er über den Hof davoneilte. Das Leder seiner Sandalen klatschte über das Pflaster. Rasch verschwand er durch einen der Rundbögen in die dahinterliegenden Straßen der Stadt.

Eine der Wachen vom Haupttor, ein *decurion*, kam über den Hof, um sich zu erkundigen, was vorgefallen sei.

«Ah, Licinius! Du bist es! Was war denn los?»

Der *tesserarius* machte ein ärgerliches Gesicht.

«Jemand hat sich drüben im kleinen Innenhof herumgetrieben, Marcus. Ich habe ihn bis hierher verfolgen können, dann aber ist er mir entwischt.»

Der *decurion* kicherte leise.

«Warum hast du ihn verfolgt, Licinius? Was ist verdächtig daran, daß sich jemand um diese oder irgendeine andere Stunde im kleinen Innenhof aufhält?»

Licinius schenkte seinem Kameraden einen verdrießlichen Blick. Im Augenblick haderte er mit der ganzen Welt und ärgerte sich vor allem darüber, daß er ausgerechnet heute abend zum Dienst eingeteilt worden war.

«Weißt du nicht, daß dort drüben das *domus hospitale*, das Gästehaus, liegt? Und Seine Heiligkeit hat ganz besondere Gäste: Bischöfe und Äbte aus den fernen sächsischen Königreichen. Ich wurde beauftragt, sie sorgsam zu bewachen. Es heißt, die Sachsen hätten Feinde in Rom. Und man hat mich strengstens angewiesen, jeden zu befragen, der sich auf verdächtige Weise den Gastquartieren nähert.»

Der andere *custos* schnaubte verächtlich.

«Und ich dachte immer, die Sachsen wären noch Heiden!» Er hielt inne und deutete in die Richtung, in die der Mönch verschwunden war. «Wen hast du da eben befragt? War das nicht dein Verdächtiger?»

«Das war ein irischer Mönch. Bruder ‹Eien-Dina› oder so ähnlich. Er kam gerade aus seiner Studierstube. Im ersten Augenblick dachte ich, er wäre der Mann, den ich verfolgt hatte. Wie dem auch sei, er hat niemanden gesehen.»

Der *decurion* grinste.

«Diese Tür führt zu keiner Studierstube, sondern zum Lagerhaus des *sacellarius*, des Schatzmeisters Seiner Heiligkeit. Sie ist seit Jahren verschlossen, jedenfalls seitdem ich bei der Palastwache bin.»

Erschrocken sah Licinius seinen Kameraden an, riß die nächste Pechfackel aus dem Wandhalter und ging zu der Tür, auf die der Mönch gedeutet hatte. Der Rost auf Schloß und Riegel bestätigte die Aussage des *decurion*, und Licinius stieß einen Schwall von Flüchen aus, die für ein Mitglied der Palastwache Seiner Heiligkeit alles andere als schicklich waren.

¶ Der Mann saß an einem Holztisch, den Kopf über ein Pergament gebeugt, die Lippen in höchster Aufmerksamkeit zusammengepreßt. Trotz seiner gekrümmten Haltung konnte man erkennen, daß er von hohem Wuchs war. Sein unbedeckter Kopf wies die unverwechselbare römische Tonsur auf, eine kreisrunde, kahlgeschorene Stelle auf der Mitte des Scheitels, umgeben von kräftigem, pechschwarzem Haar, das zu seiner braunen Haut und seinen dunklen Augen paßte. Sein Gesicht ließ auf ein Leben in einem warmen, sonnigen Klima schließen. Seine Züge waren schmal und hager, er hatte die Adlernase eines römischen Patriziers, und seine Wangenknochen traten deutlich hervor. Seine Haut war mit kleinen Narben bedeckt, vielleicht hatte er sich in der Kindheit die Pocken zugezogen. Die schmalen Lippen waren so rot, daß sie fast künstlich gefärbt aussahen.

Er saß reglos da, stumm in seine Papiere vertieft.

Auch wenn seine Tonsur nichts über seine religiöse Berufung verraten hätte, war seine Kleidung unverwechselbar: Er trug die *mappula*, ein weißes, mit Fransen gesäumtes Tuch, *campagi*, flache, schwarze Pantoffeln, und *udones*, weiße Strümpfe – die überlieferte Tracht eines kaiserlichen Magistrats im römischen Senat, an der man inzwischen hohe geistliche Würdenträger erkannte. Auch die dünne, purpurrote Seiden*tunica* zeigte deutlich, daß er mehr war als ein einfacher Mönch.

Als ihn das leise Bimmeln einer Glocke aus seinen Gedanken riß, blickte er gereizt auf.

Am anderen Ende des großen, kühlen Marmorsaals öffnete sich eine Tür, und ein junger Mann in einer groben, braunen Mönchskutte trat ein. Er schloß die Tür sorgfältig hinter sich, schob die Hände in die weiten Ärmel seines Gewandes und eilte auf den Mann am Holztisch zu. Sein leicht schwankender Gang erinnerte an das Watscheln einer Ente, und seine Sandalen klatschten auf den Mosaikfußboden.

«*Beneficio tuo*», sagte der Mönch und beugte ehrerbietig den Kopf.

Ohne den traditionellen Gruß zu erwidern, lehnte der ältere Mann sich seufzend zurück und bedeutete dem Mönch durch ein Handzeichen, sein Anliegen vorzutragen.

«Mit Eurer gütigen Erlaubnis, ehrwürdiger Gelasius, im Vorzimmer ist eine junge Schwester, die verlangt, zu Euch vorgelassen zu werden.»

Gelasius zog eine dunkle Augenbraue hoch.

«Sie *verlangt*, vorgelassen zu werden? Eine junge Schwester, sagst du?»

«Aus Irland. Sie hat die Regularien ihres Klosters mitgebracht, um sie dem Heiligen Vater vorzulegen und von ihm segnen zu lassen. Außerdem hat sie eine persönliche Nachricht Ultans von Armagh für Seine Heiligkeit.»

Gelasius lächelte schwach. «Die Iren suchen also noch immer den Segen Roms, obwohl sie gegen die römischen Beschlüsse ständig Einwände erheben? Ist das nicht ein seltsamer Widerspruch, Bruder Donus?»

Der Bruder beschränkte sich auf ein Achselzucken.

«Ich weiß wenig über dieses fremde Land. Allerdings glaube ich gehört zu haben, daß die Leute dort noch immer der Ketzerei des Pelagius folgen.»

Gelasius schürzte die Lippen.

«Und die junge Schwester *verlangt* ...?» betonte er das Wort zum zweiten Mal.

«Angeblich wartet sie seit fünf Tagen darauf, vorgelassen zu werden, ehrwürdiger Gelasius. Zwischen den verschiedenen Abteilungen muß es wohl einige Mißverständnisse gegeben haben.»

«Nun, da uns die irische Schwester Nachricht vom Erzbischof von Armagh bringt, sollten wir sie unverzüglich empfangen, vor allem, wenn man bedenkt, daß sie eigens den weiten Weg nach Rom gereist ist. Ja, schauen wir sie uns an, befragen wir sie nach den Regularien, und lassen wir uns von ihr erklären, warum sie der Heilige Vater ihrer Meinung nach persönlich empfangen sollte. Hat diese junge Schwester auch einen Namen, Bruder Donus?»

«Natürlich», antwortete der junge Mönch. «Aber es ist ein seltsamer Name, den ich nicht behalten habe. Felicitas oder Fidelia oder so ähnlich.»

Ein mattes Lächeln erschien auf Gelasius' dünnen Lippen.

«Das könnte ein gutes Omen sein. Felicitas war die römische Göttin des Glücks, und Fidelia heißt ‹die Vertrauenswürdige, Treue, Standhafte›. Laß sie eintreten.»

Der junge Mönch verbeugte sich und eilte in seinem eigentümlichen Watschelgang durch den großen Saal zurück zur Tür.

Gelasius schob das Pergament zur Seite und lehnte sich auf seinem geschnitzten Holzstuhl zurück, um das Eintreten der jungen Fremden zu beobachten, die ihm sein Faktotum, Bruder Donus, angekündigt hatte.

Die Tür ging auf, und eine hochgewachsene Gestalt im Nonnengewand trat in den Saal. Ihre Kleidung war für Rom ungewöhnlich: Die *camilla* aus ungefärbter Wolle und die *tunica* aus weißem Leinen wiesen die Trägerin in Roms warmem Klima als Neuankömmling aus. Die Nonne durchschritt den großen Saal mit jugendlichem Schwung, der nicht zu der sonst mit religiöser Tracht einhergehenden Demut paßte, jedoch nicht ohne Anmut war. Gelasius bemerkte, daß sie schlank und hochgewachsen war. Ein paar widerspenstige Strähnen roten Haares lugten unter ihrer Haube hervor. Sein Blick glitt über die jungen, ebenmäßigen Gesichtszüge und heftete sich gebannt auf ihre hellgrünen Augen.

Vor dem Holztisch blieb die junge Nonne stehen und runzelte leicht die Stirn. Gelasius erhob sich nicht, sondern streckte ihr die linke Hand entgegen, an der er einen großen, goldenen Smaragdring trug. Nach kurzem Zögern umfaßte die junge Frau seine Finger und neigte leicht den Kopf.

Gelasius hatte Mühe, seine Überraschung zu verbergen. Jedes Mitglied der römischen Geistlichkeit wäre vor ihm niedergekniet und hätte als Zeichen der Ehrfurcht vor seinem hohen Amt den Ring geküßt. Diese seltsame junge Fremde dagegen hatte nur kurz den Kopf gebeugt und damit Anerkennung, nicht aber Unterwürfigkeit zum Ausdruck gebracht. Ihr Gesichtsausdruck wirkte beherrscht, wenn auch ein wenig verärgert.

«Willkommen, Schwester ... Fidelia?» begann Gelasius zögernd.

Die junge Frau verzog keine Miene.

«Ich bin Fidelma von Kildare aus dem Königreich Irland.»

Gelasius bemerkte, daß ihre Stimme fest war. Der mit prächtigen Wandbehängen ausgestattete Raum schien sie nicht im mindesten einzuschüchtern. Seltsam, dachte er, daß diese Fremden von der Macht, dem Reichtum und der Heiligkeit Roms völlig ungerührt zu sein schienen. Die Briten und Iren erinnerten ihn an die halsstarrigen Gallier, über die er bei Cäsar und Tacitus gelesen hatte. War nicht ein König der Briten von Claudius als Gefangener nach Rom gebracht worden und beim Anblick der prunkvollen Stadt nicht in Ehrfurcht erstarrt, sondern hatte nur erstaunt gefragt: «Und obgleich Ihr dies alles habt, macht Ihr uns unsere armseligen Hütten in Britannien streitig?» Gelasius war ein Mann, der auf seine römisch-patrizische Vergangenheit stolz war und sich häufig wünschte, unter den frühen Cäsaren in der Blütezeit des Römischen Reiches gelebt zu haben. Bei diesem Gedanken, der im Widerspruch zur bescheidenen Grundhaltung seines Glaubens stand, wurde ihm ein wenig unbehaglich, und er widmete sich wieder seiner Besucherin.

«Schwester Fidelma?» wiederholte er ihren Namen und gab sich große Mühe mit der Aussprache.

Die junge Frau nickte bestätigend.

«Ich bin auf Ersuchen von Ultan, Erzbischof von Armagh, in Eure Stadt gekommen, um ...»

Gelasius hob die Hand, um dem Wortschwall Einhalt zu gebieten.

«Seid Ihr das erste Mal in Rom, Schwester?» fragte er ruhig.

Fidelma hielt inne und nickte. Sie fragte sich, ob sie im Umgang mit diesem hochgestellten Kirchenvertreter, dessen Namen ihr das Faktotum nicht verraten hatte, in ein Fettnäpfchen getreten war.

«Und wie lange weilt Ihr schon in unserer schönen Stadt?»

Gelasius glaubte, ein unterdrücktes Seufzen zu vernehmen, und ihre Brust hob und senkte sich heftig.

«Ich versuche schon seit fünf Tagen eine Audienz beim Bischof von Rom zu bekommen ... Zu meinem Bedauern muß ich gestehen, daß man mich über Euren Namen und Euren Rang nicht aufgeklärt hat.»

Um Gelasius' Lippen spielte der Anflug eines Lächelns. Er bewunderte die Offenheit der jungen Frau.

«Ich bin Bischof Gelasius», antwortete er, «und bekleide das Amt des *nomenclators* Seiner Heiligkeit. Meine Aufgabe ist es, alle Bittgesuche an den Heiligen Vater zu prüfen, darüber zu befinden, ob er sich persönlich damit befassen soll, und ihm bei seiner Entscheidung mit meinem Rat zur Seite zu stehen.»

Schwester Fidelmas Augen leuchteten auf. «Ah, jetzt verstehe ich, warum man mich zu Euch geschickt hat», sagte sie erleichtert. Sie ließ die Schultern sinken. «Es ist nicht immer leicht, sich richtig zu verhalten, wenn man nicht in die hiesigen Gepflogenheiten eingeweiht ist. Ich hoffe, Ihr werdet mir verzeihen, wenn ich Fehler mache, und es einzig und allein meiner fremdländischen Herkunft und Erziehung zuschreiben.»

Gelasius neigte gnädig den Kopf. «Hübsch gesagt, Schwester. Für jemanden, der zum ersten Mal in unserer Stadt ist, sprecht Ihr ein ausgezeichnetes Latein.»

«Ich spreche auch Griechisch und Hebräisch. Was das Erlernen fremder Sprachen angeht, besitze ich eine recht rasche Auffassungsgabe. Sogar die Sprache der Sachsen ist mir in groben Zügen geläufig.»

Gelasius sah sie prüfend an, denn er war nicht sicher, ob sie ihn verspotten wollte. Doch im Tonfall der jungen Frau schwang nichts Prahlerisches mit, und wieder war Gelasius höchst beeindruckt von ihrer direkten Art.

«Und wo habt Ihr all diese Sprachen erlernt?»

«Ich habe als Novizin in Kildare, der von der heiligen Brigit gegründeten Abtei, studiert. Und später war ich dann bei Morann in Tara.»

Gelasius war erstaunt. «All Eure Sprachkenntnisse habt Ihr ausschließlich in Irland erworben? Nun, bisher kenne ich Eure berühmten Schulen nur vom Hörensagen, doch jetzt habe ich einen lebenden Beweis für deren Qualität. Nehmt doch Platz, Schwester, und laßt uns über die Gründe Eures Besuches sprechen. Die Reise von Irland muß lang und anstrengend gewesen sein – und sicherlich auch nicht ganz ungefährlich? Bestimmt seid Ihr nicht allein nach Rom gekommen?»

Fidelma nahm den kleinen Holzstuhl, den Gelasius ihr angeboten hatte, und drehte ihn so, daß sie dem Bischof direkt gegenübersaß. Nachdem sie es sich bequem gemacht hatte, antwortete sie: «Bruder Eadulf aus Canterbury hat mich begleitet, der als *scriba* für Wighard, den zukünftigen Erzbischof von Canterbury, im sächsischen Kent tätig ist.»

Gelasius hob fragend die Augenbrauen.

«Soweit ich im Bilde bin, gibt es zwischen Irland und Canterbury nicht viele Gemeinsamkeiten. Oder gehört Ihr zu den wenigen irischen Ordensleuten, die die Vorherrschaft Roms über Columba anerkennen?»

Ein Lächeln spielte um Fidelmas Lippen. «Ich halte es mit den Glaubensregeln von Patrick und Palladius, die unserer kleinen Insel einst den Glauben brachten», entgegnete sie ruhig. «Ich habe an der Synode von Witebia teilgenommen und dort die sächsischen Gesandten kennengelernt. Gegen Ende der Synode erkrankte Deusdedit, der Erzbischof von Canterbury, an der Gelben Pest und starb. Sein voraussichtlicher Nachfolger Wighard verkündete seine Absicht, nach Rom zu reisen, da er den Papst um seinen Segen bitten wollte. Und da Ultan mich gebeten hatte, die *Regula coenobialis Cill Dara* nach Rom zu bringen, beschloß ich, in der Gesellschaft Bruder Eadulfs zu reisen, den ich während der Synode kennen- und schätzengelernt habe.»

«Und was war der Zweck Eurer Teilnahme an der Synode, Schwester? Von dem Disput zwischen den Vertretern Roms und denen der irischen Kirche habe ich gehört. Haben unsere römischen Gesandten in diesem Meinungsstreit nicht den Sieg davongetragen?»

Fidelma überhörte geflissentlich Gelasius' spöttischen Tonfall.

«Meine Aufgabe war es, den Vertretern unserer Kirche in allen rechtlichen Fragen beratend zur Seite zu stehen.»

Erstaunt sah der Bischof sie an.

«Ihr habt sie in rechtlichen Fragen beraten?» fragte er verblüfft.

«Ja, denn ich bin nicht nur Geistliche, sondern auch eine *dálaigh* der irischen Brehon-Gerichtsbarkeit, eine Gesetzeskundige oder Advokatin, und sowohl im *Senchus Mór*, dem Zivilrecht, als auch dem *Leabhar Acaill*, dem Strafrecht, geschult. Beide zusammen sorgen dafür, daß in unserem Land Frieden und Gerechtigkeit herrschen.»

Gelasius starrte sie ungläubig an. «Ist es bei den Königen von Irland Sitte, Frauen als Gesetzeskundige vor Gericht zuzulassen?»

Fidelma zuckte die Achseln. «In meinem Volk können Frauen jeden Beruf ergreifen, selbst die Königswürde und die Befehlsgewalt im bewaffneten Kampf stehen ihnen offen. Wer hat noch nicht von Macha, unserer größten Kriegerkönigin, gehört? Und doch ist mir zu Ohren gekommen, daß den Frauen in Rom keine vergleichbaren Rechte zugebilligt werden.»

«Ganz bestimmt nicht», versetzte Gelasius.

«Es ist also wahr, daß den römischen Frauen alle gelehrten Berufe versagt sind und sie kein öffentliches Amt bekleiden dürfen?»

«Allerdings.»

«Dann lebt Ihr in einem wahrhaft merkwürdigen Land, das sich selbst der Hälfte der Talente seiner Bevölkerung beraubt.»

«Nicht merkwürdiger, gute Schwester, als ein Land, das den Frauen gleiche Rechte einräumt wie den Männern. In Rom werdet Ihr überall beobachten, daß der Vater oder Ehemann in jeder Hinsicht über die weiblichen Mitglieder seiner Familie bestimmt.»

«Dann ist es wohl ein Wunder, daß ich unbehelligt durch Eure Straßen gehen kann, ohne für meine Anmaßung angepöbelt zu werden.»

«Eure Tracht wird mit der *stola matronalis* gleichgesetzt, das heißt, Ihr könnt nicht nur öffentliche Kultstätten, sondern auch Theater, Läden und Gerichtshöfe besuchen – Vergünstigungen, die all denen, die kein geistliches Gewand tragen oder noch unverheiratet sind, nicht zustehen. Jungfrauen müssen sich auf jeden Fall im nahen Umkreis ihres Vaterhauses aufhalten. Trotz allem können hochgestellte Frauen in geschäftlichen Dingen durchaus eine recht einflußreiche Rolle spielen – vorausgesetzt, alles wird in den vier Wänden ihres eigenen Palastes abgewickelt und nach außen von ihren Ehemännern oder Vätern vertreten.»

Fidelma schüttelte mißbilligend den Kopf. «Dann ist Rom für uns Frauen eine sehr traurige Stadt.»

«Es ist die Stadt von Peter und Paul, die das Licht des Glaubens in die Finsternis des Heidentums brachten – und es ist die Stadt, die dazu auserwählt wurde, dieses Licht in die Welt zu tragen.»

Stolz schwang in Gelasius' Tonfall mit, als er sich zurücklehnte und die junge Irin betrachtete. Er liebte seine Heimat und seine Stadt und war äußerst standesbewußt.

Fidelma schwieg, da sie klug genug war, um es sich nicht mit dem Bischof zu verscherzen. Nach einer Weile fuhr Gelasius fort. «Und Eure Reise verlief ohne Zwischenfälle?»

«Die Überfahrt von Massilia war äußerst ruhig. Nur einmal, als am südlichen Horizont ein fremdes Segel erschien, ließ der Kapitän das Schiff vor lauter Angst fast auf einen Felsen laufen.»

«Es hätte ein Schiff der fanatischen Anhänger Mohammeds aus Arabien sein können, die das gesamte Mittelmeer unsicher machen. Unzählige Male sind unsere Häfen im Süden schon von ihnen geplündert und verwüstet worden. Gott sei Dank ist Euer Schiff von ihnen verschont geblieben.» Einen Augenblick lang hielt Gelasius nachdenklich inne, dann fragte er: «Und habt Ihr eine gute Unterkunft in der Stadt gefunden?»

«O ja. Ich bin in einer kleinen Herberge nicht weit von hier untergekommen, ganz in der Nähe des Oratoriums der Heiligen Prassede in der Via Merulana.»

«Ah, die Herberge, die von Diakonus Arsenius und seiner guten Frau Epiphania geleitet wird?»

«Genau.»

«Gut. Dann weiß ich, wo ich Euch erreichen kann. Und jetzt laßt uns über die Botschaft sprechen, die Euch Ultan von Armagh mitgegeben hat.»

Fidelma reckte kampflustig ihr hübsches Kinn. «Sie ist allein für die Augen Seiner Heiligkeit bestimmt.»

Verärgert zog Gelasius die Brauen zusammen. Kurz sah er in die unerschrockenen, grünen Augen, die kühn seinem Blick standhielten. Dann aber überlegte er es sich anders und nickte mit einem breiten Lächeln.

«Ihr habt vollkommen recht, Schwester. Aber hier bei uns herrscht nun mal die Regel, daß ich kraft meines Amtes als *nomenclator* alle eingehenden Schreiben prüfen muß. Auch die Regularien, die Ihr dem Heiligen Vater zur Segnung mitgebracht habt, müssen vorher von mir durchgesehen werden. Das liegt nun mal in meinem Zuständigkeitsbereich.»

Fidelma sah ein, daß ihr nichts anderes übrig blieb, als einzulenken. Aus den Falten ihrer langen Gewänder zog sie eine dicke Pergamentrolle hervor und reichte sie dem Bischof. Er entrollte sie, überflog ihren Inhalt und legte sie dann auf den Tisch.

«Ich werde alles in Ruhe lesen und anschließend meinen *scriptor* um eine Prüfung bitten. Wenn alles seine Richtigkeit hat, können wir für heute in sieben Tagen eine Audienz bei Seiner Heiligkeit vereinbaren.»

«Nicht früher?» fragte sie enttäuscht.

«Habt Ihr es denn so eilig, unsere schöne Stadt wieder zu verlassen?» spöttelte Gelasius.

«Mein Herz sehnt sich nach meiner Heimat, werter Bischof, das ist alles. Ich bin jetzt schon so viele Monate von zu Hause fort.»

«Dann, mein Kind, werden ein paar Tage mehr oder weniger auch keinen großen Unterschied machen. Es gibt so vieles, was Ihr Euch vor Eurer Rückkehr anschauen solltet, vor allem, wenn dies Eure erste Pilgerreise ist. Zweifellos werdet Ihr den Vatikanhügel besuchen und die Basilika besichtigen wollen, die man dort über dem Grab des Heiligen Petrus errichtet hat – dem

Felsen, auf dem nach dem Willen Christi seine Kirche fest und unverbrüchlich steht. Auf diesem Hügel, sagt man, ist der Herr auch dem Heiligen Petrus erschienen, als er die Stadt, in der Nero alle Gläubigen verfolgte, verlassen wollte. Petrus kehrte um und ging zurück in die Stadt, um gemeinsam mit seiner Herde den Kreuzigungstod zu erleiden, und auf diesem Hügel wurde er dann zu Grabe getragen.»

Fidelma senkte den Kopf. Es fiel ihr schwer, ihre Verärgerung darüber zu verbergen, daß der Bischof sie für so unwissend hielt.

«Dann werde ich warten, bis Ihr mich rufen laßt, Gelasius», sagte sie, stand auf und sah ihn an, als wolle sie sich von ihm verabschieden. Wieder staunte Gelasius, der es gewohnt war, in seinen Amtsräumen ganz allein darüber zu entscheiden, wann ein Gespräch beendet war.

«Sagt mir, Fidelma von Kildare, gibt es in Eurem Land viele Frauen wie Euch?»

Fidelma sah ihn fragend an. Offenbar war ihr die Bedeutung seiner Worte nicht ganz klar.

«Ich habe viele Eurer Landsmänner kennengelernt, einige davon sind sogar hier im Lateranpalast für uns tätig, aber meine Erfahrungen mit den Frauen sind sehr begrenzt. Sind sie alle so unverblümt und offen wie Ihr?»

Fidelma lächelte gelassen. «Ich kann nur für mich selbst sprechen, Gelasius. Doch wie ich Euch schon sagte, sind die Frauen in meinem Land den Männern in keiner Weise unterstellt. Wir glauben, daß Gott uns als Wesen mit gleichen Rechten geschaffen hat. Vielleicht solltet Ihr selbst einmal nach Irland reisen und Euch ein Bild von seinen Schönheiten und Schätzen machen.»

Gelasius lachte. «Kein schlechter Einfall. Aber ich glaube, ich bin schon zu alt für eine so anstrengende

Reise. Jedenfalls wünsche ich Euch eine schöne Zeit in unserer Stadt. Ihr könnt jetzt gehen. *Deus vobiscum.*»

Zufrieden darüber, daß es ihm schließlich doch noch gelungen war, das Ende des Gesprächs zu bestimmen, beugte er sich vor und läutete mit einer kleinen silbernen Glocke.

Wieder streckte er die linke Hand aus, und wieder griff Fidelma zu seinem Ärger einfach danach und neigte den Kopf, anstatt seinen Ring zu küssen, wie es in Rom Sitte war.

Ohne ein weiteres Wort wandte die hochgewachsene Schwester sich um und ging quer durch den Saal zu der Tür, die Bruder Donus ihr aufhielt.

II

ERLEICHTERT TRAT SCHWESTER FIDELMA durch die mit reichen Schnitzereien verzierten Eichentüren in die große Haupthalle des Lateranpalasts, wo in den letzten dreihundertfünfzig Jahren alle römischen Bischöfe gekrönt worden waren. Die Halle war zweifellos prachtvoll und in höchstem Maße beeindruckend. Hohe Marmorsäulen reckten sich himmelwärts einer gewölbten Decke entgegen, der Boden wirkte wie ein endloser Teppich aus winzigen Mosaiksteinen, die Wände waren mit bunten Wandteppichen geschmückt, und die gewölbten Baldachine bestanden aus polierter, gedunkelter Eiche. Dieser Palast hätte jedem weltlichen Prinzen zur Ehre gereicht.

An allen Eingängen standen *custodes* in schneidigen Uniformen mit polierten Rüstungen und federgeschmückten Helmen, die kurzen Schwerter vor der Brust – eine eindrucksvolle Zurschaustellung weltlicher Macht. Gleichzeitig herrschte in der Halle ein unübersichtliches Gewimmel. Zahllose Geistliche liefen in geheimnisvoller Mission hin und her. In ihren schlichten Gewändern bildeten sie einen seltsamen Gegensatz zu den vielen Potentaten und Würdenträgern aus aller Herren Länder.

Schwester Fidelma hielt kurz inne, um dieses Treiben noch einmal auf sich wirken zu lassen. Sie hatte etliche Stunden in der lärmenden Menge warten müssen, ehe Bruder Donus sie zu Bischof Gelasius gerufen hatte. Hier kamen die Völker der Welt zusammen. Verglichen mit diesem Glanz wirkte der Königshof in Tara, Sitz des Hochkönigs über die fünf irischen Königreiche, armselig und rückständig. Aber, so dachte Fidelma, während sie sich ihren Weg durch die vielen Gruppen plaudernder Menschen bahnte, die ruhige Würde Taras inmitten der lieblichen Landschaft der königlichen Provinz Midhe war ihr trotz alledem lieber als diese kalte Pracht.

In diesem Augenblick wurde sie in dem Gedränge von einer jungen Nonne angerempelt.

«Oh, Verzeihung ...»

Die Nonne hob den Kopf und lächelte Fidelma strahlend an. «Schwester Fidelma! Seit unserer Ankunft in Rom habe ich Euch nicht mehr gesehen.»

Die junge sächsische Nonne war etwa fünfundzwanzig Jahre alt und auffallend hager. Sie hatte leicht melancholische Züge, dünnes Haar von unscheinbarer Farbe und dunkelbraune Augen, in denen wenig Ausdruck lag. Im Gegensatz zu ihrem schmächtigen Körperbau wirkten ihre Hände stark und sehnig und schwielig wie die einer Magd. Es hatte Fidelma nicht überrascht zu hören, daß Schwester Eafa auf einem Bauernhof gearbeitet hatte, ehe sie sich für das Klosterleben entschied. Fidelma sah sie lächelnd an. Auf der Überfahrt von Massilia nach Ostia hatte sie viel Zeit mit Schwester Eafa verbracht. Sie gehörte zu einer kleinen Gruppe von Pilgern aus dem Königreich Kent, die Wighard von Canterbury zur Bischofsweihe nach Rom begleiteten. Fidelma hatte Mitleid mit der jungen Nonne. Eafa war ein einfaches, ein wenig langweiliges, aber sehr umgängliches Mädchen, das sich manchmal selbst vor dem eigenen Schatten fürchtete. Ihre ganze Körperhaltung, die leicht gebeugten Schultern und die ins Gesicht gezogene Haube wiesen darauf hin, daß sie am liebsten gar nicht wahrgenommen werden wollte.

«Seid mir gegrüßt, Schwester Eafa. Wie geht es Euch?»

Die junge Nonne verzog das Gesicht. «Oh, ich freue mich schon darauf, wieder nach Kent zurückzukehren. In Rom zu sein, wo Petrus, ein Weggefährte Christi, den Märtyrertod starb, ist ein wahrhaft bewegendes Erlebnis. Und doch ...» Sie sah verlegen zu Boden. «Die Stadt ist nicht nach meinem Geschmack. Offen gesagt, Schwester, finde ich sie ziemlich furchterregend. Es gibt einfach zu viele Menschen hier, zu viele Fremde. Am liebsten wäre ich wieder zu Hause.»

«Ich teile Euren Wunsch, Schwester.» Fidelma hatte Verständnis für diesen Wunsch. Wie Eafa war auch sie eher an ein ruhiges, ländliches Leben gewöhnt.

Ein ängstlicher Ausdruck huschte über Schwester Eafas unscheinbare Züge, als sie über Fidelmas Schulter hinweg in die große Halle blickte.

«Da kommt Äbtissin Wulfrun. Ich muß sofort zu ihr. Nachdem wir heute morgen am Grab der Heiligen Helena, der Mutter Constantins, waren, soll ich sie jetzt zum Oratorium der vierzig Märtyrer begleiten. Überall, wo wir hingehen, erkennen uns die Leute sofort als Pilger und versuchen, uns heilige Reliquien und Andenken zu verkaufen. Sie sind so hartnäckig wie Bettler, die sich einfach nicht abweisen lassen. Seht Euch das einmal an, Schwester.»

Sie zeigte auf eine kleine, billige Kupferbrosche, mit der sie ihre Kopfbedeckung befestigt hatte. In das Kupfer war ein Stück farbiges Glas eingelassen.

«Man hat mir gesagt, das Glas enthalte einige Haare der Heiligen Helena, und mir zwei *sestertiae* dafür abgenommen ... Ich kenne mich mit diesen römischen Münzen nicht aus. Meint Ihr, daß ich zuviel bezahlt habe?»

Fidelma sah sich die Brosche etwas genauer an. Mit etwas Mühe konnte sie in dem Glas einige Haare erkennen.

«Wenn das Haar wirklich von der Heiligen Helena stammt, ist diese Brosche ihr Geld sicherlich wert, aber ...» Sie zuckte mit den Achseln.

Die junge sächsische Nonne ließ zerknirscht den Kopf hängen.

«Bezweifelt Ihr, daß das Haar echt ist?»

«Es gibt unzählige Pilger in Rom, und wie Ihr bereits gesagt habt, genug Leute, die ihren Lebensunterhalt damit verdienen, ihnen allen möglichen Tand als heilige Reliquien zu verkaufen.»

Fidelma hatte das Gefühl, daß Eafa gern noch länger mit ihr gesprochen hätte. Doch die junge Nonne aus Kent blickte erneut in die Menschenmenge und verzog entschuldigend das Gesicht. «Ich muß gehen. Äbtissin Wulfrun hat mich gesehen.»

Mit diesen Worten wandte sie sich um und eilte durch die Menge auf eine hakennasige Frau in geistlichen Gewändern zu, die sie bereits mit strenger, mißbilligender Miene erwartete. Wieder verspürte Fidelma Mitleid mit ihrer jüngeren Glaubensschwester. Eafa hatte sich in Begleitung von Äbtissin Wulfrun auf diese Pilgerreise begeben. Sie kamen beide aus der Abtei von Sheppey. Allerdings war Wulfrun, wie die junge sächsische Nonne Fidelma anvertraut hatte, eine Prinzessin und die Schwester Seaxburghs, der Königin von Kent, woran sie ihre Mitmenschen bei jeder Gelegenheit erinnerte.

Wahrscheinlich war dies auch der Grund dafür, warum Fidelma sich während der Überfahrt von Massilia nach Ostia mit dem jungen Mädchen angefreundet hatte, denn Wulfrun behandelte Eafa kaum besser als eine Sklavin. Und doch schien Fidelmas Freundlichkeit die junge Nonne anfangs mehr zu ängstigen als die Einsamkeit. Sie benahm sich anderen gegenüber zurückhaltend und beschwerte sich nie über die herrische Art ihrer Äbtissin. Ein seltsames Mädchen, dachte Fidelma, schüchtern, nicht unliebenswürdig, aber stumm wie ein Fisch. Über den Lärm der Menge hinweg hörte Fidelma deutlich Äbtissin Wulfruns durchdringende Stimme, mit der sie Eafa befahl, ihr Gepäck zu tragen. In gebieterischer Haltung drängte sich die Äbtissin durch die Masse auf die Tore des Palasts zu – sie erinnerte Fidelma an ein

Kriegsschiff, das sich seinen Weg durch stürmische Gewässer bahnt, die schmächtige, ängstliche Eafa wie ein Rettungsboot im Schlepptau.

Schwester Fidelma sah ihnen nach, bis sie in der Menge verschwunden waren, dann trat sie mit einem leisen Seufzer durch die Tore nach draußen auf die sonnenbeschienenen Marmorstufen. Die plötzliche Wärme, mit der die römische Sonne sie umfing, ließ sie innehalten und nach Atem ringen. Vom kühlen Inneren des großen Palasts nach draußen zu kommen ähnelte einem kalt-heißen Wechselbad. Sie blinzelte und holte tief Luft.

«Schwester Fidelma!»

Mit zusammengekniffenen Augen sah sie sich nach dem Mann um, dem die vertraute, tiefe Stimme gehörte. Ein junger Mönch im schlichten, braunen Wollgewand mit der *corona spina*, der römischen Tonsur auf dem Scheitel, löste sich aus einer Gruppe und winkte ihr freudig zu. Er war kräftig gebaut und sehr muskulös, so daß er eher an einen Krieger als einen Mönch erinnerte – ein gutaussehender Mann in ihrem Alter. Fidelma ertappte sich dabei, daß sie ihn mit einem breiten Lächeln begrüßte, und fragte sich im stillen, weshalb sie sich so freute, ihn wiederzusehen.

«Bruder Eadulf!»

Eadulf hatte sie auf der langen, anstrengenden Reise vom Königreich Northumbrien begleitet. Er war als Sekretär und Dolmetscher für Wighard, den zukünftigen Erzbischof von Canterbury, nach Rom gekommen. Während der Synode in Hildas Kloster Streoneshalh nahe der Küstenstadt Witebia hatten sie gemeinsam den geheimnisvollen Mord an Äbtissin Étain von Kildare aufklären können und waren dabei gute Freunde geworden. In ihren Kenntnissen und Fähigkeiten hatten sie einander wunderbar ergänzt, denn Eadulf war ein erblicher *gerefa* oder Friedensrichter am Hof des Thans von Seaxmund's Ham gewesen, ehe er von einem irischen Mönch namens Fursa zum Glauben bekehrt und zur religiösen Erziehung nach Durrow in Irland gebracht worden war. Außerdem war Eadulf in der Heilkunde bewandert, denn er hatte vier Jahre lang das berühmte Kollegium der Medizin in Tuaim Brecain besucht. Anschließend hatte er zwei Jahre in Rom verbracht und sich entschieden, den Lehren Roms zu folgen; dann war er in sein Heimatland zurückgekehrt. An der Synode in Witebia hatte er teilgenommen, um Canterbury und Rom zu unterstützen, während Fidelma den Vertretern der keltischen Kirche beratend zur Seite gestanden hatte.

Einen Augenblick lang standen die beiden sich gegenüber und lächelten glücklich über ihr zufälliges Zusammentreffen auf den sonnenbeschienenen, weißen Marmorstufen des Lateranpalasts.

«Macht Eure Mission in Rom Fortschritte, Schwester Fidelma?» fragte Eadulf. «Habt Ihr den Heiligen Vater schon gesehen?»

Fidelma schüttelte den Kopf.

«Nein, bisher habe ich nur mit einem Bischof sprechen können, der sich *nomenclator* nennt, mein Anliegen prüft und anschließend darüber entscheidet, ob ich den Heiligen Vater damit behelligen darf. Offenbar schert es die vielen Federfuchser, mit denen sich der Bischof von Rom umgibt, nicht, daß ich vertrauliche Briefe Ultans von Armagh an den Heiligen Vater bringe.»

«Ihr klingt ziemlich erbost.»

Fidelma schnaubte ärgerlich. «Ich bin ein einfacher Mensch, Eadulf. Mir mißfallen der weltliche Pomp und die ganze Förmlichkeit.» Sie deutete auf die eindrucksvollen Gebäude ringsum. «Erinnert Ihr Euch an die

Worte des Matthäus? Christus hat uns selbst ausdrücklich darauf hingewiesen: ‹Ihr sollt euch nicht Schätze sammeln auf Erden, wo sie die Motten und der Rost fressen und wo die Diebe nachgraben und stehlen.› Diese weltlichen Schätze sind das reinste Gift für die Schlichtheit unseres Glaubens.»

In gespieltem Tadel schüttelte Bruder Eadulf den Kopf. Auch wenn sein Gesicht ernst blieb, konnte doch nichts das verschmitzte Funkeln in seinen Augen verbergen. Er wußte, daß Fidelma sehr belesen war und aus dem Stegreif die verschiedensten Stellen aus der Heiligen Schrift zitieren konnte, wenn es darum ging, ihren Standpunkt zu untermauern.

«Daß die Römer all diese Schätze bewahren, hat seinen Grund in ihrer ruhmreichen Geschichte und ihrer großen Vergangenheit. Es geht ihnen dabei nicht um Geld oder um Glaubensfragen», sprang er für die Römer in die Bresche. «Wenn die Kirche in dieser Welt bestehen will, um die Menschen auf die nächste vorzubereiten, darf sie sich dem Irdischen nicht verschließen, und dazu gehören nun einmal auch Pomp und Förmlichkeit.»

Fidelma widersprach ihm heftig. «Es verhält sich genau so, wie Matthäus sagte: ‹Niemand kann zwei Herren dienen: Entweder wird er den einen hassen und den anderen lieben, oder er wird dem einen anhängen und den anderen verachten. Ihr könnt nicht Gott dienen und dem Mammon.› Wer in diesem feinen Palast wohnt und sich mit weltlichen Schätzen großtut, kann doch gar nicht anders, als den Mammon über Gott zu stellen.»

Bruder Eadulf sah sie erschrocken an.

«Ihr sprecht vom Palast des Heiligen Vaters. Nein, Fidelma, es gehört zum römischen ebenso wie zum christlichen Erbe, daß er in diesem herrlichen Palast residiert. Wo auch immer Ihr in Rom Euren Fuß hinsetzt, Ihr steht auf historischem Boden.»

Fidelma grinste spöttisch über seine Begeisterung. «Aber das gilt doch für die ganze Welt: Jedes Fleckchen Erde ist für irgend jemanden mit bedeutenden Erinnerungen verbunden. Ich habe auf dem armseligen, kahlen Berg namens Ben Edair gestanden, wo man den in der Schlacht zerschundenen, blutigen Leichnam Oscars, des Sohnes Oisíns, nach der schrecklichen Niederlage von Gabhra zu Grabe getragen hat. Ich habe den Steinhügel gesehen, den man über dem Grab Aidíns, Oscars Witwe, errichtete, nachdem sie beim Anblick ihres toten Mannes vor Kummer gestorben war. Ein kleiner Hügel aus grauen Steinen kann von einer ebenso herzzerreißenden Geschichte künden wie der größte Marmorbau.»

«Aber schaut doch nur ...» Mit einer ausholenden Handbewegung deutete Eadulf auf den riesigen Lateranpalast und die angrenzende St.-Johannes-Basilika. «Das ist das Herz des Christentums, seit mehr als dreihundert Jahren Heimstatt seiner weltlichen Führer. Jeder Mauerstein, jedes Mosaikstückchen birgt ein historisches Erbe.»

«Es sind prächtige, eindrucksvolle Bauten, das will ich nicht bestreiten.»

Angesichts ihres Mangels an Ehrfurcht schüttelte Eadulf den Kopf. «Schon als Kaiser Konstantin vor hundertfünfzig Jahren den Palast und seine Ländereien an Melchiades verschenkte, damit der Bischof von Rom darauf eine Kathedrale errichten konnte, war es ein geschichtsträchtiger Ort.»

Stumm ließ Fidelma den lebhaften Redeschwall des jungen Mönches über sich ergehen.

«Im alten Rom gehörte der Palast einer großen Patrizierfamilie, den Laterani. Zur Zeit der Christenverfolgung unter Kaiser Nero wurden Pläne geschmiedet, den Tyrannen zu ermorden. Caius Calpurnius Piso, ein reicher Römer, der damals Konsul und als großer Redner bei den Römern sehr beliebt war, führte die Verschwörer an. Aber sie wurden entdeckt, festgenommen und zum Tode verurteilt. Manche wurden hingerichtet, andere aus Achtung vor ihrem hohen Rang zum Selbstmord gezwungen. Zu ihnen gehörten Petronius Arbiter, der Verfasser des *Satyricon*, der Dichter Lucan und der Philosoph Seneca ebenso wie Caius Calpurnius Piso und Plautius Lateranus, der Besitzer des Palasts. Man nahm ihm sein Eigentum und sein Leben.»

Fidelma sah zu der reichverzierten Fassade des Lateranpalasts auf. «Ich sagte ja schon, es ist ein wunderschönes Gebäude», erwiderte sie mit sanfter Stimme, «aber trotzdem längst nicht so schön wie ein grünes Tal, ein majestätischer Berg oder eine sturmumtoste Klippe. Darin offenbart sich die wahre Schönheit, die Schönheit der Natur, unbeeinflußt von den vergänglichen Bauwerken des Menschen.»

Eadulf blickte sie traurig an. «Ich hätte Euch nicht für eine solche Philisterin gehalten, Schwester.»

Fidelma zog verärgert die Augenbrauen hoch und schüttelte den Kopf. «Ihr habt Eure zwei Jahre hier in Rom gut genutzt und Euch neues Wissen erschlossen. Aber in Eurer Lobpreisung der historischen Gemäuer vergaßt Ihr zu erwähnen, daß der ursprüngliche Lateranpalast zerstört wurde und Melchiades sein Schloß auf dessen Ruinen errichten ließ. Und Ihr vergaßt auch anzumerken, daß diese Anlage seitdem zweimal wieder aufgebaut werden mußte, vor allem, nachdem sie vor zweihundert Jahren von den Vandalen völlig verwüstet worden war. So steht es in Wirklichkeit mit der Tradition, von der Ihr so gerne sprecht. Alle noch so großen Monumente der Menschheit sind zur Vergänglichkeit verdammt.»

Eadulf sah sie mißmutig und erstaunt an. «Also habt Ihr die Geschichte des Palasts längst gekannt?» fragte er vorwurfsvoll, ohne auf ihre Einwände einzugehen.

Fidelma zuckte die Achseln.

«Ich habe einen der Wärter in der Basilika gefragt. Aber da Ihr so darauf branntet, Euer Wissen anzubringen ...» Sie verzog das Gesicht, lächelte ihn entschuldigend an, da er gar so verdrießlich dreinblickte, und legte ihm die Hand auf den Arm. Ein schalkhaftes Grinsen spielte um ihre Lippen.

«Kommt schon, Bruder Eadulf. Ich habe ja bloß gesagt, daß menschliche Kunstwerke vergänglich sind, vor allem im Vergleich mit dem sehr viel größeren Kunstwerk der Natur, das der Mensch mit seinen armseligen Bauten so oft seiner Schönheit beraubt. Erst vor kurzem habe ich mich gefragt, wie die sieben Hügel dieser bemerkenswerten Stadt wohl ausgesehen haben, ehe sie unter all den Gebäuden verschwunden sind.»

Doch der sächsische Mönch wirkte auch weiterhin verdrossen.

«Seid nicht böse, Eadulf», redete Fidelma reumütig auf ihn ein. Sie bedauerte zutiefst, ihn gekränkt zu haben. «Ich kann meine innerste Überzeugung nicht leugnen, aber ich bin für alles aufgeschlossen, was Ihr mir über Rom zu erzählen habt. Sicher gibt es in dieser Stadt noch sehr viel mehr zu entdecken, über das Ihr mich aufklären könnt. Kommt, gehen wir ein Stückchen. Zeigt mir, was immer Euch sehenswert erscheint.»

Damit ging sie die breiten Stufen hinunter und bahnte sich einen Weg durch die riesige Bettlerschar, die sich am unteren Ende der Treppe versammelt hatte und von den grimmig dreinblickenden *custodes* nur mühsam in Schach gehalten werden konnte. Blicke aus dunklen, eingesunkenen Augen in ausgemergelten Gesichtern folgten ihnen, magere, knochige Hände reckten sich ihnen flehend entgegen. Es hatte mehrere Tage gedauert, bis Fidelma sich an diese Szene gewöhnt hatte, die sich tagtäglich auf dem Weg von ihrer Herberge zum prunkvollen Papstpalast abspielte.

«So etwas würdet Ihr in Irland niemals sehen», sagte sie mit einem Seitenblick auf die Bettler. «Unsere Gesetze schreiben uns vor, den Armen zu helfen, damit sie nicht betteln müssen und sich und ihre Familien mit dem Nötigsten versorgen können.»

Aus seiner Zeit in Irland wußte Eadulf, daß sie recht hatte. Die uralten, von der Brehon-Gerichtsbarkeit überwachten Gesetze Irlands sorgten dafür, daß niemand wegen Krankheit ins Elend geriet und keiner Hungers sterben mußte. Für sie alle war gesorgt.

«Es ist traurig, daß Menschen trotz all dieses Wohlstands betteln müssen, vor allem, wenn die ganze Pracht einem Gott der Armen gilt», fuhr Fidelma fort. «Die Bischöfe und Kleriker in ihren Palästen sollten den Brief des Apostel Johannes lesen, in dem er sagt: ‹Wenn aber jemand in dieser Welt Güter hat und sieht seinen Bruder darben und schließt sein Herz vor ihm zu, wie bleibt die Liebe Gottes in ihm?› Kennt Ihr diese Stelle, Eadulf?»

Eadulf biß sich auf die Lippe und sah sich besorgt um. «Vorsicht, Fidelma», flüsterte er. «Am Ende bezichtigt man Euch noch des ketzerischen Pelagianismus.»

Fidelma schnaubte verächtlich. «Rom hält Pelagius doch nicht deshalb für einen Ketzer, weil er sich von der Lehre Christi abgewandt hätte, sondern einzig und allein deshalb, weil er Rom kritisierte, das sich nicht an diese Lehre hielt. Ich habe lediglich aus dem ersten Brief des Johannes, Kapitel drei, Vers siebzehn zitiert. Wenn das Ketzerei ist, bin ich wahrhaftig eine Ketzerin, Eadulf.»

Sie griff in ihre Tasche, kramte eine Münze heraus

und legte sie in die ausgestreckte Hand eines kleinen Jungen, der abseits von den anderen Bettlern stand und mit blinden Augen ins Leere starrte. Die Hand schloß sich über der Münze, und ein kleines Lächeln huschte über das pockennarbige Kindergesicht.

«*Do ut des*», murmelte Fidelma die uralte Formel. «Ich gebe, damit du geben kannst.» Schweigend gingen sie und Eadulf weiter durch ein ärmliches Viertel am Fuße des Esquilin, des höchsten und ausladensten der sieben Hügel, auf denen Rom erbaut war. Sie überquerten die Via Labicana und bogen in die breite Via Merulana ein. «‹Gib dem, der dich bittet, und wende dich nicht von dem, der von dir borgen will ...›» zitierte sie feierlich mit einem Seitenblick auf Eadulf, der mißbilligend zugeschaut hatte, wie sie dem bettelnden Jungen Geld gab.

«Pelagius?» fragte Eadulf.

«Das Evangelium des Matthäus», erwiderte Fidelma ernst. «Kapitel fünf, Vers zweiundvierzig.»

Eadulf stieß einen tiefen, besorgten Seufzer aus.

«Hier, mein guter sächsischer Freund», Fidelma blieb unvermittelt stehen und legte eine Hand auf Eadulfs Arm, «könnt Ihr erkennen, wie tief der Streit zwischen Rom und der Lehre Irlands und Britanniens geht!»

«Die sächsischen Königreiche haben sich zu der römischen Kirche bekannt, Fidelma. Ihr werdet mich nicht bekehren. Ich bin nur ein einfacher Mönch und kein Religionsgelehrter. Und wenn Oswiu von Northumbrien sich in Witebia entschieden hat, der Lehre Roms zu folgen, ist der Streit damit für mich beendet. Vergeßt nicht, daß ich der Sekretär und Dolmetscher des Erzbischofs von Canterbury bin.»

Fidelma sah ihn belustigt an. «Habt keine Angst, Eadulf. Ich bin bloß noch immer nicht davon überzeugt, daß Rom in allen Fragen recht hat. Aber um unserer Freundschaft willen wollen wir das Thema lieber ruhen lassen.»

Seite an Seite gingen sie schweigend die breite Straße hinunter. Trotz aller Meinungsverschiedenheiten mußte Fidelma sich eingestehen, daß sie das Zusammensein mit Eadulf als äußerst angenehm empfand. Zwar machte es ihr Spaß, ihn ab und zu herauszufordern, und er ließ sich stets gutmütig auf einen Disput mit ihr ein, doch es herrschte zwischen ihnen keinerlei Feindseligkeit.

«Wie ich erfahren habe, ist Wighard vom Heiligen Vater wohlwollend empfangen worden», bemerkte Fidelma nach einer Weile.

Seit ihrer Ankunft vor einer Woche hatte sie Eadulf kaum zu Gesicht bekommen. Sie hatte gehört, daß man Wighard und sein Gefolge eingeladen hatte, als persönliche Gäste des Heiligen Vaters Vitalian im Lateranpalast zu wohnen. Fidelma nahm an, daß der Bischof von Rom über die Nachricht von Canterburys Sieg bei der Synode von Witebia sehr erfreut gewesen war.

Fidelma hingegen war in einer kleinen Herberge in einer Seitenstraße der Via Merulana gleich neben dem von Papst Pius I. für die Heilige Prassede errichteten Oratorium untergekommen, deren rasch wechselnde Gästeschar hauptsächlich aus Pilgern bestand. Dem Haushalt standen ein gallischer Priester, ein Diakonus namens Arsenius, und seine Frau, die Diakonin Epiphania, vor. Die kinderlos gebliebenen älteren Eheleute waren wie Mutter und Vater für die fremden Besucher, viele von ihnen *peregrinatio pro Christo*, die aus Irland kamen.

In ihrer ersten Woche hatte Fidelma von der berühmten Stadt kaum mehr gesehen als das bescheidene Haus von Arsenius und Epiphania, die Herrlichkeit des Lateranpalasts und die erschreckende Armut in den Straßen dazwischen.

«Der Heilige Vater hat uns äußerst wohlwollend aufgenommen», bestätigte Eadulf. «Man hat uns im Lateranpalast sehr ansprechende Quartiere zugeteilt, und wir wurden bereits zu einer Audienz empfangen. Morgen wird es einen förmlichen Austausch von Geschenken und ein großes Festbankett geben, und in vierzehn Tagen wird der Heilige Vater Wighard öffentlich zum Erzbischof von Canterbury weihen.»

«Und anschließend reist Ihr zurück ins Königreich Kent?»

Eadulf nickte. «Und Ihr kehrt nach Irland zurück?» fragte er mit einem raschen Seitenblick.

Fidelma verzog das Gesicht. «Sobald ich Ultans Briefe überbracht und die Segnung für die Regularien meines Klosters bekommen habe. Ich bin schon viel zu lange von Irland fort.»

Eine Weile lang schritten sie stumm nebeneinander her. Trotz der harzig duftenden Zypressen, in deren Schatten zahllose Händler ihre Waren feilboten, war die Straße staubig und heiß. Da es sich um einen der wichtigsten Durchfahrtswege Roms handelte, riß der Verkehr niemals ab. Und doch konnte Fidelma bei all dem Lärm noch ganz deutlich das Zirpen der Grillen hören, die sich in der erdrückenden Hitze zu kühlen versuchten. Als plötzlich eine Wolke die Sonne verdunkelte, hörte das seltsame Geräusch schlagartig auf. Es hatte einige Zeit gedauert, bis Fidelma seine Bedeutung ergründet hatte.

Der Hang des Esquilin war dünn besiedelt, es war eine wohlhabende Gegend mit großen Häusern, Weinbergen und Gärten. Hier hatte Servius Tullius seinen Eichenhain anlegen lassen, Fagutalis Birken gepflanzt, der Dichter Vergil ein Anwesen besessen, Nero sein «Goldenes Haus» erbaut und Pompeius seine Feldzüge gegen Julius Cäsar ersonnen. Während seines zweijährigen Aufenthalts in Rom hatte Eadulf diese Gegend gründlich kennengelernt.

«Habt Ihr schon viel von Rom gesehen?» brach Eadulf ihr freundschaftliches Schweigen.

«Seitdem ich hier bin, versuche ich zu verstehen, warum eine Kirche der Armen sich mit soviel Reichtum schmückt ... Nein», sie lachte, als sie sah, wie seine Augenbrauen sich zusammenzogen, «nein, ich werde nicht mehr davon sprechen. Was sollte ich mir Eurer Meinung nach anschauen?»

«Nun, an allererster Stelle sicherlich die Basilika des Heiligen Petrus auf dem *Monte Vaticano*, wo der große Fischer, der den Schlüssel zum himmlischen Königreich in Händen hält, begraben liegt. Ganz in der Nähe befindet sich auch das Grab des Heiligen Paulus. Aber man muß sich den heiligen Grabstätten mit großer Demut nähern, andernfalls können einem schreckliche Dinge widerfahren.»

«Was für schreckliche Dinge?» fragte Fidelma argwöhnisch.

«Es heißt, daß Bischof Pelagius – nicht der Ketzer, der niemals römischer Bischof war, sondern der zweite Heilige Vater dieses Namens – während seiner Amtszeit die silberne Abdeckung über den Leichnamen erneuern wollte. Als er sich den Gräbern näherte, hatte er eine schreckliche Erscheinung. Der Anführer der für die Arbeiten zuständigen Männer starb auf der Stelle, und alle Mönche und Diener der Kirche, die der Leichen ansichtig wurden, waren innerhalb von zehn Tagen tot. Man sagt, all das sei deshalb geschehen, weil der Heilige Vater den Namen eines Ketzers trug. Deshalb hat man auch sogleich die Anordnung erlassen, daß nie wieder ein Papst den Namen Pelagius wählen darf.»

Argwöhnisch musterte Fidelma die selbstzufriedenen Züge des jungen Mönchs an ihrer Seite. War diese Geschichte die Retourkutsche für ihre Angriffe?

«Pelagius ...», begann sie streng, doch Eadulf konnte nicht länger ernst bleiben und lachte laut. «Laßt uns damit aufhören, Fidelma, auch wenn ich schwöre, daß es eine wahre Geschichte ist. Aber ich möchte, daß zwischen uns Frieden herrscht.»

Fidelma lächelte gezwungen. «Wir werden uns die Pilgerreise zum Grabmal des heiligen Petrus für ein andermal aufbewahren», erwiderte sie. «Diakonin Epiphania hat mich und einige andere Pilger zu der Stelle geführt, wo Petrus der Überlieferung nach verhaftet wurde. Es war erstaunlich. In der Zelle lag eine dicke Eisenkette, und ein Priester stand mit einer Feile bereit, um den Besuchern für einen unerhörten Preis ein paar Späne abzufeilen. Natürlich handelte es sich, wie er uns eifrig versicherte, um die Kette, die der heilige Petrus während seiner Gefangenschaft getragen hat. Die Pilgerreisen nach Rom scheinen ein Geschäft geworden zu sein, bei dem sich viele eine goldene Nase verdienen.»

Sie hatte bemerkt, daß der sächsische Mönch schon seit einer Weile gelegentlich über die Schulter blickte.

«Schwester, da ist ein mondgesichtiger Mönch mit keltischer Tonsur, der uns anscheinend folgt. Wenn Ihr Euch rasch nach rechts umschaut, könnt Ihr ihn auf der anderen Straßenseite im Schatten einer Zypresse stehen sehen. Kennt Ihr ihn?»

Verwundert wandte sich Fidelma in die angegebene Richtung.

Kurz traf sich ihr Blick mit dem eines dunkeläugigen Mannes im mittleren Alter. Er sah aus, wie Eadulf ihn beschrieben hatte. Seine Tonsur ließ auf eine irische oder britische Herkunft schließen, denn der vordere Teil seines Kopfes war vollständig glattrasiert. Er trug ein schäbiges Gewand und hatte ein Mondgesicht. Als er bemerkte, daß Fidelma ihn entdeckt hatte, erstarrte er und lief tiefrot an. Dann drehte er sich um und verschwand in der Menschenmenge.

Verwirrt wandte Fidelma sich wieder Bruder Eadulf zu. «Ich kenne ihn nicht. Und doch schien er uns zu beobachten. Ihr meint, er sei uns nachgegangen?»

Eadulf nickte. «Ich habe ihn schon auf den Stufen des Lateranpalasts bemerkt. Als wir die Via Merulana hinunterspazierten, folgte er uns in einigem Abstand. Anfangs dachte ich, es sei reiner Zufall, doch dann fiel mir auf, daß er, als wir vorhin stehenblieben, ebenfalls innehielt. Seid Ihr sicher, daß Ihr ihn noch nicht gesehen habt?»

«Nein. Vielleicht stammt er aus Irland und hat mich irisch sprechen hören. Möglicherweise wollte er mit mir über unsere Heimat reden, hatte aber nicht den Mut dazu.»

«Kann sein.» Eadulf klang nicht überzeugt.

«Wie auch immer, jetzt ist er verschwunden», sagte Fidelma. «Laßt uns weitergehen. Wovon hatten wir gesprochen?»

Zögernd gehorchte Eadulf. «Ich glaube, Ihr habt Euch wieder einmal mißbilligend über Rom geäußert, Schwester.»

Fidelmas Augen funkelten. «Ja», räumte sie ein. «Selbst in der Herberge, in der ich wohne, gibt es Bücher, die fremden Pilgern den Weg zu den unzähligen Sehenswürdigkeiten, Heiligtümern und Grabmalen weisen. Und dort bringt man sie dazu, sich von ihrer spärlichen Barschaft zu trennen, um Reliquien und Andenken zu kaufen. Eines dieser Bücher trägt den Titel *Notitia Ecclesiarum Urbis Romae ...*»

«Aber es ist doch notwendig weiterzugeben, wo die heiligen Stätten sich befinden und wer wo beerdigt worden ist», unterbrach Eadulf sie empört.

«Ist es auch notwendig, den Pilgern hohe Summen für kleine *ampullae* oder Fläschchen voller Öl abzuverlangen, das angeblich aus den Lampen der Katakomben und Heiligtümer stammt?» entgegnete Fidelma. «Ich glaube kaum, daß man dem Lampenöl aus Katakomben, in denen tote Heilige begraben liegen, irgendwelche Zauberkräfte zuschreiben kann?»

Eadulf seufzte tief und schüttelte entmutigt den Kopf. «Vielleicht sollten wir den Besuch solcher Sehenswürdigkeiten ganz streichen.»

Sofort bedauerte Fidelma ihre harten Worte.

«Jetzt habe ich mir wohl schon wieder den Mund verbrannt. Verzeiht mir, Eadulf! Bitte!»

Der Sachse versuchte, eine mißbilligende Miene aufzusetzen, doch als er Fidelmas spitzbübisches Grinsen sah, streckte er die Waffen. «Also gut. Vielleicht finden wir ja doch etwas, worauf wir uns beide einigen können. Zum Beispiel steht nicht weit von hier die Kirche der Heiligen Maria vom Schnee.»

«Vom Schnee?»

«Ja. Es heißt, in einer Augustnacht sei Liberius, dem Bischof von Rom, und einem Patrizier namens Johannes die Heilige Jungfrau erschienen. Sie sagte, sie sollten auf den Esquilin genau an der Stelle, wo sie am nächsten Morgen ein Fleckchen Schnee finden würden, eine Kirche errichten. Die beiden Männer fanden den Schnee, und genau an dieser Stelle wurde die Kirche erbaut.»

«Solche Geschichten erzählt man sich von zahlreichen Kirchen, Eadulf. Was ist gerade an dieser so besonders?»

«Daß dort zum Gedenken an den Heiligen Aidán von Lindisfarne, der heute vor dreizehn Jahren gestorben ist, eine Messe gelesen wird. Viele irische und sächsische Pilger werden kommen.»

«Dann werde ich nicht fehlen», willigte Fidelma ein.

«Aber vorher, Eadulf, würde ich gern das Colosseum besuchen. Ich möchte mit eigenen Augen den Ort sehen, wo so viele Märtyrer des Glaubens den Tod gefunden haben.»

«Gut. Und wir werden nicht mehr über die Unterschiede zwischen Rom, Canterbury und Armagh sprechen.»

«Einverstanden», stimmte Fidelma zu.

In freundschaftlicher Eintracht gingen sie weiter die Via Merulana hinunter. In gebührendem Abstand folgte ihnen, im Schutz der Zypressen, der fremde Mönch mit dem Mondgesicht.

III

FIDELMA HATTE DAS GEFÜHL, ERST VOR WEnigen Minuten eingeschlafen zu sein, als durchdringendes Glockengeläut sie aus dem Schlummer riß. Leise ächzend drehte sie sich um und wollte schon weiter ihren angenehmen Träumen nachhängen, als sie wieder von erneutem Klingeln und dem Klang barscher Stimmen geweckt wurde. Sie hörte, wie die anderen Pilger sich in ihren Betten regten und sich lautstark nach dem Grund für die Störung ihrer Nachtruhe erkundigten. Inzwischen hellwach, schlüpfte Fidelma aus ihrem Bett, warf ihr Gewand über und wollte gerade nach einer Kerze greifen, als es verhalten an der Tür ihrer Kammer klopfte. Ehe sie antworten konnte, schwang die Tür auf, und im Schein der nachts im Flur ständig brennenden Lampe erkannte Fidelma die völlig aufgelöste Hausherrin auf der Schwelle. Epiphania rang die Hände.

«Schwester Fidelma!» jammerte sie in heller Angst.

«Beruhigt Euch, Epiphania», erwiderte Fidelma sanft. «Was ist geschehen?»

«Ein Offizier der *custodes*, der Wache im Lateranpalast, verlangt, daß Ihr ihn begleitet.»

Schreckensbilder erschienen vor Fidelmas geistigem Auge. Warum war sie Ultans Bitte, in seinem Auftrag nach Rom zu reisen, überhaupt nachgekommen? Warum hatte sie den Fehler begangen, den Heiligen Vater, den Prunk der Geistlichkeit und die Geschäftemacherei mit gutgläubigen Pilgern zu kritisieren? Hatte jemand sie belauscht und angeschwärzt? Obwohl es sie große Mühe kostete, sich zu beherrschen, war ihr äußerlich nichts anzumerken.

«Wohin soll ich ihn begleiten?» fragte sie mit ruhiger Stimme. «Und zu welchem Zweck?»

Doch in diesem Augenblick wurde die Diakonin auch schon unsanft zur Seite geschoben, und in der offenen Tür des *cubiculum* erschien ein gutaussehender, junger Soldat in der prächtigen Uniform der *custodes.* Herrisch blickte er über ihren Kopf hinweg und vermied es, ihr in die Augen zu sehen. Fidelma war lange genug in Rom, um die Rangabzeichen eines *tesserarius* sofort zu erkennen.

«Wir haben den Befehl, Euch zum Lateranpalast zu bringen, und zwar auf der Stelle, Schwester», erklärt er mit barscher Stimme.

Fidelma zwang sich zu einem Lächeln. «Und zu welchem Zweck?»

Der junge Mann verzog keine Miene. «Das hat man mir nicht gesagt. Ich führe lediglich einen Befehl aus.»

«Läßt der Befehl zu, daß ich mir vorher noch schnell das Gesicht wasche und mich ordentlich ankleide?» fragte sie freundlich.

Der Soldat sah Fidelma an und wirkte auf einmal ein wenig zugänglicher. «Wir erwarten Euch draußen, Schwester», sagte er und zog sich ebenso rasch zurück, wie er gekommen war.

Epiphania stöhnte leise. «Was hat das zu bedeuten, Schwester? Was hat das nur zu bedeuten?»

«Das werde ich erst wissen, wenn ich mich angekleidet und die *custodes* zum Palast begleitet habe», antwortete Fidelma, die versuchte, ihre Befürchtungen hinter einem gleichgültigen Tonfall zu verbergen.

Nach kurzem Zögern verließ die Diakonin ihre Kammer.

Eine Weile blieb Fidelma reglos stehen. Sie fror und fühlte sich ziemlich verlassen. Dann aber gab sie sich einen Ruck und zwang sich, Wasser in eine Schüssel zu gießen und sich zu waschen. Langsam und bedächtig machte sie sich an ihre Morgentoilette, als könnte sie damit ihren inneren Aufruhr besänftigen.

Zehn Minuten später trat sie, nach außen hin völlig

ruhig und gelassen, in den Innenhof. Die Diakonin stand am Tor, und Fidelma wußte, daß die anderen Gäste des Hauses neugierig aus ihren Fenstern spähten. Außer dem jungen Offizier, der sie in ihrem *cubiculum* aufgesucht hatte, standen noch zwei weitere Soldaten bereit.

Der Offizier nickte ihr zu und trat einen Schritt vor. «Ehe wir gehen, muß ich Euch noch ausdrücklich fragen, ob Ihr tatsächlich Fidelma von Kildare aus dem irischen Königreich seid?»

«Ja, die bin ich.» Fidelma neigte leicht den Kopf.

«Ich bin *tessarius* Licinius von der Wache des Lateranpalasts. Unser oberster Dienstherr, der *superista*, hat mir befohlen, Euch sofort zu ihm zu bringen.»

«Ich verstehe», entgegnete Fidelma, die in Wirklichkeit nicht das geringste verstand. «Wird mir ein Verbrechen zur Last gelegt?»

Der junge Offizier zuckte die Achseln. «Ich kann Euch nur noch einmal beteuern, daß ich lediglich meine Befehle ausführe, Schwester.»

«Dann werde ich mit Euch kommen», seufzte Fidelma, der klar war, daß sie unter diesen Umständen ohnehin keine andere Wahl hatte.

Mit blassem Gesicht und zitternden Lippen öffnete die Diakonin das große Tor.

Seite an Seite mit dem jungen Offizier trat Fidelma auf die Straße hinaus, gefolgt von den beiden Soldaten, die mit Fackeln ihren Weg durch das nächtliche Rom erleuchteten.

Außer dem fernen Jaulen eines Hundes war in der tagsüber so geschäftigen Stadt nichts zu hören, und die Luft war so kühl und frisch, wie Fidelma es seit ihrer Ankunft noch nicht erlebt hatte. Zwar war es nicht so eisig wie in den frühen Morgenstunden in ihrem Heimatland, aber sie war doch dankbar für ihr wärmendes

Wollgewand. Es würde mindestens eine Stunde dauern, bis sich die ersten Strahlen der Morgensonne vorsichtig in den östlichen Himmel jenseits der fernen Hügel reckten. Abgesehen vom Scharren ihrer Sandalen und der schweren, nägelbeschlagenen *caligulae* der Soldaten auf dem Straßenpflaster war alles noch friedlich und still.

Schweigend gingen sie auf der breiten Via Merulana in südlicher Richtung auf die hohe, alles beherrschende Kuppel der St.-Johannes-Basilika zu, die den Lateranpalast überragte. Es war nicht sehr weit, kaum mehr als tausend Meter, wie Fidelma auf ihrem täglichen Weg zum Palast bereits herausgefunden hatte. Die Tore wurden von lodernden Fackeln beleuchtet und von *custodes* mit gezücktem Schwert bewacht.

Der Offizier führte Fidelma die Treppe hinauf in das *atrium*, wo sie bei ihrem Versuch, zum Heiligen Vater vorgelassen zu werden, schon so viele Stunden gewartet hatte. Sie durchquerten die große Halle, verließen sie durch eine Seitentür wieder und schritten einen kahlen, mit Steinen gepflasterten Gang entlang, dessen Kargheit in einem seltsamen Widerspruch zur Pracht der anderen Räume stand. Schließlich kamen sie in einen kleinen Innenhof, in dessen Mitte ein kunstvoll gestalteter Brunnen plätscherte, und danach in einen Vorraum, wo zwei weitere Soldaten Wache standen. Der Offizier blieb stehen und klopfte leise an die Tür.

Auf einen Zuruf von innen stieß der junge Mann die Tür auf und schob Fidelma hinein. «Fidelma von Kildare!» verkündete er und schloß die Tür hinter ihr.

Fidelma blieb stehen und sah sich um.

Sie befand sich in einem großen, mit dicken Wandteppichen geschmückten Zimmer, das jedoch längst nicht so prunkvoll ausgestattet war wie der große Saal, in dem sie tags zuvor mit Bischof Gelasius gesprochen hatte. Die Möblierung war spärlich und zweckmäßig. Das *officium* war gut beleuchtet. Ein gedrungener Mann mit kurzgeschnittenem, stahlgrauem Haar und ausgeprägtem Kinn trat auf sie zu, um sie zu begrüßen. Offenbar handelte es sich um einen Offizier, der aber weder Rüstung noch Waffen trug.

«Fidelma von Kildare?» In seiner Stimme lag keinerlei Feindseligkeit, ja, der Mann wirkte eher ängstlich. Als Fidelma argwöhnisch nickte, fuhr er fort: «Ich bin *superista* Marinus und befehlige die Soldaten im Lateranpalast.»

Er deutete auf einen großen Kamin, in dem ein loderndes Feuer die frische Morgenluft erwärmte. Davor standen zwei Stühle. Er bot ihr den einen an und nahm auf dem anderen Platz.

«Gewiß fragt Ihr Euch, warum ich Euch zu mir bringen ließ?»

«Wie alle Menschen bin ich von Natur aus neugierig, *superista*», antwortete sie mit einem vorsichtigen Lächeln. «Aber ich bin sicher, Ihr werdet mir zum angemessenen Zeitpunkt den Grund erläutern.»

Marinus lächelte ebenfalls, wurde jedoch sofort wieder ernst. Eindeutig bedrückte ihn etwas. «Ganz recht. Es hat sich ein Problem ergeben, das den Lateranpalast, ja, den Heiligen Stuhl selbst betrifft.»

Fidelma lehnte sich abwartend zurück.

«Möglicherweise steht dabei sehr viel auf dem Spiel: die Würde des Pontifikats und die Sicherheit der sächsischen Königreiche. Vielleicht droht sogar ein Krieg zwischen Iren, Sachsen und Briten.»

Bestürzt sah Fidelma den *superista* an.

«Ehe ich dies näher erläutern kann, muß ich Euch allerdings ein paar Fragen stellen ...»

Er zögerte und schwieg.

«Nämlich?» hakte Fidelma nach einer Weile nach.

«Könnt Ihr mir sagen, wo Ihr heute gegen Mitternacht wart?»

«Aber natürlich», antwortete Fidelma prompt. «Ich habe gemeinsam mit Bruder Eadulf, dem *scriptor* des zukünftigen Erzbischofs von Canterbury, die Messe zum Gedenken des heiligen Aidán von Lindisfarne besucht. Gestern war Aidáns Todestag. Die Messe wurde in der Kirche der Heiligen Maria vom Schnee am Esquilin gehalten.»

Marinus nickte, als habe er die Antwort schon vorher gekannt.

«Ihr antwortet mit großer Genauigkeit, Fidelma von Kildare.»

«In meiner Heimat bin ich Advokatin an den Brehon-Gerichten. Genauigkeit ist eine wichtige Voraussetzung meines Berufs.»

Wieder nickte der *superista* so beiläufig, als habe er auch diese Antwort vorausgesehen.

«Und wie kommt es, daß Iren und Sachsen gemeinsam an einer Messe für Aidán von Lindisfarne teilnehmen, Schwester?»

«Weil Aidán ein irischer Mönch war, der das Königreich Northumbrien zum Glauben bekehrte und daher von den Iren und Sachsen gleichermaßen verehrt wird.»

«Die Messe begann ...?»

«Genau um Mitternacht.»

«Und vorher, Schwester, wo habt Ihr und Bruder Eadulf Euch vorher aufgehalten?» Marinus sah sie mit großen Augen fragend an.

Fidelma blinzelte.

«Wir haben uns einer Gruppe von Pilgern angeschlossen und das Colosseum besichtigt, in dem zur Zeit der heidnischen römischen Kaiser so viele unserer Brüder und Schwestern für ihren Glauben gestorben sind. Anschließend haben wir noch einige andere heilige

Stätten besucht und sind dann zur Mitternachtsmesse gegangen. Alles in allem müssen wir etwa ein Dutzend Pilger gewesen sein: drei Mönche aus Northumbrien, Bruder Eadulf und zwei Schwestern und vier Brüder aus Columbans Kloster in Bobbio. Außerdem waren noch zwei Gäste aus meiner Herberge in der Nähe des Passe-de-Oratoriums dabei.»

Marinus nickte ungeduldig. «Und Ihr wart bis nach Mitternacht mit Bruder Eadulf zusammen?»

«Das sagte ich Euch bereits, *superista.*»

«Kennt Ihr einen irischen Mönch namens Ronan Ragallach?»

Fidelma schüttelte den Kopf. «Diesen Namen habe ich noch nie gehört. Warum fragt ihr? Vielleicht könnt Ihr mir jetzt erklären, was Euch bewogen hat, mich in den Lateranpalast zu rufen?»

Marinus seufzte tief, als müsse er erst seine Gedanken ordnen.

«Wighard, der in Kürze zum nächsten Erzbischof von Canterbury geweiht werden und als solcher über alle Äbte und Bischöfe Britanniens herrschen sollte, wurde um Mitternacht von einem *decurion* der Palastwache tot in seinem Schlafgemach aufgefunden. Und nicht nur das: All die kostbaren Geschenke, die er dem Heiligen Vater bei seiner heutigen Audienz überbringen wollte, sind spurlos verschwunden.»

IV

«VERDÄCHTIGT MAN MICH IRGENDEINER Beteiligung an der Ermordung Wighards?» fragte Fidelma kühl, als ihr der Ernst der Lage klargeworden war.

Niedergeschlagen breitete Marinus die Arme aus, als wollte er sich bei ihr entschuldigen. «Ich mußte Euch diese Fragen stellen. Viele Menschen könnten Wighard den Tod gewünscht haben, vor allem aber jene, die nicht mit der Vorherrschaft Roms in Britannien einverstanden sind.»

«Dann sprechen wir von vielen Tausenden, die gewünscht haben, Canterbury wäre bei der Synode von Witebia nicht so erfolgreich gewesen», erwiderte Fidelma mit eisiger Stimme.

«Von denen sich allerdings nur sehr wenige in Rom aufhalten», gab Marinus zurück.

«Wollt Ihr damit sagen, daß Wighard von jemandem getötet wurde, der Canterburys Erfolg bei der Synode nicht verwunden hat?»

«Unsere bisherigen Erkenntnisse lassen Schlußfolgerungen dieser Art noch nicht zu.»

«Weshalb bin ich dann hier?»

«Um uns zu helfen, Schwester Fidelma», sagte eine andere Stimme. «Das heißt, falls Ihr dazu bereit seid, was wir natürlich von Herzen hoffen.»

Fidelma drehte sich zu dem hochgewachsenen, schlanken Mann um, der durch eine hinter einem Vorhang versteckte Seitentür auf sie zukam. Offenbar hatte er schon die ganze Zeit über dort gestanden und der Befragung gelauscht.

Aus Respekt vor dem Rang des Bischofs erhob Fidelma sich von ihrem Stuhl.

Gelasius streckte ihr die linke Hand entgegen, doch diesmal machte Fidelma sich nicht einmal die Mühe, sie zu ergreifen, sondern verschränkte die Arme vor der Brust und neigte den Kopf zu einer kurzen Verbeugung.

Sie preßte die Lippen zusammen. Wenn die Römer sie der Mittäterschaft verdächtigten, war sie ihnen keine Ehrerbietung schuldig. Seufzend setzte Gelasius sich auf den Stuhl, von dem Marinus sich erhoben hatte. Der Kommandant der Wachen blieb respektvoll stehen.

«Ruft den Mönch herein, Marinus», wies Gelasius ihn an. «Und Ihr setzt Euch wieder, Fidelma von Kildare.»

Verblüfft nahm Fidelma Platz. Anscheinend teilte Gelasius Marinus' Befürchtungen, was seinem hageren Gesicht deutlich anzumerken war.

Während Marinus zur Tür ging, entstand eine kurze Pause, in der Gelasius schweigend ins Feuer starrte, ehe er schließlich den Blick zu dem Neuankömmling erhob, der ins *officium* getreten war und geduldig wartete.

Auch Fidelma wandte sich um, und ihre Augen weiteten sich vor Erstaunen.

«Bruder Eadulf!»

Eadulf lächelte ihr müde zu.

«Setzt Euch, Eadulf von Canterbury.»

Marinus schleppte zwei weitere Holzstühle herbei, bot einen davon Eadulf an und ließ sich auf dem anderen nieder.

Mit einem fragenden Blick wandte Fidelma sich an Gelasius.

Der Bischof breitete beruhigend die Hände aus. «Ihr habt nur bestätigt, was unser sächsischer Bruder Eadulf uns bereits erzählt hat ...»

«Weshalb ...?» begann Fidelma, die ihre Verblüffung nicht verbergen konnte.

Mit erhobener Hand mahnte der Bischof sie zur Ruhe. «Wir dürfen Wighards Tod nicht auf die leichte Schulter nehmen. Niemand ist über den Verdacht erhaben. Ihr habt freimütig eingeräumt, bei der Synode von Witebia gegen Canterbury aufgetreten zu sein. Wie leicht hättet Ihr da Rachegedanken hegen können. Schließlich ist Wighard als zukünftiger Erzbischof von Canterbury siegreich aus dem Disput hervorgegangen.»

Als Fidelma ärgerlich aufstöhnte, fuhr er rasch fort: «Aber Bruder Eadulf hat uns von dem einzigartigen Dienst berichtet, den Ihr unseren beiden Kirchen in Witebia geleistet habt, indem Ihr den Mord an Äbtissin Étain aufklären konntet.»

Fidelma sah zu Eadulf, aber der sächsische Mönch hatte die Augen niedergeschlagen und regte keine Miene. «Daran hatte Bruder Eadulf ebenso großen Anteil wie ich. Ohne seine Mithilfe wäre der Fall womöglich niemals gelöst worden», erwiderte sie.

«Recht so!» nickte Gelasius. «Doch selbst angesichts der uneingeschränkten Empfehlung, die Bruder Eadulf uns hinsichtlich Eures Leumunds gegeben hat, mußten wir sichergehen ...»

Fidelma runzelte die Stirn. «Worauf wollt Ihr hinaus?»

«Schwester Fidelma, in unserem gestrigen Gespräch erwähntet Ihr, daß Ihr in Irland als Advokatin tätig seid. Bruder Eadulf bestätigte uns diesen Sachverhalt. Offenbar besitzt Ihr ein besonderes Talent, rätselhafte Vorgänge zu ergründen.»

Daß Gelasius um den heißen Brei herumredete, behagte Fidelma gar nicht. Warum sagte er nicht einfach, was er wollte?

Der Bischof sprach weiter: «Jedenfalls verfügt Ihr offenbar über ein Talent, das der Lateranpalast im Augenblick sehr nötig hat. Wir wünschen, daß Ihr, Schwester Fidelma, gemeinsam mit Bruder Eadulf alle notwendigen Untersuchungen einleitet, um die Hintergründe von Wighards Tod zu klären, und außerdem herauszufinden versucht, wer die Geschenke gestohlen hat.»

In dem nun folgenden Schweigen versuchte Fidelma,

das Gesagte zu verarbeiten. Ein Gedanke drängte sich ihr als erstes auf. «Gibt es denn im Lateranpalast niemanden, der solche Ermittlungen durchführen kann?» fragte sie mit einem bedeutungsvollen Seitenblick auf den *superista*.

«Rom war und ist die *communis patria* unserer christlichen Welt», erwiderte Marinus stolzgeschwellt, wenn auch ein wenig gereizt.

Fast hätte Fidelma erwidert, daß das römische Gesetz in ihrem Heimatland, dessen Rechtssystem schon zur Zeit des Hochkönigs Ollamh Fódhla, also achthundert Jahre vor Christi Geburt entstanden war, niemals Gültigkeit besessen hatte. Doch sie hielt ihre Zunge im Zaum.

«In der Stadt Rom», erklärte Gelasius in etwas maßvollerem Tonfall als der *superista*, «wird das Gesetz vom *praetor urbanus* und dessen Männern überwacht. Dieser Fall gehört in den Verantwortungsbereich des *praetor peregrinus*, wie alle Fälle, an denen Fremde beteiligt sind.»

«Warum wollt Ihr dann unsere Hilfe in Anspruch nehmen, obwohl meine Kenntnisse auf das irische Gesetz beschränkt sind und Bruder Eadulf früher ein *gerefa*, also ein sächsischer Friedensrichter war?»

Gelasius wägte jedes Wort vorsichtig ab. «Wir in Rom sind äußerst hellhörig, was die Unterschiede zwischen den Kirchen der Iren, Briten und Sachsen betrifft. Die ganze Angelegenheit ist höchst delikat, da sie staatliche Belange betrifft. Seitdem der irische Bischof Cummian vor dreißig Jahren versuchte, die Kirchen der Iren und Briten mit Rom zu vereinigen, haben wir versucht, eine solche Versöhnung herbeizuführen. Ich bin alt genug, um mich daran erinnern zu können, daß sowohl Honorius als auch sein Nachfolger Johannes die irischen Äbte und Bischöfe in Briefen inständig baten, die Kluft, die sich zwischen unseren Kirchen aufgetan hat, nicht noch größer werden zu lassen ...»

«Ich bin mir der Unterschiede zwischen den Anhängern Roms und denen, die wie wir Iren standhaft an den Ursprüngen des Glaubens festhalten, durchaus bewußt», unterbrach ihn Fidelma. «Doch was hat all das mit Wighards Tod zu tun?»

Gelasius biß sich auf die Lippe. Ganz offensichtlich schätzte er es nicht, unterbrochen zu werden.

«Wie ich bereits andeutete, ist dem Heiligen Stuhl sehr daran gelegen, die Meinungsverschiedenheiten zwischen der römischen und keltischen Kirche zu überwinden. Der Tod Wighards von Canterbury so kurz nachdem es Canterbury gelungen war, die sächsischen Königreiche in den Schoß der Kirche Roms zu führen, könnte einen kriegerischen Flächenbrand entzünden und einen Krieg zwischen Sachsen und Iren auslösen. Und in einen solchen Krieg würde unweigerlich auch Rom hineingezogen.»

Fidelma sah ihn verständnislos an.

Marinus, der eine Weile geschwiegen hatte, ergriff nun anstelle des Bischofs das Wort. «Ich habe Euch doch gefragt, ob Ihr einen Mönch namens Ronan Ragallach kennt.»

«Das habe ich nicht vergessen.»

«Er war derjenige, der Wighard getötet hat.»

Fidelma zog die Augenbraue hoch.

«Warum bittet Ihr Bruder Eadulf und mich, den Fall zu untersuchen, wenn das längst bekannt ist? Euren Schuldigen habt Ihr doch schon.»

Gelasius hob verzweifelt die Hände. Es war deutlich zu sehen, daß er über die Lage alles andere als glücklich war.

«Aus politischen Gründen», antwortete er ernst. «Um einen Krieg zu vermeiden. Deshalb brauchen wir

Eure Hilfe, Fidelma von Kildare. Wighard war ein Mann Roms. Und er wurde im Palast des Heiligen Vaters ermordet. In den sächsischen Königreichen, die Roms Vorherrschaft anerkannt haben und nun in allen Fragen des kirchlichen Lebens nach Canterbury schauen, wird es Fragen geben. Und Rom wird antworten müssen, Wighard sei von einem irischen Mönch getötet worden. Die Sachsen werden aufgebracht sein. Und Irland wird sagen, nach der Niederlage in Witebia sei dies eine allzu durchsichtige Erklärung, ja, in Wirklichkeit nur ein geschickter Schachzug, um die keltische Kirche weiter in Mißkredit zu bringen. Möglicherweise werden sich die Sachsen gegen alle irischen Geistlichen stellen, die noch in ihren Königreichen weilen. Bestenfalls werden sie alle Iren aus dem Land jagen, schlimmstenfalls ...» Er ließ den Satz unvollendet. «Vielleicht wird es sogar zum offenen Krieg kommen. Es sind verschiedene Möglichkeiten denkbar, und keine davon wäre besonders angenehm.»

Aufmerksam betrachtete Schwester Fidelma das besorgte Gesicht des Bischofs. Bisher hatte sie Gelasius als ruhigen, gesetzten Mann gesehen, noch nicht alt, aber sicherlich alt genug, um in jedem Wandel eine Verschlechterung zu sehen. Erst jetzt bemerkte sie eine Tatkraft, eine Entschlossenheit und eine innere Betroffenheit, wie man sie eigentlich nur bei jungen Menschen erwartete. Gelasius war ein energischer Mann, bar all der Sanftmut, Geduld und Bescheidenheit, die man sonst mit dem Alter verbindet.

«Was Ihr sagt, klingt einleuchtend, bezieht sich aber, wie Ihr selbst sagt, doch nur auf ‹denkbare Möglichkeiten›», bemerkte sie.

«Rom liegt viel daran, diesen Möglichkeiten einen Riegel vorzuschieben, ehe sie überhaupt denkbar werden. Wir haben schon zu viele verlustreiche Kriege zwischen Christen erlebt. Wir müssen dringend dafür sorgen, daß die Christenheit sich enger zusammenschließt, vor allem jetzt, da die Anhänger Mohammeds im gesamten Mittelmeer ihr Unwesen treiben, unseren Handel bedrohen und unsere Häfen verwüsten. Eine gesetzeskundige Irin und einen sächsischen Friedensrichter, die sich in einer ähnlich schwierigen Angelegenheit in Witebia einen hervorragenden Ruf erworben haben, mit der Untersuchung des Falles zu betrauen, stellt in unseren Augen den besten Weg dar, mögliche Feindseligkeiten zu verhindern. Wir möchten, daß Ihr beide zu einem einmütigen Urteil über die Hintergründe kommt, denn wer würde einen von Euch schon der Voreingenommenheit beschuldigen? Würden wir vom Heiligen Stuhl aus eine Aussage über den Mörder Wighards treffen, hieße es dagegen sicher schnell, es wäre nur zu unserem eigenen Vorteil, einen unserer Gegner der Tat zu bezichtigen.»

Allmählich erahnte Fidelma Gelasius' Gedankengänge. Hier offenbarte sich der scharfe Geist eines Mannes, der als Politiker und Kirchenmann gleichermaßen erfolgreich war.

«Hat dieser Ronan Ragallach eigentlich den Mord gestanden?»

«Nein», räumte Gelasius ein. «Aber die Beweislast ist erdrückend.»

«Um weitere Spannungen zu vermeiden, wollt Ihr also allgemein verkünden können, Eadulf von Canterbury und Fidelma von Kildare hätten den Mord an Wighard gemeinsam aufgeklärt und seien zu einem einmütigen Urteil gelangt?»

«Genau das ist unser Ziel», sagte Gelasius.

Fidelma wandte sich an Eadulf, der leicht das Gesicht verzog. «Seid Ihr mit diesem Plan einverstanden?»

«Ich war dabei, als Ihr den Mord an Äbtissin Étain

aufgeklärt habt. Ich habe mich bereit erklärt, Euch auch bei der Aufklärung von Wighards Tod nach Kräften zur Seite zu stehen, um ein Blutvergießen zwischen unseren Völkern zu verhindern.»

«Also, was meint Ihr, Fidelma von Kildare, werdet Ihr die Aufgabe übernehmen?» drängte Gelasius.

Fidelma sah in Gelasius' hageres, adlernasiges Gesicht. Auch diesmal glaubte sie, in den dunklen Augen des Bischofs Angst zu erkennen. Nachdenklich fragte sie sich, ob sie tatsächlich nur in der Furcht vor einem bewaffneten Kampf am nordwestlichen Ende der Welt begründet war. Doch sie hatte keine andere Wahl. Sie neigte den Kopf. «Also gut. Aber es gibt Bedingungen.»

«Bedingungen?» Marinus musterte sie argwöhnisch.

«Welche?» wollte Gelasius wissen.

«Ganz einfache. Der ersten habt Ihr bereits zugestimmt, nämlich daß Bruder Eadulf in dieser Untersuchung als mein gleichberechtigter Partner gilt und wir alle Entscheidungen einmütig treffen. Die zweite Bedingung ist, daß wir bei unseren Ermittlungen freie Hand bekommen. Wir brauchen die Erlaubnis, jeden zu befragen, dessen Aussage wichtg ist, selbst wenn wir den Heiligen Vater höchstpersönlich behelligen müßten. Es darf für keinen von uns irgendwelche Beschränkungen geben.»

Auf Gelasius' Gesicht erschien ein nachsichtiges Lächeln. «Aber Ihr wißt doch sicherlich, daß einige dem Heiligen Stuhl unterstellte Teile der Stadt den fremdländischen *clericos* verschlossen sind.»

«Genau aus diesem Grund stelle ich diese Bedingung», entgegnete Fidelma kühl. «Wenn ich im Rahmen meiner Untersuchungen gewisse Schritte für nötig halte, muß ich die Befugnis besitzen, sie zu unternehmen.»

«Aber dazu wird es doch sicher nicht kommen, da

wir den Täter bereits kennen. Im Grunde braucht Ihr seine Schuld nur noch zu bestätigen», warf Marinus ein.

«Doch dieser Täter beteuert seine Unschuld», widersprach Fidelma. «Und nach dem irischen Gesetz gilt ein Mensch solange als unschuldig, bis seine Schuld zweifelsfrei erwiesen ist. Deshalb werde auch ich zunächst davon ausgehen, daß Ronan Ragallach unschuldig ist, und zwar bis zu dem Moment, in dem ich seine Schuld bewiesen habe. Falls Ihr von mir erwartet, daß ich die Schuld Eures Täters einfach bestätige, kann ich diesen Fall nicht übernehmen.»

Gelasius warf Marinus einen gequälten Seitenblick zu. Der *superista* der *custodes* runzelte verärgert die Stirn.

«Ihr werdet alle nötigen Befugnisse erhalten, Schwester Fidelma», räumte der Bischof schließlich ein. «Ihr und Bruder Eadulf könnt Eure Ermittlungen ganz so durchführen, wie Ihr es für richtig erachtet. Ich werde dafür sorgen, daß der *praetor peregrinus* unterrichtet ist. Allerdings solltet Ihr nicht vergessen, daß Ihr nur ermitteln, nicht aber eigenmächtig das Gesetz in die Hand nehmen dürft. In der Vollstreckung des Rechts unterliegt auch Ihr den in dieser Stadt üblichen Verfahren und der Zuständigkeit des *praetor peregrinus.* Marinus wird eine Vollmacht aufsetzen, und ich werde dafür sorgen, daß der *praetor* sie unterschreibt.»

«Einverstanden», stimmte Fidelma zu.

«Wann wollt Ihr anfangen?»

Fidelma stand auf. «Am besten gleich.»

Zögernd erhoben sich die anderen von ihren Plätzen.

«Und wie werdet Ihr vorgehen?» fragte Marinus. «Ich nehme an, als erstes werdet Ihr Euch diesen Ronan Ragallach vorknöpfen?»

«Eins nach dem anderen», erwiderte Fidelma und

sah dabei Eadulf an. «Zunächst werden wir das *domus hospitale* und Wighards Gemächer in Augenschein nehmen. Ist die Leiche von einem Medikus untersucht worden?»

«Ja, vom Leibchirurgen des Heiligen Vaters, Cornelius von Alexandria», antwortete Gelasius.

«Dann werden wir Cornelius von Alexandria zuerst befragen.»

Auf dem Weg zur Tür zögerte sie und drehte sich noch einmal zu Gelasius um. «Mit Eurer Erlaubnis, Bischof?»

Gelasius, der in ihrer Stimme einen spöttischen Unterton zu hören glaubte, brachte nur ein hilfloses Winken zustande. Während Eadulf sich tief über die Hand des Bischofs beugte und den Smaragdring mit den Lippen streifte, war Fidelma schon an der Tür.

«Kommt, Eadulf, wir haben viel zu tun», drängte sie freundlich.

«Ich werde Euch zu Wighards Gemächern führen», bot Marinus seine Begleitung an.

«Das wird nicht nötig sein, *superista*, vielen Dank. Allerdings wäre ich Euch dankbar, wenn Ihr die Vollmacht so bald wie möglich aufsetzen und dafür sorgen könntet, daß wir das schriftliche Einverständnis des *praetor peregrinus* noch vor dem Mittagsangelus erhalten.»

Vor der Tür stand der junge Offizier der *custodes*, der sie von der Herberge zum Palast begleitet hatte.

«Und außerdem», fuhr Fidelma, an Marinus gewandt, fort, «wäre ich Euch sehr verbunden, wenn ich zum Zeichen meiner amtlichen Befugnisse die Dienste eines Eurer Soldaten in Anspruch nehmen könnte, damit jeder auf den ersten Blick erkennt, daß ich in Eurem Auftrag handle. Dieser junge Mann hier wäre dafür sicher gut geeignet.»

Marinus schürzte die Lippen und fragte sich, ob er widersprechen sollte, dann nickte er kurz. «*tesserarius*!»

«Zu Diensten, *superista*!» Der junge Mann stand stramm.

«Ihr werdet Eure Befehle ab sofort von Schwester Fidelma oder Bruder Eadulf entgegennehmen, und zwar solange, bis ich Euch persönlich von dieser Pflicht entbinde. Die beiden handeln in Absprache mit mir, Bischof Gelasius und dem *praetor peregrinus*.»

Auf dem Gesicht des Mannes spiegelte sich blankes Erstaunen. «*superista*?» stammelte er, als bezweifelte er, richtig gehört zu haben.

«Habe ich mich nicht deutlich genug ausgedrückt?»

Der *tesserarius* lief rot an und schluckte. «Zu Befehl, *superista*!»

«Gut. Eure Vollmacht werde ich Euch sobald wie möglich zukommen lassen, Schwester Fidelma. Und zögert nicht, Euch an mich zu wenden, falls Ihr mich braucht.»

Gefolgt von Eadulf und einem völlig verwirrten jungen Offizier, eilte Fidelma hinaus.

«Wie lauten Eure Befehle, Schwester?» fragte der Soldat, als sie in den Innenhof traten. Am Himmel zeigte sich das erste Morgengrauen, und die Vögel übertönten mit ihrem Gezwitscher fast das Plätschern des Brunnens.

Fidelma blieb stehen, um den jungen Mann, der sie so rüde aus dem Schlaf gerissen hatte, aufmerksam zu betrachten. Auch bei Tageslicht strahlte er eine gewisse Überheblichkeit aus. In der prächtigen Uniform der Lateranwache machte er eine gute Figur: jeder Zoll ein römischer Edelmann. Fidelma lächelte breit.

«Wie heißt Ihr?»

«Furius Licinius.»

«Und Ihr stammt zweifellos aus einer uralten römischen Patrizierfamilie.»

«Natürlich, ja.» Der junge Mann runzelte die Stirn. Er wußte ihren leicht spöttischen Unterton nicht zu deuten.

Fidelma seufzte. «Das ist gut. Vielleicht werde ich jemanden brauchen, der mir, was die Sitten in der Stadt und im Lateranpalast angeht, beratend zur Seite steht. Wir haben den Auftrag, den Mord an Wighard von Canterbury aufzuklären, der in einer Woche vom Heiligen Vater zum neuen Erzbischof geweiht werden sollte.»

«Aber er wurde doch von einem irischen Mönch ermordet.» Der junge Mann sah sie verwirrt an.

«Das müssen wir erst noch herausfinden», erwiderte Fidelma scharf. «Ihr habt also von dem Mord gehört?»

Der junge Mann zuckte die Achseln. «Die meisten *custodes* wissen davon. Aber *ich* bin sicher, daß der irische Mönch schuldig ist.»

«Wieso das?»

«Ich hatte Dienst im Wachzimmer, als mein Kamerad, *decurion* Marcus Narses, mit dem irischen Mönch hereinkam. Man hatte gerade Wighards Leichnam entdeckt und diesen Ronan Ragallach in unmittelbarer Nähe seiner Gemächer aufgegriffen.»

«Normalerweise würde man das ein Indiz nennen», entgegnete Fidelma. «Und doch behauptet Ihr, daß Ihr Euch sicher seid. Warum?»

«Vor zwei Nächten war ich zum Wachdienst im Innenhof vor dem Gästehaus eingeteilt, wo auch Wighard und sein Gefolge untergebracht waren. Gegen Mitternacht hörte ich jemanden durch den Hof schleichen. Ich verfolgte ihn und traf schließlich auf den irischen Mönch, der heftig bestritt, sich in der Nähe des *domus hospitale* aufgehalten zu haben. Nicht nur in dieser Hinsicht hat er mich belogen. Er hat mir auch einen falschen Namen genannt: Bruder ‹Eien-Dina›.»

«Bruder Aon Duine?» verbesserte Fidelma seine Aussprache. Als der *tesserarius* nickte, wandte sie sich ab, um ihr Grinsen zu verbergen. Auch Eadulf, der die irische Sprache beherrschte, verstand den Witz, der dem jungen Offizier verborgen geblieben war.

«Ich verstehe», sagte sie ernst, nachdem sie sich wieder gefaßt hatte. «Er hat sich Euch gegenüber als ‹Bruder Niemand› ausgegeben, denn das bedeuten diese Worte in meiner Sprache. Was noch?»

«Er behauptete, aus seiner Studierstube gekommen zu sein, was sich später als falsch erwies ...»

«Als ebenso falsch wie sein Name?» fragte Eadulf mit lächelnder Unschuldsmiene.

«Als mir klar wurde, daß er mich belogen hatte, war er längst über alle Berge. Deshalb bin ich davon überzeugt, daß er schuldig ist.»

«Schuldig vielleicht ... aber welchen Verbrechens?» gab Fidelma zurück. «Ob er des Mordes überführt werden kann, müssen wir erst noch sehen. Aber das können wir später mit diesem Ronan Ragallach selbst besprechen. Kommt, Furius Licinius, führt mich zu dem Medikus, der Wighards Leichnam untersucht hat.»

V

CORNELIUS VON ALEXANDRIA, LEIBCHIRURgus Seiner Heiligkeit, des Bischofs von Rom, war ein kleiner, dunkelhäutiger Grieche mit Knollennase und schmalen Lippen. Der schwarzblaue Schatten auf seinem Kinn ließ auf einen starken Bartwuchs schließen. Die dunklen, durchdringenden Augen fragend auf die Eindringlinge gerichtet, erhob er sich mißmutig, als Furius Licinius, gefolgt von Fidelma und Eadulf, seine Gemächer betrat.

«Was gibt es, *tesserarius*?» Sein Tonfall machte aus seinem Ärger über die Störung kein Hehl.

«Seid Ihr Cornelius, der Medikus?» fragte Fidelma in fließendem Griechisch. Erst im nachhinein fiel ihr ein, daß Bruder Eadulf diese Sprache nicht so gut beherrschte, und wiederholte ihre Frage noch einmal auf Latein.

Der Grieche aus Alexandria musterte sie mit argwöhnischem Blick. «Ich bin der Leibchirurgus Vitalians», bestätigte er. «Und wer seid Ihr?»

«Ich bin Fidelma von Kildare, und dies ist Bruder Eadulf von Canterbury. Bischof Gelasius hat uns beauftragt, die Umstände von Wighards Tod näher zu untersuchen.»

Der Medikus schnaubte verächtlich. «Da gibt es nicht viel zu untersuchen, Schwester. Die Tatsachen liegen auf der Hand.»

«Dann könnt Ihr uns also sagen, wie er gestorben ist?»

«Er ist erdrosselt worden.»

Fidelma erinnerte sich an ihr Zusammentreffen mit Wighard in Witebia, wo er als *scriba* Erzbischof Deusdedits aufgetreten war.

«Soweit ich mich erinnere, war Wighard ziemlich groß und kräftig. Nur ein sehr starker Mensch hätte ihn erdrosseln können.»

Cornelius schniefte. Offenbar hatte er die ärgerliche Angewohnheit, seine Worte durch unüberhörbare Nasengeräusche zu unterstreichen. «Ihr wärt erstaunt, Schwester, wenn Ihr wüßtet, wie einfach es ist, selbst einen kräftigen Mann zu erwürgen. Ein bloßes Abdrükken der Arteria carotis und der Jugularvenen im Nacken reicht aus, um die Versorgung des Gehirns mit Blut zu unterbinden, und das führt zu sofortiger Bewußtlosigkeit. Das Ganze dauert allerhöchstens drei Sekunden.»

«Vorausgesetzt, das Opfer läßt zu, daß ihm jemand die Adern im Nacken abdrückt», erwiderte Fidelma nachdenklich. «Wo befindet sich Wighards Leichnam jetzt? Noch immer in seinen Gemächern?»

Cornelius schüttelte den Kopf. «Ich habe ihn ins *mortuarium* bringen lassen.»

«Wie schade.»

Ihr unterschwelliger Tadel schien Cornelius zu verärgern.

«Von mir könnt Ihr alles über Wighards Tod erfahren, Schwester», erwiderte er kühl.

«Vielleicht», antwortete Fidelma leise. «Zeigt uns Wighards Leiche. Dann könnt Ihr uns erklären, wie Ihr zu Euren Erkenntnissen gelangt seid.»

Cornelius zögerte, dann verbeugte er sich mit einem leicht spöttischen Grinsen. «Wenn Ihr mir bitte folgen wollt», sagte er und führte sie durch eine kleine Tür zu einer steilen Wendeltreppe. Sie kamen durch einen langen, düsteren Gang in eine große, kalte, mit Marmor geflieste Halle, wo auf mehreren Steinplatten in fleckige Leinentücher eingehüllte Leichen lagen.

Cornelius trat auf eine der Platten zu und schlug das Tuch zurück.

«Wighards Leiche», verkündete er nasal und deutete auf die blasse, wachsgesichtige Gestalt.

Fidelma und Eadulf traten näher, um den Leichnam

zu betrachten, während sich Licinius unauffällig im Hintergrund hielt. Im Leben war Wighard von Canterbury ein großer, lebensfroher Mann mit grauem Haar und rundlichem Gesicht gewesen, auch wenn sich hinter seinem harmlosen Äußeren, wie Fidelma aus ihrer Zeit in Witebia wußte, kühle Berechnung und rücksichtsloser Ehrgeiz verborgen hatten. Seine Augen hatten sie stets an die eines gerissenen Fuchses erinnert. Ohne Muskelspannung hing das blasse, wächserne Fleisch schlaff herunter, so daß er kaum wiederzuerkennen war.

Fidelmas Blick fiel auf die Blutergüsse an seinem Hals.

Mit einem finsteren Lächeln trat Cornelius vor. «Wie Ihr seht, Schwester, ist er tatsächlich erdrosselt worden.»

«Wenn auch nicht mit bloßen Händen.»

Offenbar erstaunt über ihre Beobachtungsgabe, zog Cornelius die Augenbrauen hoch.

«Ihr habt recht. Er ist mit seiner Gebetsschnur erdrosselt worden.»

Damit meinte er die geknotete Schnur, die den Geistlichen als Gürtel, aber auch als Gedächtnisstütze für ihre Gebete diente, denn die Anzahl der Knoten stand für die Gebete, die sie im Laufe eines Tages sprechen mußten.

«Sein Gesicht wirkt so ruhig, als würde er schlafen», bemerkte Fidelma. «Nichts deutet auf ein gewaltsames Ende hin.»

Der alexandrinische Chirurgus zuckte die Achseln. «Wahrscheinlich ging alles so schnell, daß er gar nicht merkte, was mit ihm geschah. Wie ich schon sagte, dauert es nicht lange, bis das Opfer die Besinnung verliert, wenn die entsprechenden Adern abgedrückt werden. Hier ... und hier.» Er zeigte auf Wighards Hals. Wie ein Lehrer, der begabten Schülern sein Wissen vermittelt, begann er zu erklären. «Es war der große Medikus Galen von Pergamon, der diese Arterien entdeckte und bewies, daß sie Blut und nicht Luft enthalten, wie man bis dahin angenommen hatte. Er nannte sie Arteria carotis nach dem griechischen Wort für Benommenheit, um damit anzuzeigen, daß ihr Abdrücken unweigerlich zur Bewußtlosigkeit führt ...»

«Und ich habe immer gedacht», warf Bruder Eadulf mit einem belustigten Seitenblick zu Schwester Fidelma ein, «Herophilus, der dreihundert Jahre vor Christi Geburt die große Schule der Medizin in Eurer Heimatstadt Alexandria gründete, hätte längst klargestellt, daß unsere Arterien Blut und nicht Luft enthalten, und zwar vier Jahrhunderte vor Galen.»

Erstaunt sah Cornelius zu dem sächsischen Bruder auf. «Ihr seid auf dem Gebiet der Medizin bewandert, Sachse?»

Eadulf grinste. «Ich habe einige Jahre lang das Kollegium der Medizin in Tuaim Brecain besucht.»

«Ah», nickte Cornelius zufrieden. «Dann kann es durchaus sein, daß Ihr einige wenige Kenntnisse erworben habt. Gewiß ist der große Herophilus zu der genannten Schlußfolgerung gelangt, doch blieb es Galen überlassen, dies als Tatsache festzuschreiben und die wahre Bedeutung der Arterien zu ergründen. Außerdem ist das *jugulum*, das wir Schlüsselbein nennen, namensgebend für verschiedene Venen im Nackenbereich. Sie führen das Blut vom Kopf zurück, während die Arterien das Blut in den Kopf schicken. In Wighards Fall wurden alle diese Adern abgedrückt. Der Tod muß bei ihm in wenigen Sekunden eingetreten sein.»

Während er noch sprach, hatte Fidelma die Gliedmaßen und Hände der Leiche genauer untersucht, wobei sie sich besonders für die Finger und die Fingernägel interessierte. Schließlich richtete sie sich auf. «Habt Ihr irgendwelche Hinweise auf einen Kampf bemerken können, Cornelius?»

Der Medikus schüttelte den Kopf.

«Und in welcher Haltung habt Ihr den Leichnam vorgefunden?»

«Soweit ich mich erinnere, lag er mit dem Gesicht nach unten auf dem Bett – oder vielmehr, der Rumpf lag auf dem Bett, während die Schienbeine den Boden berührten. Es sah aus, als hätte er neben dem Bett gekniet.»

Fidelma sah ihn nachdenklich an. «Dann laßt uns jetzt in Wighards Gemächer gehen. Es ist wichtig, daß ich die genaue Lage des Leichnams kenne.»

Furius Licinius räusperte sich. «Soll ich *decurion* Marcus Narses bitten, ebenfalls ins Gästehaus zu kommen, Schwester? Er war derjenige, der die Leiche gefunden und auch den Mörder festgenommen hat.»

Fidelma bedachte ihn mit einem ärgerlichen Blick.

«Ihr meint, er hat Bruder Ronan festgenommen», wies sie ihn sanft zurecht. «Ja, auf jeden Fall. Dieser Marcus Narses soll sich in Wighards Gemächern einfinden. Geht und sucht ihn. Cornelius wird uns zum Tatort geleiten.»

Fidelmas Annahme, er würde ihren Befehlen selbstverständlich Folge leisten, veranlaßte den Medikus zu einem wütenden Schnauben, doch er widersprach nicht. «Also dann, hier entlang.»

Sie verließen das *mortuarium* durch ein Labyrinth von offenen Gängen und dunklen Korridoren, bis sie schließlich auf einen hübschen Innenhof mit einem plätschernden Brunnen hinaustraten. Cornelius führte Fidelma und Eadulf über den Hof auf ein dreistöckiges Gebäude zu, bei dem es sich eindeutig um das *domus hospitale* des Lateranpalasts handelte – das Haus also, in dem der Bischof von Rom seinen persönlichen Gästen

Unterkunft gewährte. Über eine große Marmortreppe gelangte man nach oben. Im dritten Stock blieb Cornelius im Korridor stehen. Ein *custos* stand Wache vor einer Tür, trat aber bereitwillig zur Seite, als er Cornelius erkannte.

Hinter der Tür befand sich ein behagliches Wohnzimmer und dahinter das Schlafgemach des verstorbenen Erzbischofs. Beide Zimmer hatten hohe Fenster, von denen aus man auf den sonnenbeschienenen Innenhof sah.

Cornelius ging voraus ins Schlafgemach.

Wie Fidelma bemerkte, entsprach die Einrichtung der Räume dem Prunk im übrigen Lateranpalast. Die Wände waren mit prächtigen Behängen geschmückt, die Fliesen mit dicken Teppichen bedeckt. Alles in allem unterschieden sich diese Räumlichkeiten sehr von den kargen, engen *cubicula*, die sie aus ihrem Klosterleben kannte. Das große Holzbett war mit kunstvollen Schnitzereien verziert, die eine Vielzahl religiöser Symbole darstellten. Die Überdecke war zerknittert, doch es sah ganz so aus, als habe niemand in dem Bett geschlafen oder es überhaupt für die Nacht vorbereitet. Nur auf dem unteren Teil des Bettes schien jemand gelegen zu haben.

Es war die Stelle, auf die jetzt auch Cornelius deutete. «Wighard lag mit dem Gesicht nach unten am Fußende des Bettes.»

«Könnt Ihr uns die Haltung einmal zeigen?» fragte Fidelma.

Cornelius schien über diese Aufforderung alles andere als erfreut. Dennoch ging er vor dem Fußende des Bettes auf die Knie und ließ seinen Rumpf auf die Matratze gleiten.

Nachdenklich sahen Fidelma und Eadulf ihm zu.

«Könnte es sein, daß Wighard betend vor seinem

Bett kniete, als sein Mörder hereinkam und ihm die Gebetsschnur um den Hals legte?» fragte Eadulf.

«Das wäre schon möglich», antwortete Fidelma zögernd. «Aber in dem Fall hätte er seine Gebetsschnur entweder in der Hand gehalten oder um seinen Bauch getragen. Wir wissen aber, daß der Mörder rasch gehandelt haben muß, so rasch, daß Wighard gar nicht erst dazu kam, sich zu wehren. Offenbar hat der Mörder sich schon vorher in den Besitz der Schnur gebracht, denn einen Kampf hat es nicht gegeben.»

Eadulf stimmte zögernd zu.

«Kann ich aufstehen?» fragte Cornelius, dem die Haltung offenbar unbequem war, mit mißmutiger Stimme.

«Natürlich», erwiderte Fidelma schuldbewußt. «Ihr habt uns sehr geholfen, Medikus. Ich glaube nicht, daß wir Eure Dienste noch weiter beanspruchen müssen.»

Laut schnaubend erhob sich Cornelius von dem Bett.

«Und was ist mit der Leiche? Seine Heiligkeit beabsichtigt, gegen Mittag für Wighard ein Requiem in der Basilika zu halten. Danach wird seine Leiche zum Metronia-Tor gebracht und auf dem christlichen Friedhof außerhalb der aurelianischen Mauer begraben werden.»

«Ein so rasches Begräbnis?»

«So ist es in diesem Land nun einmal Sitte.»

«Bei der großen Hitze sind Beerdigungen zum frühestmöglichen Zeitpunkt der öffentlichen Gesundheit zuträglich», erklärte Eadulf.

Fidelma nickte geistesabwesend, den Blick starr auf die zerknitterte Überdecke gerichtet. Dann sah sie auf und lächelte Cornelius freundlich an. «Ich brauche den Leichnam nicht noch einmal zu sehen. Der Heilige Vater kann die Beerdigung nach seinem Belieben veranlassen.»

An der Tür blieb Cornelius zögernd stehen. Offenbar wollte er nichts verpassen. «Kann ich noch irgend etwas ...?»

«Nein», entgegnete Fidelma mit Nachdruck und wandte sich wieder Wighards Bettstatt zu.

Der alexandrinische Chirurgus schnaubte, drehte sich um und verließ das Zimmer.

Neugierig beobachtete Eadulf, wie Fidelma das Bett noch einmal eingehend betrachtete. «Habt Ihr etwas gesehen, Fidelma?»

Die irische Schwester schüttelte den Kopf. «Aber es gibt etwas, das ich noch nicht verstehe. Etwas, das ...» Sie hielt inne und schüttelte den Kopf. «Morann von Tara, mein alter Meister, sagte immer: Mutmaße nichts, ehe du nicht alles weißt, was es in Erfahrung zu bringen gibt.»

«Ein weiser Mann», sagte Eadulf.

«So weise, daß er zum obersten Richter Irlands berufen wurde», meinte Fidelma nickend. Sie deutete auf das Fußende des Bettes. «Bisher haben wir also Wighard, der vor seinem Bett stand oder kniete und angesichts der späten Stunde dabei war, sich auf die Nachtruhe vorzubereiten. Wollte er gerade die Decke zurückschlagen und sich zum Schlafen auskleiden, oder kniete er betend vor seinem Bett?»

Nachdenklich starrte sie auf die Decke, als erwarte sie von ihr die entscheidende Eingebung.

«Was auch immer er gerade tat, wir müssen davon ausgehen, daß er der Tür den Rücken zugewandt hatte. In diesem Augenblick tritt sein Mörder ein, und zwar so leise, daß Wighard keinerlei Verdacht schöpft, ja, sich nicht einmal zu ihm umdreht. Und dann ist dieser Mörder auch noch in der Lage, sich Wighards Gebetsschnur zu greifen und ihn so rasch zu erdrosseln, daß es zu einem Kampf gar nicht mehr kommen kann.»

«Nach dem, was wir bisher wissen, muß es ungefähr so gewesen sein», stimmte Eadulf zu. «Vielleicht sollten wir jetzt mit diesem Bruder Ronan sprechen und sehen, ob er Licht ins Dunkel bringen kann.»

«Bruder Ronan kann ruhig noch einen Augenblick warten», erwiderte Fidelma und sah sich im Zimmer um. «Bischof Gelasius sagte, die Geschenke, die Wighard für den Heiligen Vater mitgebracht hatte, seien in der Mordnacht gestohlen worden. Ihr als Wighards Sekretär müßtet doch wissen, wo die Geschenke aufbewahrt wurden, Eadulf.»

Der sächsische Mönch deutete auf die Tür zum Wohnzimmer. «Sie waren in einer großen Truhe verstaut.»

Gemeinsam kehrten sie in das erste Zimmer zurück, in dessen einer Ecke eine große, eisenbeschlagene Truhe stand. Der Deckel war offen, die Truhe vollkommen leer.

«Was wurde in der Truhe aufbewahrt, Eadulf? Wißt Ihr darüber Bescheid?»

Eadulf lächelte stolz. «Als *scriba* des Erzbischofs war ich selbstverständlich eingeweiht. Alle sächsischen Königreiche hatten Wighard Geschenke für den Heiligen Vater mitgegeben. Mit diesen Geschenken wollten sie ihre Bereitschaft bekunden, sich der Entscheidung von Witebia zu unterwerfen, die Vorherrschaft Roms anzuerkennen und Canterbury als wichtigsten Bischofssitz Britanniens zu achten. Unter den Geschenken befand sich ein kostbarer Wandteppich, gewebt von den Hofdamen der frommen Seaxburgh, der Gemahlin Eorcenbreths von Kent und Stifterin eines großen Klosters auf der Isle of Sheppey.»

«Ein Wandteppich also. Und was noch?»

«Oswiu von Northumbrien hat ein Buch geschickt, das Lukasevangelium, koloriert von den Mönchen von

Lindesfarne. Eadulf von Ostanglien steuerte eine juwelenbesetzte Schatulle und Wolfhere von Mercia eine in Gold und Silber gearbeitete Glocke bei, während Cenewealh von Westsachsen zwei Silberkelche mitgab, die seine Goldschmiede eigens zu diesem Anlaß angefertigt hatten. Und dann war da natürlich noch das Geschenk aus Canterbury selbst.»

«Nämlich?»

«Die Sandalen und der Bischofsstab von Augustin, Canterburys erstem Bischof.»

«Verstehe. Und all diese Gegenstände waren in dieser Truhe untergebracht?»

«Genau. Außerdem noch fünf Gold- und Silberkelche, die von Seiner Heiligkeit gesegnet und anschließend an die Kathedralen der fünf sächsischen Königreiche gesandt werden sollten, und ein Sack voller geweihter Gold- und Silbermünzen für verschiedene Opfergaben. Und all diese Wertgegenstände sind spurlos verschwunden.»

«Einen solchen Schatz fortzuschaffen», meinte Fidelma nachdenklich, «ist gar nicht so einfach.»

«Es war in der Tat ein äußerst wertvoller Schatz», nickte Eadulf.

«Wir müssen also zwei Motive für den Mord an Wighard ins Auge fassen», stellte Fidelma fest. «Das erste Motiv, das Bischof Gelasius nach der Festnahme Bruder Ronans für sehr wahrscheinlich hält, ist die Rache an Canterbury durch einen unzufriedenen Anhänger der Kirche Columbans, der den Ausgang der Synode von Witebia nicht verwinden konnte. Das zweite Motiv ist Habgier. In dem Fall wäre Wighard das Opfer eines Raubmordes geworden.»

«Die beiden Motive müssen einander aber nicht ausschließen», gab Eadulf zu bedenken. «Augustins Reliquien sind nicht mit Gold aufzuwiegen. Mit dem Raub der Reliquien hätte ein unzufriedener Anhänger der keltischen Kirche Canterbury einen doppelten Schlag versetzt!»

«Ein ausgezeichneter Einfall, Eadulf. Die Reliquien sind nur für denjenigen wertvoll, der weiß, was sie den gläubigen Gefolgsleuten Canterburys bedeuten.»

In diesem Augenblick war ein verhaltenes Klopfen an der Tür zu hören. Kurz darauf trat Furius Licinius ins Zimmer. Ein gutaussehender, mittelgroßer Mann mit breiten, kräftigen Schultern, einem ausdrucksvollen Gesicht und dunklem, welligem Haar folgte ihm. Wie Fidelma sogleich bemerkte, wirkte sein Äußeres sehr gepflegt, und seine Hände und seine Fingernägel waren auffallend sauber. In Fidelmas irischer Heimat galten saubere Fingenägel als Zeichen für Rang und Schönheit.

«*Decurion* Marcus Narses, Schwester», stellte Licinius seinen Kameraden vor.

«Ihr wißt über unsere Befugnisse und Absichten Bescheid?» fragte Fidelma.

Der *custos* nickte.

«Wie wir hörten, habt Ihr Wighards Leichnam entdeckt und wenig später Bruder Ronan festgenommen.»

«So ist es, Schwester», bestätigte der *decurion*.

«Dann erzählt uns doch einmal mit eigenen Worten, wie es dazu gekommen ist.»

Marcus Narses sah von einem zum anderen, hielt kurz inne, um seine Gedanken zu ordnen, und richtete dann seinen Blick wieder auf Schwester Fidelma.

«Es war letzte Nacht. Ich war zum Nachtdienst eingeteilt und sollte in der ersten Morgenstunde abgelöst werden. Der Auftrag meiner *decuria* ...»

«Einer zehnköpfigen Truppe der *custodes*, Schwester», warf Licinius eifrig ein. «Alle *custodes* der Lateranwache sind in solche Einheiten unterteilt.»

«Danke», sagte Fidelma, die dies längst gewußt hatte, höflich. «Fahrt bitte fort, Marcus Narses.»

«Meine *decuria* hatte den Auftrag, das *domus hospitale* mit den fremden Würdenträgern und persönlichen Gästen Seiner Heiligkeit zu bewachen.»

«Ich hatte in der Nacht davor den gleichen Wachdienst», unterbrach Licinius aufs neue. «Der *superista* war um das Wohlergehen des sächsischen Erzbischofs und seines Gefolges äußerst besorgt.»

«Tatsächlich?» Fidelma sah den jungen Mann nachdenklich an, dann wandte sie sich wieder dem ungeduldigen *decurion* zu: «Sprecht weiter, Marcus Narses.»

«Es war eine ziemlich langweilige Wache. Nichts Besonderes geschah. Dann hörte ich die Glocke der Basilika zum Angelus läuten. Ich ging über den Innenhof ...», er deutete auf das hohe Fenster, «... den Ihr dort unten seht, als ich plötzlich ein Geräusch aus diesem Gebäude hörte.»

«Was für ein Geräusch war das?»

«Ich weiß nicht», antwortete der *decurion* zögernd. «Es hörte sich an wie ein Stück Metall, das auf eine harte Oberfläche fällt. Ich hätte nicht einmal sagen können, aus welcher Richtung es kam.»

«Und was geschah dann?»

«Ich wußte, daß der zukünftige Erzbischof von Canterbury im Gästehaus untergebracht war, also trat ich ein und stieg die Treppe hinauf. Ich wollte nachsehen, ob alles seine Ordnung hatte.»

Der junge *custos* schluckte. «Ich war gerade im dritten Stock angekommen, als ich eine Gestalt im geistlichen Gewand entdeckte, die von mir fort auf die Treppe am anderen Ende des Flurs zulief. Es führen nämlich zwei Treppen hier hinauf, die eine von dem Innenhof dort draußen und die andere von einem kleineren Innenhof, der hinter dem Gebäude liegt.»

«Und war der Korridor dunkel oder erleuchtet?» fragte Eadulf.

«Es waren drei brennende Fackeln an der Wand befestigt. Ich ...» Marcus Narses hielt lächelnd inne. «Ah, ich verstehe, worauf Ihr hinauswollt, Bruder. Ja, der Korridor war so hell erleuchtet, daß ich Bruder Ronan Ragallach zweifelsfrei erkennen konnte.»

Fidelma zog erstaunt die Augenbrauen hoch.

«Erkennen konntet?» wiederholte sie. «Hattet Ihr Bruder Ronan Ragallach denn schon einmal gesehen?»

Der *custos* errötete. «Nein. Damit wollte ich sagen, daß der Mann, den ich durch den Korridor fliehen sah, der gleiche war, den ich später festnahm. Seinen Namen erfuhr ich erst später.»

Licinius nickte traurig. «Es war der gleiche Mann, der sich nachts zuvor als Bruder Eien-Dina ausgegeben hatte ...»

Er sah, wie Fidelma ihre schlanke Hand hob, und verstummte.

«Im Augenblick hören wir die Aussage von Marcus Narses», ermahnte Fidelma ihn sanft. «Fahrt fort, *decurion*. Hat dieser Bruder Ronan Ragallach Euch bei der Festnahme seinen richtigen Namen genannt?»

«Anfangs nicht», antwortete der *custos*. «Er hat es ebenfalls mit ‹Bruder Ayn-Dina› versucht. Doch einer meiner Männer hat in ihm einen *scriptor* aus dem *munera peregrinitatis* erkannt ...»

«Dem Amt für fremdländische Angelegenheiten», warf Furius Licinius erklärend ein.

«Der Soldat erinnerte sich sogar an seinen Namen: Ronan Ragallach. Erst daraufhin hat der Mann sich zur Wahrheit bekannt.»

«Wir haben etwas übersprungen», sagte Fidelma. «Kehren wir wieder zu dem Augenblick zurück, als Ihr den Mann, von dem Ihr später erfuhrt, daß er Bruder

Ronan heißt, zum ersten Mal gesehen habt. Ihr sagt, Ihr hättet ihn am anderen Ende des Korridors gesehen? Ist das richtig?»

Der *decurion* nickte zustimmend.

«Und habt Ihr den Bruder aufgefordert stehenzubleiben?» fragte Eadulf. «Hattet Ihr den Eindruck, daß er sich verdächtig verhielt?»

«Nicht gleich. Mein Blick fiel auf die Tür zur Unterkunft des zukünftigen Erzbischofs. Sie war bloß angelehnt. Ich rief nach Wighard von Canterbury, bekam aber keine Antwort und stieß die Tür auf. Als auch auf meinen zweiten Zuruf niemand antwortete, trat ich ein.»

«Waren die Zimmer beleuchtet?» fragte Fidelma.

«Ja, sehr gut beleuchtet sogar. In beiden Zimmern brannten Kerzen.»

«Und was habt Ihr gesehen?»

«Beim ersten Eintreten konnte ich nichts Ungewöhnliches entdecken – außer daß der Deckel der Truhe offenstand.» Er zeigte auf den Aufbewahrungsort der Geschenke. «Die Truhe war leer, aber in ihrer unmittelbaren Umgebung deutete nichts darauf hin, daß etwas entfernt oder in Unordnung geraten war.»

«Gut. Und was geschah dann?» fragte Fidelma, als er erneut innehielt.

«Ich rief noch einmal nach dem Erzbischof. Dann ging ich in sein Schlafgemach und sah ihn auf dem Bett liegen.»

«Er lag auf dem Bett?»

«Nein, nicht ganz. Wenn Ihr wollt, kann ich es Euch zeigen.»

Fidelma nickte. Der *decurion* ging ihnen voraus ins Schlafgemach, kniete vor dem Fußende des Bettes nieder und nahm die gleiche Haltung ein, die ihnen auch Cornelius von Alexandria gezeigt hatte.

«Nur sein Oberkörper ruhte auf dem Bett, und zwar mit dem Gesicht nach unten. Ich sah die geknotete, um seinen Hals gewundene Schnur und lief zu ihm, um ihm den Puls zu fühlen. Da seine Haut kalt war, wußte ich, daß er nicht mehr lebte.»

«Kalt, sagt Ihr?» merkte Fidelma auf. «Seine Haut war kalt?»

«Ja», bestätigte Marcus Narses und erhob sich vom Bett. Dabei verhakte sich die Spitze seines Schwertes an der Überdecke und zog sie ein wenig zurück. Fidelma sah etwas unter dem Bett aufblitzen, ließ sich aber nichts anmerken und wandte sich wieder an den jungen *decurion*.

«Sprecht weiter», forderte sie Marcus Narses auf.

«Es lag auf der Hand, daß der Erzbischof mit der Schnur erdrosselt worden war.»

«Und was ging Euch als erstes durch den Kopf, als Ihr wußtet, daß Wighard nicht mehr lebte?»

Marcus Narses hielt inne, um über die Frage nachzudenken, dann sagte er: «Daß der Mann, den ich durch den Korridor hatte forteilen sehen, der Mörder gewesen sein könnte.»

«Und was war mit der leeren Truhe? Ist Euch dazu irgendein Gedanke gekommen?»

«Ich dachte, daß der Erzbischof möglicherweise einen Dieb überrascht hatte und deshalb sterben mußte.»

«Und der Mann, den Ihr forteilen saht – trug der einen Sack oder irgendein anderes Behältnis, mit dem man sperrige Gegenstände wegschaffen kann?»

Zögernd schüttelte der *custos* den Kopf. «Das weiß ich nicht mehr.»

«Kommt schon, *decurion*. Bisher habt Ihr Euch doch sehr genau erinnern können», hakte Fidelma nach. «Warum sollte Euch das entfallen sein?»

Bei ihrem unerwartet streitlustigen Tonfall zuckte der *decurion* zusammen.

«Dann muß ich wohl sagen, daß ich bei ihm keinen Sack und auch keine Tasche gesehen habe.»

«Aha. Und die Leiche war kalt, als Ihr sie berührtet. Habt Ihr daraus irgendwelche Schlüsse gezogen?»

«Nein. Nur, daß der Mann tot war.»

«Verstehe. Sprecht weiter. Was habt Ihr als nächstes getan?»

«Ich habe nach meinen Männern gerufen und bin der Gestalt über die andere Treppe nach unten gefolgt.»

«Wohin, sagtet Ihr, führt diese Treppe am anderen Ende des Korridors?»

«Zu einem zweiten Innenhof auf der Rückseite des Gebäudes. Das Glück wollte es, daß zwei Soldaten meiner *decuria* gerade dort waren und den flüchtigen Bruder sahen. Sie befahlen ihm stehenzubleiben, und er gehorchte.»

«Einfach so?» Fidelma war überrascht.

«Er hatte kaum eine andere Wahl, schließlich standen ihm zwei bewaffnete *custodes* gegenüber», antwortete der *decurion* grinsend. «Sie fragten ihn nach seinem Namen und was er um diese Uhrzeit dort zu suchen habe. Er sagte, er sei ‹Bruder Ayn-Dina›, und hatte sie fast schon überredet, ihn laufen zu lassen, als sie mich rufen hörten. Sie hielten ihn solange fest, bis ich bei ihnen war. Mehr gibt es dazu nicht zu sagen.»

«Sie hielten ihn fest?» fragte Eadulf. «Soll das heißen, daß er versuchte zu fliehen?»

«Anfangs ja.»

«Ah.» Eadulf lächelte triumphierend. «Nicht gerade das Verhalten eines unschuldigen Mannes.»

Fidelma ging nicht darauf ein. «Habt Ihr den Bruder gefragt, was er in der Nähe der Gemächer des zukünftigen Erzbischofs zu suchen hatte?» wollte sie von dem *decurion* wissen.

Der junge Soldat grinste höhnisch. «Er hätte wohl

kaum zugegeben, den zukünftigen Erzbischof ermordet zu haben!»

«Habt Ihr ihn gefragt?» Fidelma ließ nicht locker.

«Ich sagte ihm, ich hätte ihn aus den Gemächern fliehen sehen, in denen der zukünftige Erzbischof von Canterbury ermordet wurde. Er stritt ab, irgend etwas mit dem Mord zu tun zu haben. Ich führte ihn ab, schloß ihn im Wachhaus ein und erstattete sofort Bericht beim *superista*. Marinus kam, um Bruder Ronan persönlich zu verhören, doch er leugnete beharrlich. Und das ist auch schon alles, was ich zu berichten habe.»

Fidelma rieb sich nachdenklich die Nasenwurzel. «Und doch entsprach das, was Ihr dem Bruder sagtet, nicht der Wahrheit», sagte sie mit betont sanfter Stimme.

Der *decurion* sah sie fragend an.

«Ich meine, in Wahrheit habt Ihr ihn nicht aus den Gemächern des Erzbischofs fliehen sehen. Jedenfalls erzähltet Ihr uns vorhin, Ihr hättet ihn am anderen Ende des Korridors zum ersten Mal entdeckt. War es nicht so?»

«Wenn man es sehr genau nimmt. Aber es ist doch klar ...»

«Ein Zeuge muß es sehr genau nehmen und darf keine eigenen Schlüsse ziehen. Das ist einzig und allein die Aufgabe des Richters», ermahnt ihn Fidelma. «Ihr sagtet, Eure Männer hätten Bruder Ronan in dem Moment angesprochen, als er aus dem *domus hospitale* kam?»

«Richtig», antwortete Marcus Narses in gekränktem Ton.

«Trug er irgend etwas bei sich?»

«Nein, nichts.»

«Und hat es anschließend eine Suche nach den fehlenden Gegenständen aus Wighards Truhe gegeben?

Wir wissen, daß viele Wertgegenstände gestohlen wurden, und bisher wurde stets angenommen, Wighards Mörder habe auch seine Schätze geraubt. Aber Ihr habt Bruder Ronan Ragallach nichts den Korridor hinuntertragen sehen, und eben habt Ihr bestätigt, daß er auch bei seiner Festnahme nichts bei sich trug.»

Der *decurion* schwieg. Fidelma lächelte ihn freundlich an.

«Ist nach den vermißten Gegenständen gesucht worden?» fragte sie ruhig.

«Natürlich haben wir alles darangesetzt, die Diebesbeute zu finden», antwortete Marcus Narses. «Wir haben die gesamte Umgebung und seinen Fluchtweg durchkämmt.»

«Und nichts entdeckt?»

«Nicht das geringste. Marinus befahl, auch Bruder Ronans Räume im *munera peregrinitatis* und seine Unterkunft zu durchsuchen.»

«Aber auch dort seid Ihr nicht fündig geworden?» fragte Fidelma in einem Tonfall, der verriet, daß sie die Antwort bereits ahnte.

«Nein, nichts», bestätigte Marcus Narses mißmutig.

«Und dieses Zimmer hier, wurde das auch durchsucht?» fragte Fidelma mit Unschuldsmiene.

Furius Licinius und Marcus Narses wechselten verächtliche Blicke.

«Der Dieb hätte die Sachen wohl kaum in dem gleichen Zimmer versteckt, aus dem er sie gestohlen hat», versetzte der *decurion*.

Ohne ein Wort zu sagen, ging Fidelma zum Bett des Erzbischofs und kniete an der Stelle nieder, an der Marcus Narses' Schwert die Überdecke leicht angehoben hatte. Vor ihren erstaunten Augen griff sie unters Bett und zog einen Stab, ein Paar Ledersandalen, ein schweres, ledergebundenes Buch und einen aufgerollten

Wandbehang hervor. Dann stand sie auf und sah sie lächelnd an.

Eadulf grinste hinter vorgehaltener Hand über die verdutzten Gesichter der beiden Soldaten.

«Ich nehme doch stark an, daß dies einige der fehlenden Gegenstände sind: Augustins Sandalen und Bischofsstab, das Lukasevangelium aus Lindisfarne sowie der Wandbehang der Hofdamen aus Kent.»

Eadulf trat vor, um sich die Sachen näher anzusehen. «Es gibt keinen Zweifel, daß dies einige der Gegenstände sind, die Wighard von Canterbury dem Heiligen Vater überbringen wollte», bestätigte er.

Wie ein Faustkämpfer, der sich von einem schweren Schlag erholen muß, schüttelte Licinius den Kopf.

«Aber wie ...?» begann er.

«Es hat eben niemand gründlich genug danach gesucht», sagte Fidelma gelassen. Sie konnte nicht umhin, sich an der Verlegenheit der Soldaten zu weiden. «Wer auch immer Wighards Schatz geplündert hat, war nur an den Sachen interessiert, die sich in klingende Münze verwandeln ließen, alles andere war für ihn ohne jeden Wert.» Fidelma wandte sich an Bruder Eadulf. «Bedenkt man, was Ihr vorhin über den unschätzbaren Wert der Reliquien für die Anhänger Canterburys sagtet, spricht alles dafür, daß der Dieb es nicht darauf abgesehen hatte, Canterbury zu schaden.»

Eadulf verzog das Gesicht. Offenbar war er alles andere als überzeugt. Lächelnd wandte er sich an die beiden *custodes* und sagte in liebenswürdigem Ton: «Vielleicht sollte der *decurion* Marcus Narses eine weitere, gründliche Durchsuchung aller Zimmer auf diesem Stockwerk veranlassen?»

Marcus Narses murmelte etwas, das Fidelma kurzerhand als Zustimmung zu deuten beschloß.

«Gut. Und während Marcus Narses damit beschäftigt ist, kann Furius Licinius uns zu Bruder Ronan führen.»

«Ich denke auch, das wäre der nächste logische Schritt», stimmte ihr Eadulf zu.

«Zumindest», lächelte Fidelma verschmitzt, «können wir Bischof Gelasius berichten, daß nicht alle Schätze aus Wighards Truhe spurlos verschwunden sind.»

Sie wollten gerade gehen, als plötzlich die Tür aufschwang und ein sichtlich erregter *superista* auf der Schwelle erschien. Sein Gesicht war dunkelrot, und er keuchte vom Laufen. Unruhig schoß sein Blick im Zimmer hin und her, bis er Schwester Fidelma entdeckte.

«Gerade habe ich aus dem Wachhaus gehört, daß Bruder Ronan Ragallach aus seiner Zelle ausgebrochen und nirgendwo zu finden ist. Unser Mörder ist spurlos verschwunden.»

VI

DIE LETZTEN TÖNE DES GESANGS BRACHEN sich an der großen Kuppeldecke der runden St.-Johannes-Basilika. Mächtige orientalische Granitsäulen ragten zu beiden Seiten des kurzen Mittelschiffs auf, darüber kündeten farbenfrohe Fresken von verschiedenen Szenen aus der Heiligen Schrift. Der Geruch von Weihrauch und Bienenwachskerzen lag schwer in der drükkenden Luft. Kostbarer Marmor und grauer Granit prägten das Innere der prächtigen Kirche, deren Hochaltar von einem bunten Mosaik aus Halbedelsteinen umgeben war. Vom Hauptraum unter der großen Kuppel zweigten mehrere kleine Kapellen ab, deren Schlichtheit zu der Pracht des Hochaltars in einem seltsamen Gegensatz stand. Hier befanden sich auch einige der bemerkenswert bescheidenen Sarkophage mehrerer Heiliger Väter der römischen Kirche, wenngleich es mittlerweile Sitte war, ihre sterblichen Überreste nach Möglichkeit in der St.-Petrus-Basilika im Nordwesten der Stadt beizusetzen.

Vor dem glanzvollen Hochaltar lag Wighard, der in wenigen Tagen zum nächsten Erzbischof von Canterbury hätte geweiht werden sollen, in einem Holzsarg aufgebahrt. Ein Dutzend Bischöfe und deren Begleiter sowie zahlreiche Äbte und Äbtissinnen hatten auf der einen Seite Platz genommen, während auf der anderen Seite des Altars die sächsischen Schwestern und Brüder saßen, die dem Priester aus Kent zu dessen Ordination nach Rom gefolgt waren und nun Zeugen seiner Beisetzung wurden.

Schwester Fidelma hatte hinter Bruder Eadulf Platz genommen, der als Wighards *scriba* in einer der vorderen Reihen saß. Neben Eadulf thronte ein streng dreinblickender Abt, in dessen auffallend ebenmäßigen Gesichtszügen Fidelma etwas vermißte. Mitgefühl vielleicht? Der harte Zug um seine Lippen und der kalte

Ausdruck seiner blassen Augen hatten etwas Herzloses. Sie fragte sich, wer dieser Abt war, der in der Trauergemeinde offenbar eine so herausragende Stellung einnahm. Sie würde Eadulf später danach fragen. Ihr fiel auf, daß der Mann von Zeit zu Zeit bedeutungsvolle Blicke mit Äbtissin Wulfrun wechselte, die mit herrischer Miene an seiner Seite saß. Links von ihr war Schwester Eafas geduckte Gestalt zu erkennen. An deren linker Seite hatten sich wiederum zwei weitere Glaubensbrüder aus Kent niedergelassen.

Von ihrem Platz aus hatte Fidelma einen guten Blick in das kurze, dunkle Mittelschiff der völlig überfüllten Basilika. Nach der Vielfalt ihrer Kleidung zu urteilen, hatten sich Gläubige der gesamten Christenheit in der großen Kirche versammelt. Fidelma wußte sehr wohl, daß es nicht in erster Linie die Totenmesse für den sächsischen Geistlichen war, welche die große Menschenmenge hierhergelockt hatte. Die rege Teilnahme ging vor allem darauf zurück, daß der Heilige Vater selbst für Wighards heimgegangene Seele die Messe las. Die Menschen waren gekommen, um Vitalian, den Inhaber des Heiligen Petrusstuhls, mit eigenen Augen zu sehen.

Fidelma blickte hinüber zum Hochaltar, wo der Bischof von Rom sich von seinem reichverzierten Thron erhob.

Vitalian, der sechsundsiebzigste Nachfolger Petri auf dem Thron des Apostels, war ein hochgewachsener Mann mit einer großen, aber flachen Nase und langem, schwarzem Haar, das unter dem *phrygium*, der hohen, weißen Amtsmütze des Papstes, hervorschaute. Seine dünnen Lippen hatten fast etwas Grausames, dachte Fidelma, und seine schwarzen Augen wirkten undurchdringlich. Obgleich unweit Rom, in Segni, geboren, hieß es, er sei griechischer Abstammung, betreibe – im Gegensatz zu seinen Vorgängern – die Wiederherstellung der religiösen Einheit und werbe bei den Patriarchen der östlichen Kirchen dafür, den zwei Jahrhunderten zuvor erfolgten Bruch mit Rom zu überwinden.

Während die Stimmen der Chorknaben verklangen, hob der Bischof von Rom die Hand und erteilte den Segen. Allgemeines Fußscharren war zu hören, als die riesige Trauergemeinde vor ihm niederkniete. Der *mansionarius*, der oberste Küster, übergab das Weihrauchfaß feierlich an einen Ministranten, der es rund um den Sarg kräftig schwenkte.

Anschließend brachten die Träger mit gebeugten Häuptern Wighards sterbliche Überreste zu dem vor der Basilika wartenden Wagen. Mit ihm sollte Wighard seine letzte Reise von der Basilika zum Metronia-Tor und von dort zum christlichen Friedhof am Fuße der von Kaiser Aurelian errichteten südlichen Stadtmauer antreten.

Der Bischof von Rom folgte dem Sarg als erster, doch ging dem Wagen eine Abordnung der *custodes* mit dem *primicerius*, dem päpstlichen Kanzler, und dessen Diakonen voraus. Hinter Seiner Heiligkeit schritt Gelasius als *nomenclator* gemeinsam mit den anderen beiden wichtigsten Würdenträgern, dem für den päpstlichen Haushalt zuständigen *vestararius* und dem *sacellarius*, dem päpstlichen Schatzmeister.

Hinter den Äbten und Bischöfen reihten sich unter der Führung eines dazu auserkorenen, wichtigtuerischen jungen Mönchs die anderen Trauernden in die feierliche Prozession ein.

Als der Leichenzug sich langsam von der Basilika aus in Bewegung setzte, begannen die Chorknaben mit kräftigen Stimmen zu singen:

Benedic nobis, Domine, et omnibus donis Tuis ...
Segne uns, o Herr, und alle deine Gaben ...

Es hieß, Vitalian lege – wiederum im Gegensatz zu seinen Amtsvorgängern – viel Wert auf Musik während des Gottesdienstes.

Anders als die anderen Trauernden folgte Fidelma Wighards Sarg nicht mit gebeugtem Kopf. Sie war viel zu sehr damit beschäftigt, sich umzusehen, die Einzelheiten der Zeremonie zu beobachten und die Gesichter der anderen Prozessionsteilnehmer zu studieren. Vielleicht gehörte eines dieser feierlichen, ernsten Gesichter Wighards Mörder.

Wie sollte sie das deuten, was sie über Wighards gewaltsamen Tod in Erfahrung hatte bringen können? Offenbar war etwas faul an der Sache, auch wenn man Bruder Ronan Ragallachs merkwürdiges und verdächtiges Verhalten in Betracht zog. Ja, gerade dieses Verhalten ließ sie an seiner Schuld zweifeln. Kein Mörder würde soviel Aufmerksamkeit auf sich ziehen, wie es der irische Bruder getan hatte. Und auch die genaueren Umstände von Wighards Tod sowie die fehlenden Wertgegenstände widersprachen der Erklärung, die Bischof Gelasius und *superista* Marinus für so einleuchtend hielten.

Während die Prozession im Schatten des Mons Caelius und der Ruine der tullianischen Stadtmauer langsam vorankam, stimmten die Chorknaben einen leisen, traurigen Klagegesang an:

> *Nos miseri homines et egeni*
> Wir armseligen Menschen und Bedürftigen ...

Durch die eindrucksvollen Portale des Metronia-Tors gelangten sie schließlich vor die Mauern der alten Stadt.

Der christliche Friedhof jenseits der aus dem dritten Jahrhundert stammenden, alle sieben Hügel umfassenden aurelianischen Mauer war erstaunlich groß. Überrascht betrachtete Fidelma die Vielfalt der Grabmäler, Gruften und Mausoleen.

Eadulf, der ihr Erstaunen bemerkte, löste sich aus dem Trauerzug. «Die alten römischen Gesetze verboten Beisetzungen innerhalb der von Servius Tullius, dem sechsten König von Rom, festgelegten Stadtgrenzen, und als die Bevölkerung wuchs, wurde diese Grenze noch einmal um eine Meile ausgeweitet. Deshalb werdet Ihr viele Friedhöfe, so wie diesen, außerhalb der Stadtmauern finden.»

«Und ich dachte immer, wegen der Christenverfolgung hätten die Gläubigen ihre Toten in Rom in großen unterirdischen Gewölben bestattet», entgegnete Fidelma.

Eadulf schüttelte lächelnd den Kopf. «Mit der Christenverfolgung hatte das wenig zu tun. Die frühen Anhänger des Glaubens, zumeist Griechen, Juden oder Römer, folgten einfach ihren alten Sitten und brachten die Überreste ihrer Toten in Urnen oder Sarkophagen in die unterirdischen Totenkammern. Erst im letzten Jahrhundert wurde dieser Brauch allmählich abgeschafft.»

Als der letzte Segen erteilt war, trat der Trauerzug, angeführt von den Chorknaben mit dem *Gloria Patri*, einem triumphierenden Lobgesang dafür, daß Wighards Seele den himmlischen Frieden gefunden hatte, den Rückweg an. Wie angemessen, dachte Fidelma, auf dem Weg zum Grab klagende Gesänge und bei der Rückkehr fröhliche Dankeslieder anzustimmen.

«Wir müssen dringend unseren Fall besprechen», raunte sie Eadulf ins Ohr.

«Dafür haben wir doch noch genügend Zeit – ich meine, jetzt, wo wir wissen, daß Ronan Ragallach schuldig ist», widersprach Eadulf.

«Gar nichts wissen wir», gab Fidelma verärgert zurück.

Aufgeschreckt von ihrem scharfen Ton, wandten die

Trauernden sich zu ihnen um. Errötend senkte Fidelma den Blick.

«Gar nichts wissen wir», wiederholte sie flüsternd.

«Aber es liegt doch auf der Hand», entgegnete Eadulf, ebenfalls verärgert. «Was braucht Ihr außer Ronans Flucht noch an Beweisen? Sein Ausbruch aus dem Gefängnis ist so gut wie ein Geständnis.» Fidelma schüttelte heftig den Kopf. «Nein, keinesfalls.»

«Nun, meiner Ansicht nach ist Ronan eindeutig der Täter», erwiderte Eadulf stur.

Fidelma preßte die Lippen zusammen. Ein gefährliches Zeichen. «Darf ich Euch an unsere Übereinkunft erinnern: Die Entscheidung über Schuld oder Unschuld muß einstimmig getroffen werden. Ich werde weiter ermitteln ... notfalls allein.»

Eadulf stand das Mißbehagen deutlich ins Gesicht geschrieben, denn für ihn war die Sache sonnenklar. Allerdings wußte er, daß Uneinigkeit für Bischof Gelasius weitaus schlimmere Folgen haben würde als ein ungeklärter Fall. Gleichzeitig regten sich Zweifel in ihm. Es ließ sich nicht leugnen, daß Schwester Fidelma ein beachtliches Talent dafür besaß, ein Rätsel auch dann noch zu lösen, wenn er selbst die Hoffnung längst aufgegeben hatte. Ihr Spürsinn bei der Aufklärung des Mordes an Äbtissin Étain hatte ihn mehr als beeindruckt. Hingegen lag der jetzige Fall ganz einfach. Warum mußte sie sich unbedingt gegen diese Einsicht sperren?

«Also gut, Fidelma. Ich glaube, daß Ronan schuldig ist. Sein Verhalten macht dies mehr als deutlich, und wenn es nach mir ginge, würde ich Gelasius sofort Meldung erstatten. Aber ich bin bereit, mir alle stichhaltigen Gründe anzuhören, die Ihr gegen diese Schlußfolgerung vorzubringen habt ...»

Er bemerkte, daß einige der Trauernden ihr hitziges Wortgefecht neugierig beobachteten.

Bruder Eadulf nahm Fidelma am Arm und führte sie über den Friedhof auf ein hohes Mausoleum aus Marmor zu. «Ich weiß, wo wir die Angelegenheit in Ruhe erörtern können», murmelte er.

Zu ihrem Erstaunen sah Fidelma einen kleinen Jungen mit einem Korb voller Kerzen vor dem Eingang des Mausoleums hocken. Eadulf gab ihm eine Münze und wählte eine Kerze aus. Der Junge entzündete sie mit Zunder und Feuerstein.

Wortlos zog Eadulf die irische Schwester zu einer schmalen Treppe, die hinunter in die dunkle Gruft führte.

«Wohin gehen wir, Eadulf?» fragte sie, während sie sich vorsichtig über die behauenen Steinstufen tastete.

«In eine der Katakomben, in der die frühen Anhänger unseres Glaubens ihre Toten beerdigt haben», erklärte er und hob die Kerze, um die Wände eines breiten unterirdischen Ganges auszuleuchten. «In unmittelbarer Nähe Roms gibt es ungefähr sechzig dieser Friedhöfe, die noch bis zum Ende des letzten Jahrhunderts in Gebrauch waren. Es heißt, in den letzten vier oder fünf Jahrhunderten seien dort sechs Millionen Christen bestattet worden.»

Der Tunnel mündete, wie Fidelma sehen konnte, in einem verwirrenden Geflecht unterirdischer Gänge, die trotz zahlreicher Windungen meist in rechtem Winkel aufeinander zuliefen. Sie waren etwa zwei Meter breit und an manchen Stellen über drei Meter hoch.

«Diese Tunnel scheinen direkt in den Stein geschlagen worden zu sein.» Fidelma blieb stehen und strich mit den Fingern über die Wand.

Eadulf nickte lächelnd. «Rund um Rom findet man ein Vulkangestein, das manchmal auch zum Bauen verwendet wird. Es ist trocken und porös und läßt sich leicht bearbeiten. In den von unseren früheren Glaubensbrüdern gehauenen, unterirdischen Gängen ließ es sich zur Not auch überleben. In der Zeit der Christenverfolgung dienten sie daher gelegentlich auch als Zufluchtstätten.»

«Aber wie konnten die Leute unter der Erde atmen?»

Eadulf zeigte auf eine kleine Öffnung über ihren Köpfen. «Seht Ihr? Die Erbauer haben alle siebzig bis hundert Meter Luftlöcher vorgesehen.»

«Die Katakomben müssen riesig sein, wenn dies nur eine von sechzig ist.»

«Allerdings», stimmte Eadulf zu. «Die größten Erweiterungen hat es unter der Herrschaft der Kaiser Aurelius Antoninus und Alexander Severus gegeben.»

Ganz unerwartet tat sich vor ihnen ein breiter Raum mit langgestreckten, in die Wände gemeißelten Nischen auf. Manche von ihnen waren leer, andere waren von riesigen Steinen versperrt.

«Das sind die eigentlichen Gräber», erklärte Eadulf. «Eine Nische, in die eine Leiche gelegt wurde, nennt man *loculus*, Kammern für ganze Familien *arcosolia*.»

Bewundernd betrachtete Fidelma die kunstvollen, farbenfrohen Fresken, mit denen einige der Gräber von außen bemalt waren. Über einem Torbogen war ein Spruch eingraviert:

> *Hic congesta jacet quaeris si turba piorum,*
> *corpora sanctorum retinent venereanda sepulcra ...*

«Hier ruhen die Überreste der Gläubigen», murmelte Eadulf auf irisch, «heilige Grabstätten bewahren die Leiber der Seligen.»

Fidelma war ergriffen. «Das ist sehr beeindruckend, Eadulf. Danke, daß Ihr es mir gezeigt habt.»

«Es gibt noch umfangreichere Katakomben in anderen Teilen Roms, sogar unmittelbar unter dem Vatikanhügel, wo Petrus und Paulus ihre letzte Ruhestätte haben. Die größte von allen ist jedoch das Grabmal des heiligen Calixtus, des großen Papstes und Märtyrers, gleich an der Via Appia.»

«Unter anderen Umständen würde ich mir gern noch mehr ansehen, Eadulf», sagte Fidelma, «aber wir müssen dringend über den Mord an Wighard sprechen.»

Eadulf seufzte tief auf, stellte die Kerze auf einer Steinplatte ab und lehnte sich mit verschränkten Armen gegen die Wand.

«Warum seid Ihr Euch so sicher, daß Ronan Ragallach unschuldig ist?» fragte er. «Nur, weil es sich um einen Iren handelt?»

Fidelmas Augen schienen im flackernden Kerzenlicht gefährlich aufzublitzen. Eadulf sah, wie sie nach Luft schnappte, und bereitete sich auf einen Sturm der Entrüstung vor, der jedoch ausblieb. Langsam und beherrscht atmete Fidelma aus. «Was Ihr da sagt, ist Eurer unwürdig, Eadulf. Ihr solltet mich besser kennen», sagte sie sanft.

Eadulf hatte seine Worte, sobald sie ausgesprochen waren, längst bereut.

«Es tut mir leid», sagte er schlicht, und sie wußten beide, daß dies keine leere Floskel war.

Verlegenes Schweigen entstand. Endlich sagte Eadulf: «Aber Ihr müßt doch zugeben, daß Ronan Ragallach sich durch sein Verhalten eindeutig verdächtig macht.»

«Ja», stimmte Fidelma zu. «Vielleicht ist es sogar ein wenig zu eindeutig ...»

«Nicht alle Mordfälle sind so verworren wie der an Äbtissin Étain in Witebia.»

«Das will ich gar nicht abstreiten. Und ich habe auch

nicht gesagt, daß Ronan Ragallach unschuldig ist. Ich glaube nur, daß es noch viele Fragen zu beantworten gibt, ehe wir seine Schuld mit Sicherheit feststellen können. Und die sollten wir gemeinsam prüfen.»

Sie hob die Hand, um die einzelnen Punkte an den Fingern abzuzählen. «Nach allem, was wir bisher wissen, kniete Wighard vor seinem Bett und wurde mit seiner eigenen Gebetsschnur erdrosselt. Warum hat er gekniet?»

«Weil er in seine Gebete versunken war?»

«So versunken, daß er seinem Mörder Gelegenheit gab, sein Schlafgemach zu betreten, sich dicht hinter ihn zu stellen, seine Gebetsschnur zu nehmen und ihn zu erdrosseln, ohne die geringste Gegenwehr zu leisten? Das wäre doch zumindest ungewöhnlich. Außerdem hätte sich Ronan Ragallach so geschickt anschleichen müssen, daß Wighard ihn nicht bemerkte. Wir wissen aber, daß Ronan Ragallach ziemlich beleibt ist und zu lautem, keuchendem Atmen neigt.»

«Vielleicht hat Wighard den irischen Bruder hereingebeten und ...» begann Eadulf.

«Und ihn aufgefordert zu warten, während er mit dem Rücken zu ihm vor seinem Bett niederkniete, um seine Gebete zu sprechen? Das ist doch eher unwahrscheinlich.»

«Gut. Aber danach sollten wir Ronan Ragallach selbst fragen, sobald die Soldaten ihn wieder eingefangen haben.»

«In der Zwischenzeit sollten wir uns überlegen, ob Wighard seinen Mörder möglicherweise so gut gekannt hat, daß er ohne jeden Argwohn in seiner Gegenwart betete», sagte Fidelma. «Als sein Sekretär müßtet Ihr doch eigentlich sagen können, wie gut er Bruder Ragallach kannte und ob dies ausreichte, um ihm ein solches Vertrauen entgegenzubringen.»

Eadulf zuckte die Achseln. «Ich bin nicht einmal sicher, ob er Bruder Ronan überhaupt gekannt hat», gestand er.

«Hm ... Es gibt aber noch einen anderen Gesichtspunkt, der mir Sorgen bereitet. Es heißt, man habe Ronan Ragallach aus Wighards Gemächern fliehen sehen. Gleichzeitig fehlen Münzen und Wertgegenstände aus Gold und Silber, und der Diebstahl wurde als mögliches Mordmotiv genannt.»

Eadulf konnte ihr da nicht widersprechen.

«Außerdem heißt es», fuhr Fidelma fort, «daß Bruder Ronan nichts bei sich trug, als er im Korridor vor Wighards Gemächern ertappt wurde. Auch bei seiner Verhaftung wenig später unten auf dem Innenhof hat man nichts Verdächtiges bei ihm gefunden, und die Durchsuchung des Gebäudes durch die *custodes* hat ebenfalls nichts ergeben. Wenn Ronan also tatsächlich der Mörder ist und unmittelbar nach der Tat gestellt wurde, hätte er doch besagte Wertgegenstände bei sich haben müssen, die immerhin ziemlich sperrig sind.»

Eadulf sah sie zweifelnd an. Insgeheim ärgerte er sich über sich selbst, weil er nicht von allein auf diese Widersprüche gekommen war. Er dachte angestrengt nach.

«Vielleicht hatte Ronan Wighard schon früher ermordet und bestohlen», sagte er schließlich. «Das würde erklären, warum die Leiche kalt war, als Marcus Narses sie fand. Möglicherweise wurde Ronan ertappt, als er noch einmal zurückkehrte, um etwas zu holen. Oder er hatte einen Komplizen.»

Fidelma lächelte. «Drei mögliche Erklärungen. Aber es gibt noch eine vierte: Ronan kann auch einfach nur zur falschen Zeit am falschen Ort gewesen sein.»

Eadulf schwieg. «Letztlich lassen sich diese Fragen erst beantworten, wenn Bruder Ronan Ragallach wieder hinter Schloß und Riegel sitzt», sagte er.

Fidelma neigte leicht den Kopf zur Seite und sah ihn fragend an. «Ihr seid also immer noch der Ansicht, daß es bis dahin für uns nichts zu tun gibt?»

«Ich räume ja ein, daß noch einige Widersprüche bestehen. Aber nur Bruder Ronan ...»

«Nun, zumindest sind wir uns über den ersten Teil Eurer Aussage einig, Eadulf», unterbrach sie ihn. «Wärt Ihr einverstanden, wenn wir, solange uns Bruder Ronan noch nicht zur Verfügung steht, unsere Ermittlungen in einer anderen Richtung fortsetzen und die Menschen befragen, die Wighard von Kent aus begleitet und in den letzten Tagen viel Zeit mit ihm verbracht haben?»

«Ich begreife nicht ...», begann der sächsische Mönch zögernd, fuhr dann jedoch nach einer Pause fort: «Also, gut. Zumindest kann es nicht schaden.»

Fidelma lächelte. «Gut. Dann laßt uns überlegen, wen wir alles befragen wollen, sobald wir wieder im Lateranpalast sind. Wer gehörte alles zu Wighards Gefolge?»

«Nun ja, als sein *scriptor* wäre da wohl vor allem erst einmal ich zu nennen», antwortete Eadulf mit einem spöttischen Grinsen. «Aber mich kennt Ihr ja bereits.»

Fidelma fand das gar nicht lustig. «Dummkopf! Ich meine die anderen. Es sind ihm doch noch mehr Leute gefolgt, darunter Schwester Eafa und diese herrische Äbtissin Wulfrun, deren Gesellschaft wir uns auf der Schiffreise von Massilia erfreuen durften.»

Bei Fidelmas spöttischem Unterton verzog Eadulf das Gesicht.

«Äbtissin Wulfrun ist, wie Ihr wahrscheinlich wißt, eine Prinzessin von königlichem Geblüt, eine Schwester Seaxburghs, der Gemahlin König Eorcenbrehts von Kent.»

Die in seiner Stimme mitschwingende Ehrfurcht rief bei Fidelma Mißfallen hervor. «Wer in den Stand der

Geistlichkeit eintritt, ist eins mit der Kirche und hat keinen anderen Rang als den, den ihm die Kirche gewährt.»

Im Kerzenlicht sah sie, wie Eadulf errötete und unwillig von einem Fuß auf den anderen trat. «Dennoch, eine sächsische Prinzessin hat ...»

«Nicht mehr Anspruch auf Anerkennung als jeder andere Laie, der einem heiligen Orden beitritt. Bedauerlicherweise hält sich Äbtissin Wulfrun jedoch noch immer für eine Prinzessin von Kent. Mir tut Schwester Eafa leid. Wulfrun kommandiert sie herum, als wäre sie ihre Sklavin.»

Insgeheim hatte auch Eadulf mit der jungen Schwester Mitleid verspürt. Doch in den sächsischen Königreichen spielten Geburt und Rang eine große Rolle.

«Wer außer den Genannten gehörte noch zu Wighards Gefolge?» wechselte Fidelma das Thema.

«Nun ja», erwiderte Eadulf, «außer Wulfrun und Eafa wäre da noch Bruder Ine zu nennen. Als persönlicher Diener ging er Wighard in allen praktischen Dingen des Lebens zur Hand. Dabei trägt er ständig eine Trauermiene, und es ist schwer, an ihn heranzukommen. Außerdem ist ihm noch Abt Puttoc von der Abtei Stanggrund nach Rom gefolgt.»

«Ah», warf Fidelma ein, «der gutaussehende Mann mit dem grausamen Zug um den Mund?»

Eadulf schnaubte vor Empörung. «Gutaussehend? Das kann wohl nur eine Frau behaupten. Er ist sehr von sich eingenommen, und es geht das Gerücht, daß er auch ebenso ehrgeizig sei. Er ist der persönliche Gesandte König Oswius von Northumbrien. Man sagte mir, er sei ein enger Freund Wilfrids von Ripon.»

«Verstehe. Weilt er als Vertreter Oswius in Rom?»

«Ja. Oswiu gilt in Rom inzwischen als Hochkönig aller sächsischen Königreiche.»

Wilfrid von Ripon war, wie Fidelma aus ihrer Zeit in Witebia wußte, der Hauptfeind der irischen Missionare in Northumbrien und bei der Synode als einer der wichtigsten Fürsprecher Roms aufgetreten.

«Dann ist da noch Bruder Eanred, Puttocs Diener. Er ist ein ruhiger, schlichter Mann. Es heißt, Puttoc habe ihn als Sklave gekauft und ihm den Lehren des Glaubens entsprechend die Freiheit geschenkt.»

Fidelma wußte, daß in den sächsischen Königreichen die Sklaverei noch längst nicht überwunden war. Tiefe Abscheu erfüllte sie bei dem Gedanken. «Puttoc hat Eanrad von der weltlichen Sklaverei befreit, damit er ihm in seiner Abtei als Sklave dienen kann?»

Wieder scharrte Eadulf mit den Füßen, beschloß aber, nicht weiter darauf einzugehen.

«Und zu guter Letzt ist da noch Bruder Sebbi», fuhr er statt dessen fort. «Er kommt ebenfalls aus der Abtei Stanggrund und ist als Berater von Abt Puttoc hier.»

«Erzählt mir von ihm», sagte Fidelma.

«Ich habe in meiner Zeit in Rom nicht viel über ihn in Erfahrung bringen können», erwiderte Eadulf. «Ich glaube, er besitzt einen scharfen Verstand, aber auch einen ebenso stark ausgeprägten Ehrgeiz.»

«Schon wieder Ehrgeiz ...», murmelte Fidelma nachdenklich. «Und alle Gefolgsleute Wighards waren wie er im *domus hospitale* untergebracht?»

«Ja. Meine Kammer lag der seinen sogar am nächsten, nämlich auf dem gleichen Flur gegenüber.»

«Und wer wohnte neben Wighard? Sein Diener Ine?»

«Nein. Die anderen Räume auf der Seite des Flurs stehen alle leer. Ich glaube, sie werden als Lager genutzt.»

«Wo war Ine dann?»

«In der Kammer gleich neben meiner, also schräg

gegenüber von Wighard. Neben ihm waren Bruder Sebbi, dann Abt Puttoc und ganz an hinteren Ende des Flurs Bruder Eanred untergebracht.»

«Gut. Und wo hatten Äbtissin Wulfrun und Schwester Eafa ihre Unterkünfte?»

«Im Stockwerk darunter. Im zweiten Stock des *domus hospitale.*»

«Hm», sagte Fidelma. «Euer Zimmer lag dem Wighards also tatsächlich am nächsten?»

Eadulf lächelte spöttisch. «Ein Glück, daß ich ein hieb- und stichfestes Alibi habe und mit Euch in der Basilika der Heiligen Maria war.»

«Was ich jederzeit bezeugen kann», ergänzte Fidelma in gespieltem Ernst. Eadulf musterte sie mit einem fragenden Seitenblick, aber Fidelma verzog keine Miene. Nur in ihren Augen blitzte es schelmisch.

«Also gut.» Fidelma streckte sich. «Am besten gehen wir zurück zum Lateranpalast und beginnen damit, Eure Glaubensbrüder aus Kent zu befragen. Vielleicht ist es den *custodes* in der Zwischenzeit ja gelungen, Bruder Ronan einzufangen.» Sie schauderte. «Ich habe gar nicht bemerkt, wie kalt es hier unten ist.»

Eadulf drehte sich nach der Kerze um und stöhnte erschrocken auf.

«Wir sollten uns sputen, Schwester. Ich hatte keine Ahnung, daß die Kerze schon so weit heruntergebrannt ist.»

Erst jetzt sah auch Fidelma, daß das Wachs der Kerze fast völlig aufgezehrt war und die kümmerlichen Reste des Dochts bedenklich flackerten.

Eadulf nahm ihre Hand und zog sie hinter sich her durch den gewundenen Gang mit seinen zahlreichen Abzweigungen. Dann erlosch mit einem leisen Zischen ihre Kerze. Um sie herum herrschte schlagartig Dunkelheit.

«Laßt auf keinen Fall meine Hand los», mahnte Eadulf mit rauher Stimme.

«Keine Sorge», versicherte ihm Fidelma mit aller Zuversicht, die sie in dieser Lage aufbringen konnte. «Wißt Ihr, wie wir zum Ausgang kommen?»

«Geradeaus ... glaube ich.»

«Dann laßt uns vorsichtig weitergehen.»

Nicht ein Fünkchen Licht drang in den von Menschenhand gemachten Tunnel, in dem sie sich langsam vorantasteten.

«Wie konnte ich nur so dumm sein», ärgerte sich Eadulf. «Ich hätte besser auf die Kerze achtgeben sollen.»

«Selbstvorwürfe helfen uns jetzt auch nicht weiter», sagte Fidelma. «Laßt uns ...»

Sie blieb plötzlich stehen und strich mit der freien Hand über die Wand.

«Was ist, Fidelma?»

«Der Gang gabelt sich. Links oder rechts ... welchen Weg müssen wir nehmen? Könnt Ihr Euch noch erinnern?»

Eadulf schloß die Augen. Seine Gedanken rasten, während er versuchte, eine Entscheidung zu treffen. Er fühlte sich völlig hilflos, und als ihm klar wurde, daß er nicht die geringste Ahnung hatte, welche Richtung sie einschlagen mußten, ergriff ihn heftige Angst. Schweiß trat ihm auf die Stirn.

Fidelma drückte seine Hand. «Seht doch!» flüsterte sie. «Dort links. Ich glaube, da ist ein Licht ...»

Angestrengt starrte Eadulf in die Dunkelheit, konnte aber nichts erkennen.

«Ich bin mir ganz sicher, daß dort ein Licht war», hörte er Fidelmas gedämpfte Stimme. «Wenn auch nur für einen kurzen Augenblick ...»

Eadulf wollte sich schon enttäuscht abwenden, als er selbst ein kurz aufflackerndes Licht erspähte. War es

Wirklichkeit oder nur ein Trugbild seiner Augen, die ihm vorgaukelten, was er zu sehen wünschte? Sehnsüchtig starrte er in die Dunkelheit. Nein, sie hatte recht! Dort war eindeutig ein Flackern zu erkennen. Eadulf stieß einen lauten Seufzer der Erleichterung aus.

«Ja, da ist Licht. Ihr habt recht! Kommt schnell!» Eilig zog er sie in der linken Abgabelung des Ganges hinter sich her und rief, so laut er konnte: «Hallo! Hallo!»

Zuerst herrschte nichts als Stille, dann erklang wie ein Echo eine barsche Stimme in der Ferne.

«*Heia!*»

Das Licht wurde deutlicher, und nach einer Weile sahen sie einen alten Mann mit einer Laterne auf sie zukommen.

Einige Schritte vor ihnen blieb er stehen.

«*Heia vero!*» Mit strenger Miene sah er von einem zum anderen.

Atemlos standen sie vor ihm. Sie fühlten sich wie Kinder, die von einem gütigen Elternteil bei einem albernen Streich erwischt worden waren. Eine Weile rangen sie nur erleichtert nach Luft, denn das rasche Laufen durch den unterirdischen Gang hatte ihnen den Atem zum Sprechen genommen. Kopfschüttelnd betrachtete sie der alte Mann und meinte ernst: «Der Junge sagte, Ihr wärt schon ziemlich lange hier unten und hättet nur eine Kerze mitgenommen. Es war dumm von Euch, so herumzutrödeln.»

«Wir haben nicht bemerkt, wie schnell die Zeit verstrich», keuchte Eadulf, sobald er seine Stimme wiedergefunden hatte.

«Es sind schon genug Menschen durch eigenen Leichtsinn hier unten gestorben», grummelte der Alte. «Fühlt Ihr Euch stark genug, mir jetzt zu folgen? Dann werde ich Euch zurück zum Eingang bringen.»

Fidelma und Eadulf nickten verlegen. Der Alte ging mit erhobener Laterne voran und sagte über die Schulter gewandt:

«In den Katakomben haben schon viele ihr Leben gelassen. Tragische Todesfälle im Reich der Toten!» Er lachte rauh. «Das ist schon komisch, nicht wahr? Die Leute ziehen los, um sich die Gebeine der Heiligen und Märtyrer anzusehen, verirren sich und kommen selbst ums Leben. Andere werden wie Ihr von der Dunkelheit überrascht und finden deshalb nicht mehr zurück, es sei denn, sie haben Glück, wahres Glück! Wißt Ihr, wie weit die römischen Katakomben sich erstrecken würden, wenn man sie zu einem langen Tunnel vereinigte? Man hat ausgerechnet, daß ein solcher Tunnel fast sechshundert Meilen lang wäre. Sechshundert Meilen unter der Erde! Einige, die in den Katakomben verschwunden sind, blieben für immer verschollen. Vielleicht irren ihre Seelen noch immer hier unten umher, im Reich der Toten ...»

Voller Dankbarkeit erreichten sie die Stufen zum Mausoleum und traten blinzelnd hinaus ins helle Sonnenlicht.

Der kleine Junge hockte noch immer mit ausdruckslosem Gesicht vor seinen Kerzen.

Der alte Mann pustete seine Lampe aus und stellte sie neben dem Eingang zum Mausoleum ab. «Hätte der Junge mir nichts gesagt ...» Er zuckte die Achseln.

Aus ihrem *marsupium*, der Geldtasche in den Falten ihres Gewandes, zog Fidelma eine Silbermünze hervor und reichte sie dem Jungen, der sie einsteckte, ohne dabei irgendeine Regung zu zeigen. Unterdessen hatte auch Eadulf eine Münze hervorgekramt und sie dem alten Mann angeboten, doch der schüttelte nur den Kopf.

«Die Münze für den Jungen reicht völlig aus», sagte er barsch. «Aber falls Ihr wollt, könnt Ihr das nächste

Mal, wenn Ihr dort drüben in der prächtigen Kirche weilt», er zeigte auf die fernen Türme der Johannes-Basilika, «eine Kerze anzünden und ein Gebet für den Jungen sprechen.»

Fidelma sah ihn fragend an. «Ihr erbittet nichts für Euch selbst, alter Mann?»

«Der Junge hat Gebete nötiger als ich», grunzte der Alte abwehrend.

«Warum denn das?»

«Wenn meine Zeit gekommen ist, wird er auf dieser Welt ganz alleine sein. Ich bin alt, und meine Geschicke wurden in all den Jahren von einem gütigen Schicksal gelenkt. Aber der Vater des Jungen, der mein Sohn war, ist mir mit seiner Frau schon vorausgegangen. Der Junge hat niemanden, und vielleicht können Eure Gebete ihm ein besseres Leben bescheren, als dazu verdammt zu sein, tagein, tagaus hier zu hocken und fremden Pilgern Kerzen zu verkaufen.»

Aufmerksam musterte Fidelma das gleichmütige Gesicht des Jungen. Die ruhigen, leeren Augen erwiderten ihren Blick ohne jeden Ausdruck.

«Was würdest du auf dieser Welt denn lieber tun?» fragte sie sanft.

«Was macht das schon? Ich kann ja doch nur hier sitzen und träumen», murmelte der Junge mit tonloser Stimme.

«Und wovon träumst du?»

Einen kurzen Augenblick lang blitzte es in den Augen des Jungen. «Ich würde gern lesen und schreiben können und in einem großen Kloster leben. Aber das geht ja nicht.»

Das Licht in seinen Augen erlosch, und sein Gesicht erstarrte.

«Weil wir uns den Unterricht nicht leisten können», seufzte der alte Mann. «Ich habe keinerlei Bildung, versteht Ihr», erklärte er, als müsse er sich entschuldigen. «Und ich habe kein Geld. Pilgern Kerzen zu verkaufen sichert nicht mehr als den dürftigsten Lebensunterhalt. Für irgendwelchen Luxus bleibt da nichts mehr übrig.»

«Wie heißt du, Junge?» fragte Fidelma freundlich.

«Antonio, Sohn des Nereus», antwortete der Junge, nicht ohne Stolz.

«Wir werden für dich beten, Antonio», versicherte ihm Fidelma. Dann wandte sie sich an seinen Großvater und neigte den Kopf. «Und für Euch ebenfalls, Alter. Dank Euch für Eure Hilfe, die für uns gerade noch rechtzeitig kam.»

VII

TROTZ DES SPÄTEN NACHMITTAGS WAR ES noch immer heiß und schwül. Schwester Fidelma war vom Friedhof aus in die von Diakon Arsenius und seiner Frau Epiphania geführte Herberge zurückgekehrt. Seit dem Morgengrauen war sie schon auf den Beinen und fühlte sich ziemlich erschöpft. Sie mußte unbedingt etwas essen und eine Siesta halten, wie man hier die Mittagsruhe nach der *sexta*, der sechsten und heißesten Stunde des Tages, nannte. Belebt und erfrischt von einem kurzen Schlummer, traf sie anschließend mit *tesserarius* Furius Licinius zusammen, der schon darauf wartete, sie zum Lateranpalast zu begleiten, wo sie mit der Befragung der Gefolgsleute Wighards beginnen wollten.

Doch als erstes erkundigte sie sich bei dem jungen Soldaten nach dem entflohenen Bruder Ronan Ragallach.

Licinius schüttelte bedauernd den Kopf. «Wir haben nicht die geringste Spur von ihm, seitdem er heute morgen aus seiner Zelle ausgebrochen ist, Schwester. Offenbar hält er sich irgendwo in der Stadt versteckt, obwohl er mit seiner fremdländischen Tonsur eigentlich überall auffallen müßte.»

Fidelma blickte ihn nachdenklich an.

«Ihr seid also davon überzeugt, daß er noch immer in der Stadt ist?»

Licinius zuckte die Achseln. Sie gingen am Oratorium der Heiligen Prassede vorbei, bogen in die Via Merulana ein und steuerten den Lateranpalast am Fuße des Hügels an.

«Wir haben die Wachen an allen Toren der Stadt benachrichtigt. Aber Rom ist groß und unübersichtlich, es gibt Viertel, in denen man jahrelang untertauchen kann, und zahllose Möglichkeiten zur Flucht. Am Tiber entlang zum Beispiel, nach Ostia oder Porto zur Küste, wo täglich unzählige Schiffe in See stechen, um in alle Länder der Welt zu fahren.»

«Mein Gefühl sagt mir, daß er sich noch in der Stadt befindet. Früher oder später wird er wieder auftauchen.»

«*Deo volente*», erwiderte Licinius ehrfürchtig. «So Gott will.»

«Kennt Ihr Euch in Rom gut aus, Licinius?» griff Fidelma nach einer Weile den Gesprächsfaden wieder auf.

Licinius blinzelte. «So gut sich jemand hier auskennen kann. Ich bin auf dem Aventin geboren und aufgewachsen. Meine Vorfahren waren römische Adlige der allerersten Stunde – Tribune, die vor neunhundert Jahren das Licinische Gesetz einführten.» Fidelma bemerkte, wie sein jugendliches Gesicht vor Stolz errötete. «Unter den mächtigen Cäsaren wäre ich ein General der kaiserlichen Armee geworden, kein kleiner ...»

Er beherrscht sich, schaute verärgert zu Fidelma hinüber, als sei sie der Anlaß dafür, daß er seiner Wut über seine untergeordnete Stellung Luft gemacht hatte. Dann verfiel er in finsteres Schweigen.

«Vielleicht könnt Ihr mir etwas erklären, das mir rätselhaft ist», sagte Fidelma mit so ruhiger Stimme, als habe sie seinen Gefühlsausbruch nicht bemerkt. «Ständig hört man, was für eine schöne und reiche Stadt Rom ist, und doch sehen viele Häuser so beschädigt aus, als hätte es gerade einen Krieg gegeben. Manche Gebäude fallen fast in sich zusammen, bei anderen fehlt das Dach. Es sieht aus, als seien erst vor kurzem Barbaren über die Stadt hergefallen. Dabei weiß ich, daß es viele Jahre her ist, seit Geiserich mit seinen Vandalen die Stadt geplündert hat. Die Schäden scheinen jüngeren Datums zu sein.»

Licinius grinste. «Ihr seid eine gute Beobachterin, Schwester. Leider ist der Barbar, der für diese Zerstörung verantwortlich ist, kein anderer als unser eigener Kaiser.»

Fidelma sah ihn fragend an. «Das müßt Ihr mir erklären.»

«Ihr wißt sicherlich, daß das römische Reich seit mehr als zwanzig Jahren Krieg mit den Arabern führt. Sie ziehen mit ihren Flotten über unsere Meere und rauben jedes Schiff aus, das ihnen in die Hände fällt. Sie haben weite Teile des früheren Reichs in Nordafrika erobert und nutzen diese als Stützpunkte, um uns anzugreifen. Kaiser Constans II. beschloß daraufhin, auf Sizilien eine starke Festung zu errichten und von dort aus die Verteidigung gegen diese Fanatiker zu führen ...»

«Fanatiker?» fragte Fidelma.

«Seitdem sie sich zu der neuen Religion eines Propheten namens Mohammed bekennen, haben sich die Araber rasch nach Westen ausgebreitet. Sie nennen ihren Glauben Islam, Hingabe an Gott, und seine Anhänger bezeichnen sich als Muslime.»

«Ah», Fidelma nickte. «Ich habe von diesen Leuten gehört. Aber erkennen sie nicht die Glaubenssätze sowohl der Juden als auch des Christentums an?»

«Schon, aber gleichzeitig sagen sie, daß dieser Mohammed in seiner Person das Wort und den Willen Gottes verkörpert. Es sind Fanatiker», sagte Licinius verächtlich. «Und sie bringen der gesamten Christenheit Tod und Zerstörung.» Er hielt einen Augenblick inne, ehe er fortfuhr. «Jedenfalls traf Constans mit einer großen Flotte und zwanzigtausend Soldaten aus den östlichen Teilen des Reiches hier ein. Er kam aus Tarent, hatte mehrere Schlachten im Süden geschlagen und stattete nun der Stadt Rom einen Staatsbesuch ab. Er blieb nur zwölf Tage, aber ich bezweifle sehr, daß selbst die muslimische Armee unserer Stadt in so kurzer Zeit soviel Schaden hätte zufügen können wie unserer heldenhafter römischer Kaiser.»

Seine Heftigkeit erstaunte Fidelma. «Das verstehe ich nicht.»

«Bei seinem ersten Besuch in der Mutterstadt des römischen Reichs wurde er mit großer Ehrerbietung begrüßt. Seine Heiligkeit begab sich mit dem gesamten päpstlichen Haushalt vor die Tore der Stadt, um ihn mit allem gebührenden Pomp zu empfangen. Überall wurden zu seinen Ehren Festlichkeiten gegeben. Der Kaiser begab sich in die Petrus-Basilika auf dem Vatikanhügel und anschließend in die Basilika der Heiligen Maria Maggiore.»

Fidelma unterdrückte einen Seufzer. «Aber ich verstehe immer noch nicht ...», begann sie.

Mit einer ausladenden Geste deutete der junge *tesserarius* auf die umstehenden Häuser. «Während der Kaiser betete, begannen seine Soldaten, aus allen Gebäuden Roms das Metall zu plündern. Sie rissen alle Bronzeplatten, Riegel, Klemmen und Verbindungsstücke heraus, die die großen Häuser zusammenhielten, nahmen auch die großen Statuen und Kunstwerke mit, die seit den Zeiten der großen römischen Republik in den Straßen der Stadt gestanden hatten, und brachten die Stadt durch ihre Habgier in den armseligen Zustand, den Ihr heute vor Euch seht.»

«Aber aus welchem Grund?»

«Aus welchem Grund? Einzig und allein deshalb, weil Constans es ihnen so befohlen hatte. Er brauchte dringend Metall, um daraus neue Waffen für seine Armeen schmieden zu lassen. Er ließ seine Beute nach Ostia bringen und von dort aus nach Syrakus verschiffen. Von Syrakus sollte sie dann nach Konstantinopel gebracht werden.»

Er lachte bitter. Als er sah, daß Fidelma ihn erstaunt

ansah, erklärte er: «Und dann war es letztlich doch vergebens.»

«Vergebens?»

«Ja. Das Metall hat Syrakus nie erreicht. Ehe Constans' Schiffe den Hafen erreichten, hat eine arabische Flotte die Ladung abgefangen und nach Alexandria gebracht.»

«Nach Alexandria?»

Licinius nickte. «Sie ist den Muslimen in die Hände gefallen. Ich denke, damit ist Eure Frage beantwortet.»

Fidelma machte ein nachdenkliches Gesicht. «Und der Kaiser von Rom hält sich jetzt im Süden des Landes auf?»

«Ja. Wie ich höre, soll es dort noch immer heftige Kämpfe mit den Muslimen geben.»

«Deshalb spürt man überall so eine seltsame Ängstlichkeit! Und deshalb ist wohl auch der Kapitän meines Schiffes auf der Überfahrt von Massilia jedesmal kreidebleich geworden, sobald am südlichen Horizont auch nur das kleinste Segel zu sehen war.»

Sie waren an den Stufen des Lateranpalasts angekommen. «Der *superista* hat Euch ein Zimmer zugewiesen, das Euch während Eurer Ermittlungen als *officium* dienen soll», erklärte der *tesserarius* und führte Fidelma durch einen langen Korridor, in dem auch das *officium* des *superista* lag, in ein großes Zimmer mit spärlicher, aber zweckmäßiger Möblierung. Bruder Eadulf wartete schon auf sie und erhob sich zur Begrüßung von seinem Platz. Er wirkte ausgeruht und erfrischt.

«Ich habe die Glaubensbrüder angewiesen, sich zur Befragung bereitzuhalten», erklärte er.

«Hervorragend. Licinius wird uns als *dispensator* dienen und sie zu gegebener Zeit zu uns geleiten.»

Der junge *tesserarius*, wieder ganz Amtsperson, nickte steif. «Zu Befehl, Schwester.»

Eadulf kratzte sich an der Nase. Einige Schreibtafeln aus Ton und ein *stylus* lagen neben ihm auf einem kleinen Tisch. «Im Bedarfsfall kann ich damit Aufzeichnungen machen», erklärte er. «Aber ganz ehrlich gesagt, Fidelma, glaube ich nicht, daß bei dieser Befragung viel herauskommen wird. Ich denke ...»

Fidelma hob die Hand, und er verstummte. «Ich weiß, ich weiß. Bruder Ronan Ragallach ist der Schuldige. Aber vielleicht gönnt Ihr es mir trotzdem, meine Neugier zu befriedigen. Um so schneller werden wir das Ganze hinter uns bringen.»

Eadulf schwieg trotzig.

Fidelma war unzufrieden. Sie wünschte, Eadulf wäre aufgeschlossener gewesen. Schließlich schätzte sie seinen scharfen Verstand und seine gute Menschenkenntnis. Aber die innere Stimme, die ihr sagte, daß sich hinter Wighards Tod ein Geheimnis verbarg, ließ sich nicht zum Schweigen bringen.

«Beginnen wir mit Bruder Ine, Wighards Diener», verkündete sie.

Eadulf wandte sich an Licinius. «Holt uns Bruder Ine. Ich habe alle, die wir befragen wollen, gebeten, sich im großen Saal bereitzuhalten. Dort müßtet Ihr ihn finden.»

Der junge *tesserarius* nickte kurz und verließ das Zimmer.

Grinsend wandte Eadulf sich an Fidelma. «Unser patrizischer Freund scheint von unseren Ermittlungen nicht viel zu halten.»

«Ich glaube, er würde lieber in den ruhmreichen Armeen des alten römischen Reiches kämpfen, als zwei neugierigen Geistlichen als Wächter und Beschützer zu dienen», erwiderte Fidelma trocken. «Er trägt seine patrizische Herkunft mit aller Ungeduld und Überheblichkeit eines unreifen, jungen Menschen wie eine Fahne vor sich her. Aber er hat die Zeit auf seiner Seite: Auch er wird innerlich wachsen und reifen.»

Es schien, als sei Licinius nur einen kurzen Augenblick fort gewesen, denn schon öffnete sich die Tür, und ein kleiner, hagerer Mann mit traurigem Gesicht stand auf der Schwelle. Fidelma schätzte ihn auf Mitte vierzig. Hinter ihm war der junge *tesserarius* zu sehen.

«Bruder Ine», verkündete Licinius, schob den sichtlich unwilligen Mönch ins Zimmer und schloß die Tür hinter ihr.

«Kommt herein, Bruder Ine.» Eadulf deutete auf einen freien Stuhl. «Das ist Schwester Fidelma von Kildare. Bischof Gelasius hat uns beide beauftragt, Wighards Tod näher zu untersuchen.»

Der Mönch blickte Fidelma mit dunklen, ernsten Augen an.

«*Deus vobiscum*», murmelte er und sank auf den angebotenen Stuhl.

«Bruder Ine», begann Fidelma, die das Gefühl hatte, noch einmal klarstellen zu müssen, worum es ihnen ging. «Ist Euch bewußt, daß wir im Fall des Mordes an Wighard von Canterbury mit aller Machtbefugnis des päpstlichen Haushalts ermitteln?»

Bruder Ine nickte kurz und ruckartig.

«Ihr wart Wighards persönlicher Diener?»

«*Requiscat in pace!*» erwiderte Bruder Ine gottesfürchtig und machte eine Kniebeuge. «Ich bin dem Verstorbenen bei allen täglichen Verrichtungen zur Hand gegangen – mehr noch, ich war sein Vertrauter.»

«Ihr stammt aus dem Königreich Kent?»

Eadulf beschloß, sich zurückzulehnen und Fidelma das Fragen zu überlassen.

«Allerdings.» Ein Anflug von Stolz erschien auf seinem traurigen Gesicht. «Mein Vater war Churl am Hofe König Eadbalds, mein Bruder lebt noch heute am Hofe

Eorcenbrehts, Eadbalds Nachfolger auf dem Königsthron.»

«Der Vater war Lehensmann», erklärte Eadulf für den Fall, daß Fidelmas Kenntnisse der sächsischen Sprache nicht ausreichten. «Ein Churl ist ein Lehensmann und persönlicher Diener seines Herrn.»

«Und wann habt Ihr Euer Leben Christus geweiht?» fragte Fidelma weiter.

«Mein Vater hat mich nach Canterbury gebracht, als Honorius Erzbischof war. Ich war damals zehn Jahre alt und wurde im Kloster zum Mönch erzogen.»

Fidelma hatte bereits von der seltsamen sächsischen Sitte gehört, kleine Kinder ins Kloster zu geben.

«Und wie lange standet Ihr in Wighards Diensten?»

«Zwanzig Jahre lang. Ich wurde sein Diener, als er zum Sekretär Bischof Ithamars von Rochester berufen wurde.»

«Ithamar war der erste Einheimische, der fünfzig Jahre, nachdem Augustin das Christentum nach Kent brachte, zum Bischof ernannt wurde», warf Eadulf erklärend ein.

Bruder Ine nickte zustimmend. «Im gleichen Jahr wurde Wighards Familie bei einem Überfall der Pikten auf die Küste Kents niedergemetzelt. Als einfacher Geistlicher war Wighard verheiratet gewesen und hatte mehrere Kinder gehabt. Nach der Ermordung seiner Frau und seiner Nachkommen widmete sich Wighard mit ganzer Kraft der Kirche. Zehn Jahre lang diente er Ithamar. Als Honorius starb und Deusdedit erster sächsischer Erzbischof von Canterbury wurde, ernannte er Wighard zu seinem Sekretär, und wir zogen von Rochester nach Canterbury.»

«Ihr habt Wighard also wirklich über einen langen Zeitraum gekannt ...»

Bruder Ine nickte.

«... und müßtet wissen, ob er irgendwelche Feinde hatte.»

Ine warf Eadulf einen unsicheren Blick zu und schlug die Augen nieder. Anscheinend fiel es ihm schwer, die richtigen Worte zu finden.

«Wighard trat offen für die römische Vorherrschaft in Britannien ein und machte sich dadurch Feinde ...»

Als er verstummte, lächelte Fidelma matt. «Ihr meint, bei den Anhängern Columbans, zu denen auch ich gehöre?»

Bruder Ine zuckte verlegen die Achseln.

«Und was ist mit weiteren Feindschaften?» hakte Fidelma nach.

Der Mönch sah sie mit ernsten Augen an. «Keine, die einen Mord rechtfertigen würden.»

«Dann laßt uns jetzt auf die Mordnacht zu sprechen kommen, Bruder Ine», fuhr Fidelma unbeirrt fort. «Als Wighards Diener oblag es Euch sicherlich, ihm bei der Vorbereitung auf die Nachtruhe zu helfen?»

«Ja.»

«Was an jenem Abend aber nicht der Fall war?»

Bruder Ine runzelte die Stirn. Kurz huschte Mißtrauen über sein Gesicht.

«Woher ...?» begann er.

Mit einer ungeduldigen Handbewegung unterbrach ihn Fidelma. «Sein Bett war nicht gemacht, die Überdecke nicht zurückgeschlagen. Eine ganz einfache Schlußfolgerung also. Sagt mir doch bitte, wann Ihr Wighard das letzte Mal lebend gesehen habt.»

Bruder Ine lehnte sich seufzend zurück, als müsse er seine Gedanken ordnen.

«Zwei Stunden vor dem Mitternachtsangelus bin ich zu ihm gegangen.»

«Und wo befindet sich Eure eigene Kammer?» fragte Fidelma.

«Neben der von Bruder Eadulf, schräg gegenüber von Wighards Gemächern.»

Damit bestätigte er nur, was Eadulf ihr bereits erzählt hatte, aber Fidelma hielt es stets für besser, sich nicht aufs Hörensagen zu verlassen.

«Ihr brauchtet also bloß den Korridor zu überqueren, um zu Wighard zu kommen?»

«Genau.»

«Und wie ging es weiter?» Fidelma lehnte sich zurück und betrachtete den sächsischen Mönch aufmerksam.

Bruder Ine zögerte.

«Ich begab mich zu Wighard, wie ich es um diese Stunde immer tat. Ihr sagtet ja schon, daß es zu meinen Pflichten gehörte, ihm das Bett aufzudecken und alles für die Nachtruhe bereitzustellen.»

«Zwei Stunden vor dem Mitternachtsangelus? Ist das nicht ein wenig früh, um zu Bett zu gehen? Hat sich Wighard immer so zeitig zurückgezogen?»

«Er vertrug das Klima nicht, daher stand er am liebsten vor Sonnenaufgang auf und erledigte noch vor dem Frühstück einen Großteil seiner Arbeit. Jedenfalls hat er es seit unserer Ankunft in Rom so gehalten, ist stets früh zu Bett gegangen und früh wieder aufgestanden.»

Fidelma sah zu Eadulf, der Ines Worte durch ein Nikken bestätigte.

«Ihr seid also hinübergegangen, um ihm das Bett aufzudecken?» fragte Fidelma weiter.

«Ja, aber der zukünftige Erzbischof schien ...», Bruder Ine zögerte und wog seine Worte sorgfältig ab, «... beschäftigt. Er sagte mir, er würde meine Dienste an diesem Abend nicht mehr benötigen.»

«Hat er Euch dafür eine Erklärung gegeben?»

«Er sagte nur, da ...» Ine zögerte wieder und blinzelte heftig, als habe er Schwierigkeiten, sich zu erinnern. «Er sagte, er habe zu tun, müsse noch jemanden empfangen und würde sein Bett später selbst richten.»

Fidelma blickte fragend auf. « Er wollte noch jemanden empfangen? Fandet Ihr das nicht merkwürdig, wo er doch sonst, wie Ihr sagtet, stets sehr früh zu Bett ging?»

«Nein. Ich vermutete, daß er für die bevorstehende Audienz bei Seiner Heiligkeit noch etwas mit seinem Sekretär, Bruder Eadulf, zu besprechen hatte. Wighard war im Grunde genommen ein einfacher Mensch, es machte ihm nichts aus, niedere Arbeiten gelegentlich auch einmal selbst zu erledigen.»

«Also hat Wighard trotz der vorgerückten Stunde und seiner sonstigen Angewohnheit, früh zu Bett zu gehen, noch einen Besucher erwartet?»

Bruder Ine wandte sich zu Eadulf um.

«Hat er Euch nicht ebenfalls davon erzählt, Bruder?»

Eadulf schüttelte den Kopf.

«Davon weiß ich nichts. Und mit Sicherheit war damit auch nicht ich gemeint. Als ich spät in der Nacht in den Palast zurückkehrte, war Wighard schon nicht mehr am Leben.»

«Und nachdem Wighard Euch fortgeschickt hatte, seid Ihr in Eure Kammer gegangen?» fragte Fidelma weiter.

«Ja. Ich wurde erst nach Mitternacht von lauten Geräuschen geweckt. Als ich hinaus auf den Flur sah, wimmelt es dort nur so von *custodes*, die mir mitteilten, Wighard sei ermordet worden.»

«Nachdem Ihr Wighard verlassen habt, seid Ihr sofort eingeschlafen?» fragte Eadulf.

«Ja. Und es muß ein ziemlich tiefer Schlaf gewesen sein.»

«Scheint ganz so, als wärt Ihr der letzte gewesen, der

Wighard noch lebend gesehen hat», sagte Eadulf nachdenklich.

Bruder Ine reckte trotzig das Kinn. «Außer seinem Mörder», sagte er nachdrücklich.

Fidelma lächelte besänftigend. «Natürlich. Außer seinem Mörder. Und Ihr habt wirklich keine Ahnung, wer dieser nächtliche Besucher war?»

Bruder Ine zuckte die Achseln. «Das habe ich doch schon gesagt», brummte er. Dann schien ihm etwas einzufallen. «Ich dachte, die *custodes* hätten einen Iren aus Wighards Gemächern fliehen sehen und verhaftet? Spricht das nicht dafür, daß er der Besucher war?»

«Bruder Ine», fuhr Fidelma fort, ohne darauf einzugehen, «gehörte es, da Ihr Wighards persönlicher Diener wart, auch zu Euren Aufgaben, die wertvollen Geschenke aus den sächsischen Königreichen zu hüten, die er Seiner Heiligkeit mitgebracht hatte?»

Wieder huschte Mißtrauen über das Gesicht des Mönchs. «Ja. Warum fragt Ihr danach?»

«Wann habt Ihr diese Geschenke das letzte Mal gesehen?»

Ine dachte nach. «Gestern. Wighard bat mich, dafür zu sorgen, daß alles auf Hochglanz poliert und für die heutige Übergabe an den Heiligen Vater vorbereitet ist.»

«Ah!» Fidelmas Atem ging rascher. «Wighards Audienz bei Seiner Heiligkeit sollte also der Übergabe der mitgebrachten Geschenke dienen?»

«Und der Segnung der Kelche aus den fünf Königreichen», ergänzte Eadulf. «Das war allgemein bekannt.»

Fidelma wandte sich an Eadulf. «Wenn Habgier also in diesem Mordfall tatsächlich eine Rolle spielt, bleibt festzuhalten, daß die wertvollen Geschenke heute der strengen Obhut des Schatzmeisters Seiner Heiligkeit übergeben werden sollten und viele von dieser Tatsache wußten?»

«Aber sie wußten auch», warf Eadulf ein, «daß Wighard die Kelche nach der Segnung zurückerhalten würde, um sie nach Canterbury mitzunehmen.»

«Der größte Teil des Schatzes sollte jedoch hinter den gutbewachten Türen der päpstlichen Schatzkammer verschwinden?»

«So ist es», räumte Eadulf ein.

Bruder Ine sah sie bestürzt an. «Wollt Ihr damit sagen, daß die Geschenke nicht mehr da sind?» fragte er.

«Das wißt Ihr noch nicht?» fragte Fidelma erstaunt zurück. Ines Erstaunen war offenbar echt.

«Nein. Das hat mir noch niemand gesagt.»

Der sächsische Mönch wirkte empört. Wahrscheinlich, mutmaßte Fidelma, fühlte er sich als Vertrauter Wighards in seinem Stolz gekränkt. Doch die Entrüstung machte bald wieder seiner üblichen Schwermut Platz.

«Ist das alles?» fragte er mit Trauermiene.

«Nein», entgegnete Fidelma. «Ihr habt die Geschenke also gestern noch einmal auf Hochglanz gebracht ... Um welche Stunde war das?»

«Kurz vor dem Abendessen.»

«Und zu der Zeit war noch alles da?»

Ine reckte trotzig das Kinn. «Aber gewiß doch. Es war alles da.»

«Und als Ihr am Abend zu Wighard gegangen seid», mischte sich Eadulf ein, «war die Truhe da offen oder geschlossen?»

«Geschlossen», lautete die prompte Antwort des sächsischen Mönchs.

«Wie könnt Ihr Euch da so sicher sein?» fragte Fidelma nach.

«Weil der Blick sofort auf die Truhe fiel, wenn man Wighards Gemächer betrat.»

«Wurde der wertvolle Schatz von irgend jemandem bewacht?»

«Nur von den *custodes* des päpstlichen Palasts. Einer der Soldaten patrouillierte ständig auf den Treppen.»

Fidelma dachte nach. «Auf den Treppen? Nicht auf dem Korridor?»

«Ja. Außerdem waren an den Eingängen zum Gästehaus Wachen postiert. Wir waren im dritten Stockwerk des Gebäudes untergebracht, dorthin konnte man nur über die beiden Treppen gelangen.»

«Aber die Wachen waren nicht ständig im Korridor. Es hätte also jemand den Schatz fortschaffen können, ohne dabei gesehen zu werden.»

«Doch niemand konnte aus dem Gebäude gelangen, ohne den *custodes* in die Arme zu laufen.» Ines Miene erhellte sich. «Natürlich! So haben sie ja auch den irischen Mönch gefangen! Dann müßte der Schatz doch längst geborgen sein.»

Fidelma warf Eadulf einen bedeutungsvollen Blick zu und wandte sich dann wieder an Bruder Ine. «Eures Wissens nach gab es also keine ständige Bewachung für den Schatz? Keiner der Soldaten hat ständig vor Wighards Gemächern Dienst getan?»

«So ist es.»

Fidelma seufzte tief und lehnte sich zurück. «Danke, das wäre alles. Vielleicht werden wir Euch später noch einmal rufen lassen.»

Mit dem gleichen Widerwillen, den er beim Betreten des *officiums* an den Tag gelegt hatte, erhob sich Bruder Ine von seinem Stuhl und ging hinaus. Nachdem die Tür sich hinter ihm geschlossen hatte, drehte Fidelma sich zu Eadulf um.

«Wir wissen jetzt, daß der gestohlene Schatz kurz vor dem Abendessen zum letzten Mal gesehen wurde und Wighard zwei Stunden vor Mitternacht noch gesund

und munter war. Außerdem wissen wir, daß Wighard in den letzten Stunden seines Lebens einen Besucher erwartete. Kurz nach Mitternacht wurde dann Bruder Ronan Ragallach im Korridor vor Wighards Gemächern gesehen und im hinteren Innenhof festgenommen. Bruder Ronan hatte jedoch keinen der wertvollen Gegenstände bei sich, die – mit Ausnahme der Reliquien, die keinen unmittelbaren Geldwert besitzen – spurlos verschwunden sind.»

«Das ist nicht viel mehr, als wir bereits vorher wußten.»

«Licinius!» rief Fidelma und erhob sich von ihrem Stuhl.

Der junge Soldat öffnete die Tür. «Mit wem wünscht Ihr als nächstes zu sprechen, Schwester?» fragte er steif.

«Mit Euch, *tesserarius*. Auf einen Augenblick.»

Überrascht trat der junge Offizier ins Zimmer und schloß die Tür hinter sich.

«Furius Licinius, wie lange seid Ihr schon bei der Wache des Lateranpalasts?»

«Ich bin seit vier Jahren bei den *custodes*», antwortete Licinius prompt. «In den letzten beiden Jahren habe ich eine *decuria* kommandiert, und vor kurzem bin ich zum Wachoffizier oder *tesserarius* ernannt worden.»

«Man könnte also behaupten, daß Ihr den Palast recht gut kennt?»

«So gut ihn jemand kennen kann», antwortete der junge Mann, wobei er lieber nicht daran dachte, wie leicht er sich noch vor wenigen Nächten von dem irischen Geistlichen über dessen angebliche Studierstube hatte täuschen lassen.

«Hat *decurion* Marcus Narses nach unserem heutigen Gespräch eine weitere Durchsuchung der Räume im Gästehaus veranlaßt?»

Licinius lächelte, da ihm einfiel, welche Blamage die

Entdeckung eines Teils des Schatzes unter Wighards Bett für seinen Kameraden gewesen war.

«Ja, Schwester, aber die Suche hat nichts ergeben.»

«Laßt uns ein wenig spekulieren. Nehmen wir einmal an, Ihr hättet Wighard getötet und stündet nun vor der Aufgabe, einen großen Schatz fortzuschaffen, der aus mindestens zwei großen Säcken voller schwerer Metallgegenstände besteht. Wie würdet Ihr das bewerkstelligen?»

Der *tesserarius* sah sie mit großen Augen an, dachte aber angestrengt nach, ehe er antwortete. «Ich wüßte, daß die beiden Treppen, die zum dritten Stock führen, von Patrouillen bewacht werden. Deshalb würde ich den Schatz auf dem gleichen Stockwerk verstecken und später wiederkommen, um ihn zu bergen, denn auch ohne die schweren Säcke wäre es schon schwer genug, das Gebäude zu verlassen, ohne den Wachen in die Arme zu laufen. Aber Marcus Narses hat die Räume auf diesem Stockwerk bereits durchsucht, und außer den beiden Lagerräumen waren zur Tatzeit alle Räume bewohnt. Es gibt in diesem Gebäude keine verborgenen Kammern oder Nischen.»

«Hm», erwiderte Fidelma. «Und trotzdem sollen wir glauben, daß es Bruder Ronan Ragallach gelang, Wighard zu töten und mit dem sperrigen Schatz zu verschwinden ... und daß er gleichzeitig von Eurem Freund, *decurion* Marcus Narses, entdeckt und festgenommen wurde, während er vom Tatort floh. Ist Ronan Ragallach ein Zauberer, der einen großen Schatz zum Verschwinden bringen kann? Nach der Aussage des *decurion* trug er nichts Verdächtiges bei sich. Könnt Ihr mir das erklären, Furius Licinius?»

Zu ihrem Erstaunen zögerte der *tesserarius* keine Sekunde. «Aber das ist doch ganz einfach, Schwester. Entweder hatte Bruder Ronan den Schatz bereits versteckt, als Marcus ihn sah und verfolgte, oder er hatte einen Komplizen, der den Schatz verschwinden ließ, während Ronan gefangengenommen wurde.»

Fidelma schüttelte zweifelnd den Kopf. «Ein Komplize? An sich ist das ein ausgezeichneter Gedanke! Allerdings ist es eher unwahrscheinlich, daß dieser Komplize den Wachen aus dem Weg gehen konnte. Stellt Euch vor, Furius Licinius, Ihr habt jemanden getötet und wartet anschließend in dessen Zimmer, während Euer Komplize mindestens zweimal mit einem großen Sack die Treppe hinuntergehen muß, ohne dabei den Wachen zu begegnen. Dann harrt Ihr so lange aus, bis Euer Komplize sich aus dem Staub gemacht hat, verlaßt mit leeren Händen das Mordzimmer und ... werdet verhaftet.»

«Dann muß die erste Lösung zutreffen: Dieser Ronan hatte den Schatz bereits versteckt, als er gefangengenommen wurde», stellte Eadulf fest und fügte nachdenklich hinzu: «Wenn Ronan den Schatz schon versteckt hätte, wäre er anschließend sicherlich nicht noch einmal in Wighards Gemächer zurückgekehrt. Schließlich mußte er sich so schnell wie möglich vom Tatort entfernen.»

«Wer sagt denn, daß Ronan Ragallach aus Wighards Gemächern kam, als er von *decurion* Marcus entdeckt wurde?» warf Fidelma ein.

Eadulf und Licinius sahen sie fragend an.

«Etwas, das Furius Licinius vorhin sagte, bringt mich ins Grübeln ...»

«Was könnte das gewesen sein?» Der junge Offizier war verwirrt.

Fidelma nickte. «Nehmen wir an, Ronan hätte Wighard tatsächlich wegen des Schatzes ermordet. Wighard ist tot. Ronan muß den Schatz in mindestens zwei Säkken verstauen. Wie soll er diese Säcke fortschaffen? Er muß auf jeden Fall zweimal gehen. Erst nach der zweiten Fuhre wird er dann von Marcus Narses ertappt, und zwar nicht, als er Wighards Gemächer verläßt, sondern wie er aus einem Versteck auf dem gleichen Stockwerk kommt, an dem er die Beute verschwinden ließ.»

«Aber wo hätte er sie verschwinden lassen können?» gab Licinius zu bedenken. «Ich sagte Euch doch schon, es gibt keine geheimen Kammern, Nischen oder Wandschränke, und Marcus Narses hat alle Zimmer, die in der fraglichen Nacht leer waren, zweimal durchsucht.»

«Ja, das habt Ihr gesagt, und die *custodes* haben ...» Fidelma hielt inne und starrte Licinius eindringlich an.

«Marcus Narses hat ... *was*?» Ihre Stimme klang wie ein Peitschenschlag.

Der junge *custodes* war überrascht von der heftigen Reaktion, die seine Worte ausgelöst hatten.

«Ich habe nur gesagt, daß Marcus Narses Eure Anweisungen befolgt hat und alle Zimmer, die in der fraglichen Nacht leer waren, zweimal gründlich durchsuchen ließ.»

«Ich dachte, es seien *alle* Räume durchsucht worden?»

Licinius sah sie mit großen Augen an.

«Aber Bruder Ronan Ragallach hätte doch unmöglich versucht, den gestohlenen Schatz in einem Zimmer zu verstecken, das von Wighards Gefolgsleuten bewohnt wurde? Wir dachten natürlich, daß ...»

Fidelma stöhnte leise. «Alle Räume, leer oder bewohnt, hätten unbedingt durchsucht werden müssen.»

«Aber ...»

«Ist Marcus Narses zum Beispiel in Bruder Eadulfs Kammer gewesen?» fragte Fidelma.

Licinius starrte die beiden an, als hätte sie den Verstand verloren. «Natürlich nicht», erwiderte er.

«Aber meine Kammer war zur Mordzeit leer», sagte

Eadulf so betont ruhig, als könne er sich nur mit Mühe beherrschen.

«Dann laßt uns sofort gehen!» Fidelma sprang von ihrem Stuhl auf und schnippte so laut mit den Fingern, daß der *tesserarius* erschrocken zusammenfuhr.

«Wohin?» fragte er in verständnislosem Ton.

Fidelma streifte ihn mit einem verächtlichen Blick. «Eadulfs Kammer war leer, weil er um Mitternacht bei der Messe für Aidán von Lindisfarne in der Basilika der Heiligen Maria war.»

VIII

DIE DURCHSUCHUNG VON EADULFS CUBIculum, das im Vergleich zu Wighards prunkvollen Räumen karg und schmucklos wirkte, erwies sich als enttäuschend. Fidelma hatte nicht wirklich damit gerechnet, die fehlenden Gegenstände dort zu finden. Dennoch hatte sie gehofft, auf irgendeinen Hinweis zu stoßen, der ihr geholfen hätte, das verwirrende Rätsel zu lösen. Aber so gründlich sie auch jeden Zentimeter unter die Lupe nahmen – ein solcher Hinweis ließ sich einfach nicht finden.

Furius Licinius verzog das Gesicht. «Dann muß es doch so gewesen sein, wie ich es vorhin schon sagte: Dieser Bruder Ronan hatte einen Komplizen, und während die *custodes* mit Ronan beschäftigt waren, ist der Komplize mit dem Schatz verschwunden.»

Obgleich Schwester Fidelma gegen die Schlußfolgerung des jungen Offiziers nichts einwenden konnte, hatte sie Zweifel.

«Ich nehme an, Bruder Ronans Unterkunft ist ebenfalls gründlich durchsucht worden?» fragte sie.

Furius Licinius nickte. «Marcus Narses ist persönlich dort gewesen, hat aber keine Spur von Wighards Schatz entdeckt.»

«Ich würde seine Unterkunft gern selbst in Augenschein nehmen.»

Licinius schien von ihrem Vorhaben nicht allzu begeistert zu sein. «Jetzt sofort?»

«Warum nicht?»

Als sie sich zum Gehen wandten, stand plötzlich ein Mann in der offenen Tür. Er war so groß, daß er sich hätte bücken müssen, um sich nicht den Kopf am hölzernen Türsturz zu stoßen. Seine dämonischen Gesichtszüge waren ebenmäßig und hatten für Fidelma doch etwas Widerwärtiges. Es war jener Mangel an Mitgefühl, den sie schon vorher bei Abt Puttoc von Stanggrund wahrgenommen hatte. Er hatte dunkle Haut, einen grausamen Zug um den Mund und eisblaue Augen unter dichten, schwarzen Augenbrauen. Nein, Abt Puttoc von Stanggrund war kein Mann, den Fidelma anziehend gefunden hätte, auch wenn sie sich vorstellen konnte, daß er auf manch andere Frau reizvoll wirkte. Abt Puttoc musterte sie eindringlich – wie eine Katze, die ihre Beute beobachtet, ehe sie zum Sprung ansetzt.

«Wie ich höre, wollt Ihr mir Fragen stellen, Fidelma von Kildare», sagte der Abt mit wohltönender Stimme, der jedoch jede Wärme fehlte. Bruder Eadulf würdigte er keines Blickes. «Der jetzige Zeitpunkt scheint mir dazu bestens geeignet.»

Er bückte sich und trat in Eadulfs Kammer. Mit seiner hochgewachsenen Gestalt überragte er sie alle. Erst jetzt sahen sie den zweiten, vergleichsweise kleinen Mann, der hinter ihm stand: Eanred, Puttocs *scriptor* und Diener. Er wirkte ruhig und sanft – ein Mann, der in einer Menschenmenge leicht unterging, da er bescheiden auftrat und nicht besonders einprägsame Gesichtszüge besaß. Fidelma erschien er wie Abt Puttocs treuer Schatten.

Fidelma runzelte die Stirn. Puttocs Hochmut und die Einstellung, jeder müsse nach seiner Pfeife tanzen, mißfielen ihr.

«Ich wollte Euch später rufen lassen, Puttoc ...», begann sie, aber der Abt wischte ihren Einwand mit einer ungeduldigen Handbewegung beiseite. «Wir werden die Angelegenheit gleich an Ort und Stelle regeln, denn später habe ich zu tun. Ich habe eine Verabredung mit Bischof Gelasius.»

Während Eanred, die Hände in die Ärmel seiner Kutte geschoben, artig an der Tür stehenblieb, nahm Puttoc ungefragt auf Eadulfs Schlafstätte Platz und sah sie mit seinen eisblauen Augen herausfordernd an.

«Nun, Schwester, was sind das für Fragen, die Ihr mir angeblich so dringend stellen müßt?»

Fidelma sah Eadulf an. Der sächsische Mönch hatte offenbar Mühe, seine Belustigung über Puttocs anmaßende Art zu unterdrücken. Unter Fidelmas strengen Blicken jedoch beherrschte er sich und setzte eine ernste Miene auf. Er wußte, was die Zornesfalten um Fidelmas Mund bedeuten konnten.

«Sprecht endlich!» befahl Puttoc, der von der Verärgerung, die sein Auftritt auslöste, nichts zu bemerken schien. «Meine Zeit ist kostbar.»

«Das gleiche gilt für unsere Zeit, Puttoc von Northumbrien», entgegnete Fidelma kühl und schluckte die sehr viel gereiztere Antwort hinunter, die ihr auf der Zunge lag.

Der dunkelhäutige Abt zwang sich zu einem verkniffenen Lächeln, das ihn noch finsterer erscheinen ließ.

«Das will ich bezweifeln», sagte er, ohne auf Fidelmas Mißmut zu achten. «Jetzt, da Wighard tot ist, muß ich das Ruder in die Hand nehmen. Es ist völlig klar, daß wir nicht ohne neuen Erzbischof nach Canterbury zurückkehren können, und wer von uns Sachsen ist sonst schon geeignet dafür, den Segen des Heiligen Vaters zu empfangen?»

Fidelma sah den selbstgefälligen, großen Mann voller Erstaunen an. «Ihr seid an Wighards Stelle zum Erzbischof berufen worden?» fragte sie. «Ich bin sicher, Bruder Eadulf hätte mir davon erzählt.»

«Ich weiß nichts ...», begann Eadulf, aber Puttoc ließ sich nicht aus der Fassung bringen, sondern lächelte selbstzufrieden. «Natürlich muß ich dem Heiligen Vater meine Gründe noch erläutern, aber die Entscheidung liegt doch wohl auf der Hand.»

Eadulfs Miene verdüsterte sich. «Aber Wighard wurde zum Nachfolger Deusdedits gewählt ...»

Die eisblauen Augen richteten sich auf Eadulf. Sie wirkten kälter denn je. «Und Wighard ist tot. Wer sonst, der hier in Rom weilt, wäre geeignet, seinen Platz einzunehmen? Nennt mir diesen Mann!»

Eadulf schluckte. Ihm fehlten die Worte.

Triumphierend wandte sich der Abt wieder an Fidelma. «Eure Fragen, Schwester.»

Fidelma zögerte, dann zuckte sie die Achseln. Im Grunde konnte sie ihn ebenso gut jetzt befragen wie zu jedem späteren Zeitpunkt, auch wenn dies bedeutete, seinem anmaßenden Gebaren nachzugeben.

«Ich möchte wissen, wo Ihr wart, als Wighard ermordet wurde.»

Puttoc starrte sie an. Nur seinem feindseligen Blick war zu entnehmen, was wirklich in ihm vorging.

«Was wollt Ihr damit andeuten, Schwester?» zischte er. Fidelma reckte das Kinn. «Andeuten? Das war eine einfache Frage. Und die Vertreter des Heiligen Vaters haben mir die Befugnis erteilt, jeden zu verhören, der mit Wighard im gleichen Stockwerk untergebracht war. Habe ich mich klar genug ausgedrückt?»

Der Abt blinzelte. Offenbar war er überrascht, daß eine junge Irin so kühne Worte an ihn richtete. Doch er ließ sich nicht einschüchtern. «Ich glaube, Ihr vergeßt Eure Stellung, Schwester. Als Mitglied der Gemeinschaft der Heiligen Brigid von Kildare ...»

«Ich vergesse meine Stellung nicht, Puttoc. Ich spreche nicht als Mitglied der Gemeinschaft von Kildare zu Euch, sondern als Advokatin der irischen Brehon-Gerichtsbarkeit, die von Bischof Gelasius und dem *superista* des Lateranpalasts ermächtigt wurde, gemeinsam mit Bruder Eadulf den Mord an Wighard aufzuklären. Ich habe Euch eine Frage gestellt und wünsche, daß sie auch beantwortet wird.»

Der Abt öffnete den Mund, brachte aber kein Wort

heraus. Schließlich fing er sich wieder. Die kalten Augen blitzten bedrohlich. «Selbst wenn das der Fall ist», begann er in beleidigtem Ton, «habt Ihr keinen Anlaß, Euch derart unverschämt zu gebärden. Ich werde Bischof Gelasius von Eurer Unhöflichkeit berichten.»

Er stand auf und ging zur Tür, doch Fidelma rief ihn zurück: «Ihr habt meine Frage nicht beantwortet, Puttoc von Northumbrien, und Ihr wollt doch sicherlich nicht, daß ich Bischof Gelasius berichten muß, Ihr hättet den von ihm als *nomenclator* des Lateranpalasts veranlaßten Ermittlungen jede Unterstützung verweigert?»

Der Abt erstarrte. Eine Weile herrschte gespanntes Schweigen. Ohne Zweifel trafen hier zwei willensstarke Menschen aufeinander.

«Ich war in meinem Zimmer und habe fest geschlafen», sagte der Abt schließlich und durchbohrte Fidelma mit einem haßerfüllten Blick seiner eisblauen Augen.

«Um welche Zeit seid Ihr zu Bett gegangen?»

«Früh. Kurz nach dem Abendessen.»

«Das war in der Tat sehr früh. Wieso?»

Wieder trat eine Pause ein, und Fidelma fragte sich, ob Puttoc sich ihr erneut widersetzen würde. Doch nach kurzem Zögern antwortete er. «In dieser Hinsicht geht es mir wie Wighard: Das hiesige Klima sagt mir ebenso wenig zu wie das Essen. Ich habe mich gestern abend nicht wohl gefühlt. Je eher ich wieder nach Northumbrien oder Kent zurücksegeln kann, desto besser.»

«Ihr seid also sofort eingeschlafen? Und wann seid Ihr aufgewacht?»

«Ich hatte eine sehr unruhige Nacht. Einmal glaubte ich, ein seltsames Geräusch zu hören, war aber zu erschöpft, um der Sache nachzugehen. Um zwei Uhr morgens weckte mich dann mein Diener und überbrachte mir die traurige Nachricht von Wighards Tod – möge er in ewigem Frieden ruhen.» In den frommen Worten lag keinerlei Mitgefühl.

Fidelma hatte den Eindruck, daß die Nachricht für Puttoc alles andere als traurig gewesen war. Sein Ehrgeiz war nicht zu übersehen. Die Aussicht, in Wighards Fußstapfen treten zu können, beflügelte ihn.

«Ihr habt also nichts gehört und auch nichts gesehen?»

«Gar nichts», antwortete Puttoc. «Und jetzt muß ich zu Bischof Gelasius. Komm, Eanred.»

Mit wenigen großen Schritten trat er hinaus auf den Flur. «Wartet!»

Verärgert wandte sich der Abt noch einmal um. Ihre ständigen Widerworte reizten ihn bis aufs Blut. Noch nie war ihm jemand so kühn entgegengetreten, und dann auch noch eine Frau, eine Irin ...! Ihm fehlten die Worte. Eadulf hielt die Hand vor den Mund und tat so, als müsse er sich etwas aus dem Gesicht wischen.

«Ich habe Bruder Eanred noch nicht befragen können», sagte Fidelma gelassen, die empörte Miene des Abts geflissentlich übersehend, und wandte sich an Puttocs Diener.

«Er wird Euch auch nicht mehr sagen können als ich», unterbrach Puttoc Fidelma wütend.

«Dann laßt ihn selbst zu Wort kommen», lautete Fidelmas unnachgiebige Antwort. «Mit Euch bin ich fertig, Puttoc von Northumbrien. Wenn Ihr möchtet, könnt Ihr gehen.»

Puttoc schluckte. Wie ein Mann, der seinem Hund Befehle erteilt, wandte er sich an Eanred.

«Sobald du hier fertig bist, kommst du zu mir in mein Zimmer», blaffte er und stapfte wütend über den Korridor davon.

Die Hände immer noch gefaltet, stand Bruder Eanred ruhig da und blickte Fidelma sanftmütig an. Von dem soeben Vorgefallenen schien er völlig unberührt, als ob er die Spannungen überhaupt nicht bemerkt hätte.

«Nun, Bruder Eanred ...», begann Fidelma.

Der Mönch wartete, ein seltsam geistesabwesendes Lächeln auf den Lippen. Seine Augen waren blaß und ausdruckslos.

«Wo wart Ihr gestern abend? Berichtet uns doch bitte, was Ihr nach dem Abendessen getan habt.»

«Getan habt, Schwester?» Der Mann lächelte unverdrossen weiter.

«Ich habe mich schlafen gelegt, Schwester.»

«Gleich nach dem Essen?»

«Nein, Schwester. Zuerst bin ich spazierengegangen.»

Fidelma hob die Augenbrauen. Sie hatte bereits vermutet, daß sich hinter Eanreds Gleichmut ein schlichtes Gemüt verbarg. Eanred war ein williger Diener, der jedoch der ständigen Führung bedurfte.

«Wohin seid Ihr gegangen?»

«Zur großen Arena, Schwester.»

«Ihr meint das Colosseum?» hakte Eadulf nach.

Eanred nickte. «Ja, so wird es, glaube ich, genannt. Der Ort, wo so viele Menschen ihr Leben gelassen haben. Das wollte ich gern mal mit eigenen Augen sehen.» Er lächelte zufrieden. «Gestern abend hat es einen Fackelzug dorthin gegeben.»

Auch Fidelma und Eadulf hatten an der Prozession teilgenommen, ehe sie die Mitternachtsmesse für Aidán von Lindisfarne besucht hatten.

«Und wann seid Ihr zurückgekehrt?»

Eanred runzelte die Stirn, dann erschien das unerschütterliche Lächeln wieder auf seinem Gesicht. «Das weiß ich nicht so genau. Jedenfalls standen viele Leute herum, und die Soldaten liefen aufgeregt hin und her.»

«Soll das heißen, daß Ihr erst zurückgekehrt seid, als Wighard schon nicht mehr am Leben war? Aber das wäre erst nach Mitternacht gewesen. Hat Euch jemand zurückkommen sehen?»

«Die Soldaten natürlich. Ach ja, und Bruder Sebbi. Ich traf ihn im Korridor, und er sagte, ich solle Abt Puttoc wecken und ihm mitteilen, daß Wighard tot sei. Das habe ich dann auch gemacht.»

«Ihr müßt viele Stunden im Colosseum verbracht haben, wenn Ihr erst so spät zurückgekehrt seid», warf Eadulf ein.

«Ich war nicht die ganze Zeit über dort.»

«Sondern?»

«Ich wurde in eine feine Villa, nicht weit von hier, auf ein Glas Wein eingeladen.»

Eadulf und Fidelma wechselten erstaunte Blicke.

«Und wer hat Euch in diese feine Villa eingeladen, Eanred?»

«Der griechische Medikus, den ich hier im Palast schon oft gesehen hatte.»

«Cornelius? Cornelius von Alexandria?»

Eanred lächelte froh und nickte. «Ja, das ist sein Name, Schwester, Cornelius. Er lud mich in seine Villa ein, um mir einige alte Kunstwerke aus seiner wertvollen Sammlung zu zeigen und dazu ein Glas Wein zu trinken. Ich liebe es, ihm zuzuhören, wenn er Geschichten aus fernen Ländern erzählt, auch wenn mein Latein eher dürftig ist. Ich bin kein Gelehrter, müßt Ihr wissen.»

«Ihr habt also den Abend mit Cornelius verbracht, was dieser zweifellos bestätigen wird?»

«Ich war bei ihm», nickte Eanred, der offenbar nicht verstand, was Eadulf damit meinte.

«Verstehe. Und als Ihr zurückkamt, hat Euch Bruder

Sebbi über die Geschehnisse aufgeklärt und Euch gebeten, Abt Puttoc zu wecken. Ihr seid also zu ihm gegangen?»

«Ja.»

«Und Abt Puttoc lag in seinem Bett und schlief?»

«Ja, und zwar tief und fest», bestätigte der Mönch.

«Und was geschah dann?»

«Der Abt war sehr aufgeregt, zog sich sofort etwas über und begab sich in Wighards Gemächer, wo bereits viele Leute versammelt waren.»

«Und was habt Ihr getan?»

«Ich ging in meine eigene Kammer nebenan und schlief sofort ein. Ich war müde und hatte bei dem griechischen Medikus viel Wein getrunken.«

«Wart Ihr nicht neugierig, wie Wighard zu Tode gekommen war?»

Bruder Eanred zuckte die Achseln. «Wir sterben alle irgendwann.»

«Aber Wighard ist ermordet worden.»

Das Gesicht des Mannes blieb ohne jede Regung. «Bruder Sebbi hat mich gebeten, dem Abt mitzuteilen, daß Wighard tot ist. Das war alles.»

«Ihr wußtet also nicht , daß er ermordet wurde?»

«Jetzt weiß ich es, Schwester. Jetzt, wo Ihr es mir sagt. Kann ich jetzt gehen? Der Abt erwartet mich in seinem Zimmer.»

Fidelma sah Bruder Eanred eindringlich an. Dann sagte sie leise: «Also, gut. Ihr könnt gehen.»

Der Mönch neigte den Kopf und verließ den Raum.

Fidelma wandte sich fragend zu Eadulf und Licinius um. Ersterer lächelte und schüttelte den Kopf.

«Tja ... Ein einfacher Mann mit schlichtem Gemüt. Da kommt es mir doch etwas seltsam vor, daß Cornelius ausgerechnet seine Gesellschaft suchte, um mit ihm über Kunst zu plaudern und Wein zu trinken.»

«Hört sich ganz so an, als sei das Gespräch ziemlich einseitig verlaufen», stimmte Fidelma zu. «Aber es gibt genug Menschen, die sich selbst gern reden hören und denen es gleichgültig ist, ob daraus ein Dialog oder ein Monolog wird. Vielleicht gehört unser Freund Cornelius auch zu dieser Sorte.»

«Abt Puttoc ist nicht gerade eine Zierde der Christenheit», bemerkte Furius Licinius, der bisher geschwiegen hatte.

«Wie wahr! Er ist ehrgeizig, übereifrig ...» Fidelma hielt inne. «Ich frage mich, wie ehrgeizig ...?»

Eadulf sah die irische Geistliche zweifelnd an.

«Kommt, Fidelma. Ihr vergeßt Bruder Ronan Ragallach. Ihr wollt den Abt von Stanggrund doch nicht ernsthaft des Mordes an Wighard von Canterbury verdächtigen?»

Fidelma lächelte. «Ich habe Ronan nicht vergessen, Eadulf, aber was seine Rolle in der ganzen Angelegenheit betrifft, will ich mich lieber noch nicht festlegen. Es sind noch zu viele Fragen offen.»

Auf Furius Licinius' jungem, edlem Gesicht spiegelte sich wachsende Ungeduld. «Wollt Ihr Bruder Ronans Unterkunft auch noch sehen?» erkundigte er sich.

«Gleich, Licinius. Zuvor möchte ich alle Zimmer auf diesem Stockwerk prüfen. Daß wir hier bei Bruder Eadulf nichts gefunden haben, heißt nicht, daß wir die anderen Zimmer unberücksichtigt lassen sollten.»

«Aber sie waren zur Tatzeit alle bewohnt.» Licinius fühlte sich sichtlich unwohl in seiner Haut.

«Eben nicht», erwiderte Fidelma. «Wir haben gerade von Eanred gehört, daß seine Kammer leer war. Er ist erst nach dem Mord in den Palast zurückgekehrt.»

«Ihr wollt wirklich alle Zimmer durchsuchen?» fragte Eadulf schmunzelnd. «Puttocs Zimmer auch?»

Furius Licinius machte ein unglückliches Gesicht.

«Sein Zimmer liegt im gleichen Stockwerk am Ende des Korridors. Aber niemand würde den Abt verdächtigen ...»

Fidelma seufzte ärgerlich. «Wenn ich in dieser Sache erfolgreich ermitteln soll, muß ich alle Tatsachen kennen», wies sie den jungen Offizier zurecht. «Trotzdem werde ich in die Irre geführt. Erst sagt man mir, es habe eine Durchsuchung gegeben, dann muß ich feststellen, daß Wighards Gemächer gar nicht durchsucht worden sind. Und etwas später heißt es, nicht alle Räume auf diesem Stockwerk seien durchsucht worden, sondern nur die, von denen Ihr dachtet, sie seien in der fraglichen Nacht leer gewesen.»

Ihre Heftigkeit ließ den jungen *tesserarius* erbleichen.

«Es tut mir leid, aber das lag in der Verantwortung des *decurion* ...» Als er erkannte, daß er damit bloß die Schuld auf andere schob, hielt er bedrückt inne. «Ich dachte nur ...»

«Das Denken könnt Ihr getrost mir überlassen», unterbrach ihn Fidelma. «Sagt mir nur die Wahrheit, nicht mehr und nicht weniger.»

Furius Licinius trat verlegen von einem Fuß auf den anderen. «Trotzdem könnt Ihr nicht einfach so Abt Puttocs Zimmer durchsuchen. Er ist ... nun ja, er ist Abt eines Klosters ...»

Das nicht sehr damenhafte Schnauben, das Fidelma daraufhin von sich gab, sagte mehr als deutlich, was sie von dieser Begründung hielt. Furius Licinius sah sich gezwungen, eine andere Ausrede zu finden.

«Außerdem war er zur fraglichen Zeit in seinem Zimmer. Der Mörder kann dort nichts versteckt haben, er hätte den Abt geweckt ...»

Fidelma wandte sich an Eadulf. «Schaut nach, ob Puttoc und Eanred inzwischen zu ihrem Treffen mit Bischof Gelasius gegangen sind. Falls ja, werden wir ihre Zimmer jetzt gleich in Augenschein nehmen.»

Furius Licinius war entsetzt. «Aber ...»

«Wir haben die Befugnis, *tesserarius*», fiel ihm Fidelma ins Wort. «Muß ich Euch erst daran erinnern?»

Eadulf ging hinaus auf den Flur und kam wenig später wieder. «Sie sind fort», berichtete er.

Es dauerte nicht lange, Abt Puttocs Zimmer zu durchsuchen. Aber sie gewannen daraus lediglich die Erkenntnis, daß Puttoc den Annehmlichkeiten des Lebens nicht abgeneigt war. Bei einem frommen Kirchenmann hätte Fidelma eigentlich eine karge, schlichte Kammer erwartet. Puttoc hingegen hatte die Zeit in Rom anscheinend vor allem dazu genutzt, sich für die Zeit im Kloster mit einem Vorrat von Luxusgegenständen einzudecken. Allerdings wies nichts darauf hin, daß in diesem Zimmer ein Teil des Inhalts von Wighards Schatztruhe versteckt worden war.

Abt Puttocs Zimmer hatte ein Fenster, von dem aus man in den hinteren Innenhof schauen konnte. Darunter befand sich ein schmaler Sims, der rings um das gesamte Gebäude verlief. Er war mehrere Zoll breit, aber zu schmal, um als Versteck zu dienen.

«Und Eanreds Zimmer ist gleich nebenan?» fragte Fidelma gereizt.

Licinius nickte stumm. Er hatte wenig Lust, Fidelmas Zorn durch eine falsche Antwort weiter anzustacheln. Noch nie war er einer Frau begegnet, die Männer herumkommandierte und zurechtwies, wie es diese Irin tat.

Gemeinsam traten sie in die Kammer des Geistlichen. Sie war karg und schlicht, und außer dem *sacculus*, in dem Bruder Eanred seine wenigen Habseligkeiten – ein zweites Paar Sandalen, etwas Unterwäsche und Rasierzeug – aufbewahrte, enthielt sie kaum etwas von persönlichem Wert.

Die Hände vor dem Bauch gefaltet, stand Fidelma da und ließ den Blick durch Eanreds Kammer schweifen. Dann ging sie zum Fenster und sah hinaus. Es lag im rechten Winkel zum nächsten Gebäude, in das es vom *domus hospitale* keinen direkten Zugang gab. Ihr fiel sofort auf, daß die Steine und der Putz dieses Gebäudes sehr viel neuer wirkten, es folglich erst später errichtet worden war. Der Sims unter dem Fenster setzte sich allerdings auch am Nebenflügel fort, wo der Baumeister ihn jedoch sehr viel großzügiger bemessen hatte: Er war dort einen ganzen Fuß breit und von Bruder Eanreds Fenster aus leicht zu erreichen.

«Seht Ihr?» fragte Eadulf hinter ihr. «Ich glaube, Furius Licinius hat recht. Wir verfolgen die falsche Fährte.»

«Eanreds Kammer ist ziemlich spartanisch eingerichtet.» Fidelma wandte sich zu ihm um.

«Offenbar liebt Eanred das einfache Leben», stimmte Eadulf zu und ging mit Furius Licinius zurück auf den Flur. Fidelma hielt noch einen Moment lang inne, dann folgte sie den beiden. Eadulf hatte wahrscheinlich recht: Vielleicht sah sie ja schon Gespenster. Allerdings wurde sie das seltsame Gefühl nicht los, daß ihr etwas entgangen war.

«Bleiben noch die Zimmer von Ine und Sebbi», sagte sie und schloß die Tür zu Eanreds Kammer hinter sich.

In diesem Augenblick fiel ihr Blick auf den Rahmen der Tür. Etwa drei Fuß über dem Boden war das Holz gesplittert. Ein winziges Stück Stoff, ein kleiner, ausgefranster Streifen, war irgendwo abgerissen und an dem Splitter hängengeblieben.

Sie beugte sich vor, um ihn abzunehmen.

«Was ist das?» fragte Eadulf, der sie beobachtet hatte.

Sie schüttelte den Kopf. «Ich bin mir nicht sicher. Ein Stück Sackleinen vielleicht.»

Sie nahm den Stoff zwischen Daumen und Zeigefinger und hielt ihn gegen das Licht.

«Ja, ein Stück Sackleinen», bestätigte Eadulf.

«Was hat das zu bedeuten?» fragte Furius Licinius.

«Das kann ich noch nicht sagen», erwiderte Fidelma. «Vielleicht hat jemand etwas in einem Sack in Eanreds Zimmer geschleppt, der Stoff hat sich an dem Splitter verhakt, und es ist ein Stück abgerissen.»

Eadulf sah sie aufmerksam an und versuchte, ihre Gedanken zu lesen. «Soll das heißen, daß der Schatz in Eanreds Zimmer versteckt worden ist?»

Eadulf hatte aus Fidelmas Überlegungen schon immer rasche Schlüsse ziehen können.

«Ich erklärte doch schon, daß ich das noch nicht sagen kann», erwiderte Fidelma sanft. «Nur ein schlechter Richter zieht frühzeitige Schlüsse, ehe er alle verfügbaren Hinweise gesammelt und gegeneinander abgewogen hat.»

«Aber das wäre doch eine Erklärung», beharrte Furius Licinius, eifrig darauf bedacht, etwas zur Sache beizutragen. Er hatte das dringende Bedürfnis, die durch die nachlässige Durchsuchung ins Wanken geratene Ehre der *custodes* zu retten. «Eanred hat selbst gesagt, daß er erst zurückgekehrt ist, als man Wighards Leiche schon entdeckt hatte, also nach Ronan Ragallachs Verhaftung. Vielleicht hat Ronan die Beute in die Kammer geschafft, während Eanred noch fort war?»

Fidelma lächelte spöttisch.

«Meint Ihr wirklich, Ronan Ragallach hätte zwei Säcke mit Diebesbeute in Eanreds Kammer versteckt, bevor er von den *custodes* verhaftet wurde? Was ist dann aus den Säcken geworden?»

Licinius preßte die Lippen zusammen.

«Ich habe ja schon gesagt, daß er vielleicht einen Komplizen hatte», murmelte er.

«Ja, das stimmt. Wir werden später noch darüber sprechen. Jetzt laßt uns erst einmal Bruder Sebbis Zimmer durchsuchen», entgegnete Fidelma.

«Aber das Sackleinen?» fragte Eadulf und sah zu, wie sie es in ihrem *mursupium*, einem großen Umhängebeutel, verschwinden ließ.

«Der weise Richter sammelt nach und nach alle Beweisstücke», erklärte Fidelma lächelnd. «Erst wenn alle Stücke beisammen sind, versucht er – wie ein Handwerker, der ein kunstvolles Mosaik schafft – daraus vor seinem geistigen Auge ein Muster zusammenzusetzen und hie und da noch ein Stückchen einzufügen, bis sich allmählich ein stimmiges Bild ergibt. Nur ein schlechter Richter erliegt der Versuchung, ein Beweisstück herauszugreifen und daraus ein Gesamtbild ableiten zu wollen. Wer weiß? Vielleicht hat dieses Stück Stoff mit der Aufklärung unseres Falls gar nichts zu tun.»

Mit einem schelmischen Augenzwinkern schaute sie zu ihm auf, machte dann kehrt und ging den Flur hinunter. Weder in Bruder Sebbis noch in Bruders Ines Kammer konnten sie etwas Verdächtiges entdecken, so daß Fidelma auf ihren ursprünglichen Plan zurückkam, Ronan Ragallachs Unterkunft in Augenschein zu nehmen.

Eadulf wechselte einen kurzen Blick mit dem verdrossenen jungen *tesserarius*, ehe er ihr folgte. Was ihn betraf, war die Sache ziemlich klar, und es gab keinen Grund für weitere mühselige Ermittlungen. Ronan Ragallach hatte Wighard offenbar aus Habgier umgebracht, und es war ihm gelungen, den Schatz noch vor seiner Festnahme zu verstecken. Nach seiner Flucht aus dem Wachhaus war er wohl längst wieder in den Besitz seiner Beute gelangt und hatte – wenn er auch nur ein

Fünkchen Verstand besaß – die Stadt inzwischen möglichst weit hinter sich gelassen.

Als sie über die vordere Treppe hinunter in den Innenhof vor dem *domus hospitale* kamen, sahen sie Abt Puttocs hochgewachsene Gestalt am Brunnen stehen. Doch es war die junge Frau neben ihm, die Fidelmas Blick auf sich zog, so daß sie wie angewurzelt auf der Schwelle verharrte. Eadulf und Furius Licinius wären fast mit ihr zusammengestoßen. Die schmächtige Schwester Eafa zitterte wie Espenlaub und hatte die Stimme in tränenreicher Verzweiflung erhoben. Aus der Entfernung sah es so aus, als versuchte der Abt, sie mit Worten und Gesten zu beruhigen, doch Eafa wandte sich plötzlich um und stürzte durch einen der schmalen Gänge davon, ohne Schwester Fidelma und ihre Begleiter zu bemerken.

Abt Puttoc blickte ihr noch eine Weile betreten nach. Dann wandte er sich um und sah Fidelma, Eadulf und Furius Licinius in der offenen Tür zum *domus hospitale* stehen. Ohne ein Zeichen des Wiedererkennens machte er auf dem Absatz kehrt und verschwand raschen Schrittes im Nachbargebäude.

«Offenbar hat unser stolzer Abt die arme Schwester Eafa völlig aus der Fassung gebracht», sagte Fidelma. «Worum es wohl bei diesem Disput ging?»

«Jedenfalls wäre es nicht das erste Mal», bemerkte Eadulf grimmig.

Fidelma sah ihn erstaunt an. «Was meint Ihr damit, Eadulf?»

«Als ich gestern morgen vom Refektorium zurückkam, vernahm ich laute Stimmen aus Puttocs Zimmer. Ich war schon in meiner Kammer und gerade dabei, die Tür hinter mir zu schließen, als ich hörte, wie Puttocs Tür aufging. Neugier übermannte mich, und ich ließ meine Tür einen Spaltbreit offen, um zu sehen, was nebenan vor sich ging. Jedenfalls stürmte Schwester Eafa mit verrutschter Haube und zerknitterter Tracht aus Puttocs Zimmer, als ob ihr der Leibhaftige erschienen sei. Dann lief sie den Flur entlang und die Treppe hinunter.»

«Habt Ihr Puttoc auf den Vorfall angesprochen?»

Eadulf preßte die Lippen zusammen. Seine Wangen röteten sich. «Ich habe meine eigenen Schlüsse gezogen. Durch entsprechende Andeutungen hat man mir schon öfter zu verstehen gegeben, daß Puttoc bei den Frauen einen gewissen Ruf genießt. Die Lehre Roms schreibt zwar den Zölibat für Äbte und Bischöfe vor, aber ich fürchte, in dieser Hinsicht ist Puttoc eher den Lehren der Kirche Columbans zugeneigt.»

Fidelmas Augen verengten sich.

«Wohl kaum der passende Leumund für einen Mann, der den Ehrgeiz hat, in die Fußstapfen Augustins von Canterbury zu treten. Wollt Ihr damit sagen, Puttoc sei dafür bekannt, Frauen seine Aufmerksamkeiten aufzuzwingen?»

Eadulfs Gesichtsausdruck war eigentlich Antwort genug, dennoch sagte er: «So habe ich es jedenfalls gehört.»

«Gibt es in den sächsischen Königreichen denn keine Gesetze gegen Vergewaltigung?» fragte Fidelma entsetzt.

«Nicht für die Armen», erwiderte Eadulf.

«Unser *Fenechus*-Gesetz schützt die Frauen nicht nur vor Vergewaltigung. Auch dann, wenn ein Mann zum Beispiel eine betrunkene Frau zum Geschlechtsverkehr verleitet, wird der Vorwurf ebenso ernst genommen. Unser Gesetz schützt alle Frauen. Schon wenn ein Mann es wagt, eine Frau gegen ihren Willen zu küssen oder auch nur zu berühren, kann er zu einer Strafe von zweihundertvierzig Silber-*screpall* verurteilt werden.»

Eadulf wußte, daß der *screpall* zu den wichtigsten Münzen gehörte, die in Irland im Umlauf waren.

«Vielleicht gebe ich aber auch allzu leichtfertig irgendwelchen Klatsch wieder», sagte er, von Fidelmas Heftigkeit unangenehm berührt. «Ich habe die ganze Geschichte von Sebbi gehört.»

«Und ob den Absichten Bruder Sebbis zu trauen ist, sei noch dahingestellt», meinte Fidelma. Sie schien eine weitere Bemerkung machen zu wollen, besann sich aber eines Besseren und sagte statt dessen: «Kommt, Furius Licinius, zeigt uns den Weg zu Ronan Ragallachs Unterkunft.»

«Dazu müssen wir zu einer Herberge unter einer der Bögen der Aqua Claudia gehen», erklärte Licinius, der dem Gespräch zwischen Fidelma und Eadulf gebannt gelauscht hatte.

«Ist das weit?» fragte Fidelma.

«Nein, im Gegenteil, es ist ganz in der Nähe», sagte Licinius. «Sicherlich habt Ihr den Aquädukt schon gesehen. Die große, unter dem berüchtigten Kaiser Caligula vor über sechshundert Jahren erbaute Wasserleitung bringt Wasser von einer achtundsechzig Kilometer entfernten Quelle in der Nähe von Sublaquea in die Stadt.»

Fidelma hatte den Aquädukt tatsächlich schon gesehen und die Größe des Bauwerks bewundert. In Irland gab es nichts Vergleichbares, aber die irischen Königreiche waren auch reichlich mit Wasser versorgt, und es gab keinen Grund, den Verlauf von Flüssen oder Quellen zu verändern, um damit dürre Gegenden fruchtbar zu machen.

«Die Herberge gehört Diakon Bieda», erklärte Furius Licinius weiter. «Ich muß Euch warnen, Schwester, es ist eine sehr billige und schäbige Unterkunft, die nicht unter der Aufsicht von Geistlichen steht. Auf die

Empfindsamkeiten gläubiger Frauen wird dort wenig Rücksicht genommen, wenn Ihr versteht, was ich meine.»

Fidelma sah den jungen Mann mit ernster Miene an.

«Ich glaube, ich verstehe, was Ihr meint, Furius Licinius», entgegnete sie. «Aber wenn der Eigentümer tatsächlich ein Diakon der Kirche ist, verstehe ich nicht, wie es dazu kommen konnte.»

Licinius zuckte mit den Achseln. «In Rom ist es einfach, Vergünstigungen käuflich zu erwerben. Der Titel eines Diakons gehört dazu.»

«Dann werde ich mein Bestes tun, um mich von etwaigen Anstößigkeiten nicht aus der Fassung bringen zu lassen. Und jetzt sollten wir uns auf den Weg machen, denn ich habe wenig Lust, das Abendessen zu verpassen, das sicherlich bald aufgetragen wird.»

IX

FURIUS LICINIUS FÜHRTE SIE DURCH DIE vielen Innenhöfe und Gärten des Lateranpalasts, bis sie schließlich auf dem Celius-Hügel durch ein Seitentor nach draußen traten. Selbst Fidelma war von den ausgedehnten Anlagen beeindruckt, und Licinius genoß es, sein Wissen unter Beweis stellen zu können.

«Das ist das *Sancta Sanctorum*», sagte er und zeigte auf einen kleinen, aber hoch aufragenden Kirchenbau, «die private Kapelle des Heiligen Vaters mit der *Scala Santa*, der Treppe, die unser Herr Jesus Christus nach seiner Verurteilung im Haus des Statthalters Pilatus hinunterging.»

Fidelma sah in zweifelnd an. «Aber Pilatus' Haus stand doch in Jerusalem», entgegnete sie.

Licinius grinste zufrieden: Er wußte etwas, wovon Fidelma offenbar keine Ahnung hatte.

«Die heilige Helena, die Mutter des großen Konstantin, hat die Treppe von Jerusalem nach Rom gebracht. Sie besteht aus achtundzwanzig Stufen aus tyrianischem Marmor, die selbst der Heilige Vater nur auf Knien erklimmen darf. Helena fand die Treppe zur gleichen Zeit wie das wahre Kreuz, das in Golgatha vergraben war – das Kreuz, an dem der Erlöser gelitten hat.»

Fidelma hatte die Geschichte von dem dreihundert Jahre zurückliegenden Fund des echten Kreuzes schon vorher gehört. Sie bezweifelte, daß ein einfaches Holzkreuz sich so eindeutig zuordnen ließ, wagte aber nicht, ihre Einwände zu äußern. «Ich habe gehört, daß die fromme Helena ganze Schiffsladungen mit Reliquien aus dem heiligen Land nach Rom geschickt hat, darunter sogar Holzreste aus der Bundeslade», sagte sie statt dessen. Licinius blickte ernst. «Wenn Ihr möchtet, kann ich sie Euch gerne zeigen, Schwester. Wir sind sehr stolz auf die heiligen Reliquien, die hier im Lateranpalast aufbewahrt werden.»

In seinem Eifer wäre er am liebsten sofort umgedreht, um ihr die wertvollen Schätze vorzuführen. Fidelma legte eine Hand auf seine Schulter. «Später vielleicht, Furius Licinius. Alles der Reihe nach. Jetzt nehmen wir erst einmal Ronan Ragallachs Unterkunft unter die Lupe.»

Licinius errötete heftig, als er erkannte, daß er sich von seiner jugendlichen Begeisterung hatte hinreißen lassen. Er deutete auf einen Bogen des Aquädukts auf der anderen Seite des Platzes.

«Dort steht die Herberge, die Bieda gehört.»

Das kleine Haus im Schatten einer der eindrucksvollen Steinbögen des großen Aquädukts wirkte schäbig und heruntergekommen.

Ein einsamer *custos* hielt Wache vor Biedas Haus.

«Er paßt auf, falls Ronan Ragallach versucht zurückzukehren», erklärte Furius Licinius, während er sie in das schmuddelige Gebäude führte.

Fidelma schnaubte verächtlich. «Ich glaube kaum, daß Bruder Ronan so dumm sein wird. Bestimmt weiß er, daß man ihn hier als erstes suchen wird.»

Licinius reckte trotzig sein Kinn. Er hatte sich noch immer nicht daran gewöhnt, daß eine Frau ihn tadelte oder ihm Befehle erteilte. Zwar hatte er schon vorher von den Frauen in Irland, Gallien und Britannien gehört, die soviel mehr Befugnisse und Rechte besaßen als die römischen Frauen, die sich in Bescheidenheit übten und sich hauptsächlich im Haus aufhielten. Und doch empfand er es als erniedrigend, von einer Frau, dazu noch von einer Fremden, herumkommandiert zu werden. Aber *superista* Marinus, sein oberster Dienstherr, hatte seinen Standpunkt klargemacht: Furius mußte dieser Frau und dem gutmütigen sächsischen Geistlichen gehorchen.

Als sie gerade die Stufen im dunklen Hausflur emporsteigen wollten, stürmte eine Frau mittleren Alters aus einem Zimmer im Erdgeschoß. Beim Anblick von Licinius' Uniform stieß sie einen Schwall wüster Beschimpfungen aus. Da sie in dem seltsam kehligen Akzent der römischen Straßen sprach, verstand Fidelma kaum ein Wort. Doch es gab keinen Zweifel daran, daß es sich nicht um Schmeicheleien handelte. ‹*Ad malam crucem*!› beendete die Frau ihren zornigen Wortschwall.

«Warum ist sie so erbost?» wollte Fidelma wissen.

Doch ehe Licinius antworten konnte, hatte sich die Frau schon an ihm vorbeigedrängt und sprach nun direkt Fidelma an, wobei sie ihr Sprechtempo etwas verlangsamte, damit der Fremden auch keine Silbe entging.

«Und wer bezahlt mir das leere Zimmer? Der fremde Bruder kommt nicht wieder, und seine Schulden wird er mir wohl auch nicht bezahlen. Es ist einen Monat her, daß ich die letzte Miete von ihm erhalten habe. Und das bei den Scharen von Pilgern in Rom! Ich habe ein leeres Zimmer und kann es nicht vermieten, bloß weil dieser *catalus vulpinus* es so befohlen hat!»

Fidelma lächelte spöttisch. «Beruhigt Euch. Ich bin sicher, Ihr werdet für den Mietausfall entschädigt. Wenn wir mit unserer Untersuchung fertig sind und Bruder Ronan nicht zurückkehrt, werdet Ihr die Sachen, die er zurückgelassen hat, doch sicherlich verkaufen können.»

Fidelmas höhnischer Tonfall schien der Frau nicht zu gefallen.

«Soll das Euer Ernst sein?» keifte sie. «Ich habe noch nie einem irischen Pilger ein Zimmer vermietet, der mehr besessen hätte als die Kleider, die er am Leibe trug. Der Mann hatte kein Geld, und in seinem Zimmer gibt es nichts, das sich verkaufen ließe. Seinetwegen werde ich noch am Hungertuch nagen!»

«Wahrscheinlich habt Ihr bereits dafür gesorgt, daß

es in seinem Zimmer nichts Lohnendes mehr gibt?» fragt Fidelma mit drohendem Unterton.

«Natürlich habe ich...»

Die Frau hielt erschrocken inne.

Furius Licinius runzelte die Stirn. «Euch wurde befohlen, das Zimmer nicht zu betreten», tadelte er.

Die Frau reckte trotzig das Kinn. «Ihr habt es leicht, solche Befehle zu erteilen. Ich wette, Ihr habt noch nie eine Mahlzeit ausfallen lassen müssen.»

«Habt Ihr nun etwas aus Bruder Ronan Ragallachs Zimmer entfernt oder nicht?» hakte Fidelma nach. «Sprecht die Wahrheit. Alles andere würdet Ihr ohnehin nur bereuen.»

Erschrocken sah die Frau Fidelma an. «Ich habe nichts angerührt...»

Ihre Stimme erstarb unter Fidelmas strengen Blick, und sie senkte die Augen.

«Auch ich will überleben, Schwester. Die Zeiten sind schlecht. Ich muß an mein Auskommen denken.»

«Bruder Eadulf, begleitet diese Frau, und laßt Euch alles geben, was sie aus Ronan Ragallachs Zimmer entwendet hat. Und Ihr, Frau, denkt daran, wenn Ihr nicht ehrlich seid, wird dies früher oder später ans Tageslicht kommen, und Lügen haben nicht nur in dieser Welt harte Strafen zur Folge.»

Die Frau ließ mißmutig den Kopf hängen.

Bruder Eadulf streifte Fidelma mit einem verschmitzten Seitenblick. Er wußte, daß ihr rauher Ton oft vorgetäuscht war. Er nickte kurz und wandte sich dann an die verstörte Hauswirtin.

«Kommt», sagte er streng. «Zeigt mir, was Ihr an Euch genommen habt. Und daß Ihr mir ja ganz genaue Angaben macht!»

Furius Licinius und Fidelma stiegen weiter die Treppe hinauf.

«Diese verdammten Bauerntölpel!» murmelte Licinius. «Sie würden auch noch einen kranken Mann auf seinem Totenbett ausrauben. Ich habe es satt, mich mit ihnen herumzuärgern.»

Fidelma beschloß, nicht darauf einzugehen, und folgte ihm stumm in eine kleine Kammer im ersten Stock. Sie war dunkel und trist und roch nach Küchendünsten und abgestandenem Schweiß.

«Ich frage mich, wieviel sie für dieses Loch verlangt», sagte Licinius, der Fidelma die Tür aufgehalten hatte. «Leider gibt es in dieser Stadt genug Halsabschneider, die ahnungslosen Pilgern zu völlig überhöhten Preisen Zimmer vermieten und sich damit eine goldene Nase verdienen.»

«Ihr sagtet, daß diese Herberge nicht unter Aufsicht der Kirche steht», sagte Fidelma. «Trotzdem muß die Kirche, was die Mieten in der Stadt angeht, doch etwas mitzureden haben?»

Licinius lächelte verkniffen. «Bieda ist ein wohlgenährter Geschäftsmann, der mit einer ganzen Reihe solcher Häuser ein Vermögen macht. Er heuert einfach für jedes seiner Häuser eine *quae res domestic dispensat* an ...»

«Eine was?»

«Jemanden, der das Haus für ihn führt. So wie die Frau da unten. Wahrscheinlich zieht der gute Bieda die Kosten für das leere Zimmer von ihrem Lohn ab.»

«Natürlich war es falsch von der Frau, die Sachen aus dem Zimmer an sich zu nehmen, aber ich möchte natürlich auch nicht, daß sie leidet, weil ihr Einkommen von der ständigen Vermietung aller Zimmer abhängt.»

Furius Licinius schnaubte verächtlich. «Macht Euch keine Sorgen: Unkraut vergeht nicht! Was wollt Ihr Euch ansehen?»

Fidelma blickte in die düstere Kammer. Obgleich die

Läden nicht geschlossen waren, ließ das winzige Fenster nur wenig Licht in den Raum, weil der hohe Aquädukt draußen die Sicht versperrte.

«Als erstes würde ich gern überhaupt irgend etwas sehen», beklagte sie sich. «Gibt es hier keine Kerze?»

Licinius fand einen Kerzenstummel neben dem Bett und zündete ihn an.

Außer einem großem Holzbett mit einer nach Schweiß stinkenden Decke und einem Kissen, einem kleinem Tisch und einem Stuhl gab es in Ronans Kammer keine Möbel. Ein großer *sacculus* hing an einem in die Wand geschlagenen Haken. Fidelma schüttete den Inhalt aufs Bett: einige alte Kleider und ein Paar Sandalen. Ronans Rasierzeug stand auf dem Tisch.

«Bruder Ronan führte offenbar ein einfaches Leben.» Licinius gönnte sich einen Moment der Schadenfreude angesichts der Enttäuschung in Fidelmas Gesicht.

Wortlos stopfte Fidelma die Kleider wieder in den *sacculus* und hängte ihn an den Haken. Dann ließ sie ihren prüfenden Blick durchs Zimmer schweifen. Im Grunde deutete nichts darauf hin, daß ein Mensch mehrere Monate lang hier gewohnt hatte. Sie ging zum Bett und unterzog Decken, Matratzen und Gestell einer eingehenden Prüfung. Zehn Minuten später hatte sie noch immer keinen Lohn für ihre Mühe.

Furius Licinius lehnte gegen den Türpfosten und beobachtete sie aufmerksam.

«Ich sagte Euch doch schon, daß man hier nichts gefunden hat», meinte er. Nach der Demütigung in Wighards Schlafgemach war seine Erleichterung unüberhörbar.

«Ich weiß.»

Fidelma bückte sich und begutachtete den Boden. Nichts als Staub. Sie erschrak, als sie ganze Scharen kleiner schwarzer Käfer davonhuschen sah. Was war das für häßliches Getier?

«*Scarabaeus*», erklärte Furius Licinius. «Kakerlaken. In diesen alten Häusern wimmelt es nur so davon.»

Fidelma wollte sich schon voller Ekel abwenden, als sie unter dem Bett etwas bemerkte. Sie überwand ihre Abscheu, beugte sich vor, um danach zu greifen, und hielt kurz darauf ein kleines Stück Papyrus in der Hand, das mit Fußabdrücken übersät und deshalb vom schmutzigen Boden kaum zu unterscheiden gewesen war.

Fidelma hob den Kerzenstummel und betrachtete es etwas genauer.

Das kaum mehr als ein paar Zoll große Stück war offenbar von einem größeren Papyrus abgerissen worden und mit seltsamen Hieroglyphen bedeckt, wie sie Fidelma noch nie zuvor gesehen hatte. Es waren weder griechische noch lateinische Buchstaben, und sie hatten auch mit der alten Ogham-Schrift ihres Heimatlandes keinerlei Ähnlichkeit.

Lächelnd hielt Fidelma dem beschämten Furius Licinius ihr Fundstück hin.

«Was haltet Ihr von diesen Schriftzeichen? Könnt Ihr sie entziffern?»

Furius Licinius betrachtete den Papyrus und schüttelte den Kopf.

«Nein, solche Schriftzeichen sind mir unbekannt», sagte er und fügte aus Furcht, die *custodes* könnten von der selbstbewußten Irin noch einmal gedemütigt werden, eilig hinzu: «Meint Ihr, es könnte wichtig sein?»

«Wer weiß?» Fidelma verstaute das Papyrusstück in ihrem *marsupium*. «Wir werden sehen. Aber Ihr hattet recht, Furius Licinius: In diesem Zimmer gibt es nichts, was uns unmittelbar weiterhelfen könnte.»

Sie hörten Schritte auf der Treppe. Eadulf kam herein, den Arm voller verschiedener Gegenstände.

«Ich fürchte, es hat eine Weile gedauert, bis sie alles zusammengesucht hatte. Zumindest glaube ich, daß das alles ist. Wir kamen gerade noch rechtzeitig, um den Verkauf von Ronans Habseligkeiten zu verhindern.»

Er legte die Gegenstände vorsichtig aufs Bett: einen Rosenkranz; ein nicht sehr aufwendig gearbeitetes, aber sicherlich recht wertvolles Kruzifix aus rotem irischen Gold; einen leeren *crumena* oder Geldbeutel; mehrere kleine Andenken an römische Heiligtümer; und zwei kleine Bücher, das Lukas- und das Matthäus-Evangelium.

Furius Licinius lachte empört.

«Die Miete eines Monats? Das hätte für drei Monate oder mehr in diesem Loch gereicht. Die aus dem *crumena* verschwundenen Münzen nicht mitgezählt.»

Fidelma untersuchte sorgsam die beiden griechischen Evangelien und blätterte Seite für Seite um, als erwartete sie, es könnte etwas herausfallen. Seufzend gab sie schließlich ihre Suche auf.

«Ihr habt nichts gefunden?» fragte Eadulf und schaute sich im Zimmer um.

Fidelma, die meinte, er spreche von den Evangelien, schüttelte den Kopf.

«Irgendwelche Geheimverstecke?»

Erst jetzt wurde Fidelma klar, daß er Bruder Ronans Zimmer meinte.

Furius Licinius lächelte nachsichtig. «Diese Möglichkeit hat *decurion* Marcus Narses schon ausgeschlossen.»

«Trotzdem», erwiderte Eadulf und klopfte mit dem Knöchel Wände und Boden auf mögliche Hohlräume ab.

«*Decurion* Marcus Narses hatte recht», sagte er zu Licinius. «Es scheint kein Geheimversteck zu geben, in dem Bruder Ronan die gestohlenen Gegenstände aus Wighards Schatztruhe hätte verbergen können.»

Fidelma sammelte Ronan Ragallachs Habseligkeiten zusammen und steckte sie zu den Kleidern in seinem *sacculus*.

«Wir nehmen Ronans *sacculus* in Gewahrsam. Furius Licinius, sagt seiner Zimmerwirtin, daß die ausstehende Miete aus dem Erlös von Ronans Eigentum beglichen werden kann, wenn wir unsere Untersuchungen abgeschlossen haben. Allerdings muß Diakon Bieda persönlich kommen, um seine Ansprüche geltend zu machen, und gleichzeitig eine Rechnung für das Zimmer vorlegen.»

Der junge *tesserarius* nickte lächelnd.

«Es sei, wie Ihr es sagt, Schwester.»

«Gut. Ich hatte gehofft, Bruder Sebbi und vielleicht auch Äbtissin Wulfrun und Schwester Eafa noch vor dem Abendessen befragen zu können. Doch ich fürchte, dazu ist es jetzt wohl zu spät.»

«Sollten wir nicht versuchen, mehr über diesen Ronan Ragallach herauszufinden?» meinte Eadulf. «Bisher haben wir uns vor allem mit Wighards Gefolge, aber kaum mit dem Mann befaßt, dem vorgeworfen wird, ihn getötet zu haben.»

«Da Ronan Ragallach aus seinem Gefängnis geflohen ist, wäre das wohl auch schlecht möglich», erwiderte Fidelma trocken.

«Mir geht es nicht darum, Ronan zu befragen», sagte Eadulf. «Ich dachte eher, es wäre an der Zeit, uns den Ort anzusehen, wo er gearbeitet hat, und mit den Leuten dort zu sprechen.»

Fidelma war klar, daß Eadulf vollkommen recht hatte. Diesen Gesichtspunkt hatte sie übersehen.

«Soweit ich weiß, bekleidete er eine untergeordnete Stellung im *munera peregrinitatis* – dem Amt für fremdländische Angelegenheiten», warf Licinius erklärend ein.

Fidelma machte sich im stillen Vorwürfe. Sie hätte Ronan Ragallachs Arbeitsplatz längst berücksichtigen müssen.

«Dann», sagte sie mit betont ruhiger Stimme, «sollten wir uns dieses Amt mal etwas genauer anschauen.»

¶ In dem *officium*, das der *superista* ihnen zur Verfügung gestellt hatte, hielt Eadulf auf seinen Tontafeln die wichtigsten Punkte der Befragung von Abt Puttoc und Bruder Eanred fest. Bei ihrer Rückkehr in den Palast hatten sie erfahren, daß das *munera peregrinitatis*, in dem Ronan Ragallach als *scriptor* beschäftigt gewesen war, zur Zeit geschlossen war und der Vorsteher beim *cena*, dem Abendessen, weilte.

Zu ihrem Verdruß hörte Fidelma, daß man für sie im Refektorium des Palasts keine Abendmahlzeit vorgesehen hatte, und so wurde Furius Licinius ausgeschickt, um ihnen etwas zu essen und zu trinken zu besorgen, während Fidelma und Eadulf in ihr *officium* gingen. Fidelma verstaute die Sachen, die sie aus Ronans Zimmer mitgebracht hatte. Dann setzte sie sich und legte zwei kleine Gegenstände vor sich auf den Tisch, um sie voller Neugier zu betrachten: das Stück Sackleinen von dem Splitter an Eanreds Zimmertür und das abgerissene Stück Papyrus aus Ronans Kammer.

«Was sind das für Sachen?» wollte Eadulf wissen.

«Ich wünschte, ich könnte es Euch sagen», erwiderte Fidelma. «Wahrscheinlich haben sie mit unseren Ermittlungen gar nichts zu tun.»

«Ach, das Sackleinen.» Eadulf verzog das Gesicht. «Und das andere?»

Fidelma sah ihn entschuldigend an. «Tut mir leid, ich habe vergessen, es zu erwähnen. Ein Stück Papyrus, das ich in Ronans Zimmer auf dem Boden gefunden habe. Ich kann mir keinen Reim darauf machen.»

Sie reichte es Eadulf.

«Es ist Schrift drauf», bemerkte er.

«Ja. Ziemlich seltsame Hieroglyphen», seufzte Fidelma. «Ich habe keine Ahnung, was das für Zeichen sind.»

Eadulf lächelte breit. «Da kann ich Euch weiterhelfen. Das ist die Schrift der Araber – der Anhänger des Propheten Mohammed.»

Erstaunt sah Fidelma ihn an. «Woher wißt Ihr das?» fragte sie. «Seid Ihr dieser Sprache etwa kundig?»

Eadulf grinste selbstzufrieden. «Das kann ich leider nicht behaupten. Aber ich habe die Schriftzeichen schon bei meinem früheren Aufenthalt in Rom gesehen. Sie sind unverwechselbar, und ihre Formen haben sich mir tief eingeprägt. Es könnte sich höchstens um eine andere Sprache handeln, die sich der gleichen Schriftzeichen bedient, meiner Meinung nach steckt jedoch die Sprache der Araber dahinter.»

Nachdenklich betrachtete Fidelma das Papyrusstück. «Wo könnten wir jemanden finden, der in der Lage wäre, diese Sprache zu entziffern?»

«Im *munera peregrinitatis* vielleicht ..?»

Fidelma bedachte ihn mit einem raschen Seitenblick. Erst jetzt dämmerte Eadulf, was er gesagt hatte.

«Das Amt, in dem unser Freund Ronan Ragallach gearbeitet hat», stellte er fest. Dann zuckte er die Achseln. «Aber ob das eine Rolle spielt.»

Es klopfte leise an die Tür.

Fidelma ließ Papyrus und Sackleinen in ihr *marsupium* gleiten.

«Das werden wir noch sehen», sagte sie, dann rief sie laut: «Ja, bitte? Herein!»

Ein dünner, drahtiger Mann mit dunklem Haar und fahlem Gesicht trat ins Zimmer. Er schielte ein wenig auf einem Auge, so daß Fidelma unsicher war, wie sie ihn anschauen sollte. Das Gesicht kam ihr bekannt vor, obwohl sie es zunächst nicht einordnen konnte.

Eadulf dagegen erkannte den Geistlichen sofort. «Bruder Sebbi!»

Der Mann lächelte. «Von den *custodes* hörte ich, daß Ihr mich sprechen wollt, und da ich gerade mit dem Abendessen fertig bin, fragte ich, wo ich Euch finden könnte.»

«Kommt und setzt Euch, Bruder Sebbi», forderte Fidelma ihn auf. «Ihr habt uns die Mühe erspart, nach Euch schicken zu lassen. Ich bin Fidelma ...»

«... von Kildare. Ich weiß. Ich war in Witebia, als Ihr und Bruder Eadulf den Mord von Äbtissin Étain aufklärtet.» Er hielt inne und sah betreten zu Boden. «Eine schlimme Sache. Sehr, sehr schlimm.»

«Dann wißt Ihr also, womit wir diesmal befaßt sind, Bruder Sebbi?» fragte Fidelma.

Seine dünnen Lippen verzogen sich zu einem Grinsen. «Im ganzen Lateranpalast wird kaum noch über etwas anderes gesprochen, Schwester. Bischof Gelasius hat Euch und Bruder Eadulf beauftragt, die Hintergründe von Wighards Tod aufzuklären, so wie König Oswiu Euch in Witebia gebeten hat, Äbtissin Étains Mörderin dingfest zu machen.»

«Wir wüßten gern, wo Ihr Euch zur Tatzeit aufgehalten habt», schaltete sich Eadulf ein.

Sebbis Grinsen wurde noch breiter. «Im Bett, wie jeder vernünftige Mensch.»

Fidelma betrachtete ihn mit ernster Miene.

«Und seid Ihr ein vernünftiger Mensch, Bruder Sebbi?»

Einen Augenblick lang wurde Sebbi ernst, dann kehrte sein Grinsen zurück. «Ich sehe, Ihr habt Sinn für Humor, Schwester. Ja, ich lag in meinem Bett und schlief. Ein Geräusch im Korridor hat mich geweckt. Ich ging hinaus und sah mehrere *custodes* vor Wighards Tür. Ich fragte, was los sei, und sie sagten es mir.»

«War sonst noch jemand da? Abt Puttoc zum Beispiel?»

Sebbi schüttelte den Kopf.

«Aber Euch hat das Geräusch geweckt?»

«Ja.»

«Es war also ziemlich laut?»

«Natürlich. Es wurde gerufen, und die Soldaten liefen hin und her.»

«Hat es Euch nicht überrascht, daß Abt Puttoc, der in dem Zimmer gleich neben Eurem *cubiculum* schlief, sich durch all dies in seinem Schlaf nicht stören ließ?»

Eadulf streifte Fidelma mit einem besorgten Seitenblick. Hegte sie Zweifel an Puttocs Aussage, bloß weil der Abt sie anmaßend behandelt hatte?

«Nein.» Sebbi beugte sich über den Tisch. «Der Abt ist dafür bekannt, daß er Abend für Abend einen Schlaftrunk nimmt, weil er an Schlaflosigkeit leidet. Er stopft sich mit Arzneien voll wie andere Menschen mit Lebensmitteln.»

«Wißt Ihr das nur vom Hörensagen, Sebbi, oder ist das eine Tatsache?» fragte Fidelma.

Sebbi machte eine wegwerfende Handbewegung. «Ich habe fünfzehn Jahre lang in Stanggrund unter Abt Puttoc gedient. Ich kenne ihn in- und auswendig. Fragt Eanred, seinen Diener. Es ist eine Tatsache. Eanred hat immer eine Tasche mit Arzneien dabei. Und jeden Abend muß er Puttoc ein Gebräu aus Maulbeerblättern, Schlüsselblume und Königskerze in seinen Wein mischen.»

Fidelma schaute Eadulf an. Der sächsische Bruder nickte. «Ein Schlaftrunk, wie er nicht selten zur Anwendung kommt.»

Sebbi fuhr fort: «Ohne seine Arzneien könnte Puttoc nicht leben. Das war auch der Grund, warum er Eanred gekauft hat. Nur Eanred ist in der Lage, das richtige Heilmittel für Puttocs Schlaflosigkeit anzumischen. Deshalb würde Puttoc auch nie ohne seinen Diener auf Reisen gehen.»

Fidelmas Neugier war geweckt. «Puttoc hat Eanred gekauft?»

«Ja, Eanred war Sklave, und Puttoc hat einen ziemlich hohen Preis für ihn bezahlt. Anschließend hat er ihm in Übereinstimmung mit den Lehren der Heiligen Kirche die Freiheit geschenkt. Aber Eanred betrachtet sich immer noch als Puttocs Leibeigener, auch wenn er im Grunde ein freier Mann ist.»

«Wißt Ihr Näheres darüber, wie es zu diesem Kauf gekommen ist, Sebbi?» fragte Fidelma.

«Ja, ich war selbst zugegen. Es war zu der Zeit, als Swithhelm über die Ostsachsen herrschte und sich nur wenige in seinem Königreich an den Glauben hielten. Es ist inzwischen wohl sieben Jahre her, daß Puttoc beschloß, das Land zu bereisen und die verlorenen Schafe an den einen, wahren Gott zu gemahnen. Da ich in Ostsachsen aufgewachsen bin – ja, ich bin sogar nach Prinz Sebbi benannt, der heute das Land regiert –, wählte Abt Puttoc mich zu seinem Reisegefährten. Als wir Swithhelms Hof erreichten, wurde gerade Eanreds Hinrichtung vorbereitet.»

Sebbi hielt inne. Als er sah, daß sie ihm gebannt lauschten, fuhr er fort: «Im Gespräch mit Swithhelm stellte sich heraus, daß der König den bevorstehenden Tod des Sklaven sehr bedauerte, denn Eanred genoß einen hervorragenden Ruf als kräuterkundiger Heiler. Wenn jedoch ein Sklave seinen Herrn tötet, gibt es keine andere Wahl. Er muß die Tat mit seinem Tod sühnen, es sei denn, jemand anders entschädigt die Familie des Ermordeten, indem er das *wergild* bezahlt und den Sklaven dadurch erwirbt. Wer will allerdings einen Sklaven kaufen, der seinen früheren Herrn ermordet hat?»

«Eanred war Swithelms Sklave?» fragte Fidelma.

«Oh, nein. Eanred gehörte einem Bauern namens Fobba vom Nordufer des Flusses Tamesis.»

«Und wie ist Eanred in die Sklaverei geraten?» fragte Eadulf. «Wurde er gefangengenommen oder schon als Sklave geboren?»

«Seine Eltern haben ihn während einer der großen Hungersnöte in die Sklaverei verkauft, um das eigene Überleben zu sichern», erklärte Sebbi. «In unserem Land wird ein Sklave behandelt wie jede andere Ware, mit der sich ein gewinnbringender Handel treiben läßt.» Er grinste, als er Fidelmas angewiderten Gesichtsausdruck sah. «Ich weiß, der Glaube verabscheut die Sklaverei, aber das Gesetz der Sachsen ist älter als der Glaube, und der Kirche bleibt nichts anderes übrig, als billigend in Kauf zu nehmen ...»

Fidelma machte eine ungeduldige Handbewegung. Sie hatte oft genug von den Schwierigkeiten gehört, mit denen die irischen Missionare bei der Bekehrung der heidnischen Sachsen zu kämpfen hatten. Es war erst siebzig Jahre her, daß die Sachsen begonnen hatten, sich von ihren kriegerischen Göttern abzuwenden und sich zum Christentum zu bekennen. Viele klammerten sich noch an ihre alten Überzeugungen, und vielerorts vermischten sich christliche und heidnische Sitten.

«Eanred ist also als Sklave aufgewachsen und hat später seinen Herrn umgebracht?»

«So war es. Puttoc, der, was seine Gesundheit betraf, schon immer sehr empfindlich war und stets nach neuen Mitteln gegen seine zahlreichen Beschwerden suchte, wurde sofort hellhörig. Eanred, scheinbar begriffsstutzig und von schlichtem Gemüt, sei, so sagte man uns, ein Genie, wenn es um heilende Kräuter und Pflanzen ging. Aus dem gesamten Königreich seien die Menschen zu Fobbas *tun* geströmt und hätten Fobba für Eanreds Arzneien die höchsten Preise bezahlt.

Puttoc machte dem König der Ostssachsen daraufhin einen Vorschlag: Der König sollte die Hinrichtung um einen Tag verschieben. Wenn es Eanred gelängc, ihm am Abend einen Trunk zu mischen, der ihm einen ungestörten Nachtschlaf brächte, wäre er, Puttoc, bereit, Eanred zu kaufen und das *wergild* zu bezahlen.»

«Was ist dieses *wergild*, von dem Ihr da sprecht?» fragte Fidelma.

«Das ist der Geldwert, der mit dem Rang eines Menschen verbunden ist», erklärte Eadulf, der frühere *gerefa* oder Friedensrichter. «Mit Hilfe dieses Wertes kann der *gerefa* die Höhe der Entschädigung festsetzen, die der Familie eines Ermordeten zu zahlen ist. Einem adligen *eorlcund* zum Beispiel steht ein *wergild* von dreihundert Schillingen zu.»

«Verstehe. In Irland haben wir etwas Ähnliches. Die Strafe, die wir *eric* nennen, entspricht dem *eneclann*, dem mit einem bestimmten Rang verbundenen ‹Preis der Ehre›. Wird jemand eines Verbrechens oder Vergehens für schuldig befunden, sinkt dieser Preis. Ja, ich glaube, ich verstehe jetzt, worum es bei diesem *wergild* geht. Ihr könnt fortfahren, Bruder Sebbi.»

Zufrieden über ihr neues Wissen, lehnte sie sich auf ihrem Stuhl zurück.

«Nun», griff Sebbi seinen Faden wieder auf, «der König war mit Puttocs Vorschlag nur allzu einverstanden. Zweifellos rechnete er sich aus, daß bei diesem Handel, wenn er denn zustande käme, auch für ihn ein hübsches Sümmchen abfallen würde. Eanred wurde aus seiner Zelle geholt und angewiesen, Abt Puttoc einen Schlaftrunk zu bereiten. Am nächsten Morgen trat Puttoc voller Begeisterung vor den Thron des Königs. Der

Schlaftrunk hatte gewirkt. Fobbas Familie wurden gerufen und forderte ein *wergild* von einhundert Schillingen. Zusätzlich mußte Puttoc fünfzig Schillinge als Kaufpreis für Eanred zahlen.»

Eadulf pfiff leise durch die Zähne. «Einhundertfünfzig Schillinge! Das ist eine hohe Summe», bemerkte er. «Woher hatte Abt Puttoc das Geld?»

Mit einem vertraulichem Augenzwinkern beugte Sebbi sich vor.

«Die Kirche tritt für die Befreiung von Sklaven und das Ende des Sklavenhandels ein. Sie braucht Sklaven, deren Freilassung sie als öffentlichen Akt der Nächstenliebe preisen kann. Dieser Akt der Nächstenliebe wurde vom Kloster bezahlt, und Eanreds Name wurde in die Liste der vom Kloster freigekauften Sklaven aufgenommen.»

«Trotzdem ist das eine hohe Summe.»

«Die Summe entspricht dem Gesetz», erwiderte Sebbi. «Das *wergild* ist festgelegt.»

«Aber wer einen Sklaven kauft, braucht normalerweise kein *wergild* zu bezahlen», wandte Eadulf ein.

«Puttoc hat Eanreds Wert eben sehr hoch angesetzt.»

«Eanred wurde also von Puttoc gekauft und befreit», faßte Fidelma zusammen, «wenn auch keineswegs aus christlicher Nächstenliebe, sondern weil Eanred ein kundiger Heiler ist, der dem Abt zu einem ruhigen Nachtschlaf verhelfen kann.»

«Ihr habt es erfaßt, Schwester», bestätigte Sebbi in gönnerhaftem Ton.

«Und wann hat sich das alles abgespielt?»

«Vor etwa sieben Jahren, wie ich schon sagte.»

«Und Eanred war Puttoc so dankbar für seine Befreiung, daß er zum christlichen Glauben übergetreten und Euch beiden ins Kloster Stanggrund gefolgt ist?»

Sebbi grinste über Fidelmas spöttischen Unterton. «Das trifft es nicht ganz, Schwester. Wie Ihr wißt, ist Eanred ein einfacher Mann und hat seit seiner Kindheit als Sklave gelebt. Puttoc seinerseits hat sich nicht viel Mühe gegeben, Eanred die Vorzüge der Freiheit zu erläutern. Er ließ Eanred in dem Glauben, der Preis für seine Errettung vom Galgen bestehe darin, daß er von nun an Puttoc dienen müsse. Und was Eanreds Bekehrung zum Christentum betrifft, bin ich mir nicht sicher, wieviel der arme Mann davon wirklich verstanden hat. Mag sein, daß Christus für ihn nichts anderes ist als eine weitere Gottheit, wie Wotan, Freya oder Thor.»

Fidelma bemühte sich, ihre Verblüffung darüber, wie offen Sebbi seinen Abt zu tadeln wagte, hinter einer undurchdringlichen Miene zu verstecken.

«Das klingt, als wärt Ihr kein Freund des Abtes?» bemerkte sie.

Sebbi legte den Kopf in den Nacken und brach in brüllendes Gelächter aus. «Könnt Ihr mir auch nur einen einzigen Freund des Abtes nennen?» fragte er. «Es gibt niemanden, der Puttoc nahesteht. Außer gewissen Frauen natürlich ...»

«Wollt Ihr damit sagen, daß der Abt Beziehungen zu Frauen hat?» Fidelma sah ihn ungläubig an.

«Puttoc glaubt mit ganzem Herzen an das Reich des Geistes, aber das heißt nicht, daß er das Reich des Fleisches missen will. Die Selbstverleugnung der Asketen wäre nichts für ihn.»

«Obgleich von einem Abt erwartet wird, daß er keusch bleibt, sagt Ihr, daß Puttoc gegen diese Regel verstößt?» Eadulf war bestürzt.

Sebbi kicherte. «Hat nicht schon der heilige Augustinus von Hippo über die Keuschheit gespottet? Dieser Philosophie fühlt sich, glaube ich, auch der Abt verpflichtet.»

«Puttoc unterhält also Beziehungen zu Frauen, obwohl er sich öffentlich zum Zölibat bekennt, den Rom von jedem fordert, der zum Abt oder Bischof geweiht werden will?»

«Puttoc meint, dafür sei er noch nicht alt genug. Für einen alten Abt oder Bischof sei es leicht, dem Gebot der Keuschheit zu folgen, eine allzu keusche Jugend dagegen sei schlicht und einfach gegen die Natur.» Beim Anblick ihrer entsetzten Gesichter fügte Sebbi rasch hinzu: «Das ist natürlich seine Meinung. Nicht daß Ihr denkt, ich würde ihm zustimmen.»

«Und warum folgt Ihr ihm dann?» Eadulfs verächtlicher Tonfall machte deutlich, daß er für Sebbi wenig übrig hatte.

«Einem aufsteigenden Stern sollte man immer folgen», erwiderte Sebbi spöttisch grinsend.

«Und Ihr habt das Gefühl, daß es sich bei Puttoc um einen aufsteigenden Stern handelt?» fragte Fidelma. «Wieso das?»

«Puttoc hat ein Auge auf Canterbury geworfen – und ich ein Auge auf Stanggrund. Wenn er Bischof wird, kann ich zum Abt aufrücken.»

Fidelma war verblüfft über Sebbis Offenheit. «Und wie lange liebäugelt Puttoc schon mit Canterbury?»

«Seitdem Stanggrund sich vor Jahren zu Rom bekannte und mit Wilfrid von Ripon verbündete, hat er an nichts anderes mehr gedacht als an den Thron des Erzbischofs von Canterbury. Puttoc ist ein ehrgeiziger Mann.»

Fidelma blickte ihn zweifelnd an. «Ehrgeizig genug, um jedes Hindernis aus dem Weg zu räumen?»

Sebbi lächelte vielsagend und zuckte die Achseln.

«Nun gut, Sebbi», meinte Fidelma nach einer Weile des Schweigens und warf Eadulf einen kurzen Seitenblick zu. «Laßt uns zu dem Tag zurückkehren, an dem

Wighard gestorben ist. Wann habt Ihr ihn das letzte Mal lebend gesehen?»

«Kurz nach dem Abendessen, das wir gemeinsam im Refektorium des Gästehauses eingenommen hatten. Bischof Gelasius hatte sich zu den Gästen gesellt und begleitete sie zur Abendandacht in die Kapelle. Anschließend zogen sich alle in ihre Unterkünfte zurück.»

«Wer war außer Wighard noch da?»

«Alle, die ihm nach Rom gefolgt sind, außer Bruder Eadulf.»

«Und Ihr seid nach der Andacht ebenfalls in Euer *cubiculum* gegangen?»

«Nein. Es war an dem Abend noch sehr heiß, deshalb bin ich noch ein wenig durch die Gärten spaziert. Dort sah ich Wighard dann zum letzten Mal.»

Fidelma beugte sich vor. Das war etwas Neues. Es bot sich ihnen die Gelegenheit, etwas mehr über Wighards letzten Abend zu erfahren.

«Um wieviel Uhr war das?»

«Eine Stunde nach dem Abendessen, etwa drei Stunden vor Mitternacht.»

«Und um die Mitternachtsstunde wurde sein Tod entdeckt», warf Eadulf ein.

Fidelma streifte ihn mit einem warnenden Seitenblick.

«Sagt mir, was Ihr gesehen habt», forderte sie Sebbi auf.

«Ich war in einem der größeren Gärten in der Nähe der Südmauer des Palasts, hinter der Basilika. Ich erkannte Wighard sofort, denn er hatte sich angewöhnt, vor der Nachtruhe noch eine Weile zu lustwandeln. Er haßte die Hitze des Tages und zog es vor, erst am Abend ins Freie zu treten. Ich wollte mich ihm gerade nähern, als ich sah, wie sich eine Gestalt aus den Schatten der Bäume löste und ihn ansprach.»

«Was meint Ihr mit ‹ansprach›?» unterbrach Fidelma.

Sebbi zuckte die Achseln. «Jedenfalls antwortete Wighard der geheimnisvollen Gestalt, die daraufhin zornig die Stimme erhob, sich umdrehte und ebenso plötzlich wieder verschwand, wie sie gekommen war, wahrscheinlich durch den Kreuzgang hinter der Basilika.»

«Habt Ihr die Person erkannt?»

«Nein. Sie trug ein geistliches Gewand und hatte eine Kapuze über den Kopf gezogen. Ich würde sie nicht wiedererkennen.»

«Habt Ihr vielleicht hören können, in welcher Sprache sie sich mit Wighard unterhielt?» fragte Eadulf.

«In welcher Sprache?» Sebbi dachte nach. «Das kann ich beim besten Willen nicht sagen. Ich weiß nur, daß die unbekannte Person nach einem kurzen Wortwechsel so stark die Stimme erhob, daß es mich an das Heulen eines Hundes erinnerte.»

«Seid Ihr anschließend noch auf Wighard zugegangen?»

«Nein. Ich wollte ihn nicht in Verlegenheit bringen. Ich dachte, es sei vielleicht etwas Persönliches. Ich verließ den Garten und begab mich in mein Zimmer. Danach habe ich Wighard nicht mehr gesehen.»

«Und habt Ihr später, als Ihr hörtet, daß Wighard ermordet wurde, mit irgend jemandem über diese Begegnung gesprochen?»

Sebbi schüttelte den Kopf. «Warum hätte ich das tun sollen? Wighard ist in seinen Gemächern, nicht im Garten ermordet worden. Und jedermann weiß, daß ein verrückter irischer Mönch ihn getötet und die wertvollen Geschenke für den Heiligen Vater gestohlen hat. Was sollte diese Begegnung im Garten da für eine Rolle spielen?»

«Das zu entscheiden, sind wir hier, Bruder Sebbi», erwiderte Fidelma ernst.

«Wenn Ihr den irischen Mönch im Garten erkannt hättet ...», begann Eadulf.

Ein scharfes Zischen von Fidelma ließ ihn innehalten. Sie strafte ihn mit einem vorwurfsvollen Blick. Es war nicht ihre Art, Zeugen Worte in den Mund zu legen.

«Nun», fuhr Sebbi fort, ohne das kurze Zwischenspiel weiter zu beachten, «ich habe die Gestalt nicht erkennen können, und erst heute morgen beim Frühstück habe ich die anderen von diesem Ronan Ragallach erzählen hören.»

«Gut, gut», sagte Fidelma. «Ich glaube, das war es fürs erste, Bruder Sebbi. Kann sein, daß wir noch einmal auf Euch zurückkommen werden.»

«Ich werde mich bereithalten», entgegnete Sebbi lächelnd, erhob sich und ging zur Tür.

Er hatte sie schon geöffnet, als Fidelma plötzlich etwas einfiel.

«Übrigens, nur aus Neugier ... Warum hat Eanred seinen früheren Herrn umgebracht?»

Sebbi wandte sich um. «Soweit ich mich erinnern kann, ist Eanred von seinen Eltern zusammen mit seiner jüngeren Schwester an den gleichen Herrn verkauft worden. Als die Schwester zu einem hübschen, jungen Mädchen herangereift war, hat Fobba sie offenbar mit Gewalt in sein Bett gezwungen. Am Tag danach hat Eanred sich an ihm gerächt.»

«Und wie hat er ihn umgebracht?» fragte Fidelma weiter.

Sebbi zögerte einen Augenblick, als müsse er sich erst mühsam an die Einzelheiten erinnern.

«Ich glaube, er hat den Mann erdrosselt.» Er nickte grinsend. «Ja, genau so war es. Er hat den Mann mit dessen eigenem Gürtel erwürgt.»

X

«EINES IST JEDENFALLS KLAR», SAGTE BRUder Eadulf, nachdem Bruder Sebbi das Zimmer verlassen hatte.

Fidelma sah ihn aufmerksam an. Sein spöttischer Unterton war ihr nicht entgangen.

«Nämlich?» fragte sie ernst.

«Bruder Sebbi hegt nicht gerade eine innige Liebe für seinen Abt. Im Gegenteil, er scheint fest entschlossen zu sein, Mißtrauen gegen Puttoc und dessen Diener Eanred zu säen.»

Fidelma neigte zustimmend den Kopf. «*Zu* fest entschlossen?» fragte sie nachdenklich. «Vielleicht sollten wir uns lieber vorsehen und nicht allzu viel in Bruder Sebbis Aussagen hineinlesen. In puncto Ehrgeiz scheint er seinem Abt offenbar in nichts nachzustehen. Die Frage ist nur: Wie weit ist sein Handeln tatsächlich von diesem Ehrgeiz bestimmt?»

«Vielleicht täten wir gut daran, noch einmal mit Bruder Eanred zu sprechen», schlug Eadulf vor.

Auf Fidelmas Gesicht erschien ein schelmisches Grinsen. «Habt Ihr Bruder Ronan schon vergessen? Ihr zweifelt doch nicht etwa an seiner Schuld?»

Der sächsische Mönch blinzelte verlegen. Er hatte sich tatsächlich von der Befragung Bruder Sebbis so ablenken lassen, daß er den Hauptverdächtigen fast aus den Augen verloren hätte.

«Natürlich nicht», erwiderte er.

«Schließlich sprechen die Tatsachen für sich. Aber es ist doch merkwürdig ...» Er verstummte.

«Merkwürdig?» fragte Fidelma nach einer Weile.

Eadulf stieß einen leisen Seufzer aus, kam aber nicht dazu, sich noch weiter zu erklären, weil Furius Licinius ins Zimmer trat, ein Tablett mit einem Krug Wein, etwas Brot, kaltem Braten und frischem Obst in der Hand.

«Das war alles, was ich noch auftreiben konnte», verkündete er und stellte das Tablett auf den Tisch. «Ich habe schon gegessen, Ihr könnt Euch also nach Herzenslust bedienen. Übrigens bin ich auf dem Rückweg zufällig dem Mann begegnet, den Ihr vorhin gesucht habt: dem *sub-praetor* vom *munera peregrinitatis*, bei dem Ronan Ragallach gearbeitet hat.»

Mit einem Seufzer des Bedauerns wandte sich Fidelma an Eadulf.

«Dann werden wir erst essen, nachdem wir mit dem Bruder gesprochen haben», verkündete sie entschlossen.

Eadulf verzog das Gesicht, widersprach aber nicht.

Licinius führte einen schlanken, jungen Mann herein, der auf den ersten Blick fast noch knabenhaft wirkte. Er hatte blasse Haut, volle rote Lippen und große, dunkle Augen, die er ständig zusammenkniff, weil er dann offenbar besser sehen konnte. Sein Kopf war vollkommen kahlgeschoren.

«Der *sub-praetor* vom *munera peregrinitatis*», verkündete Licinius.

Fidelma war verblüfft. Sie hatte einen älteren Mann erwartet. Dieser Junge konnte kaum älter als zwanzig Jahre sein.

Nach einigen Schritten blieb er stehen und musterte die beiden Geistlichen mit kurzsichtigem Blick.

«Wie heißt Ihr?» fragte Fidelma.

«Osimo Lando», antwortete der Junge mit einem seltsam lispelnden Akzent.

«Ihr stammt nicht aus Rom?»

«Nein, ich bin Grieche und in Alexandria geboren, aber in Syrakus aufgewachsen.»

«Setzt Euch, Bruder Osimo.» Fidelma deutete auf einen leeren Stuhl. «Hat *tesserarius* Furius Licinius Euch von unserer Aufgabe erzählt?»

Bruder Osimo nahm Platz und zupfte mit einer unerwartet mädchenhaften Geste die Falten seines Gewandes zurecht.

«Ja.»

«Uns wurde gesagt, daß Bruder Ronan Ragallach in Eurem Amt gearbeitet hat?»

Der *sub-praetor* nickte.

«Vielleicht könnt Ihr mir zunächst einmal erklären, womit das *munera penegrinitatis* beschäftigt ist?» bat ihn Fidelma.

Mit einer graziösen Bewegung lehnte Osimo sich auf seinem Stuhl zurück.

«Durch uns hält der Heilige Vater Verbindung mit unseren Missionen auf der ganzen Welt.»

«Und Bruder Ronan Ragallach ist Euch unterstellt?»

«Ja. Als *sub-praetor* bin ich für alles zuständig, was unsere Kirchen in Afrika betrifft. Bruder Ronan geht mir bei dieser Aufgabe zur Hand.»

«Und wie lange arbeitet er schon in Eurem Amt?»

«Soweit ich weiß, ist er vor einem Jahr als Pilger nach Rom gekommen, Schwester. Er besitzt eine besondere Begabung für fremde Sprachen, also ist er in Rom geblieben und hat sich in den letzten neun Monaten unter meiner Anleitung in den Dienst unserer Sache gestellt.»

«Was für ein Mensch ist dieser Ronan Ragallach, Bruder?»

Osimo Lando schürzte die Lippen und starrte nachdenklich ins Leere. Eine leichte Röte erschien auf seinen blassen Wangen.

«Ein sehr ruhiger Mensch, der weder zur Gereiztheit noch zu Wutausbrüchen neigt. Still und friedfertig, würde ich sagen. Gewissenhaft, was die Erledigung der ihm übertragenen Aufgaben betrifft. Es hat mit ihm nie irgendwelche Schwierigkeiten gegeben.»

«Und seine Ansichten?» warf Bruder Eadulf ein.

Osimo sah ihn verständnislos an. «Was für Ansichten?»

«Ronan Ragallach ist Ire. Wie man uns sagte, trägt er die irische Tonsur anstelle unserer römischen *corona spinea*. Das heißt, daß er die Lehre Roms ablehnt und sich zur Kirche Columbans bekennt.»

Bruder Osimo schüttelte heftig den Kopf. «Bruder Ronan ist ein Mann der Gewohnheit, das ist alles. Wie viele andere irische und britische Mönche trägt er die Tonsur so, wie es dort Sitte ist. Für uns hat das nie eine Rolle gespielt. Es kommt darauf an, was ein Mensch im Herzen hat, nicht darauf, wie er sich die Haare rasiert.»

Fidelma schaute zu Boden und hielt eine Hand vor den Mund, um nicht zeigen zu müssen, daß Eadulfs beschämtes Erröten sie unwillkürlich lächeln ließ.

«Und was hat Ronan im Herzen?» fragte Eadulf, der seinen Ärger darüber, wegen eines Vorurteils öffentlich getadelt worden zu sein, nicht verbergen konnte.

Bruder Osimo schürzte die Lippen. «Wie ich schon sagte, Bruder, ist er ein äußerst verträglicher, friedvoller Mann.»

«Ihr habt ihn niemals schlecht über Rom sprechen hören?»

«Nein. Weshalb auch? Schließlich ist er freiwillig in Rom geblieben.»

«Und Ihr habt ihn auch niemals über Canterbury schimpfen hören? Was hielt er zum Beispiel vom Ausgang der Synode von Witebia, bei der die sächsischen Königreiche sich für die Lehren Roms und gegen die irischen Mönche entschieden haben?»

Durch sein Lächeln machte Osimo deutlich, daß er dies für eine abwegige Frage hielt.

«Er hat nie irgendeine Meinung dazu geäußert. Er war mit den afrikanischen Kirchen, nicht mit den Kirchen Irlands und Britanniens beschäftigt. Bruder Ronan ist ein ausgezeichneter Kenner des Griechischen und Aramäischen und hat seine Aufgaben stets zu größter Zufriedenheit erfüllt. Sie wird zunehmend schwieriger, seitdem die Araber sich mit ihrem neuen, fanatischen Glauben an den Propheten Mohammed an der afrikanischen Küste ausgebreitet haben.»

Eadulf unterdrückte ein ärgerliches Aufstöhnen.

«Erstaunt es Euch denn nicht, Bruder Osimo, daß man Bruder Ronan Ragallach des Mordes an Wighard von Canterbury beschuldigt und den Ausgang der Synode von Witebia dabei als Hauptmotiv angibt?» fragte er.

Zu seiner Überraschung legte Osimo den Kopf in den Nacken und stieß ein silberhelles Lachen aus.

«Ich habe davon gehört und gebe nicht das geringste darauf.» Er wurde ernst. «Als ich die Nachricht von dem Mord bekam und hörte, daß man Bruder Ronan verhaftet hat, konnte ich es nicht fassen. Und ich werde auch in Zukunft nicht an seine Schuld glauben. Wenn Ihr den wahren Mörder finden wollt, müßt Ihr woanders suchen.»

Fidelma betrachtete ihn aufmerksam.

«Wieso?» fragte sie. «Warum seid Ihr so sicher, daß Ronan nicht der Mörder ist?»

«Weil ...» Osimo schaute sich im Zimmer um, als suche er dort nach einer Antwort. «Weil es nicht seinem Wesen entspricht. Wenn Ihr mir sagen würdet, der Heilige Vater habe am Bacchusfest teilgenommen und – Gott verzeihe mir – nackt im Bacchustempel an der Sacra Via getanzt, würde ich Euch eher glauben, als wenn Ihr mir erzähltet, Bruder Ronan sei eines Mordes fähig.»

Ein Lächeln spielte um Fidelmas Lippen.

«Ihr setzt Euch ja mächtig für Euren Mitarbeiter ein, Bruder Osimo.»

«Und es ist meine feste Überzeugung», ergänzte der *sub-praetor* mit fester Stimme.

«Und doch wurde Ronan festgenommen, als er nach Wighards Tod aus dessen Gemächern floh. Bei seiner Festnahme hat er einen falschen Namen angegeben und später ist er aus dem Wachhaus der *custodes* entwichen», warf Eadulf ein. «Nennt Ihr das die Handlungsweise eines unschuldigen Mannes, Bruder Osimo?»

Osimo sah unglücklich drein, ließ sich aber nicht beirren. «Es könnte die Handlungsweise eines *verzweifelten* Mannes sein – eines Mannes, der erfahren mußte, wie sich trotz seiner Unschuld alles gegen ihn verschwor. Um seine Unschuld zu beweisen, mußte er als erstes seine Freiheit wiedererlangen.»

Fidelma sah dem jungen Mann schweigend in die Augen, dann fragte sie mit betont ruhiger Stimme: «Hat Bruder Ronan Euch das höchstpersönlich mit diesen Worten erklärt?»

Osimo errötete. «Natürlich nicht.» Seine Stimme zitterte vor Empörung.

In Fidelmas Ohren klang seine Antwort wenig überzeugend. Sie beschloß, noch einmal nachzuhaken. «Ihr habt Bruder Ronan also seit seiner Flucht nicht mehr gesehen? Und doch sprecht Ihr in seinem Sinne.»

«Ich habe in den letzten neun Monaten eng mit ihm zusammengearbeitet, und wir sind ... Freunde geworden. Gute Freunde.»

Osimo sah zur Seite und reckte trotzig das Kinn.

Fidelma beugte sich vor. «Euch ist klar, daß Ihr gesetzlich verpflichtet seid, unverzüglich die *custodes* zu benachrichtigen, falls Ihr Ronan Ragallach begegnet?»

«Ja, das ist mir klar», erwiderte Osimo mit ruhiger Stimme.

Fidelma lehnte sich wieder zurück und betrachtete den jungen Mann nachdenklich. «Dann ist es ja gut,

Bruder Osimo. Glaubt mir, ich habe fest vor, den Mord an Wighard von Canterbury auf den Grund zu gehen. Wenn Bruder Ronan unschuldig ist, werde ich es beweisen. Sollte sich dagegen seine Schuld herausstellen, wird es für ihn kein Entrinnen geben.»

Ihr bestimmter, ehrlicher Ton ließ Osimo aufschauen.

«Ich verstehe», flüsterte er.

«Laßt uns noch einmal auf den Mord zu sprechen kommen», mischte sich Eadulf ein. «Wann habt Ihr Bruder Ronan das letzte Mal gesehen?»

«Am Tag vor der Mordnacht war Bruder Ronan bei uns im *munera peregrinitatis*, bis es zum Abendangelus läutete.»

«Habt Ihr Wighard oder einen der anderen Pilger aus Canterbury jemals zu sehen bekommen?»

Osimo schüttelte den Kopf.

Fidelma wandte sich an Eadulf. «Ich habe keine weiteren Fragen, es sei denn ...?»

Eadulf verneinte.

«Dann, Bruder Osimo ... Ach, eine Sache hätte ich fast vergessen.» Sie griff in ihr *marsupium*, holte das Papyrusstück heraus und reichte es ihm. «Könnt Ihr mir sagen, was das für eine Sprache ist?»

Bruder Osimos Augen weiteten sich. Obwohl er sich rasch wieder faßte, war sein erschrockener Blick Fidelma nicht entgangen.

«Diese Schriftzeichen entstammen der Sprache der Araber», erklärt er. «Aramäisch wird sie allgemein genannt.»

«Und was haben sie zu bedeuten?»

«Schwer zu sagen. Es handelt sich um einen kleinen Ausriß aus irgendeinem unbekannten Text ... Vielleicht sogar aus einem Brief ... Nur einige wenige Worte sind zu entziffern.»

«Und welche Worte sind das?» fragte Fidelma.

«Die Schrift der Araber wird von rechts nach links gelesen. Ich erkenne die Worte für ‹Bibliothek› und ‹heilige Krankheit›, die Endung ‹ophilus› als Teil eines griechischen Namens und die Worte für ‹Preis› und ‹Handel›. Das ist auch schon alles. Ich glaube nicht, daß das irgendeinen Sinn ergibt.»

¶ Nach dem bescheidenen Abendessen, das Fidelma trotz des Nachmittagsschlafs sehr müde machte, schickten sie Furius Licinius aus, um Äbtissin Wulfrun oder Schwester Eafa zu holen. Während er fort war, saßen sich Fidelma und Eadulf eine Weile lang schweigend gegenüber. Fidelma ging in Gedanken noch einmal Bruder Osimos Aussage durch. Eigentlich war sie sich sicher, daß hinter Osimos Beziehung zu Ronan Ragallach mehr steckte als eine gute Zusammenarbeit im *munera peregrinitatis* – jedenfalls mehr, als er im Gespräch mit ihnen zugegeben hatte. Jedenfalls schien er Ronan Ragallach auch persönlich sehr gut zu kennen. Sie hätte schwören können, daß Ronan nach seiner Flucht bei Osimo Lando Hilfe gesucht hatte. Aber es war nur ein Gefühl, aus dem sie keine Schlüsse ziehen durfte.

Sie hörte Eadulf mit den Fingern auf den Tisch trommeln und sah ihn mißbilligend an.

«Woran denkt Ihr, Eadulf?» fragte sie, als das Trommeln unbeirrt weiterging.

Blinzelnd hielt Eadulf inne. Offenbar merkte er erst jetzt, daß er völlig in Gedanken versunken war.

«Ich habe an Osimo gedacht.» Fidelma zog erstaunt die Augenbrauen hoch. «Genau wie ich. Und woran genau?»

«An die arabischen Wörter, die er uns übersetzt hat.»

Fidelma war entäuscht.

«Ach, so», sagte sie achselzuckend. Insgeheim hatte

sie wohl gehofft, Eadulf habe sich in Gedanken ebenfalls mit der Beziehung zwischen Osimo und Ronan befaßt. «Aber die haben ja wohl kaum irgendeine Bedeutung.»

Eadulf schüttelte den Kopf. «Vielleicht nicht. Vielleicht aber doch. Sie haben mich an etwas erinnert. Wie Ihr wißt, Fidelma, habe ich in Irland einige Jahre das Kollegium der Medizin in Tuaim Brecain besucht.»

«Was hat das mit den arabischen Wörtern zu tun?»

«Möglicherweise nicht das geringste. Bis auf die Tatsache, daß ich damals einiges über die Medizin erfahren habe.»

«Ich habe keine Ahnung, worauf Ihr hinauswollt, Eadulf.»

«Für den Fall, daß sie in Zukunft irgendwann einmal einen Sinn ergeben, habe ich mir die Wörter aufgeschrieben.»

«Und?»

«Zum Beispiel war das Wort ‹Bibliothek› darunter. Der Sachverhalt, um den es geht, ist vielleicht irgendwelchen Büchern entnommen. ‹Heilige Krankheit› waren zwei Wörter, die direkt nebeneinander standen. *Die heilige Krankheit* heißt ein Traktat von Hippokrates, in dem er den Unterschied zwischen sensorischen und motorischen Nerven beschreibt.»

«Ich fürchte, ich kann Euch nicht folgen, Eadulf.»

Eadulf lächelte nachsichtig. «Herophilus von Chalcedon, einer der großen Gründer der medizinischen Schule von Alexandria, hat einen Kommentar zu Hippokrates' Werken verfaßt. Vielleicht gehörte die Endung ‹ophilus› zu seinem Namen. Es könnte sich also um irgendeine Botschaft aus Herophilus' Kommentar zu dem Traktat *Die heilige Krankheit* handeln, der in der Bibliothek zu finden ist.»

Fidelma lehnte sich belustigt zurück.

«Eine wenig stichhaltige, aber dennoch überlegenswerte Idee, Eadulf. Möglicherweise habt Ihr recht. Aber im Augenblick hilft uns das nicht weiter.»

«Vielleicht kann es uns in Zukunft noch einmal nützlich sein», erwiderte Eadulf, offenbar zufrieden mit seiner scharfsinnigen Schlußfolgerung.

In dem Moment kam Furius Licinius zur Tür herein. Doch noch ehe er irgend etwas sagen konnte, wurde er zur Seite geschoben, und Äbtissin Wulfrun rauschte in das *officium*. Sie war auffallend groß, selbst größer als Fidelma, und hatte ein schmales, blasses Gesicht mit scharfen Zügen. Ihre Hakennase verlieh ihr einen Ausdruck der Überheblichkeit, die dünnen Lippen hatte sie verächtlich zusammengekniffen. Ihre hellen Augen funkelten vor Wut.

«Also?» fauchte sie ohne jede Einleitung. «Was soll der Unsinn?»

Fidelma öffnete den Mund; Eadulf, der das gefährliche Glitzern in ihren Augen sah, ergriff jedoch an ihrer Stelle rasch das Wort und erhob sich von seinem Platz.

«Das ist kein Unsinn, Mylady«, sagte er in dem Versuch, Fidelma durch die Wahl der förmlichen Anrede daran zu erinnern, daß ihr die Schwester der Königin von Kent gegenüberstand. «Hat der *tesserarius* der *custodes* Euch nicht von dem Auftrag in Kenntnis gesetzt, den wir von Bischof Gelasius bekommen haben?»

Äbtissin Wulfrun blähte wütend die Nasenflügel. «Doch, aber ich wüßte nicht, was das Ganze mich angeht.»

«Es beschäftigt Euch nicht, daß der Mann, der in einer Woche zu Eurem Erzbischof geweiht werden sollte, ermordet worden ist?» fragte Fidelma mit bedrohlich sanfter Stimme.

Äbtissin Wulfrun funkelte sie zornig an. «Ihr wißt genau, daß ich damit Eure Befragung meinte. Ich weiß nichts über die ganze Sache.»

In dem Versuch, sie zu besänftigen, lächelte Eadulf freundlich und deutete auf einen leeren Stuhl.

«Wenn Ihr die Güte besitzen würdet, uns ein wenig von Eurer wertvollen Zeit zu schenken? Beantwortet uns nur ein paar kurze Fragen, damit wir Bischof Gelasius berichten können, daß wir seinen Auftrag ausgeführt haben.»

Angesichts dieser Unterwürfigkeit knirschte Fidelma mit den Zähnen, doch sie wußte, daß es klüger war, Eadulf die Befragung zu überlassen. Es konnte nur allzu leicht geschehen, daß sie in Gegenwart dieser anmaßenden Frau die Beherrschung verlor.

Die Äbtissin nahm Platz und zupfte mit der linken Hand an einem Zipfel ihrer Kopfbedeckung, die sie sich wie einen Schal um den Hals geschlungen hatte.

«Wann habt Ihr den Erzbischof zum letzten Mal lebend gesehen?» begann Eadulf.

«Gestern, gleich nach dem Abendessen. Wir haben einige Worte über die für heute vorgesehene Audienz beim Heiligen Vater gewechselt. Wir standen kaum länger als zehn Minuten zusammen an der Tür zum Refektorium. Anschließend habe ich mich sofort in mein Zimmer zurückgezogen. Schwester Eafa kam und half mir, mich für die Nachtruhe bereitzumachen, und ich habe mich früh schlafen gelegt. Erst beim Frühstück erfuhr ich dann von Wighards Tod.»

«An diesem Abend scheinen alle früh zu Bett gegangen zu sein», murmelte Fidelma. Ohne darauf zu achten, fragte Eadulf weiter: «Sind Eure Gemächer weit von denen Wighards entfernt?»

Die Äbtissin runzelte die Stirn. «Soweit ich im Bilde bin, sind wir auf dem Stockwerk unter den männlichen Mitgliedern unserer Gruppe untergebracht. Das müßtet Ihr doch selbst wissen, Bruder Eadulf.»

«Ich meine, liegen sie direkt unter Wighards Gemächern? Ich versuche nur festzustellen, ob Ihr etwas gehört haben könntet», erklärte er geduldig.

«Die Antwort auf beide Fragen lautet ‹nein›», entgegnete die Äbtissin ungehalten.

«Und was ist mit Schwester Eafa?»

«Sie hat das Zimmer gleich neben mir. Auf die Weise ist sie gleich zur Stelle, wenn ich sie brauche.»

«Ist Schwester Eafa Eure Dienerin?» erkundigte sich Fidelma mit scharfer Stimme.

Äbtissin Wulfrun funkelte sie wütend an. «Sie gehört zu meiner Klostergemeinschaft in Sheppey, ist meine Reisegefährtin und steht mir bei Bedarf hilfreich zur Seite.»

«Ah», stellte Fidelma betont unbefangen fest, «und haltet Ihr es im umgekehrten Fall ebenso?»

Eadulf versuchte, das Gespräch wieder an sich zu ziehen. «Ihr wurdet in der Nacht nicht gestört? Ihr habt nichts gehört und gesehen?»

Wulfrun wandte sich wieder an Eadulf. «Das habe ich schon gesagt», erwiderte sie knapp.

«Wie ich erfuhr, haben die *custodes* bei der Verhaftung von Bruder Ronan Ragallach einen solchen Lärm veranstaltet, daß Bruder Sebbi davon aufgewacht ist», bemerkte Fidelma. «Und doch habt Ihr nicht das geringste bemerkt?»

Äbtissin Wulfruns Wangen röteten sich. «Ein einfaches irisches Mädchen zieht meine Worte in Zweifel?» Sie erhob drohend die Stimme. «Wißt Ihr denn nicht, mit wem Ihr sprecht?»

Fidelmas grüne Augen blitzten gefährlich. «Ich spreche mit einer Schwester im Glauben, und wie es die Höflichkeit zwischen Gleichgestellten verlangt, erwarte ich eine Antwort auf meine Frage.»

Äbtissin Wulfruns Zorn wuchs mit jeder Sekunde. «Ich bin Wulfrun, die Tochter Annas, König der Ostangeln. Meine Schwester Seaxburgh ist die Gemahlin Eorcenbrehts und herrscht als Königin von Kent.»

«Ihr seid Äbtissin Wulfrun vom Kloster Sheppey», stellte Fidelma mit betont ruhiger Stimme richtig. «Als Ihr in den Orden eintratet, wurdet Ihr eins mit der Kirche und habt keinen Anspruch auf irgendeinen anderen Rang als den, den Euch die Kirche verliehen hat.»

Äbtissin Wulfrun richtete sich kerzengerade auf. Einen Augenblick lang ließ sie sogar den Stoffzipfel um ihren Hals los. Sie starrte Fidelma entgeistert an.

«Ihr wagt es, so mit mir zu sprechen?» Ihre Stimme war kaum mehr als ein Flüstern. «Ich bin eine sächsische Prinzessin!»

«Was Ihr einmal wart, ist ohne Bedeutung. Was Ihr heute seid, ist wichtig: eine Dienerin Christi.»

Wulfruns Mund öffnete und schloß sich mehrere Male, ohne daß ein Laut zu hören war. Endlich stieß sie hervor: «Wie könnt Ihr es wagen! Ein fremdes Bauernmädchen! Ich bin eine Prinzessin von Kent. Ich wette, Ihr wißt nicht einmal, wer *Euer* Vater ist?»

Mit stummem Entsetzen sah Eadulf, wie Fidelmas Wangen sich ebenfalls röteten und wie sie die hochfahrende Äbtissin finster anfunkelte. Fast befürchtete er, die irische Geistliche könnte angesichts dieser Beleidigung die Beherrschung verlieren. Doch Fidelma nahm sich zusammen und lehnte sich lächelnd auf ihrem Stuhl zurück. Als sie sprach, klang ihre Stimme ruhig und besonnen.

«Mein Vater, Äbtissin Wulfrun, ist der gleiche wie Eurer: der eine, wahre Gott, dem wir gemeinsam dienen ...»

Äbtissin Wulfrun schnaubte verächtlich, aber ehe sie antworten konnte, fuhr Fidelma fort. «Da Ihr Euch jedoch offenbar mehr mit weltlichen Dingen beschäftigt als mit dem Glauben, der für Euch eigentlich an erster

Stelle stehen sollte, will ich Euch verraten, daß mein weltlicher Vater Faílbe Fland mac Aedo, König von Cashel und Munster war und mein Bruder Colgú heute an seiner Statt regiert. Nicht, daß ich damit prahlen möchte, denn *meine* Taten sind alles, was in diesem Leben zählt. Als Advokatin an den Gerichtshöfen meines Heimatlandes setze ich mich für die Gerechtigkeit ein. Wohl auch aus diesem Grund haben mich der *superista* und der *nomenclator* Seiner Heiligkeit beauftragt, in diesem Mordfall zu ermitteln.»

Eadulf war überrascht. Es war das erste Mal, daß Fidelma über ihre Herkunft gesprochen hatte. Unbeirrt von den wütenden Blicken der hochmütigen Äbtissin sprach sie weiter: «Als ich in den Dienst des auferstandenen Christus trat, unterwarf ich mich seiner Lehre, die besagt, daß wir vor ihm alle gleich sind. Kennt Ihr nicht die Stelle aus dem Brief des Timotheus: ‹Sagt den Reichen und Mächtigen, sie sollen weder stolz noch hochfahrend sein noch sich auf ungewisse Reichtümer stützen. Ihre Hoffnung richte sich ganz allein auf den lebendigen Gott›?»

Äbtissin Wulfruns Gesicht zuckte vor Zorn. Sie sprang so heftig auf, daß ihr Stuhl nach hinten fiel. Wegen der heftigen Bewegung verrutschte ihre Kopfbedeckung und gab einen Teil ihres Halses frei. Erschrokken betrachtete Fidelma den auffälligen roten Striemen an der Kehle der Äbtissin, der offenbar von einer alten Wunde herrührte. Wulfrun, die das gar nicht bemerkt hatte, zischte aufgebracht: «Ich lasse mich nicht beleidigen von ... von ...»

Ihr fehlten die Worte. Wütend stürmte sie aus dem Zimmer. Furius Licinius sah ihr hilflos nach.

Kopfschüttelnd lehnte Bruder Eadulf sich zurück. «Die Äbtissin habt Ihr Euch auf jeden Fall zur Feindin gemacht, Fidelma», sagte er mit Bedauern.

Fidelma wirkte äußerlich ruhig, aber ihre Wangen waren noch immer gerötet, und ihre grünen Augen blitzten. «Wer sich keine Feinde macht, wird auch keine Freunde gewinnen», entgegnete sie. «Schließlich kann man einen Menschen nach seinen Feinden beurteilen, und ich ziehe es vor, eine solche Frau zur Feindin anstatt zur Freundin zu haben.» Sie wandte sich an Furius Licinius. «Sucht nach Schwester Eafa und bringt sie zu uns, ohne daß Äbtissin Wulfrun etwas davon erfährt.»

Der verwirrte *tesserarius* salutierte. Es war das erste Mal, daß er einen Befehl von Fidelma mit einem militärischen Gruß entgegennahm.

«Warum die Geheimniskrämerei?» fragte Eadulf neugierig, als Furius Licinius gegangen war.

«Diese Äbtissin Wulfrun ist wirklich auffallend herrisch. Steckt bloß Dummheit dahinter, oder hat ihr Gehabe irgendeinen Sinn? Versucht sie, durch ihren Hochmut etwas zu verbergen?»

Der sächsische Bruder verzog das Gesicht. «Sie hat sehr mächtige Verwandte, Fidelma. Ich an Eurer Stelle würde vorsichtiger sein.»

«Ihre Macht beschränkt sich auf die sächsischen Königreiche. Ich habe nicht die Absicht, dorthin zurückzukehren, wenn ich hier fertig bin.»

Eadulf wunderte sich, warum der Gedanke an ihre Abreise ihm einen so schmerzlichen Stich versetzte.

«Wie dem auch sei», erwiderte er. «Offenbar kann Äbtissin Wulfrun ein Licht auf die Sache werfen.»

Fidelma sah ihn nachdenklich an. «Immerhin ist deutlich geworden, daß sie nicht offen ist und es vorzieht, sich hinter ihrem Hochmut zu verstecken. War es nicht Ovid, der sagte, Angriff sei die beste Verteidigung?»

Eadulf blickte finster vor sich hin. «Aber was könnte sie uns verheimlichen wollen?»

Fidelma grinste. «Ich glaube, es liegt an uns, das zu entdecken.»

Eadulf nickte. «Aber welche Bedeutung hätte das für unsere Untersuchung?»

Fidelma beugte sich vor und legte eine Hand auf Eadulfs Arm. «Ich fürchte, Ihr dreht Euch im Kreis, Eadulf. Laßt uns das Ganze doch einmal durchdenken.» Sie lehnte sich zurück. «Warum fühlt die Äbtissin sich so bedrängt, daß sie ihr Heil im Angriff sucht? Verhält sie sich immer so, oder weiß sie etwas, das sie zu diesem Gebaren zwingt?»

Eadulf musterte sie ratlos.

«Ich glaube», fuhr Fidelma nach einer Weile fort, «daß es vermutlich an ihrer Art liegt. Ich habe von ihrem Vater, diesem König Anna, gehört. Der frühere Anhänger Wotans hat sich zum wahren Glauben bekehren lassen. Soweit ich im Bilde bin, hatte Anna mehrere Töchter, die er in seiner Begeisterung allesamt zu Dienerinnen Christi machte. Wir wissen, was geschehen kann, wenn Väter ihren Töchtern einen Lebensweg aufzwingen, den sie freiwillig nie eingeschlagen hätten.»

«Aber Töchter haben kaum eine andere Wahl, als ihren Vätern zu gehorchen», erwiderte Eadulf. «Schreibt der heilige Paulus nicht: ‹Kinder, seid gehorsam euren Eltern in allen Dingen, auf daß ihr dem Herrn gefällig seid›?»

Fidelma lächelte nachsichtig. «Und schreibt Paulus nicht weiter: ‹Väter, erbittert eure Kinder nicht, auf daß sie nicht scheu werden›? Aber ich vergesse manchmal, daß wir aus zwei sehr unterschiedlichen Welten stammen. Bei den Sachsen scheint es Sitte zu sein, daß Väter ihre Töchter verkaufen wie Vieh.»

«Aber das Gesetz der Sachsen steht in größerer Übereinstimmung mit Paulus' Lehre», sagte Eadulf, der aus Erfahrung wußte, welch gleichberechtigte Stellung die Frauen in Irland genossen. «Paulus schreibt: ‹Frauen, seid euren Männern untertan, wie es gottgefällig ist. Denn der Mann ist des Weibes Haupt, gleichwie auch Christus das Haupt ist der Gemeinde ...› Dieser Lehre folgen wir.»

«Ich ziehe die Sitte meines Heimatlandes vor, wo den Frauen zumindest eine gewisse Wahl zugebilligt wird», entgegnete Fidelma gereizt. «Wir brauchen Paulus nicht in all seinen Ansichten zu gehorchen, denn er war ein Mann seiner Kultur, die nicht meine Kultur ist. Außerdem stimmten nicht einmal alle Gläubigen in Paulus' Umgebung mit seinen Lehren überein. Paulus setzte sich für den Zölibat aller Geistlichen ein und betrachtete alles Geschlechtliche als hinderlich für die höheren Ziele der Seele. Wer könnte das allen Ernstes glauben?»

Eadulf räusperte sich verlegen. «Aber es muß doch so sein. Schließlich war es die Ursache für Adams und Evas Sündenfall.»

«Wie kann die Geschlechtlichkeit Sünde sein, wenn die Fortpflanzung für das Überleben der Menschheit notwendig ist? Sollen wir glauben, daß Gott uns zum Untergang verdammte, indem er die Fortpflanzung zur Sünde machte? Und wenn es eine Sünde ist, warum hat er uns dann überhaupt die Mittel zur Fortpflanzung gegeben?»

«Paulus schrieb an die Korinther, die Ehe und die Zeugung von Nachkommen seien keine Sünde», hielt Eadulf dagegen.

«Nicht ohne jedoch hinzuzufügen, daß sie weniger heilbringend seien als der Zölibat. Ich glaube, daß Roms Forderung an seine Geistlichen, der geschlechtlichen Liebe zu entsagen, große Gefahren in sich birgt.»

«Es ist nicht mehr als ein Vorschlag», sagte Eadulf. «Seit dem Konzil von Nicäa bis zum heutigen Tag hat die römische Kirche ihren Geistlichen, die im Rang unter dem eines Abts oder Bischofs stehen, nur nahegelegt, ihren Ehefrauen nicht beizuwohnen oder möglichst gar nicht zu heiraten. Sie hat es ihnen nicht verboten.»

«Über kurz oder lang wird sie es ihnen verbieten», antwortete Fidelma. «Johannes Chrysostomus hat sich in Antiochia gegen jegliches Zusammenleben von männlichen und weiblichen Ordensleuten ausgesprochen.»

«Ihr glaubt also, daß der Zölibat ein Fehler ist?»

Fidelma verzog das Gesicht. «Sollen all jene, die im Zölibat leben wollen, dies auch tun. Aber alle dazu zu zwingen ist ganz gewiß ein Fehler. Wäre es nicht Blasphemie, zu behaupten, man könne Gott nur dienen, indem man eines der größten Wunder seiner Schöpfung ablehnt? Heißt es nicht in der Schöpfungsgeschichte: ‹Gott schuf sie als Mann und Weib und segnete sie und sprach zu ihnen: Seid fruchtbar und mehret euch ...› Sollen wir das verleugnen?»

Ein zaghaftes Klopfen an der Tür ließ sie innehalten. Auf ihren Zuruf trat Schwester Eafa ein und blickte mit ängstlichem Blick von einem zum anderen.

«Da bin ich, auch wenn ich mir nicht vorstellen kann, warum Ihr mich gerufen habt», sagte sie und rang die schwieligen, sehnigen Hände.

Fidelma lächelte ihr aufmunternd zu und deutete auf den leeren Stuhl. Eadulf bemerkte, daß Fidelmas Wut über Äbtissin Wulfrun verflogen war. Offenbar hatte der Streit über den Zölibat sie von ihrem Zorn abgelenkt.

«Eine reine Formsache, Eafa», versuchte sie, das verängstigte Mädchen zu beruhigen. «Wir wollten von Euch wissen, wann Ihr Wighard das letzte Mal lebend gesehen habt?»

Das Mädchen blinzelte unsicher. «Das verstehe ich nicht, Schwester.»

«Hat der *tesserarius* Euch nicht erklärt, daß wir den Auftrag haben, Wighards Tod näher zu untersuchen?»

«Schon, aber ...»

«Sicherlich habt Ihr Wighard gestern beim Abendessen im Refektorium gesehen, an dem Ihr gemeinsam mit Äbtissin Wulfrun teilgenommen habt?»

Das Mädchen nickte.

«Und danach?» ermutigte sie Fidelma.

«Nein, danach nicht mehr. Ich ging, als Äbtissin Wulfrun gerade mit ihm an der Tür zum Refektorium stand. Sie haben ... über irgend etwas gestritten. Ich zog mich in meine Kammer zurück. Danach habe ich ihn nicht mehr gesehen.»

Neugierig beugte sich Eadulf vor. «Äbtissin Wulfrun hat mit Wighard gestritten?»

Eafa nickte.

«Worum ging es bei diesem Streit?»

Eafa zuckte die Achseln. «Ich bin mir nicht sicher. Ich habe nicht zugehört.»

Fidelma sah das Mädchen freundlich an. «Ihr seid also in Euer Zimmer neben dem von Äbtissin Wulfrun zurückgekehrt?»

«Ja.»

«Und habt Ihr Euer Zimmer an dem Abend noch einmal verlassen?»

«Nein, nein!»

Fidelma zog die Augenbrauen hoch. «Wirklich nicht?»

Das Mädchen runzelte die Stirn, zögerte und verbesserte sich: «Einige Zeit später hat mich Äbtissin Wulfrun in ihr Zimmer gerufen.»

«Zu welchem Zweck?»

Die Frage schien Eafa zu überraschen. «Um ihr bei der Vorbereitung auf die Nachtruhe zu helfen.»

«Kommt das öfter vor?»

Das Mädchen lächelte fragend. «Was meint Ihr damit, Schwester.»

«Ihr seid doch Äbtissin Wulfruns Reisegefährtin.»

Eafa nickte.

«Warum erledigt Ihr niedrige Dienste für sie, um die sie sich auch gut alleine kümmern könnte.»

«Weil ...» Eafa suchte nach den passenden Worten. «Weil ... sie eine hochgestellte Dame ist.»

«Das war sie vielleicht einmal. Inzwischen ist sie nicht mehr als wir alle: ein Mitglied der Schwesternschaft. Auch eine Äbtissin kann von einer Nonne ihres Hauses nicht erwarten, wie eine Herrin bedient zu werden.»

Eafa schwieg.

«Offenbar habt Ihr dennoch das Gefühl, Äbtissin Wilfrun dienen zu müssen?»

Das Mädchen hob den Kopf und sah Fidelma ins Gesicht. Sie schien ihr antworten zu wollen, senkte dann aber wieder ihren Blick und nickte schwach.

«Warum?» hakte Fidelma nach. «Ob sie nun eine große Dame ist, eine Äbtissin oder nur eine einfache Schwester im Glauben – Wulfrun hat kein Recht, Euch wie eine Dienerin zu behandeln. Ihr seid nur Gott als Dienerin verpflichtet.»

«Ich kann es nicht erklären», sagte das Mädchen mit gepreßter Stimme. «Ich kann nur sagen, daß ich Äbtissin Wulfrun an jenem Abend bedient habe und danach in meine eigene Kammer zurückgekehrt und eingeschlafen bin.»

Fidelma wollte weiter in sie dringen, besann sich aber eines Besseren. Das Mädchen unter Druck zu setzen wäre zwecklos gewesen. «Und um wieviel Uhr war das, Eafa?»

«Ich weiß nicht. Einige Zeit vor Mitternacht jedenfalls.»

«In der Hinsicht seid Ihr Euch aber sicher?»

«Ja. Ich wurde vom Läuten zum Mitternachtsangelus geweckt und bin dann wieder eingeschlafen.»

«Seid Ihr danach noch einmal aufgewacht?»

«Ich glaube nicht.»

«Ihr *glaubt* es nicht? Was soll das heißen?»

«Nun ja», antwortete das Mädchen, «es kommt mir so vor, als wäre ich später noch einmal aufgewacht und hätte irgendwelche Geräusche gehört, aber ich war so müde, daß ich mich umdrehte und innerhalb kürzester Zeit wieder einschlief. Beim Frühstück am nächsten Morgen sagte dann jemand, ein irischer Mönch habe Wighard getötet und sei verhaftet worden. Stimmt das denn nicht?» Mit großen Augen sah sie die beiden an.

«Es ist tatsächlich ein irischer Mönch verhaftet worden», räumte Fidelma ein. «Ob er Wighard ermordet hat, ist allerdings noch nicht erwiesen.»

Das Mädchen öffnete den Mund, schloß ihn aber wieder. Fidelma war diese unwillkürliche Bewegung nicht entgangen.

«Wolltet Ihr noch etwas sagen?» fragte sie.

«Nun ja, ich dachte nur daran, daß ich am Morgen vor dem Mord einen irischen Geistlichen im Innenhof vor dem *domus hospitale* gesehen habe. Es war ein dikker, mondgesichtiger Mann mit der seltsamen Tonsur der irischen Glaubensbrüder.»

Eadulf beugte sich vor. «Ihr habt diesen Bruder gesehen?»

«Oh, ja. Er hat mich angesprochen und mir einige Fragen über Wighards Gefolge gestellt. Er wollte ganz genau wissen, wer Wighard während seines Besuches in Rom begleitete. Aber dann kam Äbtissin Wulfrun, und ich mußte ihr folgen. Wie ich gehört habe, soll der Mönch, nach dem die *custodes* suchen, groß und mondgesichtig sein.»

Einen Augenblick lang herrschte Schweigen. Nachdenklich lehnte Fidelma sich zurück.

«Wie lange seid Ihr schon im Kloster Sheppey?» fragte sie plötzlich.

Verwirrt über den unvermittelten Themenwechsel sah das Mädchen sie an. «Fünf Jahre vielleicht.»

«Und wie lange kennt Ihr Äbtissin Wulfrun?»

«Ein wenig länger ...»

«Das heißt, Ihr kanntet Wulfrun schon, ehe Ihr nach Sheppey gekommen seid?»

«Ja», räumte das Mädchen ein.

«Wo habt Ihr sie kennengelernt? In einem anderen Kloster?»

«Nein. Wulfrun half mir, als ich in Not geraten war.»

«In Not?»

Das Mädchen nickte nur.

«Wo war das?» drang Fidelma in sie.

«In Swithhelms Königreich.»

«Ach?» fragte Eadulf verblüfft. «Ihr stammt aus dem Königreich der Ostsachsen?»

Das Mädchen schüttelte den Kopf. «Nein. Ursprünglich stamme ich aus Kent. Als Kind kam ich dann in Swithhelms Königreich und kehrte erst nach Kent zurück, als Äbtissin Wulfrun mich einlud, in ihr Kloster in Sheppey einzutreten.»

«Und seitdem habt Ihr Euch Äbtissin Wulfrun verpflichtet gefühlt?» schloß Eadulf.

Eafa zuckte die Achseln, als wollte sie ihn auffordern, seine eigenen Schlüsse zu ziehen. Fidelma verspürte Mitleid mit dem Mädchen.

«Entschuldigt, Eafa, daß wir Euch all diese Fragen stellen, aber wir sind fast fertig. Nur eines noch: Ihr wißt, daß Ihr nach dem Gesetz der Kirche ein freier Mensch seid?»

Eafa runzelte die Stirn. «Gehorsam ist doch sicherlich die wichtigste Ordensregel?» fragte sie nicht ohne Trotz zurück. «Ich bin nur eine einfache Nonne und muß den Anordnungen meiner Mutter Oberin in jeder Hinsicht Folge leisten.»

Aus Angst, das Mädchen unnötig aufzuregen, wollte Fidelma nicht deutlicher werden.

«Solange Ihr wißt, daß Ihr Euch von keinem Mann bedrängen lassen müßt, ganz egal, welchen Rang er innehat.»

Errötend hob Eafa den Kopf und sah Fidelma an. Offenbar war ihr klar, was Fidelma damit sagen wollte.

«Ich kann gut auf mich selbst aufpassen, Schwester. Ich bin auf einem Bauernhof aufgewachsen und von früher Kindheit an durch eine harte Schule gegangen.»

Fidelma lächelte traurig. «Mir war nur wichtig, daß Ihr das wißt.»

«Wie auch immer.» Eafa reckte störrisch das Kinn. «Ich habe keine Ahnung, was diese Fragen mit dem Mord an Wighard zu tun haben sollen.»

Offenbar wollte sie nicht über Puttoc und seine Aufdringlichkeiten sprechen. Fidelma hoffte, daß Eafa klargeworden war, wo sie im Notfall Hilfe und Unterstützung finden würde.

«Wir haben Eure Zeit lange genug in Anspruch genommen, Schwester Eafa. Das war alles ... fürs erste jedenfalls.»

Das Mädchen stand auf und eilte hinaus. An der Tür stieß sie fast mit dem hageren, bleichen Bischof Gelasius zusammen. Schwester Eafa machte eine ehrerbietige Kniebeuge, während Eadulf und Fidelma sich von ihren Plätzen erhoben, um den *nomenclator* des päpstlichen Palasts willkommen zu heißen.

Zerstreut lächelte Gelasius Schwester Eafa zu, die sich erhob und davonhuschte. Dann betrat er mit großen Schritten das Zimmer. Furius Licinius stand stramm, als dem Bischof auch *superista* Marinus in das *officium* folgte.

«Ich dachte, wir schauen einmal vorbei und erkundigen uns, ob Ihr schon zu irgendeinem Ergebnis gekommen seid», erklärte Gelasius.

«Wenn Ihr damit meint, ob wir den Fall gelöst haben», erwiderte Fidelma, «müssen wir leider verneinen.»

Mit enttäuschter Miene ließ sich der Bischof auf dem freien Stuhl nieder.

«Ich muß Euch sagen, daß der Heilige Vater die Sache so rasch wie möglich zu bereinigen wünscht.»

«Da geht es ihm nicht anders als mir», entgegnete Fidelma.

Erstaunt sah Gelasius auf und fragte sich, ob er ihre Antwort als Unverschämtheit werten sollte. Dann erinnerte er sich, wie freimütig die irischen Frauen sein konnten, und beschränkte sich auf ein tiefes Seufzen.

«Wie weit seid Ihr mit Eurer Untersuchung vorangeschritten?»

«Das ist schwer zu sagen», antwortete Fidelma achselzuckend.

«Soll das heißen, daß Euch an der Schuld Bruder Ronans Zweifel gekommen sind?» fragte Marinus erstaunt. «Aber meine *custodes* waren Augenzeugen. Sie haben ihn bei der Flucht vom Tatort festgenommen, und daß er später aus ihrem Gewahrsam geflohen ist, kann den Verdacht gegen ihn doch nur erhärten.»

Gelasius sah den *superista* nachdenklich an und wandte sich dann an Fidelma.

«Ist das wahr? Ihr bezweifelt Ronan Ragallachs Schuld?»

«Nur ein schlechter Richter fällt ein Urteil, ehe er alle Beweise gesammelt hat.»

«Was für Beweise braucht Ihr denn noch?»

«Die bisher vorliegenden Indizien geben nicht viel her. Bei näherer Betrachtung erweisen sie sich als von so untergeordneter Bedeutung, daß ein gewissenhafter Brehon-Richter sie nicht einmal in Erwägung ziehen würde.»

Gelasius wandte sich an Bruder Eadulf. «Seid Ihr der gleichen Meinung wie die Schwester?»

Eadulf streifte Fidelma mit einem raschen, schuldbewußten Seitenblick. «Ich glaube, daß Bruder Ronan Ragallach schuldig ist, auch wenn es den Indizien in der Tat noch an Beweiskraft mangelt. Aber die Hinweise auf seine Täterschaft verdichten sich. Inzwischen gibt es eine Zeugin, die ausgesagt hat, daß Ronan Ragallach in den Tagen vor dem Mord Wighard und sein Gefolge auskundschaftete.»

Nur mit Mühe hielt Fidelma einen verärgerten Seufzer zurück. Sie hatte Eafas Aussage noch eine Weile für sich behalten wollen.

Bischof Gelasius wirkte niedergeschlagen. Ohne auf Eadulfs Erwähnung einer weiteren Zeugin einzugehen, sagte er: «Was ich jetzt von Euch hören muß, ist leider genau das, was ich am meisten gefürchtet habe: Ihr seid in Eurem Urteil gespalten. Wir haben einen Iren, der in Rom einen sächsischen Bischof getötet hat. Der sächsische Richter hält ihn für verdächtig, die irische Richterin verneint seine Schuld. Das Schreckgespenst eines Krieges zwischen Sachsen und Iren ist damit noch immer nicht gebannt.»

Fidelma schüttelte den Kopf. «Ganz so, wie Ihr es darstellt, ist es nicht, Gelasius. Bruder Eadulf und ich stimmen darin überein, daß unsere Ermittlungen noch längst nicht abgeschlossen sind, da es in diesem Zusammenhang noch viel zu bedenken gibt. Daß wir heute zu keinem einmütigen Schluß gekommen sind, heißt nicht, daß das so bleiben muß.»

«Aber Ihr habt doch inzwischen sicherlich mit Ausnahme des Täters alle beteiligten Personen befragt ...»

Eadulf räusperte sich. «Ich glaube, im Augenblick sollten wir Bruder Ronan Ragallach doch lieber als Verdächtigen bezeichnen ...»

Marinus stieß ein wütendes Zischen aus. «Spitzfindigkeiten! Wir haben keine Zeit für solche Wortklaubereien. Wenn Ihr alle befragt habt, müßt Ihr doch zu einem Urteil gelangt sein.»

Fidelma preßte die Lippen zusammen.

Gelasius, dem ihre Verärgerung nicht entgangen war, erhob besänftigend die Hand. «Wollt Ihr uns damit sagen, daß Ihr einfach noch mehr Zeit braucht, Schwester?»

«Genau», antwortete Fidelma mit fester Stimme.

«Dann sollt Ihr diese Zeit auch bekommen», erwiderte Gelasius. «Das wichtigste ist doch, daß uns bei der Aufklärung dieses Falls kein Fehler unterläuft, damit später niemand das Urteil anzweifeln kann.»

«Damit bin ich voll und ganz einverstanden», stimmte ihm Fidelma zu. «Etwas anderes käme für mich nicht in Frage. Wir suchen die Wahrheit, nicht irgendeinen Sündenbock.»

Würdevoll erhob sich Bischof Gelasius von seinem Stuhl. «Denkt bitte nur daran», sagte er in bedächtigem Ton, «daß der Heilige Vater ein besonderes Interesse an der Sache hat. Er steht bereits unter einigem Druck, weil er nicht weiß, was er dem Gesandten der sächsischen Könige über Wighards Tod mitteilen soll.»

Fidelma zog eine Augenbraue hoch. «Sprecht Ihr von Puttoc?»

«Von Abt Puttoc», wies Gelasius sie mild zurecht und fügte hinzu: «Da er der persönliche Gesandte Oswius von Northumbrien ist, der als Führer aller sächsischen Königreiche gilt, muß ich Eure Frage bejahen.»

«Und Abt Puttoc hat zweifellos seine eigenen Gründe, eine rasche Entscheidung herbeizuführen», meinte Fidelma spöttisch lächelnd. «Womöglich hat er sich sogar selbst als Wighards Nachfolger vorgeschlagen.»

Gelasius wirkte überrascht, dann verzog sich sein Gesicht zu einem traurigen Lächeln. «Natürlich, Ihr habt mit dem Abt gesprochen. Ja, ich glaube, er hat angedeutet, er selbst sei der richtige Mann für das Amt des Erzbischofs von Canterbury. Seine Heiligkeit hat jedoch andere Vorstellungen. Abt Puttoc besitzt zuviel Ehrgeiz, was letztlich gegen ihn spricht. Noch vor zwei Tagen hat er Bedenken gegen Wighards Kandidatur erhoben, weil dieser früher verheiratet war und Kinder hatte.»

Eadulf und Fidelma wechselten erstaunte Blicke.

«Puttoc wollte Wighard mit dem Hinweis auf dessen Familie die Bischofsweihe streitig machen?» fragte Eadulf.

«So klar hat er es nicht ausgedrückt, aber seine Absicht war unmißverständlich. Wie Ihr wißt, darf in unserer Kirche ein Geistlicher vom Rang eines Abtes aufwärts nicht verheiratet sein. Auch geschlechtliche Beziehungen einfacher Geistlicher werden von Rom mißbilligt, obwohl sie nicht verboten sind. Jedenfalls hat Puttoc einen entsprechenden Einwand gegen Wighard erhoben, der aber sofort fallengelassen wurde, als sich herausstellte, daß Wighards Familie schon vor langer Zeit ums Leben gekommen ist. Allein daß er versucht hat, Wighard in ein schlechtes Licht zu setzten, läßt Puttocs Eignung für das Amt allerdings höchst fraglich erscheinen.»

«Dann gibt es also einen anderen Kandidaten?» fragte Fidelma.

«Seine Heiligkeit ist mit dieser Frage befaßt.»

Eadulf war erstaunt. «Ich dachte, es gäbe nur wenige

Sachsen, die für das Amt in Canterbury die nötigen Voraussetzungen mitbringen?»

«Das ist allerdings wahr», stimmte Gelasius zu. «Seine Heiligkeit neigt deshalb auch zu der Ansicht, daß die Zeit nicht günstig dafür sei, Roms wichtigsten Stützpunkt in den sächsischen Königreichen in die Hände eines Sachsen zu legen.»

«Das wird auf Seiten der Sachsen sicherlich auf einigen Widerspruch stoßen», platzte Eadulf heraus.

Gelasius sah ihn mit ernster Miene an. «Gehorsam ist die oberste Glaubensregel», sagte er drohend. «Die sächsischen Königreiche müssen sich den Entscheidungen Roms widerstandslos beugen. Ich kann Euch im Augenblick nicht mehr verraten, aber, unter uns gesagt, könnt Ihr davon ausgehen, daß Abt Puttoc nicht in die engere Wahl gezogen wird. Vorerst muß dies jedoch noch ein Geheimnis bleiben.»

«Natürlich», lenkte Eadulf ein. «Ich habe bloß laut gedacht.» Dann hielt er inne und fügte hinzu: «Weiß Abt Puttoc von dieser Entscheidung?»

«Ich habe gesagt, daß die Sache unter uns bleiben soll. Puttoc wird davon erfahren, sobald die Zeit dafür gekommen ist.»

Als Eadulf zu einer weiteren Frage ansetzen wollte, brachte Fidelma ihn mit einem warnenden Seitenblick zum Schweigen.

«Das wichtigste ist jetzt erst einmal, den Mord an Wighard zweifelsfrei aufzuklären», fuhr Gelasius fort. «Und in dieser Frage zählen wir auf Euch ... *beide*!»

Ohne ein weiteres Wort wandte er sich um und verließ das Zimmer.

«Warum wolltet Ihr, daß ich über Puttoc schweige?» fragte Eadulf, als sie gegangen waren. «Ich wollte nur in Erfahrung bringen, ob er noch immer glaubt, Aussichten auf den Thron des Erzbischofs zu haben.»

«Wir müssen unsere Überlegungen für uns behalten. Wenn Puttoc tatsächlich so ehrgeizig ist ...»

«... und wir wissen, daß Menschen schon aus sehr viel geringerem Ehrgeiz getötet haben ...», ergänzte Eadulf.

«... müssen wir abwarten, bis er sich in der eigenen Schlinge fängt. Er darf von unserem Verdacht nichts erfahren.»

Eadulf zuckte die Achseln. «Eigentlich richtet sich mein Verdacht nur gegen Ronan Ragallach, und das Gespräch mit Schwester Eafa hat mich darin bestärkt. Wir können beweisen, daß Ronan in der Nacht vor dem Mord um das *domus hospitale* herumgeschlichen ist, am nächsten Morgen Erkundigungen über Wighard und sein Gefolge eingezogen hat und kurz nach der Entdekkung des Mordes bei der Flucht aus dem *domus hospitale* festgenommen wurde. Ist das nicht Beweis genug?»

«Nein», erwiderte Fidelma mit fester Stimme. «Ich brauche mehr als ein paar bruchstückhafte Indizien ...»

Ein plötzliches Gähnen, das sie nicht unterdrücken konnte, beendete ihren Satz. Die Anstrengungen des langen, ereignisreichen Tages forderten nun ihren Tribut. Trotz des kurzen Nachmittagschlafes war sie völlig erschöpft, konnte keinen klaren Gedanken mehr fassen und hatte auch keinen Appetit auf den kleinen Imbiß, den Furius Licinius mitgebracht hatte.

«Ich fürchte, ich muß mich erst einmal hinlegen, Eadulf.» Fidelma unterdrückte ein weiteres Gähnen. «Ich schlage vor, wir treffen uns morgen vormittag wieder hier und gehen noch einmal alle bisherigen Hinweise durch.»

«Soll ich Euch zu Eurer Herberge begleiten?» fragte Eadulf.

Sie wollte gerade dankend ablehnen, als Furius Licinius, der junge *custodes*, in die Bresche sprang.

«Ich werde Euch begleiten, Schwester. Meine Unterkunft liegt ohnehin in Eurer Richtung.» Sein Tonfall verriet, daß er keinen Widerspruch erwartete, und Fidelma war viel zu erschöpft, um seiner Entschlossenheit noch irgend etwas entgegenzusetzen. Schläfrig wünschte sie Eadulf eine gute Nachtruhe und folgte dem jungen *custodes* durch die Marmorsäle des Lateranpalasts, die große Halle und den Portikus bis zur Via Merulana.

Als sie die kleine Herberge neben dem Oratorium der heiligen Prassede erreichten, hätte sie fast im Stehen einschlafen können.

Diakonin Epiphania stand am Tor und lief auf sie zu, um sie zu begrüßen. Seit sie wußte, daß Fidelma im Lateranpalast eine wichtige Aufgabe erfüllte, die Vertraute von Bischof Gelasius war und sogar einem *tesserarius* von den *custodes* Befehle erteilen konnte, tat sie alles, um ihren Ehrengast zufriedenzustellen. Als Epiphania Fidelmas erschöpften Zustand sah, überschüttete sie sie mit mütterlicher Fürsorge, nahm sie am Arm und führte sie in ihr *cubiculum*. Noch ehe ihr Kopf das Kissen berührte, war Fidelma schon fest eingeschlafen. Es war ein tiefer, wenn auch nicht traumloser Schlaf, aber die Träume halfen ihr, all die während des Tages aufgenommenen Worte und Bilder zu ordnen und ihren Geist für neue Eindrücke freizumachen.

XI

ALS DER KLARE, RÖMISCHE SOMMERMORgen seine Sonnenstrahlen in Fidelmas *cubiculum* schickte, fühlte sie sich vollkommen ausgeruht und erfrischt. Sie rekelte sich ausgiebig und genoß die Wärme und die Helligkeit. Dann warf sie die Decken zurück und schwang sich aus ihrem Bett. Sie wußte, daß es schon spät war, machte sich darüber aber keine Gedanken, denn sie hatte den Schlaf gebraucht. Sie wusch sich, kleidete sich in aller Ruhe an und verließ dann ihr Zimmer. Zweifellos hatten Diakonin Epiphania und ihr Mann Arsenius das *jentaculum*, die erste Mahlzeit des Tages, längst aufgetragen, und sie würde woanders frühstücken müssen. Vielleicht konnte sie ja an einem der vielen Stände an der Via Merulana auf ihrem Weg zum Lateranpalast ein wenig Obst erstehen. Das würde ihr völlig genügen. Es war doch immer wieder erstaunlich, wie verändert die Welt nach ein wenig Schlaf und Erholung aussah.

Als sie hinunter in den Innenhof der Herberge trat, kam Diakonin Epiphania mit einem breiten Lächeln auf sie zu. Kaum zu glauben, daß dies die gleiche Herbergsmutter war, die sie noch vor zwei Tagen mit ausdrucksloser, gleichgültiger Miene zum Frühstück begrüßt hatte.

«Habt Ihr gut geschlafen, Schwester?» fragte sie freundlich.

«Sehr gut», antwortete Fidelma. «Ich war gestern abend völlig erschöpft.»

Epiphania nickte. «Allerdings. Ihr habt kaum bemerkt, wie ich Euch ins Bett geholfen habe. Wir dachten, es sei am besten, Euch einfach ausschlafen zu lassen. Aber in unserem kleinen Refektorium steht das Frühstück für Euch bereit, Schwester.»

Tatsächlich konnte sich Fidelma nur noch undeutlich an den vorigen Abend erinnern. Und es erstaunte sie noch immer, daß man sie auf einmal so verwöhnte.

«Aber es ist schon spät. Ich möchte Euren Tagesablauf nicht durcheinanderbringen.»

«Es macht nicht die geringsten Umstände, Schwester», sagte Epiphania fast schmeichlerisch und schob ihren Gast in das kleine, um diese Zeit von allen anderen Gästen längst verlassene Refektorium. Ein einzelner Platz war noch gedeckt, und Epiphania ließ es sich nicht nehmen, Fidelma höchstpersönlich zu bedienen. Das Mahl war ausgezeichnet: Weizenbrot und eine Schüssel mit Honig und frischen Früchten, hauptsächlich Feigen und Trauben. Während ihres kurzen Aufenthalts in der Stadt hatte Fidelma inzwischen genug über die römischen Sitten gelernt, um zu wissen, daß man hier zum *ientaculum* leicht aß und das *prandium* in der Mitte des Tages die Hauptmahlzeit des Tages war. Zum Sonnenuntergang wurde dann noch einmal eine leichte Mahlzeit, das *cena*, serviert. Es dauerte eine Weile, sich daran zu gewöhnen, da in den Klöstern Irlands und Northumbriens das Abendessen die wichtigste Mahlzeit des Tages darstellte.

Erst als Fidelma mit dem Essen fertig war, dachte sie daran zu fragen, ob jemand eine Nachricht für sie hinterlassen habe. Furius Licinius hatte versprochen, sie zum Lateranpalast zu begleiten.

«Der *tesserarius* von den *custodes* war heute morgen da, um sich nach Euch zu erkundigen», antwortete Epiphania. «Ich soll Euch sagen, daß Ihr Euch ruhig Zeit nehmen sollt, denn er und ein Bruder ...» Epiphania konnte sich offenbar nicht mehr an den Namen erinnern.

«Bruder Eadulf?» erkundigte sich Fidelma.

«Ja, genau. Er und Bruder Eadulf hätten vor, eine weitere Durchsuchung nach irgendwelchen fehlenden Gegenständen zu veranlassen ...» Epiphania verzog das Gesicht. Ganz offensichtlich hatte sie etwas gegen geheimnisvolle Botschaften, die ihre Neugier nicht befriedigen konnten. «Ergibt das irgendeinen Sinn?»

Fidelma nickte. Es hätte sie überrascht, wenn die fehlenden Wertgegenstände noch irgendwo im Lateranpalast aufgetaucht wären. Sicher waren sie längst fortgeschafft worden.

Epiphania schlug sich an die Stirn. «Fast hätte ich es vergessen, Schwester. Für Euch ist auch ein Brief gekommen.»

«Für mich?» Fidelma war erstaunt. «Vom Lateranpalast?»

«Nein, ein kleiner Junge hat ihn schon bei Tagesanbruch vorbeigebracht.»

Epiphania holte ein zusammengefaltetes Stück Papyrus und reichte es ihr.

Erstaunt las Fidelma ihren in großen, lateinischen Buchstaben geschriebenen Namen auf der Außenseite. Sie entfaltete den Brief und stellte zu ihrer Überraschung fest, daß er in Ogham, der alten, aus kurzen Strichen über einer festen Grundlinie bestehenden irischen Schrift geschrieben war. Mit der Verbreitung des lateinischen Alphabets im Zuge der christlichen Missionierung war die alte Schrift zunehmend in Vergessenheit geraten. Der Sage nach war sie den Iren in grauer Vorzeit von Ogma, dem alten heidnischen Gott der Literatur und der Beredsamkeit, gegeben worden. Weil manche ältere Geistliche, die Fidelma unterrichtet hatten, es noch für ihre Schriften benutzten, hatte Fidelma das irische Alphabet auf ganz natürliche Weise erlernt. Deshalb konnte sie auch ohne Mühe sehr, sehr frühe Texte lesen, wie zum Beispiel die uralten Dichterruten – ganze Sagas, die man auf Stäbe aus Eiben- und Haselholz geritzt hatte.

Neugierig überflog Fidelma den Brief. Ihre Augen weiteten sich vor Erstaunen.

Schwester Fidelma,
ich habe Wighard nicht getötet. Ich glaube, Ihr wißt, daß dies die Wahrheit ist. Kommt zur Mittagsstunde in die Katakombe der Aurelia Restutus unter dem christlichen Friedhof vor dem Metronia-Tor. Und kommt allein. Ich werde Euch meine Geschichte erzählen, aber nur, wenn niemand bei Euch ist.
Ronan Ragallach, Euer Bruder im Herrn

Fidelma pfiff leise durch die Zähne.

«Schlechte Nachrichten?» fragte die übereifrige Epiphania und schaute ihr über die Schulter.

«Nein», antwortete Fidelma hastig und schob den Zettel in die Falten ihres Gewands. «Wie spät ist es?»

«Eine Stunde bis zum Mittag. Ihr habt lange und gut geschlafen.»

Fidelma stand auf. «Aber jetzt muß ich aufbrechen.»

Epiphania brachte sie bis zum Tor der Herberge. Mit raschen Schritten ging Schwester Fidelma die Via Merulana hinunter und nahm eine Abkürzung über den Campus Martialis zum Metronia-Tor. Zufrieden stellte sie fest, daß sie sich in der Stadt von Tag zu Tag besser zurechtfand. Sie vermutete, daß sich die Grabstätte der Aurelia Restutus in den Katakomben befand, die Eadulf ihr am Vortag gezeigt hatte, denn diese lagen unter dem einzigen christlichen Friedhof jenseits des Metronia-Tors.

Der Friedhof war um diese Zeit schon sehr bevölkert. Zahlreiche Menschen besichtigten die Grabstätten. Als Fidelma ein vertrautes Gesicht erkannte, blieb sie erschrocken stehen. Abt Puttoc sah sich um, als suche er jemanden in der Menge. Kaum einen Meter hinter ihm ging Bruder Eanred, ganz der ergebene Diener, der seinem Herrn nicht von der Seite wich.

Fidelma wollte dem eitlen Abt und seinem Diener

auf keinen Fall begegnen. Daher senkte sie den Kopf und versteckte sich in einer kleinen, griechischen Pilgergruppe. Zuerst nahm sie an, Puttoc sei gekommen, um Wighards Grab zu besuchen und für ihn zu beten. Allerdings hatte Puttoc für Wighard im Tod sicherlich ebenso wenig Achtung wie zu dessen Lebzeiten. Offenbar waren Puttoc und Eanred zu einem anderen Teil des Friedhofs unterwegs, so daß Fidelma sich nach einer Weile unerkannt aus der Pilgergruppe lösen und in der Richtung weitergehen konnte, in die Bruder Eadulf sie am Vortag geführt hatte.

Am Eingang zu den Katakomben saß Antonio, der kleine Junge mit dem ernsten Gesicht, wieder hinter seinem Korb mit Kerzen. Lächelnd beugte sie sich zu ihm hinunter. Der Junge erkannte sie, verzog aber keine Miene.

«Hallo, Antonio», grüßte ihn Fidelma. «Ich brauche Kerzen und eine Wegbeschreibung.»

Schweigend wartete der Junge auf weitere Einzelheiten.

«Ich suche das Grabmal der Aurelia Restutus.»

Antonio räusperte sich und antwortete mit dem seltsam kehligen Tonfall eines Jungen, der sich im Stimmbruch befindet. «Seid Ihr allein, Schwester?»

Fidelma nickte.

«Im Augenblick sind nur wenige Leute in den Katakomben, und mein Großvater Salvatore ist auch nicht da, um Euch zu führen. Es ist gefährlich, wenn Ihr den Weg nicht kennt.»

Fidelma wußte die Besorgnis des Jungen zu schätzen, vor allem, wenn sie an ihr Abenteuer vom Vortag dachte.

«Ich muß alleine gehen. Kannst du mir sagen, wie ich das Grabmal finde?»

Der Junge sah sie zögernd an, dann zuckte er die

Achseln. «Also, gut. Versucht, Euch meine Anweisungen ganz genau einzuprägen. Am Fuß der Treppe nehmt Ihr den Gang, der nach links führt, und folgt ihm etwa hundert Meter. Dann wendet Ihr Euch nach rechts und steigt die Stufen zum nächsttieferen Stockwerk hinab. Anschließend geht Ihr geradeaus an einem großen Grabmal mit einem Bildnis unseres Herrn vorbei. Zweihundert Meter von dort biegt Ihr links ab, bis Ihr zu einer weiteren Treppe kommt. Auf dieser gelangt Ihr zum Grabmal der Aurelia Restutus.»

Mit geschlossenen Augen wiederholte Fidelma Antonios Anweisungen. Der Junge nickte ernst.

«Diesmal nehme ich aber zwei Kerzen mit», sagte Fidelma grinsend.

Der Junge schüttelte den Kopf, holte eine kleine, mit Öl gefüllte Tonlampe und zündete sie an. «Nehmt die und zwei Kerzen, Schwester, dann seid Ihr doppelt abgesichert. Habt Ihr Zunder und Feuerstein dabei, falls Euch die Flamme ausgeht?»

Nach den Erlebnissen des Vortags hatte sich Fidelma für den Notfall mit einer Zunderbüchse ausgestattet. Sie klopfte auf ihr *marsupium* und nickte. Dann kramte sie einige Münzen heraus und warf sie lächelnd in seinen Korb. «In meiner Sprache, Antonio, sagen wir *cabhair ó Dhia agat*. Gottes Fürsorge sei mit Dir!»

Sie war schon auf der Treppe zu den dunklen Gewölben, als der Junge ihr nachrief: «*Benigne dicis*, Schwester.»

Fidelma blieb stehen und winkte noch einmal zurück, ehe sie in der Dunkelheit verschwand.

Schon jetzt war sie froh über die Lampe in ihrer Hand und die zusätzlichen Kerzen in ihrem *marsupium*.

Während sie immer tiefer ins Innere der weitläufigen Katakomben vordrang, wiederholte sie in Gedanken immer wieder Antonios Anweisungen. Ab und zu hörte sie wie aus weiter Ferne die Stimmen anderer Besucher oder an diesem Ort unschickliches Gelächter, ohne jedoch auf ihrem Weg irgend jemandem zu begegnen. Ganz allein ging sie vorsichtig weiter, stieg in das nächsttiefere Stockwerk hinab und wandte sich nach rechts und links, wie der Junge es ihr beschrieben hatte.

Schließlich kam sie zu einer großen, in den Stein gehauenen, etwa drei Meter hohen und zwei Meter breiten Höhle, deren gewölbte Decke nicht aus Mauerwerk, sondern aus vulkanischem Gestein bestand. Auf beiden Seiten hatte man mehrere *loculi* oder Nischen für die Toten in den Tuff geschlagen. Sie waren unterschiedlich groß und zum Teil mit Marmorplatten mit gemalten oder eingravierten Inschriften und christlichen Emblemen verschlossen.

Mit erhobener Lampe studierte Fidelma die verschiedenen Platten, bis ihr Blick auf ein Grabmal fiel, das größer und prachtvoller verziert war als alle anderen. Die schlichte Inschrift war in lateinischen Buchstaben eingraviert:

DOMUS AETERNALIS
AURELIA RESTUTUS
DEUS CUM SPIRITUM TUUM
BASIN DEO

Das ewige Haus von
Aurelia Restutus
Gott sei mit deinem Geist
Mögest du leben in Gott

Fidelma seufzte erleichtert auf. Zumindest hatte sie das richtige Grabmal gefunden. Sie fragte sich, wer wohl Aurelia Restutus gewesen war und womit diese Frau sich ein so prächtiges Grabmal verdient hatte. In den Marmor waren Friedenstauben eingemeißelt, darüber befand sich das Chi-Ro-Symbol mit den griechischen Initialen Christi.

Sie stellte ihre Lampe ab und sah sich in der Grabkammer um. Von Ronan Ragallach war nichts zu hören oder zu sehen. Es mußte jetzt kurz nach Mittag sein, denn beim Hinabsteigen hatte sie in der Ferne das Läuten zum Mittagsangelus gehört. Doch sie ging davon aus, daß Ronan, selbst wenn sie sich verspätet hatte, eine ganze Weile auf sie warten würde.

Fidelma preßte die Lippen zusammen und unterdrückte ein ungeduldiges Seufzen. Auch wenn man in ihrer Ausbildung viel Wert auf Kontemplation gelegt hatte, konnte Fidelma untätiges Warten nur schwer ertragen. In dieser Hinsicht hatte sie sich nicht als vorbildliche Novizin erwiesen.

Es verstrichen einige Minuten, die Fidelma vorkamen wie eine Ewigkeit.

Zuerst war sie sich nicht ganz sicher, ob sie das Geräusch tatsächlich gehört hatte. Es war ein leises Poltern, das aus einer der hinter ihr liegenden Grabkammern zu ihr drang. Dann hörte sie etwas Schweres fallen.

Fidelma lauschte angestrengt. «Bruder Ronan?» rief sie leise. «Wo seid Ihr?»

Nachdem das Echo ihrer Stimme in dem dunklen Gewölbe verklungen war, herrschte unheimliches Schweigen.

Fidelma nahm ihre Lampe und drang vorsichtig in die nächste Kammer vor, die der vorigen in Form und Größe glich. Dahinter lag noch ein drittes Grabgewölbe, das sie mit erhobener Lampe betrat.

Schon auf den ersten Blick sah sie die zusammengesackte Gestalt am Boden liegen, das Gesicht nach unten, die Arme ausgestreckt, eine erloschene Kerze neben der linken Hand. Das grobe, braune Wollgewand war bis zu den Kniekehlen hochgerutscht und gab den Blick auf die mit Ledersandalen bekleideten Füße frei. Der Mann wirkte rundlich und schwer. Doch erst an der Tonsur Columbans erkannte Fidelma, daß es sich eindeutig um Bruder Ronan Rogallach handelte.

Rasch stellte sie die Lampe ab, bückte sich und drehte ihn um. Als ihr klarwurde, daß für ihn jede irdische Hilfe zu spät kam, mußte sie einen Schreckensschrei unterdrücken. Die gebrochenen Augen, das schwärzliche Gesicht und die herausgestreckte Zunge sagten alles. Die um seinen Hals geschlungene Gebetsschnur hatte sich tief ins Fleisch eingegraben.

Enttäuscht machte sich Fidelma klar, daß der Bruder ihr nichts mehr würde erklären können. Ronan Ragallach war tot.

Schaudernd sah sie sich um, denn sie wußte, daß sein Mörder noch nicht weit gekommen sein konnte. Hatte sie selbst nicht erst vor wenigen Augenblicken Ronan Ragallachs Todessturz gehört? Fidelma rang ihre Furcht nieder und nahm die Leiche genauer in Augenschein.

Ihr Blick fiel auf die rechte, noch immer zur Faust geballte Hand, die ein ausgefranstes Stück Sackleinen umklammerte. Es war nicht abgerissen, sondern mit einem Messer abgetrennt worden. Offenbar hatte Bruder Ronan etwas bei sich getragen, das er selbst im Todeskampf um keinen Preis herausgeben wollte.

Doch der Mörder war anscheinend so auf diesen Gegenstand erpicht gewesen, daß er ihn mit einem Messer losgeschnitten hatte. Als Fidelma kopfschüttelnd die Lampe hob, sah sie etwas Glitzerndes auf dem Boden liegen. Entschlossen ging sie darauf zu und hob es auf, und ihre Augen weiteten sich vor Erstaunen.

Es war ein nicht sonderlich kunstfertig geschmiedeter Silberkelch, durch die unsanfte Behandlung leicht verbeult und zerkratzt. Fidelma wußte sofort, daß sie einen der fehlenden Kelche aus Wighards Schatz in Händen hielt. Aber was hatte das zu bedeuten? Tausende von Fragen fielen ihr ein – Fragen, aber keine Antworten.

Wenn Ronan Ragallach sich im Besitz des vermißten Schatzes befand, hatte er ihn womöglich doch gestohlen. Hatte sie sich geirrt? War er trotz allem der wahre Mörder? Allerdings stimmte da etwas nicht. Warum hätte er ihr eine Nachricht zukommen lassen, dieses Treffen vereinbaren und gleichzeitig schwören sollen, daß er an Wighards Tod unschuldig war?

Verwirrt wandte sich Fidelma wieder der Leiche zu und durchsuchte Bruder Ronans Kleider. In seiner *crumena* befanden sich einige Münzen und ein Stück Papyrus. Es war mit den gleichen seltsamen Hieroglyphen bedeckt wie der Fetzen, den sie auf dem Boden seines Zimmers in Biedas Herberge gefunden hatte.

Sie schnappte nach Luft, als sie erkannte, daß es sich um das abgerissene Teil eines größeren Papyrus handelte, der dem, den sie bereits gefunden hatte, in Form und Größe ähnelte. Vielleicht war dies der Rest des ursprünglichen Textes. Rasch ließ sie den Papyrus in ihr *marsupium* gleiten. Den Silberkelch in der einen, die Lampe in der anderen Hand, erhob sie sich und ging zurück zum Grabmal der Aurelia Restutus.

Kaum hatte sie die vordere Grabkammer betreten, hörte sie Stimmen näherkommen. Fidelma zögerte. Die Stimmen klangen leise und eindringlich. Und sie redeten in einer merkwürdigen, fremden Sprache.

Die Vernunft sagte Fidelma, daß diese Leute nichts mit Bruder Ronans Tod zu tun haben konnten, denn die Mörder des irischen Mönchs würden sicher nicht kurz darauf sorglosen Schrittes an den Tatort zurückkehren. Und doch mahnte eine unhörbare, innere Stimme sie zur Vorsicht. Rasch faßte sie einen Entschluß. Sie suchte nach einer leeren Nische, entschied sich für eine, die dem Erdboden möglichst nahe war, kletterte hinein, löschte die Lampe, streckte sich rücklings in dem leeren Grab aus und stellte sich tot.

Die Stimmen näherten sich.

Sie konnte zwei Männer unterscheiden. Ihrem hitzigen Tonfall nach zu urteilen, stritten sie, obwohl Fidelma nichts verstand. Sie sah ein Licht über die Wände der Katakomben tanzen. Mit halb geschlossenen Augenlidern lag sie da und betete inbrünstig, daß die beiden Männer die Leichen, die rechts und links in den Nischen der Grabkammer lagen, nicht beachteten.

Zu ihrem Entsetzen blieben die beiden dunklen Gestalten in der Kammer stehen und schauten sich mit erhobenen Kerzen um.

Fidelma hörte den Namen «Aurelia Restutus» und mehrmals das Wort *kafir*. Sie schienen zu warten. Fidelma biß sich auf die Lippen. Waren diese Fremden etwa ebenfalls mit Bruder Ronan Ragallach verabredet?

Nach einer Weile ging der Ungeduldigere der beiden weiter. Fidelma hielt den Atem an, denn sie wußte, was er in der nächsten Kammer finden würde. Sie vernahm einen schrillen Schrei und etwas, das wie «*Bismillah!*» klang. Dann eilte der zweite Mann seinem Gefährten zur Hilfe. «*Ma'uzbillah!*» rief er.

Sobald es in der vorderen Grabkammer dunkel war, schlüpfte Fidelma aus ihrer Nische, nahm Lampe und Kelch und lief hinaus auf den Gang. Die aufgeregten Stimmen der beiden Männer hinter sich noch deutlich im Ohr, wagte sie es nicht, stehenzubleiben und ihre Lampe anzuzünden, sondern tastete sich in der Dunkelheit eilig voran. In Gedanken wiederholte sie Antonios Anweisungen, diesmal in umgekehrter Reihenfolge. Die Lampe in der einen, den Kelch in der anderen Hand, stieg sie die Treppe hinauf. Nur einmal stieß sie sich das Knie an einem vorstehenden Stein.

Oben angekommen, hielt sie an, um Atem zu schöpfen, dann wandte sie sich nach rechts in den langen, schmalen Gang, der zur nächsten Treppe führte. Sie zählte zweihundert Schritte, bis er sich zu einer großen, reichverzierten Grabkammer verbreiterte. Wieder blieb sie stehen und lauschte angestrengt. Niemand war ihr gefolgt.

Fidelma kniete nieder und stellte Lampe und Kelch vor sich auf den Boden. Dann holte sie die Zunderbüchse aus ihrem *marsupium*. Ihre Finger zitterten, und es dauerte eine Weile, ehe es ihr gelang, die Lampe anzuzünden.

Als der warme, goldene Schimmer der Flamme sich in der prächtigen Grabkammer verbreitete, stieß Fidelma einen Seufzer der Erleichterung aus. Sie holte tief Luft, sammelte Kelch und Lampe ein, stand auf und pirschte sich durch den schmalen Gang bis zu der langgestreckten Treppe, die ins nächsthöhere Stockwerk führte. Sie schwor sich, sich niemals wieder in dieses dunkle Labyrinth vorzuwagen.

Inzwischen hatte sie nur noch einige hundert Meter vor sich. Obwohl sie am liebsten so schnell wie möglich zum Ausgang gelaufen wäre, zwang sie sich, betont langsam zu gehen. War es im Grunde nicht lächerlich, sich vor den beiden Fremden zu fürchten? Schließlich lag es auf der Hand, daß sie mit Bruder Ronan Ragallachs Tod nichts zu tun hatten. Weshalb hätten sie Fidelma bedrohen sollen? Sie wünschte, sie wäre mutiger gewesen, aber in der dunklen Grabkammer hatte sie plötzlich eine seltsame Angst ergriffen. Fidelma fragte sich, ob die beiden Fremden sich ebenfalls mit Bruder Ronan hatten treffen wollen und wer sie überhaupt waren.

Beim Gedanken an Bruder Ronan überlief sie plötzlich ein kalter Schauer. Er war auf genau die gleiche

Weise getötet worden wie Wighard von Canterbury. Jemand hatte ihn mit einer Gebetsschnur erwürgt! Damit schied Ronan endgültig als Wighards Mörder aus. Aber wenn er Wighard nicht ermordet hatte, wieso hatte er dann einen Silberkelch aus Wighards gestohlenem Schatz bei sich getragen?

Ronan hatte seine Unschuld beteuert und sie um eine Unterredung gebeten, um ihr seine Geschichte zu erzählen. Was hatte er ihr sagen wollen?

Fidelma erinnerte sich an das Papyrusstück in ihrem *marsupium*, das ihr vielleicht eine Antwort auf diese Frage geben konnte. Sie würde Bruder Osimo Lando, den *sub-praetor* des Amtes für fremdländische Angelegenheiten, aufsuchen und bitten, ihr den Text zu übersetzen. Offenbar steckte mehr dahinter, als sie ahnte.

Sie kam zum Ende des Ganges und wandte sich nach rechts, um über die letzte Treppe zum Friedhof hinaufzusteigen.

Als sie um die Ecke bog, tauchte urplötzlich eine Gestalt vor ihr auf. Ihr blieb gerade noch genug Zeit für die Erkenntnis, daß ihr die Gestalt bekannt vorkam. Dann spürte sie einen starken Schmerz an der Schläfe, und es wurde schwarz um sie.

¶ Wie aus weiter Ferne hörte Fidelma, wie jemand ihren Namen rief. Sie blinzelte mühsam. Ihr war übel und schwindelig. Als sie aufstöhnte, hielt ihr jemand ein Gefäß mit kaltem Wasser an die Lippen. Sie nahm einen Schluck, hustete und spuckte. Dann versuchte sie, die Augen aufzuschlagen. Das Licht blendete fürchterlich. Offenbar lag sie auf dem Rücken im Freien, über sich das blaue Himmelszelt und eine strahlend gelbe Sonne, die ihr gnadenlos ins Gesicht brannte. Wieder stöhnte sie und schloß die Augen.

«Schwester Fidelma, hört Ihr mich?»

Fidelma kannte diese Stimme und überlegte angestrengt, wem sie gehören könnte.

Kalte Wassertropfen spritzten in ihr Gesicht.

Laut ächzend wünschte sie, wer auch immer sie zu wecken versuchte, würde fortgehen und sie in Ruhe lassen.

«Schwester Fidelma!»

Die Stimme wurde immer drängender.

Widerstrebend schlug sie die Augen auf und sah die verschwommenen Umrisse einer dunklen, gebeugten Gestalt. Erst auf den zweiten Blick erkannte sie Cornelius von Alexandria. Der dunkelhäutige Chirurgus musterte sie mit besorgten Blicken. «Schwester Fidelma, erkennt Ihr mich?»

Fidelma verzog das Gesicht. «Ja, aber mein Kopf tut höllisch weh.»

«Ihr habt einen Schlag auf den Schädel bekommen, ein großer Bluterguß über der Schläfe, aber die Haut ist nicht verletzt. Es wird bald ganz verheilen.»

«Mir ist schlecht.»

«Das ist nur der Schock. Bleibt eine Weile liegen, und trinkt einen Schluck Wasser.»

Fidelma lehnte sich zurück und sah sich um. Hinter dem griechischen Chirurgus stand der kleine Antonio und machte ein ängstliches Gesicht. Im Hintergrund hörte sie besorgte Stimmen. Stimmen! War das nicht der scharfe, durchdringende Ton von Äbtissin Wulfrun, die Schwester Eafa anwies, ihr zu folgen? Oder bildete sie sich das nur ein?

Als Fidelma sich aufrichten wollte, hielt sie der griechische Chirurgus sanft zurück.

«Wo bin ich?» fragte sie.

«Am Eingang der Katakomben», antwortete Cornelius. «Ihr wart bewußtlos, und wir haben Euch hinaufgetragen.»

Langsam kehrte Fidelmas Erinnerung zurück. «Jemand hat mich niedergeschlagen!» sagte sie und versuchte erneut, sich aufzusetzen, aber Cornelius hinderte sie auch diesmal daran.

«Nicht so hastig», mahnte er. «Ihr dürft jetzt nichts überstürzen.» Er musterte sie neugierig. «Warum hätte Euch jemand niederschlagen sollen?» fragte er zweifelnd. «Seid Ihr sicher, daß Ihr Euch nicht den Kopf an einem Stein gestoßen habt? So etwas soll dort unten schon öfter vorgekommen sein.»

«Nein, nein!» Fidelma sah ihn eindringlich an. «Was macht Ihr eigentlich hier?»

Der Chirurgus zuckte die Achseln. «Ich kam zufällig am Friedhofstor vorbei, als ich jemanden nach einem Medikus rufen hörte. In den Katakomben sei jemand verletzt worden, erklärte er mir. Ich folgte ihm und fand Euch am Fuß der Treppe.»

«Und wer hat Alarm geschlagen?» wollte Fidelma erstaunt wissen.

Nachdem Cornelius sich davon überzeugt hatte, daß es ihr besser ging, half er ihr vorsichtig auf. «Irgendein Pilger. Keine Ahnung.»

«Ja, es war ein Pilger, Schwester», mischte sich der kleine Antonio ein. «Er kam aus den Katakomben und sagte, dort unten liege eine Schwerverletzte. Als ich zufällig die *lecticula* des Medikus am Friedhofstor entdeckte, schickte ich jemanden los, um ihn zu holen.»

«Und als ich dann kam, fand ich Euch am Fuß der Treppe», wiederholte Cornelius. «Es sah ganz so aus, als hättet Ihr Euch an einem der vorstehenden Steine an der Seite des Ganges den Kopf gestoßen.»

Antonio, der sehr erleichtert darüber war, daß Fidelma nicht schwer verletzt zu sein schien, grinste schelmisch. «Die Katakomben bringen Euch kein Glück, Schwester.»

Fidelma lächelte reuevoll. «Das war sehr weise gesprochen, kleiner Antonio.»

Der Schwindel und die Übelkeit hatten ein wenig nachgelassen, so daß sie vorsichtig aufstehen konnte. «Wer ist dieser Pilger, dem ich meine Rettung verdanke?»

Es hatten sich mehrere Schaulustige eingefunden, die sich jedoch rasch wieder zerstreuten, als das erhoffte Spektakel ausblieb. Fidelma fragte sich, ob Äbtissin Wulfrun tatsächlich unter ihnen gewesen war.

Der Junge blickte sie ratlos an. «Er ist schon fortgegangen.»

«Weißt du, wie er hieß oder wie er aussah? Ich möchte mich wenigstens bei ihm bedanken.»

Der Junge schüttelte den Kopf. «Er war ein ganz gewöhnlicher Pilger in morgenländischem Gewand.»

Fidelma betrachtete ihn nachdenklich und fragte sich, ob es einer der dunkelhäutigen Männer gewesen sein konnte, die sie in Aurelia Restutus' Grabkammer beobachtet hatte.

«Wie viele Fremde sind denn hier gewesen, Antonio, seitdem ich die Treppe hinuntergestiegen bin?»

Der Junge zuckte die Achseln. «Keine Ahnung. Mehrere. Nur Fremde kommen hierher, um die Toten zu sehen. Außerdem gibt es noch drei andere Eingänge zu den Katakomben.»

Fidelma lächelte. Wie dumm von ihr, zu glauben, daß der Junge zwischen ihr und den beiden dunkelhäutigen Männern, die sie in den Katakomben gesehen hatte, unterscheiden könnte.

«Und wie viele Männer aus ...»

Cornelius unterbrach sie mit mahnender Stimme. «Ich glaube, Ihr solltet Euch später darüber Gedanken machen, wie Ihr Eurem Retter danken könnt. Meine *lecticula* wird Euch zum Lateranpalast zurückbringen, wo ich Eure Wunde richtig versorgen kann. Den Rest des Tages solltet Ihr Euch unbedingt ausruhen.»

Am liebsten hätte Fidelma seinen Vorschlag abgelehnt, doch als sie ein paar vorsichtige Schritte wagte, wurde ihr sofort wieder schwindelig, und sie mußte sich eingestehen, daß der Chirurgus wahrscheinlich recht hatte. Sie setzte sich auf den nächsten Stein und hielt sich stöhnend den schmerzenden Kopf.

Cornelius hob die Hand, und sofort kamen kräftige Männer herbeigelaufen. Sie trugen einen seltsam geformten Stuhl auf zwei langen Stangen. Fidelma hatte diese merkwürdigen Sänften schon mehrfach in Rom gesehen und wußte, daß man sie *lecticula* nannte. In ihrem Heimatland gab es diese absonderlichen Geräte nicht, in denen Menschen von ihren Sklaven oder Dienern durch die Straßen getragen wurden.

Sie wollte widersprechen, doch ihr war klar, daß sie in ihrem jetzigen Zustand nicht in der Lage gewesen wäre, zu Fuß zum Lateranpalast zu gehen. Also blieb ihr nichts anderes übrig, als Cornelius' Anweisungen Folge zu leisten. Sie wollte gerade auf den Stuhl steigen, als ihr einfiel, was sie vergessen hatte.

«Deine Lampe muß noch unten am Fuß der Treppe liegen, Antonio», rief sie dem Jungen zu.

Aber der Junge schüttelte nur den Kopf und hielt ihr grinsend die Lampe entgegen. «Als wir Euch hochtrugen, habe ich sie gleich mitgebracht», sagte er.

«Und der Silberkelch, den ich in der anderen Hand hatte?»

Antonio sah sie ratlos an. «Von einem Silberkelch habe ich nichts bemerkt, Schwester. Und ich glaube auch nicht, daß Ihr einen mit hinuntergenommen habt.»

Voller Schreck griff Fidelma nach ihrem *marsupium*. Ihre Zunderbüchse und ihre Münzen waren noch da, aber von dem Papyrusstück, das sie bei Bruder Ronan gefunden hatte, fehlte jede Spur. Nur das durchtrennte Stück Sackleinen war ihr geblieben.

Sie stellte fest, daß Cornelius sie argwöhnisch beäugte.

«Einen Augenblick», sagte sie, stieg noch einmal aus der *lecticula* und ging unsicheren Schrittes auf den Jungen zu. Dicht vor ihm kniete sie nieder und raunte ihm mit leiser Stimme zu: «Antonio, in der Katakombe der Aurelia Restutus liegt eine Leiche. Nein», erklärte sie, als sie sah, wie er grinste, weil das in einer Grabkammer nichts Besonderes war, «ich meine eine ganz frische Leiche – ein irischer Mönch, der gerade erst ermordet worden ist. Ich habe ihn gefunden. Sobald ich zum Lateranpalast zurückgekehrt bin, werde ich die *custodes* schicken, um ihn zu holen ...»

Antonio sah sie mit großen Augen an. «Ihr solltet es dem *praetor uranis* melden», riet er ihr.

Fidelma nickte. «Mach dir keine Sorgen. Die zuständigen Behörden sollen auf jeden Fall benachrichtigt werden. Ich möchte nur, daß du die Augen offenhältst und ganz genau darauf achtest, wer hier kommt und geht. Du sollst wissen, daß ich bei dem Toten einen Silberkelch und ein Stück Papyrus gefunden habe. Beides wurde mir gestohlen, als ich bewußtlos war. Wenn du also jemanden siehst, der sich verdächtig verhält, vor allem zwei Männer aus dem Morgenland, die eine fremde Sprache sprechen, möchte ich, daß du sie dir ganz genau ansiehst und dir merkst, wohin sie gehen.»

«Ja, Schwester», versprach der Junge. «Aber die Katakomben haben noch viele andere Ein- und Ausgänge.»

Fidelma stöhnte. Diese Tatsache machte das Ganze natürlich noch schwieriger. Dennoch griff sie in ihr *marsupium* und warf einige Münzen in den Korb des Jungen.

Dann wandte sie sich wieder dem über die Verzögerung sichtlich verärgerten Cornelius zu und stieg in die *lecticula*. Die beiden Männer hievten die Sänfte ächzend auf ihre Schultern und trugen sie zum Friedhofstor. Cornelius begleitete sie eiligen Schrittes.

Es war ein seltsames Gefühl, durch die Straßen getragen zu werden, aber Fidelma war dankbar für Cornelius' Hilfe. Ihr Kopf schmerzte fürchterlich, und sie fühlte sich noch immer sehr schwach. Da sie die Augen geschlossen hatte, bemerkte sie die neugierigen Blicke der Fußgänger nicht; zwar gehörten die *lecticulae* zum römischen Straßenbild, doch eine Geistliche in einer Sänfte gab es nur selten zu sehen.

Fidelma lehnte sich zurück und dachte noch einmal über die Ereignisse der letzten Stunden nach.

Erst als sie längst durch das Metronia-Tor in die Stadt zurückgekehrt und am Fuße des Celius-Hügels angekommen waren, wurde ihr klar, was sie in ihrer Benommenheit völlig übersehen hatte: Bisher hatte sie fest geglaubt, die beiden Fremden seien ihr gefolgt, hätten sie niedergeschlagen und ihr den Kelch und den Papyrus abgenommen. Aber sie hatte keine Verfolger gehört, und es sprach alles dafür, daß die beiden in der Katakombe der Aurelia Restutus zurückgeblieben waren. Ja, jetzt stand es ihr wieder klar vor Augen: Erst als sie am Fuß der Treppe um die Ecke bog, war plötzlich eine Gestalt vor ihr aufgetaucht – eine vetraute Gestalt, die offenbar dort auf sie gewartet hatte. Diese Gestalt hatte sie niedergeschlagen. Jemand, den sie kannte. Wer konnte es bloß gewesen sein?

XII

FIDELMA SASS IN DEM OFFICIUM IM LATE-ranpalast, das man ihr und Bruder Eadulf zugewiesen hatte, und rieb sich den schmerzenden Kopf. Schwindel und Übelkeit hatten nachgelassen, aber das Kopfweh war geblieben. Bei ihrer Ankunft im Palast hatte Eadulf auf seine Kenntnisse der Medizin verwiesen und darauf bestanden, sie weiterzubehandeln. Cornelius hatte keine Bedenken gehabt, seine Patientin in die Obhut des sächsischen Mönchs zu geben. Ja, er schien sogar erleichtert, die Verantwortung los zu sein und seinen eigenen Geschäften nachgehen zu können. Seit seinem Aufenthalt in Tuaim Brecain trug Bruder Eadulf stets eine *pera* oder *lés* bei sich, wie die irischen Ärzte ihre Arzneitaschen nannten, in denen sie die verschiedensten Heilkräuter aufbewahrten. Er verband Fidelmas Wunde und bereitete einen Aufguß aus getrockneten roten Kleeblüten zu, der, wie er ihr versicherte, den Kopfschmerz rasch lindern würde.

Fidelma hatte vollkommenes Vertrauen in Eadulf und schlürfte den übelschmeckenden Trunk ohne Widerspruch. In Hildas Kloster in Witebia hatte er ihr schon zweimal auf ähnliche Weise geholfen und sie nach einem gefährlichen Sturz von einem starken Kopfschmerz befreit.

Während er sie verarztete, berichtete sie ihm und Furius Licinius von ihren Abenteuern. Der junge *tesserarius* rief sofort eine *decuria* der *custodes* zusammen und brach zum christlichen Friedhof jenseits des Metronia-Tores auf. Fidelma mußte unterdessen Bruder Eadulfs Vorwürfe über sich ergehen lassen. Obwohl sie sich alle Mühe gab, ihre Erlebnisse zu ordnen, mußte sie sich nach einer Weile eingestehen, daß ihr bisheriges Wissen dazu nicht ausreichte. Es ergab einfach keinen Sinn.

«Wir müssen nach Bruder Osimo Lando schicken», unterbrach sie Eadulf plötzlich mitten im Satz. Er hatte sie sanft, aber unmißverständlich dafür getadelt, allein in die Katakomben gegangen zu sein, ohne ihm oder jemand anderem vorher Bescheid zu geben. Er blinzelte. «Osimo Lando?» fragte er erstaunt.

«Er hat zugegeben, Ronan sehr gut gekannt zu haben, und ich habe das Gefühl, daß er mehr weiß, als er uns bisher sagen wollte. Vielleicht erweist er sich jetzt, da Ronan tot ist, als mitteilsamer.»

Die Tür öffnete sich, und *superista* Marinus betrat das Zimmer. Er wandte sich direkt an Fidelma. «Ist es wahr? Stimmt es, was ich gehört habe ... Bruder Ronan Ragallach ist tot?»

Fidelma nickte zur Bestätigung.

Das Gesicht des *superista* verzog sich zu einem breiten Lächeln. Er gab sich keine Mühe, seine Genugtuung zu verbergen. «Dann ist der Fall ja endlich abgeschlossen.»

«Ich fürchte, da kann ich Euch nicht ganz folgen», sagte Fidelma kühl.

Marinus breitete die Hände aus, als wollte er durch diese Geste unterstreichen, wie einleuchtend seine Schlußfolgerung war. «Der Täter ist gefunden und nicht mehr am Leben. Damit besteht kein Grund mehr, der Sache noch weiter nachzugehen.» Fidelma schüttelte bedächtig den Kopf. «Ich kann nur annehmen, daß Ihr nicht alle Tatsachen kennt, Marinus. Bruder Ronan Ragallach ist auf dem Weg zu einem Treffen mit mir von einem Unbekannten erdrosselt worden. Er hatte mir einen Brief geschickt, in dem er seine Unschuld beteuerte und um die Möglichkeit bat, seine Sicht der Dinge darzulegen. Er ist auf genau die gleiche Weise ermordet worden wie Wighard von Canterbury. Wer auch immer Wighard getötet hat, hat auch Ronan Ragallachs Leben auf dem Gewissen. Wie Ihr seht, ist der Fall in Wirklichkeit alles andere als gelöst.»

Der *superista* blinzelte heftig. «Mir hat man gesagt, daß er tot sei», erwiderte er in fast kläglichem Ton. «Ich habe vermutet, daß er auf der Flucht getötet wurde oder sich selbst das Leben genommen hat, weil ihm klar wurde, daß er uns auf Dauer nicht entkommen konnte.»

«Schwester Fidelma hatte recht, und wir waren im Irrtum», mischte sich Eadulf ein. Fidelma sah ihn überrascht an. Sie freute sich über den unerwarteten Respekt in seiner Stimme. Fast klang es so, als bereite es ihm Vergnügen, daß sie ihn widerlegt hatte. «Sie hat die ganze Zeit über daran gezweifelt, daß Ronan Ragallach Wighards Mörder war.»

Superista Marinus reckte das Kinn. «Dann müssen wir alles tun, um die Wahrheit so rasch wie möglich aufzudecken. Erst heute morgen ist der *scriba aedilicius* des Heiligen Vaters zu mir gekommen. Seine Heiligkeit ist über die langwierigen Ermittlungen alles andere als erfreut.»

«Wir sind ebenso an einer raschen Lösung interessiert wie er», erwiderte Fidelma, verärgert über den unterschwelligen Vorwurf. «Aber es läßt sich nun einmal nicht erzwingen.» Sie erhob sich von ihrem Platz. «Und jetzt haben wir einiges zu tun. Könntet Ihr einen Eurer Männer zu Bruder Osimo Lando schicken? Wir brauchen seinen Rat.»

Superista Marinus war es nicht gewohnt, von anderen Anweisungen zu bekommen. Er wollte Widerspruch anmelden, besann sich aber eines Besseren, nickte grimmig und ging hinaus.

Eadulf sah Fidelma grinsend an. «Am Ende werdet Ihr den Heiligen Vater noch genauso herablassend behandeln.»

«Herablassend?» Fidelma schüttelte den Kopf. «Was ich für Marinus empfinde, hat nichts mit Herablassung zu tun. Aber von uns allen wird erwartet, daß wir uns in unserer Kunst und in unserem Amt als fachkundig erweisen, und wir sollten uns Mühe geben, unsere Aufgabe mit der Sorgfalt auszuführen, die wir auch bei anderen voraussetzen. Es genügt nicht, auf das eigene Amt stolz zu sein. Man braucht auch die entsprechenden Fähigkeiten und das nötige Selbstvertrauen.»

Eadulfs Miene wurde ernst.

«Jetzt, nach Ronan Ragallachs Tod, weiß ich nicht, wie wir den Fall weiter angehen sollen.»

Fidelma neigte den Kopf zur Seite. «Ronan Ragallach hat in seinem Brief abgestritten, Wighard getötet zu haben, und ich glaube ihm. Trotzdem hatte er bei seiner Ermordung einen Teil von Wighards Schatz bei sich.» Sie erzählte ihm von dem Stück Sackleinen in seiner Hand und von dem Silberkelch auf dem Boden der Grabkammer. «Auch wenn ich das jetzt nicht mehr beweisen kann.»

«Habt Ihr denn irgendeinen Verdacht, wer Euch niedergeschlagen und Kelch und Papyrus gestohlen haben könnte?»

«Nein.» Fidelma seufzte tief. «Ich habe in der Dunkelheit nur ganz kurz seinen Umriß gesehen und gedacht, daß er mir bekannt vorkam.»

«Es war also auf jeden Fall ein Mann?» fragte Eadulf.

Fidelma runzelte die Stirn. Ganz unwillkürlich hatte sie die männliche Form benutzt. Doch wenn sie genauer darüber nachdachte, gab es eigentlich keinen Grund dafür.

«Nicht einmal das kann ich mit Gewißheit sagen.»

Eadulf kratzte sich nachdenklich an der Nase.

«Ich habe wirklich keine Ahnung, welchen Schritt wir als nächstes unternehmen sollten. Unser Hauptverdächtiger ist tot und wurde auf die gleiche Weise ermordet wie unser erstes Opfer ...»

«Wer waren die beiden Fremden, die ich in der Grabkammer gesehen habe?» warf Fidelma ein. «Das herauszufinden wäre sicherlich der nächste Schritt. Ronan Ragallach trug die andere Hälfte des mit arabischen Schriftzeichen beschriebenen Papyrus bei sich. Außerdem habe ich mir ein paar Worte der beiden Fremden eingeprägt. Vielleicht kann Osimo Lando sie uns übersetzen. Ich glaube nämlich, daß sie aus Arabien stammten.»

«Aber warum sollte Bruder Ronan Ragallach sich mit Arabern treffen?»

«Wenn ich das wüßte, wäre ich der Lösung sehr viel näher», seufzte Fidelma.

Es klopfte an die Tür, und ein Soldat der *custodes* trat ein. In steifer Haltung, die Augen starr geradeaus gerichtet, blieb er salutierend vor ihnen stehen. «Ich habe Befehl, Euch zu berichten, daß Bruder Osimo Lando nicht an seiner Arbeitsstätte weilt. Er scheint sich zur Zeit überhaupt nicht im Palast aufzuhalten.»

«Könnt Ihr jemanden zu seiner Unterkunft schicken, um festzustellen, warum er nicht zur Arbeit erschienen ist?»

Der junge Mann antwortete so zackig, daß Fidelma erschrak. «Zu Befehl!» rief er laut, knallte die Hacken zusammen, drehte sich um und marschierte hinaus.

Besorgt sah Eadulf ihm nach. «Irgendwie scheint alles schiefzugehen.»

«Aber es muß doch in diesem Palast irgend jemanden geben, der die Sprache der Araber beherrscht.»

Eadulf stand auf und schritt zur Tür. «Das werde ich bald herausgefunden haben. Und Ihr ...», er drehte sich noch einmal um und sah sie eindringlich an, «... solltet Euch in der Zwischenzeit ein wenig ausruhen und von den Strapazen erholen.»

Fidelma winkte ab. Ihre Kopfschmerzen waren fast vergangen, nur die Schläfe selbst pochte noch. Allerdings gingen ihr zahllose Fragen und Gedanken im Kopf herum. Nachdem Bruder Eadulf fort war, machte sie es sich auf ihrem Stuhl bequem, faltete die Hände im Schoß und senkte den Blick, atmete tief und regelmäßig und entspannte nacheinander jeden Muskel.

Als junges Mädchen hatte sie im Noviziat die Kunst der *dercad* oder Meditation erlernt, durch die endlose Generationen irischer Mystiker den Zustand des *sitcháin* oder inneren Friedens erreicht hatten. Seither hatte sie diese Kunst in Zeiten der Belastung immer wieder angewandt und als sehr nützlich empfunden. Sie stammte noch aus der Zeit, ehe der christliche Glauben die Küsten Irlands erreicht hatte, und hatte bei den heidnischen Druiden eine große Rolle gespielt. Bis heute waren die druidischen Mystiker aus ihrem Heimatland nicht völlig verschwunden. Man fand sie noch als einsiedlerische Asketen in abgelegenen Bergfesten und Einöden. Aber sie gehörten zu einer aussterbenden Art.

Ab einem gewissen Alter war Fidelma regelmäßig ins *tigh n'alluis*, das Schwitzhaus, gegangen, ein fester Bestandteil der *dercad*-Zeremonie. In einem kleinen Steinhaus wurde ein großes Feuer entfacht, bis das Gebäude glühte wie ein Ofen. Dann gingen alle, die den Zustand des *sitcháin* anstrebten, nackt hinein, und die Tür wurde verschlossen. Sie hockten auf Bänken und schwitzten, bis zu einer vorher verabredeten Zeit die Tür wieder geöffnet wurde, sie sich an der frischen Luft abkühlten und ins eisige Wasser sprangen, um durch diese innere und äußere Reinigung auf der Stufenleiter der *dercad* einen wichtigen Schritt voranzukommen. Viele asketisch lebende Gläubige folgten noch immer diesen alten Gebräuchen der Druiden, obgleich viele jüngere Geistliche sie ablehnten, und zwar meist nur deshalb, weil sie von den heidnischen Druiden stammten.

Auch der heilige Patrick, ein Brite, der bei der Einführung des Glaubens in Irland eine herausragende Rolle gespielt hatte, hatte die aus heidnischer Zeit überlieferten, *teinm laegda* und *imbas forosnai* genannten meditativen Wege zur Erleuchtung ausdrücklich mißbilligt. Fidelma war traurig darüber, daß die uralten Rituale auf dem Weg zu Selbsterkenntnis oft nur deshalb verworfen wurden, weil sie so alt waren und schon angewendet wurden, ehe der christliche Glaube nach Irland kam.

Doch die Kunst der *dercad* war bisher noch nicht verboten, was sich die irischen Geistlichen, wie Fidelma glaubte, auch nicht widerspruchslos gefallen lassen würden. Sie war ein hervorragendes Mittel zur Entspannung und Beruhigung des aufgewühlten Geistes.

«Schwester!»

Fidelma blinzelte. Sie hatte das Gefühl, aus einem tiefen, erholsamen Schlaf aufzuwachen.

Vor ihr stand *tesserarius* Furius Licinius und betrachtete sie besorgt.

«Schwester Fidelma? Geht es Euch gut?»

Fidelma lächelte ihn an. «Ja, Licinius, sehr gut sogar.»

«Ihr habt mich offenbar nicht kommen hören. Erst dachte ich, Ihr würdet schlafen, aber Ihr hattet die Augen auf.»

«Ich habe meditiert, Licinius.» Fidelma stand auf und streckte sich. Sie hatte keine große Lust, es ihm näher zu erklären. «Was bringt Ihr für Neuigkeiten?»

Furius Licinius machte ein betretenes Gesicht. «Wir haben Bruder Ronan Ragallachs Leiche aus den Katakomben geborgen und in Cornelius' *mortuarium* gebracht. Sonst haben wir allerdings nicht viel gefunden, schon gar kein Stück Papyrus und auch keinen Silberkelch.»

Fidelma seufzte. «Genau, wie ich es mir gedacht hatte. Wer auch immer hinter der ganzen Sache steckt, ist äußerst gerissen.»

«Wir haben die Katakomben noch weiter durchsucht und sind auf einen zweiten Ausgang bei der aurelianischen Mauer gestoßen. Wahrscheinlich sind die Täter dort hinein- und auch wieder herausgekommen. Sie haben Euch nicht auf den Friedhof folgen müssen.»

Fidelma nickte bedächtig. «Und Ihr habt keine Hinweise auf den Täter entdeckt?»

«Nur daß Bruder Ronan Ragallach, wie Ihr selbst schon sagtet, mit einer Gebetsschnur erdrosselt wurde, und zwar auf genau die gleiche Weise wie Wighard von Canterbury.»

«Nun», Fidelma lächelte matt, «eine Kleinigkeit, die ich bei Ronan gefunden habe, wurde mir nicht gestohlen ...»

Aus ihrem *marsupium* zog sie das Stück Sackleinen hervor, das der tote Ronan Ragallach noch im Tod umklammert hatte.

Furius Licinius betrachtete er erstaunt. «Was soll das beweisen? Soweit ich sehen kann, ist das ein ganz gewöhnliches Stück Sackleinen.»

«In der Tat», stimmte Fidelma zu. «Genau wie dieses hier.»

Sie legte das andere Stück, das sie am Eingang zu Bruder Eanreds Kammer sichergestellt hatte, auf den Tisch.

«Glaubt Ihr, es stammt von dem gleichen Sack?»

«Die Wahrscheinlichkeit ist ziemlich groß.»

«Aber das ist eine bloße Annahme und kein Beweis.»

«Ihr seid auf dem besten Wege zum Rechtsgelehrten, Furius Licinius», lachte Fidelma. «Ihr habt recht, es ist kein Beweis. Aber es reicht aus, um Eanred noch einmal ins Verhör zu nehmen.»

«Bruder Eanred? Diesen Einfaltspinsel?»

In dem Moment kam Bruder Eadulf zurück. Sein enttäuschtes Gesicht ließ auf den ersten Blick erkennen, daß seine Suche erfolglos geblieben war. «Es war tatsächlich niemand aufzutreiben, der die Sprache der Araber beherrscht.»

Furius Licinius merkte auf. «Was ist mit Bruder Osimo Lando?»

Fidelma erklärte ihm, daß Osimo Lando nirgends aufzufinden war.

«Aber Marcus Narses hat heute an den Portalen der großen Halle Dienst. Er kann Euch bestimmt weiterhelfen. Er ist vor drei Jahren in Alexandria im Kampf gegen die Mohammedaner in deren Gefangenschaft geraten und mußte ein Jahr lang bei ihnen ausharren, bis seine Familie ihn gegen ein Lösegeld freikaufen konnte. Jedenfalls hat er damals ihre Sprache erlernt.»

«Dann schickt ihn zu uns, Licinius», sagte Eadulf und ließ sich auf einen Stuhl fallen. «Ich bin zu erschöpft, um ihn zu suchen.»

Es dauerte nicht lange, bis Furius Licinius seinen Kameraden aufgespürt und ins *officium* gebracht hatte.

Fidelma kam ohne Umschweife zur Sache. «Ich habe mir einige Worte eingeprägt, von denen ich glaube, daß sie der Sprache der Araber entstammen. Furius Licinius meinte, daß Ihr diese Sprache versteht. Könnt Ihr versuchen, sie für uns zu übersetzen?»

Der *decurion* neigte den Kopf. «Selbstverständlich, Schwester.»

«Das erste Wort ist *kafir.*»

Der Soldat grinste. «Das ist einfach. Es heißt 'Ungläubiger'. Damit ist ein Mensch gemeint, der nicht an den Propheten glaubt. So wie wir einen Menschen, der die Botschaft Christi nicht anerkennt, als 'infidelis' bezeichnen würden.»

«An den Propheten?»

«Ja, Mohammed von Mekka, der vor dreißig Jahren gestorben ist. Seine Lehren haben sich unter den Völkern des Morgenlandes wie ein Lauffeuer ausgebreitet. Sie nennen die neue Religion 'Islam', was soviel bedeutet wie Hingabe an Gott oder Allah.»

Fidelma merkte auf. «Allah ist also ihr Wort für Gott? Was könnte dann 'bismillah' bedeuten?»

«Auch das ist einfach», erwiderte Marcus Narses. «Es heißt 'im Namen Allahs' – bei den Arabern nichts weiter als ein Ausruf des Erstaunens.»

Fidelma sah ihn nachdenklich an. «Meine Vermutung hat sich also bestätigt. Die beiden waren Araber. Und es sieht ganz so aus, als hätte Bruder Ronan mit ihnen in Verbindung gestanden. Aber zu welchem Zweck? Und welche Bedeutung hatte dies alles im Zusammenhang mit Wighards und Ronans Tod?»

Eadulf wandte sich an Marcus Narses. «Danke, *decurion*. Ihr könnt gehen», sagte er.

Der junge *decurion* schien zu zögern, aber nach einem kurzen Seitenblick auf Furius kehrte er wieder auf seinen Posten im *atrium* zurück.

«Wir müssen Bruder Osimo ausfindig machen», schlug Furius Licinius vor. «Ganz sicher weiß er mehr über diese Sache. Als Ronans Vorgesetzter kann er uns bestimmt sagen, ob dieser mit arabischen Angelegenheiten befaßt war.»

«Ich habe bereits jemanden in seine Unterkunft geschickt», erklärte Fidelma. «Mit Bruder Eanred würde ich allerdings auch gern noch einmal sprechen.»

«Bisher müssen wir uns auf Sebbis Wort verlassen, daß Eanred bereits einen Menschen erwürgt hat», wandte Eadulf ein, der ihre Gedanken erraten hatte.

«Wir müssen in dieser Sache sehr genau sein, Eadulf. Sebbi sagte nur, daß Eanred als Sklave seinen Herrn erdrosselte und daß dieses Verbrechen nach Eurem sächsischen Gesetz durch die Zahlung des *wergild* gesühnt ist.»

«Dennoch ...», wollte Eadulf widersprechen.

Fidelma ließ sich nicht beirren. «Laßt uns gehen und nach Eanred suchen. In diesem Zimmer ist es furchtbar stickig. Mein Kopf könnte ein wenig frische Luft gebrauchen.»

Eadulf und Licinius folgten ihr durch den langen Korridor in die große Halle des Palasts, wo wie immer zahllose Menschen in Gruppen zusammenstanden und darauf warteten, ins Innere des Palasts vorgelassen zu werden. Über den prächtigen Mosaikfußboden gingen sie zügig weiter in Richtung *domus hospitale*. Sie hatten die entsprechende Tür fast erreicht, als ihnen Bruder Sebbi mit großen Schritten und grimmiger Miene entgegenkam.

Bei Eadulfs Anblick blieb er stehen. «Seid Ihr noch immer Berater und Sekretär der sächsischen Gesandtschaft?» zischte er ohne jede Einleitung.

«Wighard von Canterbury hat mich dazu berufen, doch seit seinem Tod ...», antwortete Eadulf, erstaunt über Sebbis schroffen Ton. Er zuckte die Achseln. «Ist etwas vorgefallen?»

«Vorgefallen? Vorgefallen? Habt Ihr Abt Puttoc gesehen?»

«Nein. Warum?»

Sebbi sah Furius Licinius an. Der des Sächsischen nicht mächtige Römer konnte dem Gespräch offenbar nicht folgen. Dann warf er Schwester Fidelma einen Blick zu, doch diese senkte scheinbar unbeteiligt die Augen. Schließlich wandte sich Sebbi von Stanggrund wieder an Eadulf. «Wie ich höre, versuchen die Römer wieder einmal, Canterbury einen fremden Bischof aufzuzwingen.»

Eadulf lächelte verkniffen. «Das habe ich auch gehört. Aber ehe Deusdedit vor zehn Jahren als erster Sachse den Thron des Erzbischofs von Canterbury bestieg, waren alle, die in dieses Amt berufen wurden, Römer oder Griechen. Der Herkunft unseres Erzbischofs sollten wir nicht allzu große Bedeutung beimessen. Sind wir vor Gott nicht alle gleich?»

Sebbi schnaubte empört. «Die sächsischen Völker wollen ihre eigenen Bischöfe, keine Fremden. Haben sie das nicht allein schon dadurch bewiesen, daß sie die Iren aus Northumbrien vertrieben haben? Und haben wir Sachsen uns nicht auf Wighard von Kent als unseren nächsten Erzbischof geeinigt?»

«Aber Wighard ist tot», erwiderte Eadulf trocken.

«Allerdings. Und der Heilige Vater sollte unsere Wünsche ernst nehmen, indem er Puttoc an Wighards Stelle zum Erzbischof beruft, nicht irgendeinen Afrikaner.»

«Einen Afrikaner?» Eadulf war verblüfft.

«Ja. Ich habe gerade gehört, Vitalian soll das Amt in Canterbury Abt Hadrian von Hiridanum angeboten haben – einem Afrikaner!»

Eadulf riß erstaunt die Augen auf. «Hadrian gilt als äußerst frommer und gelehrter Mann.»

«Wir müssen etwas tun! Wir Sachsen müssen zusammenhalten, unseren Widerstand anmelden und den Heiligen Vater auffordern, Puttoc seinen Segen zu geben.»

Eadulf verzog keine Miene. «Habt Ihr nicht erst vor kurzem zugegeben, daß Ihr Puttoc weder besonders achtet noch mögt? Anscheinend befürchtet Ihr, nicht zum Abt von Stanggrund ernannt zu werden, wenn Puttoc den Posten nicht bekommt. Wie auch immer, wir Sachsen können erst zusammenkommen, wenn der Mord an Wighard aufgeklärt ist.»

Sebbi wollte schon antworten, besann sich aber eines

Besseren, drehte sich ohne ein weiteres Wort um und verschwand in der Menge.

Eadulf wandte sich an Fidelma. «Habt Ihr alles verstanden?» Fidelma nickte nachdenklich. «Sieht ganz so aus, als wären Puttocs und Sebbis ehrgeizige Pläne durchkreuzt worden.»

«Bruder Sebbi traue ich durchaus zu, daß er einen Mord begeht, bloß um ...» Eadulf, der erst jetzt bemerkte, was er da sagte, hielt erschrocken inne.

«Im Augenblick dürfen wir keine mögliche Erklärung außer acht lassen», beruhigte ihn Fidelma. «Ich habe ja von Anfang an gesagt: Ehrgeiz kann ein mächtiger Antrieb sein.»

«Das stimmt. Aber ist Ehrgeiz denn etwas so Verwerfliches?»

«Ehrgeiz nährt sich aus Eitelkeit, und Eitelkeit macht viele Menschen blind für Moral. Sagte nicht Publilius Syrus, vor einem Mann, der seinem Ehrgeiz folgte, müsse man am meisten auf der Hut sein?»

«Nicht, wenn er über die Begabung verfügt, um seine Pläne auch in die Tat umzusetzen», erwiderte Eadulf. «Von viel größerem Übel ist ein Mann, der zwar sehr ehrgeizig, aber im Grunde unfähig ist.»

Fidelma kicherte vergnügt. «Eines schönen Tages müssen wir einmal ganz ausführlich über Philosophie debattieren, Eadulf von Seaxmund's Ham.»

«Vielleicht», antwortete Eadulf mit einem verlegenen Grinsen. «Allerding hätte Puttoc im Augenblick eine solche Debatte am meisten nötig. Zum Thema Ehrgeiz könnte er durchaus ein paar Ratschläge gebrauchen.»

Gemeinsam gingen sie weiter zum *domus hospitale.*

Sie trafen Bruder Eanred, tief über einen Zuber gebeugt, im *lavantur* oder Waschhaus an. Als er sie kommen sah, zuckte er erschrocken zusammen, schrubbte aber gleich wieder auf dem dicken Wollgewand herum, das er mit Wasser und Seife bearbeitete.

«Nun, Bruder Eanred», begrüßte ihn Fidelma. «Wie ich sehe, seid Ihr sehr fleißig.»

In einer seltsamen Geste der Mutlosigkeit hob der Mönch beide Schultern. «Ich wasche die Kleider meines Herrn.»

«Die von Abt Puttoc?» warf Eadulf für den Fall ein, daß Eanreds Antwort Fidelma zu einem Vortrag darüber reizen könnte, daß Gläubige nur einen Herrn kennen sollten, nämlich ihren Herrn im Himmel.

Eanred nickte.

«Wie lange seid Ihr schon mit der Wäsche beschäftigt?» fragte Fidelma.

«Seit ...» Eanred kniff die Augen zusammen, «seit dem Mittagsangelus, Schwester.»

«Und was habt Ihr davor getan?»

Eanred sah beunruhigt aus. Fidelma beschloß, ohne Umschweife zur Sache zu kommen. «Wart Ihr auf dem christlichen Friedhof am Metronia-Tor?»

«Ja, Schwester.» Eanreds schlichte Antwort klang aufrichtig.

«Und was habt Ihr dort gemacht?»

«Ich habe Abt Puttoc zum Friedhof begleitet.»

«Und warum seid Ihr beide dort hingegangen?» fragte Fidelma geduldig weiter.

«Um Wighards Grab zu besuchen und Vorkehrungen für die Errichtung eines Grabsteins zu treffen, Schwester.»

Fidelma preßte nachdenklich die Lippen zusammen. Seine Erklärung klang einleuchtend. Zwischen Puttoc, Eanred und den Arabern, die am Friedhof mit Ronan Ragallach verabredet gewesen waren, bestand anscheinend keinerlei Verbindung.

Sie bemerkte, daß Eanred sie mit seinen blaßbraunen

Augen neugierig musterte. In seinem Blick lag eine seltsame Leere, der starre Ausdruck eines Einfaltspinsels, der zu gewitzter Täuschung gar nicht fähig war. Und doch ... Fidelma biß sich auf die Lippe. Es lag noch etwas anderes in diesem Blick. Besorgnis? Oder Beunruhigung?

Nicht ohne Mühe riß Fidelma sich von diesen Gedanken los. «Danke, Eanred. Beantwortet mir doch bitte noch eine andere Frage. Besitzt Ihr eine Tasche aus Sackleinen?»

«Nein, Schwester.» Der Mönch schüttelte den Kopf.

«Und habt Ihr, seitdem Ihr hier seid, eine Tasche aus Sackleinen benutzt?»

Eanred zuckte die Achseln und sah sie verständnislos an. Fidelma wurde klar, daß es sinnlos war, weiter nachzuhaken. Falls Eanred log, war er ein sehr guter Lügner.

Sie dankte ihm und verließ die *lavantur*, gefolgt von Eadulf und Licinius.

«Mit dieser Befragung habt Ihr wenig erreicht, Schwester», bemerkte der sächsische Mönch nicht ohne Mißbilligung. «Warum habt Ihr ihm die Tat nicht auf den Kopf zugesagt?»

Fidelma breitete die Arme aus. «Wenn man ein Bild malen will, Bruder Eadulf, muß man hier und dort ein wenig Farbe auftupfen. Der einzelne Pinselstrich bedeutet wenig. Erst wenn alle Striche getan sind, man einen Schritt zurücktritt und das Ganze betrachtet, zeichnen sich erste Umrisse ab, und man hat das Gefühl, tatsächlich etwas erreicht zu haben.»

Eadulf biß sich auf die Lippe. Er hatte das Gefühl, getadelt worden zu sein, ohne zu wissen, wofür. Fidelma besaß manchmal die ärgerliche Angewohnheit, in Rätseln zu sprechen. Eadulf seufzte. Wie alle ihre Landsleute liebte sie es, zu Symbolen, Anspielungen und Übertreibungen zu greifen.

In dem kleinen Innenhof angekommen, setzte sich Fidelma auf die kleine Steinbrüstung vor dem plätschernden Brunnen und hielt ihre schmale Hand in das kühle Wasser. Furius Licinius und Eadulf standen etwas verlegen daneben und warteten darauf, daß sie ihr Schweigen brach.

«Ah, Bruder Eadulf!»

Es war der herrische Tonfall Äbtissin Wulfruns, der plötzlich im Innenhof widerhallte. Im gleichen Moment erschien die hochgewachsene Äbtissin auch schon in der offenen Tür. Die Augen starr geradeaus gerichtet, rauschte sie auf sie zu wie ein Schiff unter vollen Segeln.

«Mylady», begrüßte sie Eadulf.

Ohne Fidelma und Furius Licinius überhaupt wahrzunehmen, wandte die Äbtissin sich an den sächsischen Mönch. Ihre Hand spielte mit dem Schal um ihren Hals. Fidelma beobachtete die unwillkürliche Geste und versuchte zu ergründen, warum sie das Gefühl hatte, daß mehr als eine bloße Marotte dahintersteckte.

«Ich wollte Euch nur mitteilen, daß ich und Schwester Eafa morgen nach Porto aufbrechen, um von dort aus mit dem Schiff die Rückreise nach Kent anzutreten. Wir haben wenig Grund, noch länger hierzubleiben. Ich habe einen Schiffer angeheuert, der uns den Tiber hinunterfahren wird. Als Sekretär unserer Gesandtschaft solltet Ihr das wissen.»

Sie wollte sich schon umdrehen, als Fidelma leise mahnte: «Das wird wohl kaum möglich sein, Äbtissin Wulfrun.»

Die Frau starrte sie haßerfüllt an. «Was habt Ihr gesagt?» keuchte sie.

Fidelma wiederholte ihre Worte.

«Ein irisches Mädchen will meine Bewegungsfreiheit einschränken? Daß ich nicht lache!»

«Darum geht es leider nicht», antwortete Fidelma

ruhig. «Allerdings nehme ich an, daß Ihr weder Bischof Gelasius noch *superista* Marinus über Eure Absicht aufgeklärt habt?»

«Ich bin gerade auf dem Weg zu ihnen, um sie von meiner Abreise in Kenntnis zu setzen.»

«Dann könnt Ihr Euch die Mühe sparen. Bis unsere Ermittlungen über den Mord an Wighard nicht abgeschlossen sind, darf niemand, der zu Wighards Gefolge gehört, Rom verlassen.»

Mit zornigem Blick starrte Äbtissin Wulfrun auf Fidelma herab, die gelassen dasaß und noch immer eine Hand in das kühlende Wasser des Brunnens hielt. Die Empörung der Äbtissin von Sheppey schien sie nicht im geringsten zu beirren.

Eadulf nahm seinen Mut zusammen und schüttelte den Kopf. «Äbtissin Wulfrun, Fidelma von Kildare hat vollkommen recht. So ist es nun einmal geregelt.»

Die streitlustige Äbtissin bedachte ihn mit einem angewiderten Blick, als hätte sie ein ekelhaftes Getier vor sich. «Ich werde mit Bischof Gelasius darüber sprechen», fauchte sie ihn an.

«Das ist Euer gutes Recht», meinte Eadulf mit einem Nicken. «Aber ... aus reiner Neugier ... Hattet Ihr tatsächlich vor, die Rückreise nach Kent ganz allein anzutreten?»

«Warum sollten Schwester Eafa und ich nicht alleine reisen?»

«Aber Ihr müßt doch von den Gefahren gehört haben, die mit einer solchen Reise verbunden sind? In Massilia gibt es Banden, die alleinreisende Pilger, vor allem Frauen, überfallen und sie in die Sklaverei verschleppen. Viele von ihnen werden an die Bordelle der Germanen verkauft.»

Äbtissin Wulfrun sah ihn hochmütig an. «Sie würden es nicht wagen. Ich bin von königlichem Blut und ...»

«Danach wird Euch niemand fragen», sagte Fidelma und erhob sich von der Brüstung. «Aber Ihr und Schwester Eafa werdet ohnehin so lange hierbleiben müssen, bis die Ermittlungen abgeschlossen sind. Danach könnt Ihr reisen, wann und wohin Ihr wollt. In jedem Fall tätet Ihr aber gut daran, Bruder Eadulfs Ratschlag zu befolgen.»

Wenn Blicke töten könnten, hätten Wulfruns vernichtende Blicke Fidelma auf der Stelle niedergestreckt.

«Ihr solltet unsere Besorgnis nicht auf die leichte Schulter nehmen, Mylady», sagte Eadulf in dem Versuch, sie zu besänftigen. «Es ist besser zu warten, bis eine ganze Gruppe von Pilgern nach Kent oder in die anderen sächsischen Königreiche aufbricht, und sich ihnen anzuschließen.»

Äbtissin Wulfrun schnaubte verächtlich, wandte sich ohne ein weiteres Wort wütend um und schritt erhobenen Hauptes davon.

Fidelma kratzte sich am Kinn. «Schwester Eafa tut mir aufrichtig leid, weil sie einer so hochfahrenden Herrin dienen muß», sagte sie nicht zum ersten Mal. «Aber es ist verwunderlich, daß Äbtissin Wulfrun so darauf brennt, Rom zu verlassen, obwohl sie doch erst vor einer Woche angekommen ist.»

«Vielleicht aus dem gleichen Grund wie Ihr. Sagtet Ihr mir nicht neulich, Ihr wolltet so schnell wie möglich in Eure Heimat zurück?»

Ein ungeduldiger Seufzer ließ sie erschrocken herumfahren. Sie hatten Furius Licinius fast vergessen. Der junge *tesserarius* der *custodes* schien sich zu langweilen. «Wollten wir nicht versuchen, die beiden Araber zu finden?» erinnerte er sie an ihr eigentliches Vorhaben.

«Schon. Aber wo sollten wir mit unserer Suche beginnen?»

Fidelma sah ihn ratlos an.

«In unseren Häfen liegen zahlreiche Handelsschiffe. Viele arabische Kaufleute leben in Rom. Ja, sie bevölkern ein ganzes Viertel bei den *emporia*, den Lagerhäusern und Märkten, am Ufer des Tiber. Es handelt sich um einen sehr ärmlichen Teil der Stadt, den wir Marmorata nennen.»

«Ort aus Marmor?» fragte Fidelma.

Furius Licinius nickte. «In früheren Zeiten hatten die Steinmetze dort ihre Werkstätten und bearbeiteten den Marmor für die großen Häuser der Stadt.»

«Das habe ich nicht gewußt», brummte Eadulf, der sich seit seinen Studienjahren in Rom einer genauen Kenntnis der Stadt am Tiber rühmte.

«An Eurer Stelle würde ich mich auch nicht ohne Eskorte dort hinbegeben», erklärte Licinius. «Die Gegend ist voll von Seeleuten aus aller Herren Ländern, vor allem aber aus Spanien, Nordafrika und Judäa. Ein Teil des Gebiets wird von einer großen Müllhalde eingenommen, auf der sich zerbrochene *amphora* und *testae* stapeln. Wenn die Schiffe ihre Waren abladen, werfen viele Kaufleute die Behälter einfach weg. Sie haben nur ihre Gewinne im Kopf und kümmern sich nicht um die Verschmutzung, die sie damit anrichten.»

«Wäre dieser Stadtteil nicht einen Besuch wert, Fidelma?» fragte Eadulf eifrig. «Vielleicht könntet Ihr dort Eure Araber finden?»

Fidelma schüttelte den Kopf. «Es ist nützlich zu wissen, daß es diesen Stadtteil gibt und daß die Araber von dort gekommen sein können. Aber ohne weitere Anhaltspunkte kann uns dieses Wissen nicht viel nützen. Ich würde die beiden Männer mit Sicherheit nicht wiedererkennen. Ja, ich weiß nicht einmal, warum ich eigentlich nach ihnen suche. Ich glaube, der Schlüssel liegt bei Bruder Osimo Lando. Er müßte uns sagen können, warum Ronan Ragallach mit den Arabern in Verbindung stand. Dabei fällt mir ein ... Der junge *custos*, den ich zu seiner Unterkunft geschickt habe, müßte längst zurückgekehrt sein.»

Auf dem Rückweg zu ihrem *officium* kamen sie wieder durch die große Halle. Wie immer war sie von zahllosen Würdenträgern sowie Nonnen und Mönchen aller Nationen und Altersstufen bevölkert. Furius Licinius zog los, um sich bei seinen Kameraden zu erkundigen, ob es Neuigkeiten über Bruder Osimo Lando gab.

Als Fidelma und Eadulf gemeinsam die Halle durchquerten, kam ihnen ein traurig dreinblickender Bruder Ine entgegen. Mit einem strahlenden Lächeln ging Fidelma auf ihn zu und streckte ihm eine Hand entgegen. «Ihr seid genau der Mann, den ich suche», rief sie überschwenglich.

Ine sah sie forschend an. «Was wollt Ihr von mir?» fragte er argwöhnisch.

«Lebt Ihr nicht schon seit vielen Jahren unter den Geistlichen Kents?»

Ine nickte zur Bestätigung und blickte erstaunt zwischen Fidelma und Eadulf hin und her. «Ich habe Euch doch erzählt, daß mein Vater mich ins Kloster brachte, als ich zehn Jahre alt war.»

«Ja, genau das sagtet Ihr. Deshalb habe ich ja auch an Euch gedacht. Ihr müßt Euch in der dortigen Kirche sehr gut auskennen.»

Ine warf sich in die Brust. «Es gibt wenig, was ich nicht weiß, Schwester.»

Fidelma lächelte ihn noch freundlicher an.

«Es heißt, Königin Seaxburgh habe das Kloster in Sheppey gegründet. Ist das richtig?»

«Ja, das stimmt. Sie hat das Haus erbauen lassen, als sie vor fast zwanzig Jahren aus Ostanglien kam, um Eorcenbreht, unseren König, zu ehelichen.»

«Außerdem heißt es, daß sie die Tochter Annas ist.»

Ine nickte wieder. «Anna hat mehrere Töchter. Seaxburgh setzt sich sehr für den Glauben ein. Sie ist eine gottesfürchtige Frau und beim kentischen Volk sehr beliebt.»

Fidelma beugte sich vertraulich vor. «Und ist Äbtissin Wulfrun ebenso beliebt wie ihre Schwester?»

«*Schwester*!» Aus Ines Mund klang das Wort eher wie ein Fluch. Er lächelte wissend. «Als Seaxburgh Wulfrun nach Kent holte, war ihre Beziehung nicht so eng, wie Ihr denkt. Viele meinen, Seaxburgh habe einen großen Fehler begangen, als sie Wulfrun zur Äbtissin von Seaxburgh berief.»

«Was meint Ihr damit, wenn Ihr sagt, ihre Beziehung sei nicht so eng gewesen?» fragte Fidelma.

Ine lächelte hintergründig. «Habt Ihr schon einmal von dem heidnischen Fest der Römer gehört, das sich Saturnalia nennt? Erkundigt Euch danach, was bei diesem Fest Sitte ist, und beantwortet Eure Frage selbst.»

Ines Gesicht verzog sich wieder zu der üblichen Trauermiene. Ohne ein weiteres Wort wandte er sich um und ließ Fidelma verwirrt zurück.

«Und?» wandte sie sich an Eadulf. «Wie wird dieses Fest gefeiert?»

Eadulf wies die Unterstellung, er würde sich mit alten heidnischen Festen in Rom auskennen, entrüstet zurück.

«Soweit ich es beurteilen kann», sagte er, als sie schließlich weitergingen, «liegt unsere einzige Hoffnung darin, diese Araber zu finden. Nur durch sie können wir der Sache auf den Grund kommen. Ganz bestimmt war es einer von ihnen oder aber ihr Komplize, der Euch niedergeschlagen und den Papyrus und den Kelch gestohlen hat.»

«Was bringt Euch darauf?» fragte Fidelma, als sie ihr *officium* betraten.

«Immerhin war der Papyrus in ihrer Sprache beschrieben.»

«Und warum den Kelch?»

«Vielleicht wollte Ronan Ragallach ihnen Wighards Schatz verkaufen.»

Fidelma blieb stehen und sah ihn mit großen Augen an.

«Manchmal, Eadulf», flüsterte sie feierlich, «manchmal neigt Ihr zu Gedankensprüngen, wo andere nur mühsame Trippelschritte machen.»

Eadulf war sich nicht sicher, ob dies ein Lob oder ein Tadel war. Er wollte gerade eine genauere Erklärung verlangen, als die Tür aufging und Furius Licinius hereingestürmt kam.

Ehe sie ihn noch nach dem Grund für seine Aufregung fragen konnten, platzte Licinius heraus: «Ich war gerade am Haupttor, als Abt Puttoc eilig herausgelaufen kam. Er hat mich nicht erkannt.» Licinius verzog das Gesicht. «Für einen Fremden sieht ein *custos* wahrscheinlich aus wie der andere.»

«Und was hat er dann getan?» drängte Fidelma ungeduldig.

Der junge Mann schluckte hastig. «Er hat sich eine *lecticula* gemietet. Ich dachte, Ihr würdet vielleicht gern erfahren, welches Ziel er den Trägern nannte.»

«Es ist jetzt nicht die Zeit für Ratespiele, Licinius», schimpfte Fidelma. «So redet doch endlich.»

«Abt Puttoc wollte in den Stadtteil gebracht werden, von dem ich Euch berichtet habe. Nach Marmorata. Dorthin, wo die arabischen Kaufleute sind.»

XIII

SCHWESTER FIDELMA KLAMMERTE SICH AN der Seite des kleinen Einspänners fest, den Furius Licinius mit atemberaubender Geschwindigkeit durch die schmalen Straßen lenkte. Dabei scherte er sich nicht groß um die Fußgänger, die im letzten Augenblick aus dem Weg sprangen, mit geballten Fäusten hinter ihm herschimpften und einen Schwall von – für Fidelma glücklicherweise unverständlichen – Flüchen ausstießen. Auf der anderen Seite des Wagens hielt sich ein blasser und sehr unglücklicher Bruder Eadulf am Korbgeflecht fest. Seine Knöchel traten weiß hervor, während der Wagen über das Kopfsteinpflaster sprang.

Es war Fidelmas Einfall gewesen, Puttoc so rasch wie möglich zu folgen. Als sie von Furius Licinius erfahren hatte, daß der Abt sich ausgerechnet nach Marmorata bringen ließ, hatte sie unbedingt herausfinden wollen, was er im Schilde führte. Daß es die Gegend war, wo die arabischen Kaufleute ihre Unterkünfte hatten, ließ das Ganze höchst verdächtig erscheinen.

Weder Licinius noch Eadulf erhielten die Gelegenheit, irgendwelche Einwände vorzubringen, als sie im Laufschritt durch den Palast zum Haupttor rannte. Da sie aus Erfahrung wußte, wie flink die *lecticula*-Träger in den engen Straßen vorankamen, würde es sehr schwierig werden, Puttocs *lecticula* zu Fuß einzuholen. Daher wies sie den zunächst noch etwas widerstrebenden Licinius an, von einem seiner Kameraden einen Einspänner auszuleihen und mit ihr und Bruder Eadulf die Verfolgung aufzunehmen.

Es war eine atemberaubende Fahrt. Immer wieder fürchtete Fidelma, das holpernde Gefährt könnte sich überschlagen, aber Licinius hielt geschickt das Gleichgewicht und hatte beide Zügel fest in der Hand.

Sie fuhren am Fuß des Celius-Hügels entlang, überquerten die Valle Nurcia mit ihrem großartigen Circus in Richtung Südwesten und fuhren dann den Aventinus, den südlichsten der sieben Hügel Roms, hinauf. Herrliche Häuser, die prunkvollen Villen römischer Adliger, säumten die Straßen.

Erstaunt betrachtete Fidelma die prächtigen Gebäude mit ihren üppigen Gärten.

«Ist das der richtige Weg?» rief sie Licinius zu. Sie konnte sich nicht vorstellen, daß es unweit dieser gepflegten Gegend ein Elendsviertel gab.

Der *tesserarius* nickte und schnalzte mit den Zügeln, um das Pferd zu noch größeren Anstrengungen anzuspornen.

«Vermutlich werden Puttocs Träger den Weg über die Valle Murcia, vorbei am Circus Maximus nehmen», rief er über die Schulter zurück und deutete auf den nördlichen Abhang des Aventinus. «Wahrscheinlich umrunden sie den Hügel und halten sich am südlichen Tiberufer, weil das weniger beschwerlich ist. Von dort aus geht es direkt nach Marmorata. Ihr könnt es am Ufer liegen sehen, dort, wo die Schiffe ankern.»

Über die Kuppe des Aventinus fuhren sie direkt auf eine kleine, hübsche Basilika zu, wo Licinius die Pferde zügelte. Von der Basilika aus bot sich ihnen ein hervorragender Blick auf den Tiber, der sich gemächlich durch den Norden der Stadt, an deren westlicher Grenze entlang und schließlich in Richtung Süden schlängelte, um sich dann zwischen den beiden Hafenstädten Ostia und Porto ins Mittelmeer zu ergießen.

Licinius sprang vom Wagen und ging zu einer kleinen Mauer, hinter der das Gelände rasch zum Fluß hin abfiel.

«Irgendein Zeichen von Puttoc?» rief Eadulf, der sich vorsichtig aus seiner verkrampften Haltung löste und seine Glieder reckte.

Furius Licinius schüttelte den Kopf.

«Wir haben ihn doch hoffentlich nicht verpaßt?» fragte Fidelma besorgt und nutzte ebenfalls die Gelegenheit, Arme und Beine zu lockern.

«Nein. Es sei denn, Puttoc hat unterwegs sein Ziel geändert», antwortete Licinius. Fidelma sah sich um und betrachtete die kleine Basilika. Sie mußte zugeben, daß es in Rom viele hübsche kleine Kirchen gab. Und auch die herrliche Flora rings um die römischen Häuser, die knospenden Sträucher, duftenden Blumen und Büsche, die immergrünen Stechpalmenhaine und Lorbeerbäume und die hoch aufragenden Zypressen und die Trauerweiden rangen ihr immer wieder Bewunderung ab. Von allen Hügeln Roms schien der von der Sonne verwöhnte Aventinus jedoch der schönste zu sein. Über den großzügig angelegten Häusern und den prächtigen Denkmälern spannte sich ein wolkenloser, strahlend blauer Himmel. In Fidelmas Augen verkörperte dieser Ort vollkommene Harmonie mit der Natur.

Furius Licinius stieß einen plötzlichen Schrei aus. «Da ist Puttocs *lecticula*! Kommt, wir schneiden ihnen den Weg ab, ehe sie Marmorata erreichen.»

«Nein!» Fidelma hielt ihn zurück. «Puttoc soll nicht merken, daß wir ihm folgen.»

Licinius sah sie erstaunt an. «Warum nicht, Schwester?»

«Wir wollen ihn lieber unauffällig im Auge behalten und sehen, wohin er geht», antwortete Fidelma. «Wenn er sich mit den Arabern trifft, können wir die Falle immer noch zuschnappen lassen.»

Die Augen des jungen *tesserarius* leuchteten auf, als er Fidelmas Plan begriff, und er grinste zufrieden.

«Dann steigt ein. Wir werden ihm über den Hügel folgen und uns vorsichtig von hinten nähern, sobald sie die *emporia* erreichen.»

«*Emporia*?» fragte Eadulf, während er mit sichtlichem Unbehagen in den Wagen kletterte.

«Ja. Das ist der große Marktplatz, um den herum sich Marmorata ausgebreitet hat. Allerdings werden die Geschäfte dort nur von Sklaven abgewickelt, denn anständige Leute lassen sich in dieser Gegend nicht gerne blicken», erklärte Licinius.

In einem gemächlichen Trab trottete das Pferd den südlichen Abhang des Aventinus hinab. Weiter unten konnten sie die stämmigen Träger mit der unverwechselbaren Gestalt Puttocs in Richtung Marmorata laufen sehen. Der lange Weg durch die Stadt hatte die beiden Männer offenbar nicht ermüdet.

Allmählich veränderte sich die Gegend, und anstelle von stuckverzierten Steinhäusern waren mehr und mehr baufällige Holzhütten zu sehen. Die Umgebung wurde immer ärmlicher und trister, und Fidelma konnte kaum fassen, daß das dieselbe Stadt sein sollte, die sie noch vor wenigen Minuten bewundert hatte. Sie spürte, wie sich eine düstere, bedrohliche Stimmung über alles legte.

An einer Kreuzung hielt Licinius den Wagen an. Fidelma wollte ihn schon nach dem Grund fragen, als von rechts Puttocs *lecticula* in Sicht kam und die Träger an ihnen vorbeitrotteten.

Licinius wartete eine Weile, dann knallte er mit der Peitsche und folgte der *lecticula* in einigem Abstand.

Der unverwechselbare Geruch sagte Fidelma, daß sie sich dem Fluß näherten. Bald vermischte er sich mit anderen fauligen Gerüchen, so daß Fidelma angewidert die Nase rümpfte.

«Das ist Marmorata», erklärte Furius Licinius grinsend.

Die Straßen hier waren dunkel und eng, und die ungewöhnliche Kleidung vieler Menschen in der dichtgedrängten Menge ließ auf deren fremdländische Herkunft schließen. Laute Rufe erschollen in den unterschiedlichsten Sprachen.

Eadulf grinste. «‹Wohlauf, laßt uns herniederfahren und ihre Sprache verwirren, daß keiner den anderen mehr verstehe›», zitierte er salbungsvoll aus der Bibel.

«Ja», nickte Fidelma ernst. «Die heilige Schrift lehrt uns, daß Gott die Sprachen der Welt schuf, indem er die Menschen von Babel aus in alle Länder verstreute und damit die unterschiedlichen Völker entstehen ließ.»

Der Gestank wurde immer durchdringender, während sie der schmaler werdenden, schmutzigen Gasse zu einem großen, überdachten Marktplatz folgten. Es herrschte eine drückende Hitze. Zwischen den schmuddeligen Ständen und Buden wimmelte es von streitenden Erwachsenen und schreienden Kindern. Der Anblick von Männern und Frauen, die in anzüglicher Umarmung aus den Tavernen taumelten, trieb Fidelma die Schamesröte ins Gesicht. In den Gossen sonderte ein trüber Strom aus tierischen und pflanzlichen Abfällen in allen Stadien der Verwesung ekelerregende Dünste ab.

Furius Licinius brachte sein Pferd zum Stehen. Durch eine Lücke zwischen zwei Marktbuden konnten sie erkennen, daß Puttocs *lecticula* angehalten hatte. Der Abt war abgestiegen, warf den Trägern eine Münze zu und sagte etwas zu ihnen. Dann drehte er sich um und verschwand in einem Haus.

Fidelma sah, wie die Träger einander zugrinsten, ihre *lecticula* absetzten, die nächstbeste *caupona*, eine billige Taverne, ansteuerten, sich auf zwei der im Freien aufgestellten Stühle niederließen und etwas zu trinken bestellten.

«Schaut nur!» flüsterte Eadulf.

Ein kleiner Mann in fließenden Gewändern, einem Tuch als Kopfbedeckung und einem buschigen schwarzen Bart eilte durch die Menge auf das Gebäude zu, das Puttoc soeben betreten hatte. Vor der Tür blieb er stehen und blickte sich noch einmal argwöhnisch um, ehe er ebenfalls hineinging.

«War das ein Araber?» wandte Fidelma sich an Furius Licinius.

Der *tesserarius* nickte mit finsterer Miene.

«Wenn zwischen Euren Völkern Krieg herrscht, warum erlaubt Ihr ihnen dann, sich in Rom niederzulassen?» fragte Eadulf.

«Im Krieg befindet sich Rom nur mit den Arabern, die dem neuen Propheten folgen», erklärte Licinius. «Es gibt viele Araber, die noch nicht zum neuen Glauben übergetreten sind. Mit diesen Kaufleuten aus dem Osten treiben wir seit vielen Jahren einen regen Handel, den im Grunde niemand missen will.»

Fidelma musterte das große Gebäude, in dem sich Puttoc und jetzt auch der Araber befanden. Es war eines der wenigen Steinhäuser in dieser Gegend und hatte zwei Stockwerke und Fenster mit dicken Holzläden, die alle geschlossen waren. Ehe sich das Elendsviertel rundherum ausgebreitet hatte, war es wahrscheinlich einmal die Villa eines wohlhabenden Römers gewesen.

«Kennt Ihr dieses Gebäude, Licinius?»

Der junge *custos* schüttelte den Kopf.

«Ich verkehre nicht in diesem Teil der Stadt, Schwester», sagte er, ein wenig gereizt wegen der Unterstellung, die er aus ihrer Frage herauszuhören glaubte.

«Darum geht es mir nicht», erwiderte Fidelma. «Mich interessiert, ob Ihr eine Vermutung habt, wofür das Gebäude genutzt wird – ob es den Kaufleuten gehört?»

Auch diese Frage konnte Furius Licinius nicht beantworten.

«Seht nur!» flüsterte Eadulf plötzlich.

Er deutete auf das ganz rechts gelegene Fenster im oberen Stockwerk des Gebäudes.

Es war eindeutig Abt Puttoc, der sich dort herauslehnte, um den Fensterladen aufzuschieben und Licht hereinzulassen. Gleich darauf verschwand er wieder in dem dahinterliegenden Zimmer.

«Zumindest wissen wir, in welchem Zimmer sich Abt Puttoc befindet», murmelte Fidelma.

«Und was machen wir jetzt?» fragte Licinius.

«Da Puttoc und der Araber im Haus sind, schlage ich vor, daß wir hineingehen und unseren Freund, den Abt von Stanggrund, zur Rede stellen.»

Furius Licinius grinste und klopfte zufrieden mit einer Hand auf sein *gladius.* Das war endlich ein Plan, der ihm gefiel und den er verstand – im Gegensatz zu dem ständigen Fragen und Grübeln.

Sie stiegen aus dem Wagen.

Licinius sah sich um und wandte sich an einen gefährlich wirkenden, pockennarbigen Mann, der gerade über die Straße kam. Er war stämmig – kein Mensch, mit dem man gerne Streit bekam.

«He, du da! Wie heißt du?»

Der Mann blieb erstaunt stehen. Es geschah nicht alle Tage, daß er von einem jungen Offizier der *custodes* angesprochen wurde.

«Ich heiße Nabor», knurrte er mit tiefer Stimme.

«Nun, Nabor», sagte Licinius, den das bedrohliche Äußere des Mannes offenbar nicht einschüchtern konnte. «Ich möchte, daß du das Pferd und den Wagen bewachst. Wenn ich zurückkomme und beides noch da ist, gebe ich dir einen *sestertius.* Wenn nicht, werde ich es dir mit meinem *gladius* heimzahlen.»

Die groben Züge des Mannes verzogen sich zu einem Grinsen. «Ein *sestertius* ist mir lieber als Euer *gladius.* Ich werde gut aufpassen.»

Die Aussicht auf einen so leicht verdienten Lohn ließ ihn zufrieden vor sich hinkichern. Beruhigt ließen Licinius, Fidelma und Eadulf ihn bei dem Wagen zurück.

Fidelma schenkte Licinius einen anerkennenden Blick. Der junge Soldat war manchmal äußerst geistesgegenwärtig. Daran, daß ein Wagen, den man in dieser Gegend unbewacht zurückließ, sofort verschwinden würde, hatte sie nicht gedacht.

Sie bahnten sich einen Weg durch die dichte Menschenmenge auf dem Marktplatz. Auf den Stufen des Steinhauses hielten sie noch einmal inne, um sich zu beraten.

«Wir gehen sofort zu dem Zimmer, in dem wir den Abt gesehen haben», sagte Fidelma. «Mit etwas Glück haben wir das Rätsel bald gelöst.»

Sie wandte sich um und schritt als erste durch die große Tür. Muffige, unheimliche Düsternis empfing sie, und sie mußte husten. Wegen der geschlossenen Fensterläden war es stockfinster, nur eine einzige Kerze flackerte auf einem kleinen Tisch. Mehrere Räucherlampen verbreiteten einen aufdringlichen Duft, der ihr fast den Atem nahm.

Als eine Holzdiele knarrte, wandte sich Fidelma rasch um. In einem offenen Torbogen erschien eine große, rundgesichtige Frau und wischte sich die Hände an ihrer kurzen Schürze ab. Sie trug ein Kleid aus grobem Leinen. Ihr Haar war wirr und ungekämmt. Überrascht musterte sie die geistliche Tracht der Eindringlinge.

«Was zum Teufel wollt Ihr hier?» keifte sie streitlustig. «Leute Eures Standes sind hier nicht willkommen.»

«Wir wollen ins obere Stockwerk», entgegnete Fidelma und trat auf sie zu.

Zu ihrem Erstaunen stieß die Frau ein heiseres Kreischen aus und stürzte sich mit wild fuchtelnden Händen auf die irische Nonne. Doch Fidelma brauchte nur wenige Augenblicke, um sich von dem ersten Schock zu erholen. Ohne auf Licinius' Warnschrei zu achten, streckte sie die Arme aus, um den zweiten Angriff der Frau abzuwehren. Licinius und Eadulf sahen entgeistert zu, wie Fidelma die Frau geschickt an den Schultern packte. Da die Angreiferin nicht mehr innehalten konnte, wurde sie zurückgestoßen und prallte mit einem dumpfen Geräusch gegen die Wand.

Dennoch behielt die kräftige Frau ihr Gleichgewicht, wandte sich verblüfft zu Fidelma um, schüttelte den Kopf und knurrte:

«Verdammtes Miststück!»

Mit gezücktem *gladius* trat Licinius vor, aber Fidelma hielt ihn zurück und stellte sich der Tobenden entgegen. Wieder schien es, als streckte sie nur die Hände aus, als sie ihre Gegnerin an den wild fuchtelnden Armen packte, hochhob und über die Hüfte warf. Die Frau wurde quer durch den Raum geschleudert, wo sie sich den Kopf an einem Holzpfosten stieß und besinnungslos zu Boden sank.

Rasch beugte sich Fidelma über die Frau, fühlte ihr den Puls und untersuchte die Kopfwunde.

«Sie wird es überstehen», verkündete sie und richtete sich erleichtert wieder auf.

Furius Licinius strahlte sie bewundernd an. «Wahrhaftig, ich habe kaum einen römischen Soldaten gesehen, der sich im Nahkampf besser behauptet hätte», sagte er. «Wie habt Ihr das gemacht?»

«Das ist nichts Besonderes», winkte Fidelma ab. «Die gelehrten Männer, die früher durch mein Heimatland reisten, um die uralten Philosophien unseres Volkes zu verbreiten, wurden auf den Landstraßen von Räubern und Dieben überfallen. Da sie es jedoch aus Überzeugung ablehnten, Waffen zu tragen, waren sie gezwungen, eine Kunst zu entwickeln, die sie *troidsciat-haigid* nannten – Kampf durch Verteidigung. Ich lernte diese Selbstverteidigung ohne Waffen schon in sehr jungen Jahren. Auch für viele unserer Missionare gehört sie ganz selbstverständlich zur Ausbildung.»

Gefolgt von Licinius und Eadulf, ging Fidelma durch die nächste Tür, hinter der sich eine Treppe befand. Auf der untersten Stufe blieb Fidelma stehen und lauschte angestrengt. Sie hörte Stimmen und das Lachen junger Mädchen. Ansonsten war es im Haus vollkommen still. Außer der Frau hatte niemand ihr Eindringen bemerkt. Sie drehte sich um und flüsterte: «In das Zimmer ganz rechts im oberen Stock! Kommt schnell!»

Sie liefen die Stufen hinauf und gelangten in einen langen Korridor. Es war nicht schwer, die Tür des Zimmers zu finden, an dessen Fenster sie Puttoc gesehen hatten.

Vor der Tür hielt Fidelma noch einmal inne, um zu lauschen. Wieder drang das Gelächter junger Mädchen an ihr Ohr. Sie nickte ihren Gefährten zu, drehte vorsichtig den Türknauf herum und schob die Tür auf.

Nicht einmal Fidelma hätte mit diesem Anblick gerechnet.

Im Zimmer war es hell, da Abt Puttoc – wie zuvor beobachtet – einen der Fensterläden aufgeschoben hatte, um das Tageslicht hereinzulassen. In einer Ecke stand ein großes Bett mit frischen, jedoch abgenützten Laken. An der Wand waren ein paar Stühle aufgereiht. Das einzige andere Möbelstück war eine große Holzwanne, vor der mehrere leere Eimer standen. Das heiße Wasser, mit dem sie gefüllt gewesen waren, dampfte jetzt in der dickbauchigen Wanne.

Darin saß ein völlig überraschter Abt Puttoc. Soweit sich dies von der Tür aus sagen ließ, war er splitterfasernackt. Breitbeinig auf seinem Schoß hockte ein ebenfalls nacktes, höchstens sechzehn Jahre altes Mädchen. Die beiden waren in einer eindeutigen Umarmung erstarrt. Hinter ihnen, einen Eimer mit dampfendem Wasser in der Hand, das sie gerade über die beiden gießen wollte, stand ein zweites, ebenfalls nacktes Mädchen.

Mit finsterer Miene trat Fidelma vor und sah sich im Zimmer um, da sie jeden Irrtum ausschließen wollte. Die Gewänder des Abts befanden sich auf dem Stuhl am Fußende des Bettes. Ein Kleid, das offenbar einem der jungen Mädchen gehörte, lag daneben.

Sie wandte sich an den noch immer verblüfften Abt und zog höhnisch die Augenbraue hoch. «Nun, Abt Puttoc?» fragte sie mit unverhohlenem Spott.

Das Mädchen in der Wanne löste sich als erste aus der Erstarrung. Als sie herauskletterte, schwappte das Wasser in alle Richtungen. Anscheinend war es ihr überhaupt nicht peinlich, in dieser Lage ertappt worden zu sein, denn sie stemmte die Hände in die Hüften, baute sich nackt vor Fidelma auf und stieß einen Schwall von Beschimpfungen aus. Ihre Freundin ließ den Eimer fallen, und die beiden kamen drohend auf Fidelma zu.

Doch Furius Licinius hielt sie zurück, indem er sie mit scharfer Stimme zurechtwies und seine Worte mit erhobenem Schwert unterstrich. Erschrocken wichen die Mädchen in eine Ecke des Zimmers zurück, von wo aus sie die Eindringlinge mit feindseligen Blicken durchbohrten.

Puttoc saß noch immer reglos in der Wanne. Er war leichenblaß geworden und sah Fidelma und Eadulf haßerfüllt an.

Furius Licinius wechselte ein paar Worte mit den Mädchen, dann wandte er sich verlegen zu Fidelma um.

«Dieses Haus ist ein *bordellum*, Schwester, ein Ort, wo ...»

Fidelma beschloß, dem jungen Mann weitere Peinlichkeiten zu ersparen. «Ich weiß sehr wohl, was ein Bordell ist, Furius Licinius», sagte sie ernst. «Viel mehr interessiert mich aber die Frage, was ein Abt der heiligen Kirche dort zu suchen hat.»

«Ich glaube nicht, daß ich Euch das wirklich in allen Einzelheiten erläutern muß, Fidelma von Kildare.» Abt Puttocs Miene war schicksalsergeben.

Fidelma verzog das Gesicht. «Da habt Ihr vielleicht sogar recht.»

«Ich nehme an, Ihr werdet Bischof Gelasius von der Angelegenheit berichten, Eadulf von Canterbury?» wandte sich Puttoc an den sächsischen Bruder.

Eadulf sah ihn angewidert an. «Ich hätte nicht von Euch erwartet, daß Ihr überhaupt Anlaß für solche Überlegungen bietet», erwiderte er knapp. «Ihr kennt die Regeln unseres Glaubens. Mit Sicherheit wird man erwarten, daß Ihr von Eurem Amt zurücktretet. Eine Bestrafung wird folgen.»

Puttoc rang nach Luft und blickte zweifelnd zwischen Licinius, Fidelma und Eadulf hin und her. «Könnten wir das alles nicht in einer günstigeren Umgebung besprechen?»

«Günstiger wofür, Puttoc?» fragte Fidelma. «Nein, ich glaube, es gibt in dieser Sache nichts zu sagen, was unsere Haltung und unsere Absichten ändern würde. Eine Frage könnt Ihr mir allerdings noch beantworten: Seit Ihr nur hergekommen, um der Fleischeslust zu frönen, oder wolltet Ihr Euch hier auch mit jemandem treffen?»

Puttoc sah sie verständnislos an. «Mit jemandem treffen? Wen meint Ihr damit?»

«Ihr habt keinerlei Verbindung zu arabischen Kaufleuten?»

Die Verblüffung auf seinem Gesicht war echt. «Ich verstehe Euch nicht, Schwester?»

Fidelma sparte sich die Mühe, ihm Näheres zu erklären. Enttäuscht mußte sie erkennen, daß ihr Instinkt sie getrogen hatte. Sie hatte Licinius und Eadulf überredet, einer falschen Fährte zu folgen. Puttoc hatte sich schuldig gemacht – allerdings nur der Unkeuschheit, nicht des Mordes.

«Wir werden Euch jetzt Eurer Wollust überlassen, Puttoc», sagte sie. «Den Preis dafür müßt Ihr selbst zahlen.»

Der Abt streckte die Hand aus, als wollte er sie am Gehen hindern.

Eadulf warf ihm einen vernichtenden Blick zu, ehe er Fidelma aus dem Zimmer folgte. Furius Licinius grinste dem Abt anzüglich zu, steckte sein Schwert weg und trottete hinterdrein.

Unten in der Eingangshalle kam die Frau gerade ächzend wieder zu sich.

Mit einem Seufzer blieb Fidelma stehen. Aus ihrem *marsupium* zog sie eine Münze hervor und legte sie auf den Tisch.

«Entschuldigt, daß ich Euch weh getan habe», sagte sie zu der noch immer benommenen Frau.

Draußen wartete der pockennarbige Nabor neben ihrem Wagen.

«Einen *sestertius*, junger *custos*», grunzte er und fügte mit einem lüsternen Grinsen hinzu: «Wenn ich gewußt hätte, daß Ihr ausgerechnet dieses Haus besuchen wollt, hätte ich Euch etwas Besseres empfehlen können ...»

Furius Licinius errötete heftig, warf ihm die versprochene Münze zu und kletterte in den Wagen.

Schweigend fuhren sie am Tiber entlang, durch die Valle Murcia und schließlich in östlicher Richtung zurück zum Lateranpalast.

Decurion Marcus Narses kam die breite Treppe hinunter auf sie zugelaufen.

«Schwester, ich habe Neuigkeiten von Bruder Osimo Lando», keuchte er.

«Sehr gut», antwortete Fidelma. Vielleicht würde sie nun herausfinden können, was Ronan Ragallach mit den Arabern zu schaffen gehabt hatte. «Warum ist er heute nachmittag nicht zu seiner Arbeit erschienen? Ist er krank?»

Marcus Narses schüttelte den Kopf. Noch ehe er sprach, wußte Fidelma, was er sagen wollte.

«Ich fürchte, Schwester, Bruder Osimo weilt nicht mehr unter den Lebenden.»

«Nicht mehr unter den Lebenden?» Eadulf sah erschrocken auf.

«Wurde er erdrosselt?» fragte Fidelma mit betont ruhiger Stimme.

«Nein, Schwester. Osimo ist vom Aquädukt gesprungen. Er war auf der Stelle tot.»

XIV

«SELBSTMORD?» ZWEIFELND SAH FIDELMA den jungen Furius Licinius an. «Seid Ihr sicher?»

«Einwandfrei», bestätigte Licinius. «Osimo Lando wurde von mehreren Leuten beobachtet, wie er auf den Aquädukt kletterte und auf die Straße sprang.»

Mit nachdenklich gesenktem Kopf saß Fidelma da. Bruder Osimo Landos Tod warf weitere Fragen auf und ließ alles noch rätselhafter erscheinen.

Fidelma und Eadulf befanden sich im *munera peregrinitatis*, wo Osimo und Ronan gearbeitet hatten. Sie hatten Licinius ausgeschickt, um weitere Einzelheiten über Osimos Tod in Erfahrung zu bringen, während sie selbst gründlich die Räume durchsuchten. Doch nichts wies auf eine Verbindung zwischen Ronan Ragallach und Arabern hin. Auf seinem Schreibtisch lagen einige unverständliche Aufzeichnungen und ein altes griechisches Buch mit medizinischen Traktaten. Das Werk war offenbar sehr wertvoll, denn Ronan hatte es sorgfältig in Sackleinen eingeschlagen und unter einem Stapel von Papieren versteckt. Abgesehen davon entdeckten sie nur verschiedene Briefe von nordafrikanischen Kirchen, die sich auf ihrer Suche nach geistiger Führung an Rom gewendet hatten.

Eadulf machte ein finsteres Gesicht. «Könnte Osimo Lando sich in einem Anfall von Reue das Leben genommen haben, weil er Ronan Ragallach ermordet hat?» Seine Stimme klang wenig überzeugend.

Fidelma sparte sich die Mühe, darauf zu antworten. «Wir sollten Bruder Osimo Landos Unterkunft in Augenschein nehmen. War er im Palast untergebracht?»

Licinius schüttelte den Kopf. «Er wohnte in der gleichen Herberge wie Ronan Ragallach. Im Haus von Diakon Bieda.»

«Ah, natürlich», seufzte Fidelma. «Ich hätte es mir

denken können. Laßt uns gleich hingehen. Vielleicht finden wir dort des Rätsels Lösung.»

Furius Licinius zeigte ihnen eine Abkürzung durch den Lateranpalast. Die Räume des *munera peregrinitatis* befanden sich im oberen Stockwerk eines zweistöckigen Hauses. Anstatt die Marmortreppe in den Innenhof zu nehmen, brachte Licinius sie zu einer Holzbrücke. Diese führte zu dem Gebäude, das die *scala sancta* barg – jene heilige Treppe, die Christus einst nach der Verurteilung durch Pilatus hinuntergeschritten war.

Zu Eadulfs Erstaunen erkundigte sich Fidelma trotz der vielen drängenden Fragen in aller Seelenruhe bei Furius Licinius nach dem Gebäude. Ihre Einstellung zur Zeit hatte ihn schon öfter verwundert, denn wie viele ihrer Landsleute sah sie nur selten einen Grund zur Eile.

«Das eigentliche *sancta sanctorum* befindet sich in der Mitte», erklärte Licinius, als Fidelma stehenblieb, um sich das Gebäude näher anzuschauen. «Der Weg ist uns durch ein Tor versperrt. Ich werde Euch deshalb auf anderem Wege in die Kapelle der heiligen Helena geleiten. Von dort aus können wir das Palastgelände in unmittelbarer Nähe des Aquädukts verlassen. Das ist der schnellste Weg zu Biedas Haus.»

«Warum ist uns dieser heilige Ort versperrt?» fragte sie.

«Es befindet sich dort ein dunkler Raum mit einem Eisengitter als Fenster. Frauen werden nicht eingelassen. Und es gibt sogar einen Altar, an dem noch nicht einmal der Heilige Vater die Messe lesen darf.»

Fidelma lächelte matt. «Tatsächlich? Wozu sollte so ein Altar denn gut sein?»

Im ersten Augenblick war Furius Licinius empört, dann sah er ein, daß sie recht hatte. Ein Altar, an dem nicht einmal Seine Heiligkeit eine Messe lesen durfte, war im Grunde nutzlos. Schweigend führte er sie weiter über die Holzbrücke. Diese ging im rechten Winkel von dem Gebäude mit dem *sancta sanctorum* ab und brachte sie über einen weiteren Innenhof direkt in den oberen Stock einer kleinen Kapelle.

«Das ist die Kapelle der heiligen Helena, der Mutter Konstantins. Ihr haben wir es zu verdanken, daß die Pilger hier in Rom all die heiligen Reliquien bewundern können», erklärte Furius Licinius.

Die Kapelle wurde von einem gelangweilten Soldaten der *custodes* bewacht, der vor Licinius salutierte, die Tür entriegelte und sie einließ.

Sie standen auf der hölzernen Empore hoch über dem Mosaikfußboden des runden Gebäudes. Eindringliches Flüstern hallte in dem dunklen Gewölbe wider. Es klang so verschwörerisch, daß Fidelma den Arm des jungen Offiziers ergriff. Sie sah ihn und Eadulf an und legte einen Finger auf die Lippen. Dann schlich sie zum Rand der Empore und spähte über das Geländer hinweg ins Erdgeschoß der Kapelle hinunter.

Unmittelbar unter ihnen standen zwei Gestalten, eine junge Nonne in gebeugter Körperhaltung und die aufrechte Gestalt eines Klostermönchs. Die beiden waren in ein angeregtes, vertrauliches Gespräch vertieft. Die Frau redete am meisten, während der Mann nur zustimmend nickte. Fidelma wußte nicht, weshalb sie ihre Begleiter zur Ruhe gemahnt hatte, damit niemand sie bemerkte. Doch die flüsternden Stimmen hatten etwas Geheimnisvolles, das durch das Verhalten der beiden Geistlichen noch verstärkt wurde. Neugierig blickte Fidelma nach unten und versuchte, ein paar Worte aufzuschnappen, aber das Echo verzerrte alles, so daß sie nichts verstand.

Dann hob die Nonne plötzlich beide Hände, umarmte den Mönch und küßte ihn auf die Wange, ehe sie eilig die Kapelle verließ.

Durch die offene Tür fiel das Licht auf das Gesicht des Mönches. Es war der sanftmütige, einfältige Bruder Eanred.

Als auch er gegangen war, wandte sich Licinius an Fidelma. «Eine Liaison zwischen einer Nonne und einem Mönch wird zwar nicht gern gesehen, ist aber auch nicht verboten, Schwester», bemerkte er spöttisch.

Fidelma verkniff sich die Antwort und folgte ihm und Bruder Eadulf über eine Wendeltreppe ins Erdgeschoß. Stolz zeigte Licinius ihnen die in verschiedenen Schreinen ausgestellten Reliquien.

«Dort seht ihr eine Haarlocke der Jungfrau Maria und ein Stück von ihrem Unterrock«, erklärte er. «Und das ist ein Gewand Christi, mit seinem Blut befleckt. Dieses Fläschchen hier enthält mehrere Tropfen seines Blutes, in dem anderen ist etwas von dem Wasser, das aus seinen Wunden floß.»

Fidelma musterte mißtrauisch die ausgestellten Gegenstände. «Und der alte Schwamm?» Sie deutete auf einen dunklen, löchrigen Klumpen auf einem goldenen Sockel.

«Das ist der Schwamm, den man in Essig tauchte und dem am Kreuz hängenden Jesus reichte», sagte Licinius ehrfürchtig. «Und hier ist der Tisch, an dem unser Heiland das letzte Abendmahl zu sich nahm ...»

Fidelma lächelte spöttisch.

«Dann war das letzte Abendmahl tatsächlich ein größeres Wunder, als ich es mir bisher vorgestellt habe. An diesem Tisch konnten doch höchstens zwei Leute sitzen, von Jesus und den zwölf Aposteln ganz zu schweigen.»

Licinius war für ihre Zweifel unempfänglich.

«Und was sind das für Steine?» fragte Fidelma und zeigte auf den kleinen, von zwei behauenen Felsbrocken flankierten Altar.

«Der linke Stein stammt aus dem Heiligen Grab», erklärte Licinius eifrig, «und auf dem rechten hat der Hahn gekräht, nachdem Petrus unseren Herrn dreimal verleugnet hat.»

«Und all diese Dinge hat die heilige Helena gesammelt und nach Rom gebracht?» fragte Fidelma ungläubig.

Licinius nickte und deutete auf den nächsten Schrein: «Diese Tücher hat sie allerdings hier in der Stadt gefunden. Es sind die Tücher, mit denen die Engel das Gesicht des heiligen Laurentius abtupften, als er auf dem glühenden Rost zu Tode gemartert wurde. Und dies sind Moses' und Aarons Wanderstäbe ...»

«Woher wußte Helena, daß die Reliquien echt sind?» unterbrach ihn Fidelma, verärgert darüber, daß diese mit Inbrunst verehrten Gegenstände, die Pilger aus der ganzen Welt anlockten, nur geschickte Fälschungen geschäftstüchtiger Kaufleute waren.

Licinius sah sie entgeistert an. Bisher hatte noch niemand gewagt, eine solche Frage zu stellen.

«Ich habe mir nur gerade vorgestellt», fuhr Fidelma fort, «wie Helena als Pilgerin in ein fremdes Land kam, um nach heiligen Reliquien zu suchen. Als die Kaufleute dieses Landes davon hörten, haben sie ihr die passenden Dinge angeboten – natürlich erst, nachdem sie sich vergewissert hatten, daß sie auch gut dafür zahlen wollte.»

«Aber das ist Gotteslästerung!» rief Licinius empört. «Der Herr war mit ihr, um sie vor solchen Scharlatanen zu schützen! Ihr wollt doch nicht etwa behaupten, daß Helena betrogen wurde und diese Gegenstände wertlos sind?»

«Ich bin jetzt seit über einer Woche in Rom und habe mit eigenen Augen gesehen, wie dutzendweise ähnliche Reliquien an gläubige Pilger verkauft wurden, die sich bereitwillig von ihrem sauer ersparten Geld trennten, um ein Stück von der echten Fußfessel des heiligen Petrus mit nach Hause zu nehmen! Und all diese Reliquien, versichert man uns, seien echt. Ich sage Euch, Licinius, wenn man all das Holz vom wahren Kreuz Jesu, das derzeit in Rom verhökert wird, zusammensetzen würde, entstünde daraus das wunderbarste und größte Kreuz, das die Welt je gesehen hat.»

Eadulf faßte sie am Arm und mahnte sie mit einem stummen Blick, mit ihren Äußerungen vorsichtiger zu sein.

Licinius war zutiefst entrüstet. «Die heilige Helena hat die Echtheit all dieser Reliquien höchstpersönlich bestätigt», widersprach er.

«Das bezweifle ich nicht», entgegnete Fidelma lächelnd.

«Ich fürchte, wir haben jetzt nicht genug Zeit, um diese Fragen ausführlich zu erörtern», unterbrach sie Eadulf besorgt. «Wir können ja später noch einmal zurückkehren und über Helenas Reise ins Heilige Land debattieren.»

Der junge *tesserarius* biß sich auf die Lippe, schluckte seinen Ärger hinunter und führte sie weiter zu einem Seitentor in der Mauer, die das gesamte, zum Lateranpalast gehörende Gelände umgab. Von dort aus waren es nur noch wenige Schritte bis zum Aquädukt und zu Biedas Herberge.

Wie bei ihrem letzten Besuch wurden sie auch diesmal von der Herbergsmutter mit wütenden Beschimpfungen empfangen.

«Wie soll ich überleben, wenn alle meine Gäste auf geheimnisvolle Weise ums Leben kommen und Ihr mir verbietet, ihre Zimmer weiterzuvermieten? Wo bleibt meine Miete? Wo bleibt mein Lebensunterhalt?»

Furius Licinius wies sie mit grober Stimme zurecht,

und nachdem die Frau ihnen den Weg zu Osimo Landos Kammer gewiesen hatte, zog sie sich fluchend in ein Seitenzimmer zurück. Fidelma war nicht überrascht, als sie erfuhr, daß Osimo gleich gegenüber von Ronan gewohnt hatte. Sein Zimmer wirkte sehr viel ordentlicher als das des irischen Mönchs. Es war zwar ebenfalls dunkel und schmuddelig, aber Osimo Lando hatte versucht, das Beste daraus zu machen. In einer Ecke stand sogar eine Vase mit welkenden Blumen, und über dem Bett hingen einige hübsch gerahmte griechische Worte, die Fidelma zum Schmunzeln brachten. Offenbar hatte Osimo Lando Humor gehabt. Die Zeilen stammten aus dem 84. Psalm: «Wohl denen, die in deinem Hause wohnen; sie loben dich immerdar.»

Sie fragte sich, was es angesichts der Verwahrlosung und der schlampigen Haushaltsführung der Herbergsmutter hier wohl zu loben gab.

«Wonach suchen wir?» fragte Licinius, der auf der Schwelle stehengeblieben war.

«Das weiß ich auch nicht so genau», räumte Fidelma ein.

«Osimo muß sehr belesen gewesen sein», sagte Eadulf, der einen kleinen Wandschrank geöffnet hatte. «Schaut her.»

Fidelmas Augen weiteten sich beim Anblick der beiden Bücher und mehrerer beschriebener Blätter.

«Das sind sehr alte Texte», stellte sie fest, nahm eines der Bücher heraus und las den Titel. «Seht Euch das an. *De Acerba Tuens.* Das hat Erasistratus von Ceos geschrieben.»

«Ich dachte immer, das Buch sei beim großen Brand in der Bibliothek von Alexandria vernichtet worden», sagte Eadulf.

«Diese Bücher sollten unbedingt an einem sicheren Ort aufbewahrt werden», meinte Fidelma.

«Ich werde mich darum kümmern», erwiderte Licinius steif. Offenbar grollte er ihr noch immer wegen ihrer Zweifel an der Echtheit des Vermächtnisses der heiligen Helena.

Fidelma blätterte die beschriebenen Seiten durch. Es lag auf der Hand, daß Osimo und Ronan eine sehr enge Freundschaft verbunden hatte. Es waren Gedichte, die von Liebe und Treue handelten, die meisten von Osimo verfaßt und Ronan gewidmet. Anscheinend hatte Osimo nach dem Tod des Freundes keinen Sinn mehr im Leben gesehen. Fidelma verspürte Trauer um sie beide.

«Beginnt alles, was ihr tut, in Liebe», flüsterte sie beim Lesen eines der Gedichte.

Eadulf runzelte die Stirn. «Was habt Ihr gesagt?»

Fidelma lächelte. «Ich dachte nur an eine Zeile aus Paulus' Brief an die Korinther.»

Verwirrt sah Eadulf sie an, dann durchsuchte er weiter Osimos Zimmer. «Sehr viel mehr gibt es hier nicht, Fidelma», sagte er. «Jedenfalls nichts, was uns bei der Lösung unseres Rätsels helfen könnte.»

«War Osimo vielleicht in den Mord an Ronan verwickelt gewesen?» fragte Furius Licinius.

«Nicht als Täter», erwiderte Fidelma. Sie wollte gerade zum Aufbruch mahnen, als ihr plötzlich etwas ins Auge stach.

«Was ist das, Eadulf?» wollte sie wissen und zeigte auf den Boden.

Der Sachse folgte ihrem Blick. Von dem groben Holzbett halb verborgen, entdeckte er einen Gegenstand. Er bückte sich, um ihn aufzuheben.

«Das ist der abgebrochene Fuß eines goldenen Kelchs», rief er überrascht aus, nachdem er ihn untersucht hatte. «Ich erkenne ihn wieder. Er stammt von dem Kelch, den Cenewealh von Westsachsen gestiftet hat, um ihn von Seiner Heiligkeit segnen zu lassen. Seht Ihr die Inschrift auf dem Boden?»

«‹*Spero meliora*›», las Fidelma. «‹Ich hoffe auf Besseres.›»

«Cenewealh bat Wighard, eine passende Inschrift auszuwählen und eingravieren zu lassen. Obwohl der obere Teil fehlt, erkenne ich ihn wieder.»

Licinius sah ihn ratlos an. «Also wurden Wighards Schätze in diesem Zimmer aufbewahrt? Und Osimo und Ronan waren Komplizen?»

Fidelma kaute nachdenklich auf ihrer Unterlippe, eine schlechte Angewohnheit, die sie einfach nicht ablegen konnte. «Auf jeden Fall hatten die beiden Zugriff zu der Diebesbeute», räumte sie ein.

«Also müssen sie auch an dem Mord beteiligt gewesen sein», folgerte Eadulf.

«Aber eines ist seltsam ...» Fidelma schien noch immer tief in Gedanken versunken. Endlich richtete sie sich auf. «Wir können hier nichts mehr ausrichten. Licinius, nehmt diese Bücher mit. Und, Eadulf, Ihr steckt den abgebrochenen Fuß des Kelches ein. Wir müssen einige Überlegungen anstellen.»

Eadulf und Licinius sahen einander fragend an und folgten ihr schweigend die Treppe hinunter.

Unten wartete schon die schimpfende Herbergsmutter. «Wann kann ich die Zimmer weitervermieten? Es ist nicht meine Schuld, daß die beiden ums Leben gekommen sind. Warum soll ich dafür bestraft werden?»

«Ein, zwei Tage müßt Ihr Euch schon noch gedulden», versuchte Furius Licinius, sie zu beruhigen.

Die Frau grunzte verächtlich. «Ich sehe, daß Ihr Sachen wegtragt, die nach Recht und Gesetz mir zustehen, als *bonorum veditio* sozusagen», keifte sie.

Beim unerwarteten Gebrauch dieses lateinischen Rechtsbegriffes merkte Fidelma auf.

«Hattet Ihr denn viele Gäste, deren Eigentum Ihr als Ausgleich für ausstehende Mietzahlungen beschlagnahmen mußtet?» fragte sie.

Nur mit Mühe verstand die Frau Fidelmas korrektes, aber fremdländisch klingendes Latein. Sie schürzte die schmalen Lippen und schüttelte den Kopf. «Nein. Meine Gäste zahlen immer pünktlich.»

«Und wo habt Ihr dann diesen Ausdruck ... *bonorum veditio* ... her?»

Die Frau runzelte die Stirn. «Was geht Euch das an? Ich kenne eben meine Rechte.»

«Ich habt nicht mehr Rechte, als ich sie Euch zugestehe», fuhr Licinius sie unfreundlich an. «Benehmt Euch, Frau, und beantwortet die Frage. Wo habt Ihr diesen Fachbegriff aufgeschnappt?»

Die Frau duckte sich ängstlich.

«Was soll daran denn verwerflich sein?» jammerte sie. «Der Grieche hat gesagt, das sei mein gutes Recht. Immerhin war er so anständig, mir eine Münze zu geben, als er den Sack aus dem Zimmer des toten Bruders geholt hat.»

Fidelma sah sie eindringlich an. «Ein Grieche? Aus welchem Zimmer hat er einen Sack geholt?»

Die Frau blinzelte. Offenbar wurde ihr klar, daß sie zuviel gesagt hatte.

«Heraus damit, Frau», herrschte Licinius sie an. «Oder ich stecke Euch in eine Zelle. Dort könnt Ihr dann schmoren und Euch über Eure Rechte Gedanken machen.»

Die Frau zitterte. «Na schön ... er hat Osimo Landos Zimmer durchsucht und ist mit einem Sack fortgegangen.»

«Ein Grieche, sagt Ihr?» drängte Licinius. «Der Besitzer der Herberge? Der Grieche Diakon Bieda? Habt Ihr ihm nicht von dem strengen Befehl erzählt, ohne unsere Erlaubnis nichts aus den beiden Zimmern zu entfernen?»

«Nein, nein», widersprach die Frau kopfschüttelnd. «Ich meine nicht diesen Dreckskerl Bieda, sondern den griechischen Medikus aus dem Lateranpalast. Den kennt doch jeder.»

Fidelma zuckte erstaunt zusammen. «Der griechische Medikus aus dem Lateranpalast? Cornelius? Cornelius von Alexandria?»

«Genau der», bestätigte die Frau mit finsterem Blick. «Er hat mich über meine Rechte aufgeklärt.»

«Und wann war das?» fragte Fidelma.

«Vielleicht vor einer Stunde.»

«Sobald er von Osimos Selbstmord gehört hatte, schätze ich», sagte Eadulf.

«Und als er das Zimmer verließ, hatte er einen Sack dabei?»

Die Frau nickte zerknirscht.

«Was war das für ein Sack? War er groß oder klein?»

«Mittelgroß. Ich glaube, es war Metall drin, jedenfalls hat es bei jedem Schritt geklirrt», erklärte die Frau, offenbar darauf bedacht, ihre Verfehlungen wieder wettzumachen. «Er versprach mir für jedes der fünf Bücher in Osimos Schrank einen *sestertius*, wenn ich sie in meiner Kammer verstecken würde, bis er sie abholt. Drei hatte ich schon hinübergetragen, als Ihr kamt. Die anderen beiden haltet Ihr in Händen.

«Warum hat er das wohl getan?» wollte Fidelma wissen.

«Weil er die Bücher und den Sack nicht gleichzeitig tragen konnte», antwortete die Frau, die ihre Frage mißverstanden hatte.

Fidelma wollte gerade zu einer Erklärung ansetzen, als Eadulf sie triumphierend unterbrach: «Cornelius war also die ganze Zeit über an der Tat beteiligt!»

«Das werden wir noch sehen», erwiderte Fidelma. «Holt die drei Bücher, die Ihr aus Osimo Landos Zimmer genommen habt, Frau.»

Widerwillig folgte die Herbergsmutter ihrem Befehl. Es waren alte griechische Bücher, unschwer als medizinische Traktate zu erkennen. Fidelma schüttelte erstaunt den Kopf. Der Weg zu Wighards Mörder schien mit alten medizinischen Texten gepflastert zu sein.

«Wißt Ihr, wo Cornelius wohnt?» wandte sich Fidelma an Licinius.

«Ja. Er besitzt eine kleine Villa beim Dolabella- und Silanus-Bogen. Soll ich die *custodes* rufen?»

«Nein. Wir sind noch immer weit von einer Lösung unseres Rätsels entfernt, Licinius. Nachdem wir unsere Funde sicher in unserem *officium* verstaut haben, werden wir zu Cornelius' Villa gehen und hören, was er zu der Sache zu sagen hat.»

Die Frau sah von einem zum anderen und versuchte, den Sinn ihrer Worte zu verstehen.

«Und was ist mit mir?» fragte sie ein wenig selbstbewußter, da die Gefahr einer Haftstrafe abgewendet war.

«Ihr hütet Eure Zunge», antwortete Licinius streng. «Und wenn ich zurückkomme und feststelle, daß Ihr in den beiden Zimmern sonst noch irgend etwas angerührt habt – wenn auch nur ein Faden von einer Wolldecke oder einer Kakerlake auf dem Fußboden fehlt –, werde ich dafür sorgen, daß Ihr Euch nie wieder Sorgen um Eure Mieten zu machen braucht. Ihr werdet für den Rest Eures Lebens mietfrei in dem schlimmsten Gefängnis wohnen, das ich für Euch auftreiben kann. Habe ich mich klar genug ausgedrückt?»

Die Frau murmelte etwas Unverständliches und zog sich in ihre Kammer zurück.

Draußen tadelte ihn Fidelma sanft: «Ihr seid unnötig hart mit ihr ins Gericht gegangen.»

Licinius verzog finster das Gesicht. «Leute wie sie muß man so behandeln. Diese Bauerntölpel haben nichts anderes im Sinn, als so schnell wie möglich an Geld zu kommen.»

«Wahrscheinlich ist das ihre einzige Möglichkeit, der Armut zu entfliehen», entgegnete Fidelma. «Ihre Herrscher führen ihnen Tag für Tag vor, daß sich die Erlösung nur durch weltlichen Ruhm erlangen läßt. Warum ihnen die Schuld dafür geben, daß sie diesem Beispiel folgen, solange sie keine besseren Vorbilder haben?»

«Ich habe schon von Euren eigenwilligen Ansichten gehört», brummte Licinius. «Sind das nicht die Lehren des Ketzers Pelagius?»

«Wir halten uns einzig und allein an die Lehren Jesu Christi. ‹Und er sprach zu ihnen: Sehet zu und hütet euch vor aller Habgier; denn niemand lebt davon, daß er viele Güter hat.› Das ist das Wort unseres Herrn, wie Lukas es uns überliefert hat.»

Licinius errötete. Eadulf, der seine Verlegenheit spürte, sprang für ihn in die Bresche.

«Wir sollten uns besser beeilen und die Bücher rasch ins *officium* bringen. Dann suchen wir nach Cornelius.»

«Ja. Wir müssen die Bücher unbedingt an einem sicheren Ort aufbewahren», stimmte Fidelma zu. «Ich habe das Gefühl, daß sie für unseren Fall von allergrößter Bedeutung sind.»

Eadulf und Licinius sahen sie fragend an, aber sie gab ihnen keine weitere Erklärung.

¶ Cornelius von Alexandrias Villa lag nicht weit entfernt auf dem Celius-Hügel, wo Kaiser Nero einst den alten, Dolabella und Silanus geweihten Triumphbogen in einen Aquädukt zum nahegelegenen Palatin hatte umwandeln lassen. Von der Nordseite des Hügels hatte man einen großartigen Blick auf das Colosseum, und von Cornelius' Villa sah man über ein kleines Tal zum Palatin mit seinen alten, einzigartigen Bauwerken. Eadulf hatte Fidelma erzählt, daß die Geschichte der Stadt Rom mit der Besiedlung des Palatin begonnen hatte. Dort hatten all die bedeutenden Bürger der römischen Republik gewohnt und später die despotischen Cäsaren ihre überladenen Paläste erbaut. Auch die ostgotischen Könige hatten vom Palatin aus geherrscht, und erst nach und nach hatten christliche Kirchen ihre heidnischen Tempel ersetzt.

«Was meint Ihr, wie wir vorgehen sollten?» fragte Eadulf, als der noch immer ein wenig verstimmte Furius Licinius ihnen die Villa gezeigt hatte.

Fidelma zögerte. Sie wußte es nicht. Ja, insgeheim bedauerte sie ihren raschen Entschluß, sich zu Cornelius' Villa zu begeben. Vielleicht hätte sie Licinius' Vorschlag annehmen und eine *decuria* der Palastwachen herbeirufen sollen. Schon legte die Abenddämmerung sich über die Stadt. Warum hatte sie Cornelius nicht von den *custodes* zur Befragung in ihr *officium* bringen lassen? Aber es gab noch immer so vieles, was sie nicht verstand. Jede Antwort warf ein halbes Dutzend neuer Fragen auf.

«Nun?» fragte Eadulf.

Doch noch ehe sie Gelegenheit zu einer Antwort erhielt, geschah etwas, das weiteres Nachgrübeln überflüssig machte.

Sie standen auf der anderen Straßenseite, gegenüber den Holztoren, die zum Park der Villa führten. Offenbar war Cornelius von Alexandria ein wohlhabender Mann. Plötzlich gingen die Tore auf, und zwei Träger mit einer *lecticula* kamen heraus. Unwillkürlich duckten sich Fidelma, Eadulf und Licinius in den Schatten. Cornelius lehnte sich bequem in der Sänfte zurück. Auf seinem Schoß hielt er deutlich sichtbar einen Leinensack.

Die Träger liefen in westlicher Richtung den Hügel hinunter auf eine prächtige Kirche zu.

«Er will den Sack wegschaffen», stellte Fidelma fest. «Kommt, wir folgen ihm!»

Sie mußten sich sputen und gelegentlich selbst in einen ihres Standes unwürdigen Trab verfallen, um die Träger nicht aus den Augen zu verlieren. Trotz der halsbrecherischen Fahrt nach Marmorata wünschte Fidelma sich sehnlich den Einspänner herbei. Sie überquerten den kleinen Platz vor der Kirche und erreichten den Fuß des Palatin.

Cornelius' Träger liefen im Tal an einem riesigen Bauwerk entlang, das gar nicht mehr zu enden schien.

«Der Circus Maximus», keuchte Licinius. «In der Zeit der Cäsaren haben dort unzählige Märtyrer ihr Leben gelassen.»

Außer Atem von der wilden Verfolgungsjagd, verzichteten sie auf ein weiteres Gespräch. Die Träger der *lecticula* eilten erst in nördlicher Richtung zum Tiber und wandten sich dann nach Südwesten. Fidelma wunderte sich, wie zwei Männer mit dem Gewicht eines schweren Holzgestells und ihres nicht gerade schmächtigen Herrn so rasch und mühelos vorankommen konnten, denn sie hatten Schwierigkeiten, mit den drahtigen Trägern Schritt zu halten. Fidelma beobachtete, daß sie immer abwechselnd eine Weile gingen und dann auf Anweisung des Hintermannes zu laufen begannen. So eilten sie das Flußufer und die Kais entlang, wo Holzhütten und Lagerhäuser standen.

Plötzlich geriet Furius Licinius in der Dunkelheit ins Stolpern und stieß einen Fluch aus.

Eadulf blieb stehen und half dem jungen *tesserarius* wieder auf die Beine.

«Ihr könnt einen Augenblick ausruhen», keuchte Fidelma. «Die Träger sind stehengeblieben.»

«Ausgerechnet hier», stöhnte Licinius. «Wir sind wieder in Marmorata.»

Fidelma hatte bereits gemerkt, daß sie Cornelius' Trägern tatsächlich in die gleiche Gegend gefolgt waren wie wenige Stunden zuvor Puttocs *lecticula*. In der Dunkelheit wirkte das Elendsviertel noch unheimlicher.

Fidelma rümpfte angewidert die Nase, als sie die fauligen Abwässer roch. Es war eine düstere und bedrohliche Gegend mit baufälligen Häusern. Hunde und Katzen streunten durch die Straßen und durchwühlten die Abfälle nach Essensresten.

Cornelius' *lecticula* stand vor einem alten Lagerhaus, hinter dem ein grobgezimmerter Holzsteg in den Fluß ragte. Die Träger hatten die Sänfte abgesetzt. Offenbar war auch ihnen diese Gegend nicht ganz geheuer, denn ihre Hände ruhten auf den Messern, die sie an ihren Gürteln trugen.

Es dauerte eine Weile, bis Fidelma, Eadulf und Licinius zu ihrem Ärger bemerkten, daß Cornelius die Sänfte bereits verlassen hatte.

«Er muß ins Lagerhaus gegangen sein», flüsterte Eadulf.

«Aber seine Träger scheinen auf ihn zu warten», bemerkte Licinius.

Wieder ertappte Fidelma sich dabei, wie sie auf ihrer Lippe kaute. «Offenbar findet das Treffen im Lagerhaus statt.» Sie faßte einen raschen Entschluß. «Licinius, Ihr geht zur Vordertür und wartet dort. Werden die Träger Euch Schwierigkeiten machen?»

Licinius schüttelte den Kopf. »Meine Uniform wird ihnen Respekt einflößen.»

«Sehr gut. Wenn Ihr mich nach Hilfe rufen hört, kommt Ihr sofort. Und falls die Träger versuchen, Euch zurückzuhalten, macht Ihr von der Waffe Gebrauch. Eadulf, Ihr begleitet mich.»

«Wohin?» fragte Eadulf verwirrt.

«Zur Rückseite des Lagerhauses. Am Flußufer gibt

es einen Holzsteg. Seht Ihr ihn? Er ist im Mondlicht gerade noch zu erkennen. Wir werden versuchen, von dort aus ins Lagerhaus einzudringen. Ich will unbedingt in Erfahrung bringen, was Cornelius dort zu suchen hat.»

Fidelma eilte, gefolgt von Eadulf, zum Fluß hinunter. Licinius, der den beiden nachsah, staunte, wie bereitwillig Eadulf den Anweisungen einer Frau gehorchte. Dann zog er sein *gladius* und schlenderte auf die *lecticula* zu.

Als die Träger ihn kommen sahen, zuckten sie erschrocken zusammen. Einer von ihnen hatte für den Rückweg bereits eine Laterne angezündet. Beim Anblick seiner Uniform atmeten sie erleichtert auf. Offenbar waren sie sich keiner Schuld bewußt.

Unterdessen schlichen Fidelma und Eadulf vorsichtig zum Steg. Schon aus einiger Entfernung vernahmen sie aufgebrachte Männerstimmen. Dankbar für das Rauschen des Wassers, das laut gegen die hölzernen Pfosten schlug und ihre Schritte übertönte, näherten sie sich über die Planken des Stegs der Hintertür.

Zu ihrer Überraschung war sie bloß angelehnt. Von drinnen war ein heftiger Wortwechsel in einer fremden Sprache zu hören. Mit einem fragenden Blick wandte sie sich an Eadulf, der ihr durch ein Achselzucken zu verstehen gab, daß auch er diese Sprache nicht kannte.

Vorsichtig schob Fidelma die Tür ein Stückchen weiter auf. Dahinter lag ein großer, fast leerer Raum.

In einer Ecke saßen drei Männer an einem Tisch, auf dem eine zischende Lampe einen schwachen Schein verbreitete. Eine *amphora*, offenbar mit Wein gefüllt, und einige Tongefäße standen daneben. Cornelius nippte ungeduldig an dem Gefäß in seiner Hand. Die anderen beiden Männer tranken nichts. Trotz des trüben, flakkernden Lichts hatte Fidelma auf Anhieb das Gefühl, sie schon einmal gesehen zu haben.

Dennoch brauchte sie einen Augenblick, bis sie die beiden Araber an ihren wallenden Gewändern und dunklen Gesichtszügen erkannte.

Die Sprache, in der sie miteinander stritten, war also Arabisch, das Cornelius anscheinend fließend beherrschte.

Plötzlich legte einer der Araber einen in ein Tuch gewickelten Gegenstand auf den Tisch und forderte Cornelius mit einer einladenden Geste auf, ihn näher zu betrachten. Der griechische Chirurgus folgte seiner Aufforderung. Fidelma stellte fest, daß es ein Buch war. Cornelius griff nach dem Sack, den er an seinen Stuhl gelehnt hatte, und zog einen Kelch heraus.

Fidelma lächelte finster.

Es lag auf der Hand, daß hier ein Tauschhandel stattfand. Allmählich fügten sich die Mosaiksteinchen zu einem Bild zusammen.

Während Cornelius das Buch prüfte, untersuchte einer der Araber den Kelch.

Eadulf, der hinter Fidelma stand, stöhnte erschrokken auf, als sie plötzlich die Tür aufschob und das Lagerhaus betrat.

«Keine Bewegung!» rief sie.

Blinzelnd stolperte Eadulf hinter ihr in den großen Raum und schaute sich um.

Cornelius von Alexandria erstarrte. Als ihm klar wurde, daß er entdeckt worden war, erbleichte er vor Entsetzen.

«*Tauba*!» rief einer der Araber, sprang auf und griff nach dem großen, krummen Messer, das er am Gürtel trug.

«Keine Bewegung!» wiederholte Fidelma. «Das Haus ist umstellt. Licinius!»

Von der Vorderseite des Lagerhauses war Licinius' Antwort zu vernehmen.

Die beiden Araber wechselten einen raschen Blick. Wie auf ein Zeichen stieß einer von ihnen die Lampe vom Tisch, während der andere nach dem Sack griff. Fidelma hörte, wie der Tisch umfiel. Im Lagerhaus herrschte jetzt völlige Dunkelheit. Ein fahles Licht schien herein, als die Vordertür aufging. Kurz darauf schrie Furius Licinius vor Schmerzen auf.

«Eadulf, ein Licht! Schnell, beeilt Euch!»

Ein Feuerstein wurde angeschlagen, und im nächsten Moment hielt Eadulf eine brennende Kerze in der Hand.

Die Araber waren verschwunden, aber Cornelius saß noch immer mit hängenden Schultern auf seinem Platz und umklammerte das Buch mit beiden Händen. Der Tisch war tatsächlich umgefallen, von dem Sack fehlte allerdings jede Spur.

Fidelma nahm dem zitternden Cornelius das Buch ab. Wie erwartet handelte es sich um ein altes, medizinisches Traktat.

«Schaut nach, ob Licinius verletzt ist, Eadulf», sagte Fidelma und stellte den Tisch wieder auf.

Eadulf warf einen fragenden Blick auf Cornelius.

«Von Cornelius habe ich nichts zu befürchten», versicherte sie ihm. «Aber es könnte sein, daß der junge Licinius in Schwierigkeiten geraten ist.»

Eadulf eilte hinaus. Sie hörte ihn mit den beiden Trägern sprechen, die offenbar keine Ahnung hatten, was vorgefallen war. Schweigend betrachtete sie den auf seinem Stuhl völlig in sich zusammengesunkenen Chirurgus aus Alexandria. Eadulf befahl den Trägern, draußen zu warten.

«Er kann nicht schwer verletzt sein. Die Träger sagen, er sei den beiden Flüchtigen nachgelaufen», berichtete Eadulf, als er kurz darauf ins Lagerhaus zurückkehrte.

«Nun, Cornelius von Alexandria», sagte Fidelma mit betont ruhiger Stimme, «ich denke, Ihr seid uns eine Erklärung schuldig.»

Seufzend ließ der Chirurgus das Kinn noch tiefer auf seine Brust sacken.

Wenig später kam Licinius herein.

«Sie sind wie vom Erdboden verschluckt», sagte er ärgerlich.

«Seid Ihr verletzt?»

«Nein. Bei ihrer Flucht haben sie mir die Tür gegen den Kopf gestoßen und mich fast umgerannt. Wenn dieser Mann nicht redet, werden wir sie wahrscheinlich nicht mehr einfangen können.»

Er richtete die Spitze seines *gladius* auf den Griechen.

«Das ist nicht nötig, *tesserarius*», murmelte Cornelius. «Ich habe keine Ahnung, wo sie sich aufhalten. Das ist die reine Wahrheit. Ihr müßt mir glauben!»

«Warum sollten wir das?» fragte Furius Licinius und traktierte ihn wieder mit seinem Schwert.

«Beim Heiligen Kreuz, es ist die Wahrheit, auch wenn ich es nicht beweisen kann. Sie haben mir jedesmal einen anderen Treffpunkt genannt. Ich habe keine Ahnung, woher sie kommen.»

Fidelma sah, daß der Mann nicht log. Er war viel zu bestürzt, weil er ertappt worden war. Sein üblicher Hochmut war wie weggeblasen.

Eadulf hob die Lampe auf, bemerkte, daß nicht alles Öl ausgelaufen war und entzündete sie mit Hilfe seiner Kerze.

«Eadulf, gebt dem guten Chirurgus etwas Wein, um seine Lebensgeister zu wecken», bat ihn Fidelma.

Wortlos goß Eadulf etwas Wein aus der Amphore, die den Sturz vom Tisch unbeschadet überstanden hatte, in einen Becher und reichte ihn dem Griechen. Mit einem spöttischen Lächeln hob Cornelius das Gefäß. «*Bene vobis*!» rief er aus und kippte den Wein in einem Schluck hinunter.

Fidelma bückte sich und hob einen Kelch auf, der offenbar aus dem Sack gefallen war. Bis auf dieses eine Stück hatten sich die geflüchteten Araber der gesamten Beute bemächtigt. Fidelma nahm auf einem der Stühle Platz. Eadulf stellte sich neben sie, während Furius Licinius mit gezücktem Schwert an der Tür Posten bezog.

Eine Weile lang drehte Fidelma schweigend den Kelch in der Hand. «Ihr leugnet nicht, daß dieser Kelch aus Wighards Schatztruhe stammt? Ich bin sicher, Eadulf würde ihn sofort wiedererkennen.»

Cornelius schüttelte ängstlich den Kopf. «Nein, ich leugne es nicht. Es ist einer der Kelche, den Wighard aus Kent mitgebracht hat, um sie von Seiner Heiligkeit segnen zu lassen.»

Fidelma antwortete nicht gleich, um den Medicus ein wenig schmoren zu lassen.

«Verstehe», sagte sie dann. «Ihr habt die gestohlenen Schätze dazu benutzt, Bücher zu kaufen, die Euch diese Araber angeboten haben?»

«Das wußtet Ihr? Ja, es sind Bücher aus der alexandrinischen Bibliothek», gab Cornelius bereitwillig zu. Eine Spur von Trotz mischte sich in seine Stimme. «Seltene medizinische Texte von unschätzbarem Wert, die sonst für die zivilisierte Welt für immer verloren gegangen wären.»

Fidelma stellte den Kelch auf den Tisch. «Einen Teil Eurer Geschichte kenne ich», sagte sie und erntete dafür erstaunte Blicke von Licinius und Bruder Eadulf. «Am besten erzählt Ihr mir jetzt den Rest.»

«Tja, das kann jetzt wohl auch nichts mehr schaden», stimmte Cornelius niedergeschlagen zu. «Der junge

Osimo und sein Freund Ronan sind tot. Ich wurde ertappt, habe aber zumindest einige Bücher gerettet.»

«Allerdings», bestätigte Fidelma. «Fünf habt Ihr in Osimo Landos Zimmer zurückgelassen, eins hat Ronan an seinem Arbeitsplatz versteckt, und eins halte ich hier in meiner Hand. Aber was ist mit den Kostbarkeiten, die Wighard gehörten? Was ist von denen geblieben?»

Cornelius zuckte die Achseln. «Die letzten Stücke befanden sich in dem Sack, den die Araber mitgenommen haben.»

«Und im Tausch dafür habt Ihr nichts anderes bekommen als ein paar alte Bücher?» fragte Furius Licinius ungläubig.

Cornelius' Augen leuchteten auf.

«Von einem Soldaten wie Euch erwarte ich dafür kein Verständnis. Die Bücher sind viel mehr wert als alles Gold und Silber der Welt. Ich habe Erasistratus von Ceos' Werk über den Ursprung der Krankheiten, Galens *Physiologie* und mehrere Werke von Hippokrates wie *Die heilige Krankheit*, *Epidemien*, seine *Aphorismen* und außerdem Herophilus' Kommentare zu Hippokrates gerettet.» In seiner Stimme schwang tiefe Genugtuung mit. «Die großen Schätze der medizinischen Literatur! Wie sollte ich erwarten, daß Ihr ihren Wert erkennt, der doch sehr viel höher ist als der Wert all dessen, was ich dafür eingetauscht habe.»

Fidelma lächelte sanft. «Aber das, was Ihr dafür eingetauscht habt, gehörte nicht Euch, Cornelius von Alexandria, sondern Wighard, der nach Rom gekommen war, um sich zum nächsten Erzbischof von Canterbury weihen zu lassen. Sagt uns, wie es in Euren Besitz gekommen ist!»

Cornelius sah erst sie, dann Eadulf und schließlich Licinius an und sagte schlicht: «Ich habe Wighard nicht umgebracht.»

XV

«ICH MUSS BETONEN, DASS ICH IN ERSTER Linie Alexandriner bin.» Der Chirurgus warf sich in die Brust, als könnte diese Aussage alles erklären. «Unsere Stadt ist vor neunhundert Jahren von dem großen Alexander von Mazedonien gegründet worden. Ptolemaios I. legte den Grundstein zu der berühmten Bibliothek, die laut Kallimachos' Katalog einst siebenhunderttausend Bände umfaßte. Als Julius Cäsar in Alexandria einfiel, brannte das Hauptgebäude ab, und viele Bücher wurden zerstört. Es konnte nie bewiesen werden, aber dem Gerücht nach ging die Zerstörung auf kleinliche römische Mißgunst zurück. Doch die Bibliothek ist wieder aufgebaut worden und galt in den letzten sechshundert Jahren auch weiterhin als eine der größten der Welt.»

«Was hat das alles mit Wighards Tod zu tun ...?» unterbrach ihn Eadulf ungeduldig, weniger an Cornelius als an Fidelma gewandt, die den Ausführungen des Griechen mit gespannter Aufmerksamkeit folgte.

Fidelma hob eine Hand, um ihn zum Schweigen zu bringen. Sichtlich verärgert über die Unterbrechung nahm der griechische Chirurgus seinen Faden wieder auf.

«Die Bibliothek in Alexandria war die größte der Welt», betonte er noch einmal, «und ich habe vor vielen Jahren in Alexandria an der großen, von Herophilus und Erasistratus fast zur gleichen Zeit wie die Bibliothek gegründeten Schule der Medizin studiert. Nachdem ich meine Studien beendet und einige Jahre in Alexandria praktiziert hatte, wurde ich als Lehrer an die Schule berufen. Dann brach die schreckliche Katastrophe über uns herein, und die Welt geriet aus den Fugen.»

«Was für eine Katastrophe meint Ihr, Cornelius?» fragte Fidelma.

«Die arabischen Anhänger der neuen Religion, die

der Prophet Mohammed einige Jahrzehnte zuvor begründet hatte, zogen in Scharen von ihrer angestammten Halbinsel im Osten aus, um einen unerbitterlichen Eroberungskrieg anzuzetteln. Ihre Führer hatten sie zum *dschihad*, zum heiligen Krieg gegen all jene aufgerufen, die sie *kafir* nannten – ‹Ungläubige›, die sich nicht zu Mohammeds Religion bekennen wollten. Vor zwanzig Jahren kamen sie auch nach Ägypten, fielen in Alexandria ein und brannten alles nieder. Viele von uns mußten fliehen und anderswo auf der Welt Zuflucht suchen. Mir gelang es, eine Koje auf einem Schiff nach Rom zu ergattern, und das letzte, was ich von meiner Heimatstadt sah, waren die hohen, weißen Mauern der alexandrinischen Bibliothek, die gemeinsam mit den unermeßlichen geistigen Schätzen in Rauch und Flammen aufgingen.»

Cornelius verstummte und hielt Eadulf sein leeres Trinkgefäß hin.

Widerwillig goß der sächsische Mönch ihm aus der *amphora* noch etwas Wein nach, den Cornelius in großen Schlucken hinunterstürzte. Nachdem er seinen Durst gestillt hatte, fuhr er fort: «Vor nicht allzu langer Zeit sprach mich dann hier in Rom ein arabischer Kaufmann an. Er sagte, er habe gehört, ich sei früher als Medikus in Alexandria tätig gewesen und ein guter Kenner der dortigen Bibliothek. Er habe etwas, das er mir zeigen wolle. Es war Erasistratus' Buch, von ihm eigenhändig niedergeschrieben. Ich konnte es kaum glauben. Der Kaufmann sagte, er würde mir das Werk und zwölf weitere Bücher aus der Alexandrinischen Bibliothek verkaufen. Die Summe, die er nannte, war lächerlich hoch – eine Summe jenseits meiner Möglichkeiten, obwohl ich nach römischen Maßstäben durchaus wohlhabend bin. Der Kaufmann gab mir Bedenkzeit und sagte, wenn ich seinen Preis bezahlen könne, wäre er zum Handel bereit.

Was sollte ich tun? Ich verbrachte eine ganze Nacht in schlafloser Grübelei. Schließlich vertraute ich mich Bruder Osimo Lando an, der ebenfalls aus Alexandria stammte. Er zögerte keinen Augenblick. Wenn wir das Geld nicht auf gesetzliche Weise zusammenbekommen könnten, müßten wir es eben anders versuchen. Wir schworen uns, die großen Zeugnisse griechischer Gelehrsamkeit für die Nachwelt zu retten.»

«Für die Nachwelt ... oder für Euch selbst?» fragte Fidelma kühl.

Doch Cornelius ließ sich nicht aus der Fassung bringen. Stolz schwang in seiner Stimme mit.

«Wer sonst außer mir, einem alexandrinischen Arzt, hätte den wahren Wert dieser Bücher schätzen können? Selbst Osimos Interesse war eher allgemeiner Natur, während ich die Gelegenheit sah, mit den großen Geistern meines Fachs in unmittelbare Zwiesprache zu treten.»

«Also habt Ihr Wighard getötet, um an seine Schätze und damit an die nötige Kaufkraft zu gelangen?» fragte Eadulf verächtlich.

Cornelius schüttelte den Kopf. «Nein, ganz so war es nicht», entgegnete er leise.

«Wie denn sonst?» fragte Furius Licinius ungeduldig.

«Es stimmt, daß wir Wighard bestohlen haben, getötet haben wir ihn aber nicht», beharrte Cornelius trotzig. Schweißperlen standen auf seiner Stirn. Er tat sein möglichstes, um sie zu überzeugen.

«Laßt Euch Zeit», erwiderte Fidelma kühl, «und erklärt uns in aller Ruhe, wie sich alles abgespielt hat.»

«Osimo war ein enger Freund von Ronan Ragallach ...» Cornelius sah Fidelma an. «Ihr wißt, was ich damit meine? Ein *sehr* enger Freund», sagte er mit anzüglicher Betonung.

Fidelma nickte. Das Wesen dieser Freundschaft war ihr längst klar gewesen.

«Osimo beschloß daher, Ronan in die Sache einzuweihen. Wir hörten, daß Wighard nach Rom gekommen sei, um sich von Seiner Heiligkeit zum Erzbischof von Canterbury weihen zu lassen. Aber was viel wichtiger war: Wir wußten, daß Wighard kostbare Geschenke aus den sächsischen Königreichen mitgebracht hatte. Diese Schätze waren genau das, was wir brauchten. Und Ronan Ragallach, der diesem Wighard schon früher begegnet war und keine besondere Zuneigung für ihn hegte, schien es eine gewisse Schadenfreude zu bereiten, ausgerechnet ihn seiner Schätze zu berauben.»

Fidelma wollte etwas sagen, besann sich aber eines Besseren. «Sprecht weiter», forderte sie ihn auf.

«Es war alles ziemlich einfach. Ronan kundschaftete Wighards Gemächer aus. Allerdings wurde er in der Nacht fast von einem *tesserarius* geschnappt. Ronan sagte dem Mann auf Irisch, sein Name sei ‹Niemand›. Zum Glück hat der Soldat es ihm geglaubt.»

Verlegen sah Licinius zu Boden. «Dieser *tesserarius* war ich», gestand er. «Und ich muß Euch sagen, ich kann über diesen Witz bis heute nicht lachen.»

Cornelius ging nicht weiter darauf ein. «Er ist noch einmal davongekommen. Besser wäre es allerdings gewesen, er wäre gar nicht erwischt worden.»

«Und wenn ich ihm nicht geglaubt hätte, wäre Wighard vielleicht noch am Leben», sagte Licinius. «In der darauffolgenden Nacht ist er ermordet worden.»

«Uns ging es nur um seine Schätze», widersprach Cornelius. «Osimo und Ronan beschlossen, den Diebstahl gemeinsam auszuführen, da ich im Palast zu gut bekannt sei. Sie planten, durch die neben Abt Puttocs Zimmer liegende Kammer in das *domus hospitale* einzudringen ...»

«Durch Bruder Eanreds Kammer?» fragte Fidelma.

«Ja. Auf diese Weise konnten sie die Wachposten umgehen und gleich ins obere Stockwerk gelangen. Unter dem Fenster dieser Kammer beginnt ein breiter Sims, der bis zu den Fenstern des *munera peregrinitatis* verläuft.»

«Ich habe diesen Sims gesehen. Von Eanreds Zimmer aus ist er leicht zu erreichen.»

Cornelius nickte anerkennend. «Ihr habt ein scharfes Auge, Schwester. Ronan und Osimo konnten also unbeobachtet ins *domus hospitale* gelangen. Die einzige Schwierigkeit bestand darin, den sächsischen Diener aus dem Verkehr zu ziehen.»

«Und das war Eure Aufgabe», meinte Fidelma mit einem zufriedenen Lächeln. «Deshalb habt Ihr den einfältigen Eanred in Eure Villa eingeladen und mit Wein und gelehrten Vorträgen bei Laune gehalten, bis ihr davon ausgehen konntet, daß Eure Komplizen die Beute an sich gebracht hatten.»

Cornelius nickte, erstaunt über Fidelmas Wissen.

«Während ich Eanred ablenkte – glaubt mir, es war keine leichte Aufgabe, diesen Einfaltspinsel zu beschäftigen –, machten Osimo und Ronan sich auf den Weg in seine Kammer. Osimo hielt Wache, und Ronan schlich sich in Wighards Gemächer, um zu sehen, ob er schon schlief.»

«Aber Wighard überraschte Ronan und mußte dafür mit seinem Leben bezahlen?» fragte Eadulf ungeduldig.

«Nein!» entgegnete Cornelius. «Ich sagte Euch doch schon: Weder Ronan noch Osimo haben Wighard getötet.»

Fidelma sah Eadulf stirnrunzelnd an. «Laßt Cornelius die Geschichte auf seine Weise erzählen», wies sie ihn sanft zurecht.

«Aus Wighards Gemächern war kein Geräusch zu

hören, also trat Ronan ein. Er schlich als erstes ins Schlafzimmer, wo er den toten Wighard fand. Im ersten Augenblick des Entsetzens wollte Ronan fliehen, doch dann fiel ihm ein, daß der Diebstahl nun um so leichter auszuführen war. Er nahm seinen ganzen Mut zusammen und füllte die beiden Säcke, die er zu diesem Zweck mitgebracht hatte, mit den wertvollen Kelchen. Die Säcke waren sperrig und schwer, so daß er zunächst nur einen davon zu dem in Eanreds Kammer wartenden Osimo bringen konnte und noch einmal zurückkehren mußte, um den zweiten Sack zu holen.

Osimo kletterte mit dem ersten Sack zurück ins *munera peregrinitatis*, während Ronan den zweiten Sack in Eanreds Kammer schleppte ...»

«Wobei ein Stück von dem Sackleinen am Türrahmen hängenblieb», murmelte Fidelma.

Cornelius fuhr fort: «Ronan war schon dabei, aus Eanreds Fenster zu klettern, als ihm voller Schreck einfiel, daß er Wighards Tür nicht geschlossen hatte. Aus Angst, die Leiche könnte entdeckt werden, ehe sie ihre Beute sicher verstaut hatten, ließ er den Sack am offenen Fenster stehen und kehrte noch einmal auf den Flur zurück. Es war ein törichter Entschluß, der geradewegs zu seiner Verhaftung führte, denn wie er uns später erzählte, hatte er Eanreds Kammer gerade verlassen, als plötzlich ein *decurion* der *custodes* vor ihm auftauchte und ihn aufforderte stehenzubleiben.

Ronan war so geistesgegenwärtig, nicht in Eanreds Kammer zurückzukehren und damit den *decurion* auf die Fährte seines Komplizen Osimo zu lenken. Statt dessen versuchte er, über die Treppe am anderen Ende des Flurs zu flüchten. Dabei lief er jedoch geradewegs den beiden Soldaten unten im Innenhof in die Arme.»

«Die Flucht durch Eanreds Fenster wäre aussichtsreicher gewesen», bemerkte Eadulf.

Cornelius sah ihn mißmutig an. «Wie ich schon sagte, war Ronan klar, daß er den *decurion* damit unmittelbar zu dem zweiten Sack mit den wertvollen Kelchen und auf die Fährte seines Freundes Osimo geführt hätte. Deshalb hat er sich für die andere Möglichkeit entschieden.»

«Und was ist mit dem Sack geschehen, den er in Eanreds Kammer gelassen hatte?» fragte Fidelma. «Ich nehme an, Osimo ist noch einmal wiedergekommen, um ihn zu holen?»

«Richtig», entgegnete Cornelius nickend. «Nachdem Osimo den ersten Sack sicher verstaut und eine Weile lang vergeblich auf Ronan gewartet hatte, machte er sich große Sorgen um seinen Freund. Also kehrte er in Eanreds Kammer zurück. Er fand den zweiten Sack, erkannte an den lauten Stimmen draußen im Flur, daß Ronan gefaßt worden war, nahm den Sack und brachte ihn ins *munera peregrinitatis.* Dort beschloß er, die Säcke in seinem Zimmer in Biedas Herberge zu verstekken, da eine Durchsuchung des Amtes zu befürchten war. Wir wußten nicht, was wir tun sollten. Am nächsten Morgen gelang es Ronan nun, aus seiner Zelle zu fliehen. Einer der Soldaten war unachtsam gewesen ...»

«... und ist inzwischen dafür bestraft worden ...», murmelte Furius Licinius.

«Ronan Ragallach hat sich sofort an Euch gewandt?» fragte Fidelma.

Cornelius nickte.

«Und Ihr habt ihn versteckt?»

«Wir hatten vor, ihn aus der Stadt zu schmuggeln und ihn auf einem Boot zu verstecken. Aber Ronan war ein Mann mit Grundsätzen, von denen er, wenn es um Mord ging, nicht abzubringen war», betonte Cornelius, als hätte ihm jemand widersprochen. «Er hörte davon, daß Ihr, Fidelma von Kildare, den ihm angelasteten

Mord an Wighard untersuchen solltet. Für Ronan war Mord im Gegensatz zu Diebstahl eine schwerwiegende Angelegenheit. Außerdem sagte er uns, Ihr hättet in Eurer Heimat einen hervorragenden Ruf. Ronan hatte Euch vor einiger Zeit am Hof Eures Hochkönigs in Tara gesehen. Am Tag vor dem Diebstahl hat er Euch in der Via Merulana wiedererkannt und war Euch eine Weile gefolgt, um jeden Irrtum auszuschließen.»

Eadulf, der sich an den Vorfall erinnerte, nickte zur Bestätigung.

«Er sagte, Ihr wärt an den Gerichten Eures Landes als Advokatin tätig und dafür berühmt, selbst schwierige Fälle lösen zu können. Ja, Ronan erklärte uns, Ihr wärt ein Mensch, der allein der Suche nach der Wahrheit verpflichtet sei. Osimo und ich rieten ihm ab, aber er wollte unbedingt mit Euch sprechen, seinen Namen reinwaschen und Euch davon überzeugen, daß er an Wighards Tod keine Schuld trug.»

Furius Licinius lachte auf. «Und Ihr erwartet, daß wir Euch das glauben? Ihr habt bereits gestanden, daß Ihr Wighard beraubt habt. Wer ihn beraubt hat, muß ihn auch getötet haben.»

Cornelius sah Fidelma flehend an.

«Das ist nicht wahr. Wir haben mit dem Tod des Sachsen nichts zu tun. Wir haben ihn bestohlen, das gebe ich zu. Und zwar für einen Zweck, für den ich mich bis heute nicht schäme. Wenn Ihr der wahrheitsliebende Mensch seid, für den Ronan Euch gehalten hat, werdet Ihr das wissen.»

Fidelma mußte zugeben, daß Cornelius einen aufrichtigen Eindruck machte. «Deshalb wollte sich Ronan also in den Katakomben mit mir treffen.»

«Ja. Natürlich hätte er nicht offenbart, daß Osimo und ich in die Sache verstrickt waren. Ihm ging es nur darum, seinen Namen reinzuwaschen.»

«Und mußte dafür sein Leben lassen.»

Cornelius nickte. «Ich hätte ihm davon abgeraten, wußte aber nichts davon, bis Osimo es mir erzählte. Ich bin sofort zum Friedhof geeilt, um Ronan abzufangen.»

«Deshalb wart Ihr so rasch zur Stelle!»

«Ja. Ich wollte Ronan unbedingt daran hindern, Euch etwas anzuvertrauen, das den Verdacht auf Osimo und mich gelenkt und den Ankauf der Bücher gefährdet hätte. Stellt Euch mein Entsetzen vor, als ich den Friedhof betrat und den arabischen Kaufmann und seinen Gefährten aus den Katakomben fliehen sah. Sie sagten mir, sie hätten Ronan tot aufgefunden.»

«Wieso sind sie Ronan in die Katakomben gefolgt, obwohl Ihr doch offenbar ihr Verhandlungspartner wart?» fragte Fidelma.

«Am Abend vor seinem Tod hatte Ronan sich bereit erklärt, sich an meiner Stelle mit dem arabischen Kaufmann hier in Marmorata zu treffen und den ersten Tauschhandel vorzunehmen. Der Kaufmann hatte mir einen kurzen Brief mit Anweisungen geschickt, den ich Ronan gegeben habe. Nach der Unterredung sagte Ronan jedoch zu Osimo, er habe das Gefühl, die Araber seien ihm gefolgt. Vielleicht waren sie mißtrauisch geworden.

Als ich ihnen auf dem Friedhof begegnete, dachte ich natürlich, sie hätten Ronan umgebracht. Ehe ich sie weiter befragen konnte, wurde ich jedoch zur Hilfe gerufen. Es hieß, in den Katakomben habe sich jemand verletzt.

Ich nahm an, es ginge um Ronan, eilte zum Haupteingang und stieg die Treppe hinunter. Vielleicht könnt Ihr Euch meine Überraschung vorstellen, als ich ausgerechnet Euch auf mich zukommen sah. Zu meinem Entsetzen mußte ich dann noch erkennen, daß Ihr einen der gestohlenen Kelche bei Euch hattet. In diesem Moment kam etwas über mich. Ich holte aus und – vergebt mir, Schwester! – schlug Euch auf den Kopf. Den Kelch nahm ich an mich. Dann durchsuchte ich Euer *marsupium*, und das war ein Glück, denn ich fand den Brief des arabischen Kaufmanns, den ich Ronan gegeben hatte. Ich hatte ihn gerade eingesteckt, als ich jemanden die Treppe herunterlaufen hörte. Ich mußte so tun, als hätte ich Euch gerade erst ohnmächtig aufgefunden. Zum Glück zweifelte niemand meine Aussage an. Alle gingen davon aus, daß Ihr die verletzte Person wart, zu der man mich gerufen hatte.»

Fidelma sah ihn mit großen Augen an. «*Ihr* habt mich also niedergeschlagen?»

«Vergebt mir», wiederholte Cornelius ohne allzu große Zerknirschung.

«Ich hatte gleich das Gefühl, daß mir die Gestalt auf der Treppe irgendwie bekannt vorkam», murmelte Fidelma nachdenklich.

«Als Ihr Euer Bewußtsein wiedererlangtet, schient Ihr mich aber in keiner Weise zu verdächtigen.»

«Eines verstehe ich immer noch nicht: Ich hatte die Araber in den Katakomben hinter mir zurückgelassen. Wie konnten sie vor mir herauskommen und Euch von Ronans Tod erzählen, ehe wir uns auf der Treppe begegneten?»

Cornelius zuckte mit den Achseln. «Offenbar wißt Ihr nicht, wie viele Ein- und Ausgänge diese Katakomben haben. Nicht weit von der Grabkammer, in der Ronan getötet wurde, gibt es einen, der zum Friedhofstor führt. Hättet Ihr diesen Weg eingeschlagen, wärt Ihr innerhalb weniger Minuten im Freien gewesen. Daher auch der unbekannte Pilger, der sagte, in den Katakomben sei jemand verletzt worden.»

Licinius nickte. «Cornelius hat recht, Schwester. Auch der fremde Pilger muß einen anderen Weg benutzt und Euch auf dem Weg zurück zum Haupteingang überholt haben.»

«Und warum seid Ihr nicht gleich zu Ronan gegangen?» fragte Fidelma.

«Hätte ich die Abkürzung genommen, hätte das sofort Mißtrauen erregt. Ja, ich wäre am liebsten sofort zu ihm geeilt, aber es standen zu viele Leute herum, und ich mußte zuerst Euch in den Palast zurückbringen. Anschließend war es zu spät. Licinius wurde zu den Katakomben geschickt, um Ronans Leiche zu bergen.»

«Was habt Ihr mit dem Brief und dem Kelch gemacht?» fragte Fidelma.

«Ich habe beides in meiner Arzneitasche versteckt und Osimo aufgesucht, um ihm die traurige Nachricht zu übermitteln. Offenbar haben die Araber Ronan auf dem Gewissen. Aber warum haben sie ihn getötet? Dachten sie, er würde sie betrügen?»

«Es waren nicht die Araber», sagte Fidelma.

Cornelius' Augen weiteten sich vor Erstaunen. «Das haben sie auch behauptet. Aber wer soll es sonst gewesen sein?»

«Das müssen wir noch herausfinden.»

«Nun, ich oder Osimo waren es jedenfalls nicht. Das schwöre ich beim lebendigen Gott!» verkündete Cornelius.

Fidelma lehnte sich zurück und sah den griechischen Chirurgus nachdenklich an. «Eine Sache verstehe ich nicht ...», begann sie.

«Mehr nicht?» spöttelte Eadulf. «Ich finde, die Lage wird immer verworrener.»

Furius Licinius nickte zustimmend. Fidelma achtete nicht weiter darauf. «Ihr sagtet, Bruder Ronan habe Wighard von früher gekannt und sei nicht besonders gut auf ihn zu sprechen gewesen. Könnt Ihr das etwas genauer erklären?»

«Mein Wissen beruht allein auf Hörensagen, Schwester», antwortete Cornelius. «Ich habe die Geschichte nur so weitergegeben, wie Ronan sie Osimo und dieser wiederum mir erzählt hat.»

Er hielt einen Augenblick inne, um seine Gedanken zu ordnen, ehe er fortfuhr: »Ronan Ragallach hat sein Heimatland vor vielen Jahren verlassen, um den Sachsen das Wort des Herrn zu bringen. Zuerst reiste er durch das Königreich der Westsachsen, dann kam er ins Königreich Kent. Eine Weile predigte er an einer Kirche in Canterbury, die dem heiligen Martin von Tours geweiht ist. Wie ich erfahren habe, soll es ein winziges Kirchlein sein.»

Eadulf nickte zustimmend. «Ich kenne die Kirche.»

«Vor etwa sieben Jahren erschien eines Nachts ein Sterbender in dieser Kirche. Er war an Geist und Körper gebrochen und litt offenbar an einer Lungenkrankheit. Er wußte, daß es mit ihm zu Ende ging und wollte seine Sünden beichten. Zufällig war in jener Nacht nur ein Geistlicher zugegen, der ihm die Beichte abnehmen konnte – ein reisender Mönch aus Irland.»

«Ronan Ragallach!» platzte *tesserarius* Licinius, der Cornelius' Erzählung gebannt folgte, ungeduldig heraus.

«Genau», bestätigte Cornelius. «Bruder Ronan Ragallach. Er nahm dem Mann die Beichte ab, und es waren keine geringen Sünden, die er dabei zu hören bekam. Die schlimmste war, daß der Mann sich als Mörder hatte dingen lassen. Am meisten beunruhigte ihn dabei, daß er von einer großen Sünde wußte, die auf einem bedeutenden Mitglied der Kirche lastete. Er erzählte Ronan die Hintergründe des Verbrechens in allen Einzelheiten: Er hatte von einem Diakon der Kirche Geld erhalten, um dessen Familie zu töten, weil sie ihm bei seinem weiteren Fortkommen im Wege war. Nachdem er das Geld des Diakons angenommen und dessen Frau erschlagen hatte, sah er eine Möglichkeit, sich noch mehr zu bereichern, indem er die Kinder in ein benachbartes Königreich verschleppte und als Sklaven an einen Bauern verkaufte. Schließlich starb der Mann. Und mit seinem letzten Atemzug nannte er Ronan den Namen des Diakon, der ihn als Mörder gedungen hatte. Dieser war damals der Sekretär Deusdedits, des Erzbischofs von Canterbury ...»

«Wighard!» rief Eadulf entsetzt. «Wollt Ihr damit sagen, Wighard habe seine Frau und seine Kinder mit Hilfe eines gedungenen Mörders aus dem Weg geräumt?»

Cornelius nickte bloß und fuhr fort: «Durch das Beichtgeheimnis gebunden, segnete Bruder Ronan den toten Mann, den er von einem so abscheulichen Verbrechen nicht lossprechen konnte, und begrub ihn außerhalb der Friedhofsmauer. Sein Wissen belastete ihn, aber er fühlte sich nicht in der Lage, Wighard zur Rechenschaft zu ziehen oder irgend jemandem davon zu erzählen. Er beschloß, Canterbury zu verlassen, nach Rom zu reisen und ein neues Leben zu beginnen. Als er Wighard in Rom sah und hörte, daß er von Seiner Heiligkeit zum Erzbischof von Canterbury berufen werden sollte, war er so entsetzt, daß er Osimo seine Geschichte anvertraute. Osimo berichtete sie dann später mir.»

«War Ronans Wut auf Wighard so groß, daß er ihm womöglich nach dem Leben trachtete?» fragte Licinius.

«Und sich danach genau auf die gleiche Weise das Leben nahm?» erwiderte Fidelma zweifelnd. «Das ist ziemlich unwahrscheinlich. Wann hat Osimo Euch diese Geschichte erzählt, Cornelius?»

«An dem Tag, als wir darüber sprachen, wie wir das Geld für den arabischen Kaufmann beschaffen könnten. Ronan sagte, es sei keine Sünde, Wighard zu berauben.

Ich wußte diese Bemerkung nicht zu deuten, und als wir später allein waren, vertraute Osimo mir alles an. Für ihn war es der Grund, warum Ronan meinte, Wighard habe es verdient, um seinen Schatz erleichtert zu werden.»

Eine Weile lang herrschte nachdenkliches Schweigen, dann sagte Fidelma: «Ich glaube Euch, Cornelius von Alexandria. Eure Geschichte ist viel zu unwahrscheinlich, um erfunden zu sein, und Ihr habt einiges an Schuld zugegeben.»

«Ihr seid ein kenntnisreicher Mann, Cornelius. Wißt Ihr zufällig irgend etwas über die Saturnalien?» wechselte sie unvermittelt das Thema.

«Die Saturnalien?» fragte der Alexandriner erstaunt. Auch Eadulf und Licinius blickten überrascht drein.

Fidelma nickte stumm.

«Die Saturnalien waren ein heidnisches Fest, das zu Ehren des Saturn gegen Ende Dezember gefeiert wurde», erklärte Cornelius. «Es war eine Zeit der Freude, des gegenseitigen Wohlwollens und der Geschenke. Alle Geschäfte ruhten, man kleidete sich festlich und ließ es sich wohlergehen.»

«Und gab es während des Festes irgendwelche besonderen Bräuche?» hakte Fidelma nach.

Cornelius zuckte die Achseln. «Soweit ich weiß, begannen die Saturnalien mit einem Opfer im Tempel und einem öffentlichen Festessen für jedermann. Selbst das Glücksspiel war während des Festes erlaubt. Ach ja, und dann wurden die Standesunterschiede aufgehoben. Die Sklaven zogen die Kleider ihrer Herren an und wurden von allen Pflichten befreit, während ihre Herren sie bedienen mußten.»

Fidelmas Augen leuchteten auf, und ein Lächeln erschien auf ihrem Gesicht. «Danke, Cornelius», meinte sie und stand auf.

«Und was wird aus mir?» fragte Cornelius und erhob sich ebenfalls schwerfällig von seinem Platz.

«Das kann ich im Augenblick noch nicht sagen», räumte Fidelma ein. «Ich werde dem *superista* Bericht erstatten, und ich nehme an, er wird die Angelegenheit dem Magistrat der Stadt übergeben. Was die Gesetze Roms betrifft, kenne ich mich nicht so gut aus.»

«In der Zwischenzeit», erklärte Furius Licinius nicht ohne Genugtuung, «wird man Euch in einer Zelle der *custodes* Obdach gewähren, und es wird Euch nicht so leicht fallen, von dort zu fliehen wie Eurem Spießgesellen Ronan Rogallach. Darauf habt Ihr mein Wort.»

Cornelius zuckte trotzig die Achseln. «Zumindest habe ich der Nachwelt einige große Werke erhalten, die sonst für immer verloren gewesen wären. Das ist meine Entschädigung.»

Licinius führte ihn zur Tür.

Da hatte Fidelma noch einen Einfall «Wartet!»

Cornelius drehte sich um.

«Haben Ronan oder Osimo noch jemandem von dem angeblichen Mord an Wighards Frau und dem Verkauf der Kinder erzählt?»

Cornelius schüttelte den Kopf. «Nein. Ronan erzählte es Osimo unter dem Siegel der Verschwiegenheit, und Osimo berichtete mir aus den bereits genannten Gründen davon.»

Dann huschte ein neuer Ausdruck über sein Gesicht. Anscheinend erinnerte er sich an etwas.

«Aber Ihr habt Euer Wissen weitergegeben?» hakte Fidelma sofort nach.

Cornelius sah verlegen zu Boden. «Ich hielt es für eine so gottlose Tat, ein so abscheuliches Verbrechen, daß ich mehrere Tage lang nicht mehr zur Ruhe kam. Ein Mann, der in Kürze von Seiner Heiligkeit zum Erzbischof geweiht werden sollte, war von einem Sterbenden in seiner letzten Beichte als Mörder seiner Frau und seiner eigenen Kinder bezichtigt worden! Ich konnte es nicht für mich behalten, auch wenn ich damit das Vertrauen meines Freundes Osimo brach. Also wandte ich mich an einen Kirchenmann von Rang und Ehren.»

Fidelma überlief es heiß und kalt. «Ihr konntet also nicht schweigen. Das ist verständlich», stimmte sie ungeduldig zu. «Wem habt Ihr Euch anvertraut?»

«Ich hielt es für ratsam, mich an jemanden aus Wighards Gefolge zu wenden, um herauszufinden, ob andere etwas davon wußten und welche Möglichkeiten es gab, die Sache weiter zu verfolgen ... Außerdem brauchte ich den Rat eines Mannes, der genügend Einfluß besaß, um die Angelegenheit möglichst noch vor der Weihe des zukünftigen Bischofs Seiner Heiligkeit zu Gehör zu bringen. Deshalb beschloß ich am Tag vor Wighards Tod, einen sächsischen Prälaten einzuweihen.»

Fidelma schloß die Augen und versuchte, ihre Unrast zu bezähmen. Eadulf, dem das Gewicht dieser Aussage nur allzu bewußt war, wartete mit bleichem, angespanntem Gesicht.

«Wem habt Ihr es erzählt?» fragte Fidelma noch einmal in scharfem Ton.

«Nun, dem sächsischen Abt natürlich. Abt Puttoc.»

XVI

«PUTTOC», MURMELTE BRUDER EADULF, ALS sie über das Gelände des Lateranpalastes zu Abt Puttocs Zimmer im *domus hospitale* eilten. «Dann war es dieser verlogene, lüsterne Hurenbock also doch.»

Fidelma strafte ihn mit einem mißbilligenden Seitenblick.

«Eure Sprache ziemt sich nicht, Eadulf«, tadelte sie ihn sanft.

«Es tut mir leid. Aber wenn ich an diesen ruchlosen Priester denke, der anderen Moral predigt und sich selbst vorbehaltlos dem Laster hingibt, koche ich vor Wut. Er muß der Mörder sein! Ja, rückblickend betrachtet, erscheint mir alles ganz logisch.»

«Tatsächlich?» fragte sie.

«Natürlich erst im nachhinein», sagte Eadulf, beunruhigt über den leicht belustigten Ton in ihrer Stimme. Verspottete sie ihn jetzt, da sie die Antwort kannten, wegen seiner Begriffsstutzigkeit? Schließlich hatte er zu Beginn ihrer Ermittlungen nicht an Ronan Rogallachs Schuld gezweifelt und sich deshalb nicht die Mühe gemacht, sich näher mit dem Fall zu befassen. «Ganz bestimmt war es Puttoc. Nachdem er von Wighards dunklem Geheimnis erfahren hatte, beschloß er, Wighard zu töten und das Amt des Erzbischofs für sich zu beanspruchen. Ehrgeiz, nackter Ehrgeiz ist der Schlüssel zu dem ganzen Geheimnis.»

Fidelma seufzte. Eadulf besaß einen scharfen Verstand, machte aber immer wieder den Fehler, stets nur einen Pfad zu verfolgen und dabei zu vergessen, daß die vielen kleineren Umwege ebenfalls Beachtung verdienten.

Fidelma stellte fest, daß sie sich in Gedanken immer wieder mit Eadulf beschäftigte. Seit ihrer ersten Begegnung in Witebia spürte sie, daß er mehr für sie war als nur ein Glaubensbruder. Sie war gerne in seiner Nähe, genoß den Gedankenaustausch und die halbernsten Streitgespräche. Mehr noch, sie war nicht unempfänglich für Eadulfs Männlichkeit.

Mit achtundzwanzig Jahren hielt Fidelma sich für zu alt, um eine Ehe einzugehen, denn schließlich war es Sitte, mit sechzehn oder zwanzig Jahren zu heiraten. Es war keine bewußte Entscheidung gewesen, auf einen Gatten zu verzichten oder sich von der Welt abzuwenden, sondern hatte sich einfach so ergeben – was jedoch nicht bedeutete, daß sie ganz ohne Erfahrung war.

Im zweiten Jahr ihres Studiums an der Schule von Morann hatte sie einen jungen Mann kennengelernt, Cian, den Häuptling der Fianna, der Leibwache des Hochkönigs. Im nachhinein war die gegenseitige Anziehung jedoch eher körperlicher Natur gewesen. Ihre von heftiger Leidenschaft geprägte Liebesgeschichte endete abrupt, als Cian mit einem anderen jungen Mädchen durchbrannte, das sich ein trautes Heim wünschte und keine allzu große geistige Herausforderung darstellte. Fidelma war mit ihren Studien beschäftigt gewesen und hatte ständig über alten Texten gebrütet. Cian dagegen war eher ein Mann der Tat, dem jegliches Verständnis für hochfliegende Gedanken fehlte.

Fidelma fielen die Worte des Propheten Amos ein: «Können etwa zwei miteinander wandern, sie seien denn einig untereinander?» Doch trotz aller vernünftigen Vorhaltungen hatte das Ende dieser Liebe Fidelma tief verletzt. Davor war sie jung und sorglos gewesen, doch Cians Zurückweisung hatte sie ihrer Unbeschwertheit beraubt, auch wenn sie sich große Mühe gab, ihre Verbitterung zu verbergen. Sie hatte sich nie ganz von der Kränkung erholt, und konnte sie nicht vergessen – vielleicht ließ sie es auch nicht zu.

Fortan hatte Fidelma ihre ganze Tatkraft in ihre Studien gestekt. Sie wollte etwas lernen und dieses Wissen anwenden. Gefühle für einen Mann hatte sie sich nie wieder gestattet, was jedoch nicht heißen sollte, daß sie jeder flüchtigen Liaison aus dem Weg gegangen wäre. Fidelma war ein Kind ihrer Kultur und empfand keinen Neid auf die Asketen des Glaubens, die sich alle natürlichen Freuden versagten. Die Leugnung des eigenen Körpers und seiner Bedürfnisse erschien Fidelma widersinnig, und sie glaubte nicht an den Zölibat. Keuschheit war ihrer Meinung nach eine persönliche Entscheidung, kein religiöses Dogma. Doch ihre Beziehungen zu Männern waren weder tief noch dauerhaft gewesen. Hin und wieder hatte sie sich mehr erhofft und geglaubt, daß es etwas Ernstes sei, und doch hatte es stets mit einer Enttäuschung geendet.

Fidelma ertappte sich dabei, wie sie den sächsischen Mönch nachdenklich betrachtete. Sie versuchte zu verstehen, warum sie sich in seiner Gegenwart immer so froh und geborgen fühlte – und das, obwohl sie sich so voneinander unterschieden und aus anderen Kulturen stammten. Sie erinnerte sich daran, wie ihre Freundin, Äbtissin Étain von Kildare, ihr erklärt hatte, warum sie ihr Amt für eine Heirat aufgeben wollte. «Manchmal weiß man einfach, was richtig ist, Fidelma. Wie zum Beispiel, wenn ein Mann und eine Frau sich kennenlernen und sofort ahnen, daß sie einander verstehen. Vom ersten Augenblick an empfinden sie eine fast unerklärliche Vertrautheit, die keiner langjährigen Freundschaft bedarf. Es ist, als wären zwei Teile plötzlich zu einem geworden.» Fidelma runzelte die Stirn. Sie wünschte, sie könnte so sicher sein wie die arme Étain.

Plötzlich wurde ihr bewußt, daß Eadulf verstummt war und auf eine Antwort wartete.

«Puttocs Ehrgeiz? Meint Ihr tatsächlich?» fragte sie schließlich und riß sich mühsam aus ihren Gedanken. «Warum hat er seine Anschuldigungen dann nicht einfach dem Heiligen Vater vorgetragen? Wäre Wighards schreckliches Geheimnis einmal bekannt geworden, hätte ihn niemand zum Erzbischof geweiht.»

Eadulf lächelte nachsichtig. «Aber welche Beweise hätte Puttoc vorlegen können? Er hatte das Ganze nur von Osimo gehört, der es wiederum von Ronan hatte, und der galt bereits als überführter Dieb. Ohne einen glaubwürdigen Zeugen hätte er einen so ungeheuren Vorwurf niemals erhärten können.»

Fidelma mußte ihm zustimmen.

«Außerdem», fuhr Eadulf fort, «hatte Puttoc ebenfalls ein dunkles Geheimnis, von dem zumindest Bruder Sebbi wußte, nämlich seinen lasterhaften Lebenswandel. Hätte er Wighard angeklagt, wäre er sicherlich auch in Schwierigkeiten geraten.»

«Mag sein», räumte Fidelma ein. «Aber ist Puttoc tatsächlich ehrgeizig genug, um den zukünftigen Erzbischof zu erdrosseln? Und warum hätte er Ronan Rogallach ermorden sollen, der doch der einzige Zeuge der ganzen Geschichte war?»

Eadulf zuckte die Achseln. «Bruder Sebbi hat bestätigt, daß Puttoc in jeder Hinsicht skrupellos ist», erwiderte er wenig überzeugend.

Sie erreichten das *domus hospitale* und eilten die Stufen hinauf.

Oben auf der Treppe blieb Eadulf plötzlich stehen und legte Fidelma eine Hand auf den Arm. «Meint Ihr nicht, daß wir auf Furius Licinius und seine *custodes* warten sollten, ehe wir uns mit Puttoc anlegen?»

Licinius hatte den Auftrag, Cornelius ins Wachhaus zu bringen; anschließend wollte er sie in Puttocs Zimmer treffen.

Fidelma schüttelte ungeduldig den Kopf. «Selbst wenn Puttoc der Täter sein sollte, bezweifele ich, daß er uns irgend etwas antun würde.»

Eadulf sah sie überrascht an. «Nach allem, was Cornelius uns erzählt hat, glaubt Ihr noch immer nicht an Puttocs Schuld?»

«Ganz sicher hat Puttoc Dreck am Stecken», erwiderte Fidelma. «Aber ob er tatsächlich auch an den Morden beteiligt war, gilt es noch zu beweisen.»

Sie gingen durch den Korridor und blieben vor Puttocs Zimmer stehen. Fidelma beugte sich vor und klopfte an die Tür. Im Zimmer waren leise Geräusche zu hören. Dann herrschte Stille.

«Abt Puttoc! Ich bin es, Fidelma von Kildare.»

Doch sie erhielt keine Antwort. Fidelma nickte Eadulf zu. Der sächsische Mönch verstand sofort, drehte vorsichtig den Knauf herum und riß mit einem Ruck die Tür auf.

Wie angewurzelt blieben Fidelma und Eadulf auf der Schwelle stehen.

Der sächsische Abt lag auf dem Bett, die eisblauen Augen starrten glasig und leblos zur Decke. An der Todesursache gab es keinen Zweifel, denn die Gebetsschnur um seinen sehnigen Hals war nicht zu übersehen. Die Schlinge war so fest angezogen, daß sie ihm fast ins Fleisch schnitt. Seine Zunge quoll schwarz zwischen den Lippen hervor, seine Hände griffen verkrümmt ins Leere. Abt Puttoc von Stanggrund war auf die gleiche Weise erdrosselt worden wie vor ihm Wighard von Canterbury und Bruder Ronan Ragallach.

Fidelma und Eadulf blieb nur wenig Zeit, den Anblick des toten Abts auf sich wirken zu lassen, denn schon im nächsten Moment erkannten sie die Gestalt, die sich über die Leiche beugte. Beinahe gleichzeitig stießen sie einen Schreckensruf aus. Bruder Eanred wirbelte herum; sein Gesicht war zu einer gräßlichen Fratze verzerrt, so daß er Fidelma an ein in die Enge getriebenes Tier erinnerte.

Eine halbe Ewigkeit standen alle drei erstarrt da. In Wirklichkeit dauerte es jedoch nur den Bruchteil einer Sekunde, bis Eanred mit einem gellenden Schrei quer durchs Zimmer auf den einzigen Fluchtweg zulief, der ihm noch offenstand: das Fenster zum kleinen Innenhof. Offenbar war sein Ziel der schmale Sims unter dem Fenster.

Eadulf lief ihm nach, doch der hochgewachsene Mönch drehte sich um und streckte ihn mit einem Schlag nieder. Eadulf wurde rückwärts gegen die Wand geschleudert und sackte stöhnend in sich zusammen.

An seiner Stelle trat Fidelma vor. Eanred, der bereits auf der Fensterbank saß, zog ein Messer aus den Falten seines Gewands. Fidelma sah es aufblitzen und hatte gerade noch Zeit, sich zur Seite zu werfen, ehe das Messer durchs Zimmer schoß und hinter ihr im Türpfosten steckenblieb.

Während Fidelma sich aufrappelte, kletterte Eanred schon über die Fensterbank und stand nun auf dem schmalen Sims.

Mit einem ärgerlichen Stöhnen erhob sich Eadulf und mußte feststellen, daß sein Gegner im Begriff war zu fliehen. Er stürzte zum Fenster, doch Eanred war auf dem Sims schon ein gutes Stück vorangekommen.

Eadulf wollte ihm folgen, aber Fidelma hielt ihn zurück. «Nein, der Sims ist viel zu schmal und gefährlich. Das ist mir neulich schon aufgefallen», mahnte sie. «Der alte Putz bröckelt ab.»

«Aber Eanred wird uns entwischen», widersprach Eadulf.

«Wohin?»

Eadulf zeigte auf den breiten Sims, den Eanred zu erreichen versuchte.

«Der führt zum *munera peregrinitatis*», entgegnete Fidelma. «Er wird nicht weit kommen. Also braucht ihr nicht Euren Hals zu riskieren, Eadulf. Wir werden die *custodes* rufen.»

In diesem Augenblick hörten sie polternde Steine und einen irren Schrei.

Eanred, der spürte, wie der Sims unter ihm wegbrach, hatte versucht, zum Nachbargebäude hinüberzuspringen. Aber zu spät, das alte Mauerwerk trug ihn nicht mehr. Der frühere sächsische Sklave stürzte drei Stockwerke tief auf den Innenhof.

Fidelma und Eadulf spähten nach unten.

Eanreds Kopf war in einem seltsamen Winkel verdreht. Ein dunkler Fleck breitete sich auf dem Pflaster aus. Er war tot.

Eadulf trat keuchend ins Zimmer zurück und schüttelte verwirrt den Kopf. «Ihr hattet die ganze Zeit über recht, Fidelma. Es war mein Fehler, Puttoc zu verdächtigen. Eanred war der Täter. Wir hätten es uns schon in dem Moment denken können, als Sebbi uns sagte, daß Eanred seinen früheren Herrn erdrosselt hat.»

Fidelma antwortete nicht, sondern sah sich prüfend im Zimmer um.

Eadulf kratzte sich am Kopf. «Aber hat Eanred wirklich auf eigene Faust gehandelt? Er hatte so ein schlichtes Gemüt. Nein, möglicherweise hatte ich Abt Puttoc doch richtig eingeschätzt. Ganz sicher hat Eanred den Befehlen des Abts gehorcht», schloß Eadulf voller Genugtuung. «Und schließlich hat sich Eanred gegen Puttoc aufgelehnt und ihn ermordet – genau wie seinen früheren Herrn, als er noch Sklave war. Was meint Ihr?»

Fidelma hörte ihm gar nicht zu. Tief in Gedanken versunken, stand sie in der Mitte des Zimmers. Eadulf seufzte laut auf. «Vielleicht sollte ich jetzt lieber zu Furius Licinius gehen und ihm sagen, was sich hier zugetragen hat?» schlug er vor.

Fidelma nickte geistesabwesend.

«Kommt Ihr allein zurecht?» fragte Eadulf besorgt. «Ich hoffe, ich werde nicht allzu lange fortbleiben.»

«Ja, ja», antwortete sie, ohne aufzuschauen, und begann, Puttocs Leichnam zu untersuchen.

Eadulf zögerte, dann zuckte er die Achseln und machte sich auf den Weg. Unten aus dem Innenhof waren bereits aufgeregte Schreie zu hören. Eine kleine Menschenmenge hatte sich um Eanreds Leichnam versammelt.

Fidelma ließ sich nicht ablenken, sondern betrachtete den toten Abt aufmerksam. Gleich beim ersten Blick auf die Leiche war ihr etwas aufgefallen, das wegen der Aufregung um Eanreds Fluchtversuch in den Hintergrund getreten war.

Fidelma schloß die Augen, um sich das Bild ins Gedächtnis zu rufen. Eanred hatte sich über den toten Abt gebeugt und versucht, seinen Händen etwas zu entwinden. Ja, das war es! Sie öffnete die Augen wieder und sah sich die Hände des Abts genauer an. Tatsächlich, er hielt ein Stück zerrissenen Stoff umklammert. Und da war noch etwas. An dem Stoff steckte ein Stück Kupfer. Es hatte einmal zu einer Brosche gehört, Kupfer mit einem Stück rotem Glas.

Mit etwas Mühe gelang es Fidelma, dem Toten das Schmuckstück zu entwinden. Wo hatte sie diese Brosche schon einmal gesehen? Ja, jetzt erinnerte sie sich! Ein zufriedenes Lächeln erschien auf ihrem Gesicht. Endlich ergab alles einen Sinn.

Kurz darauf kehrte Eadulf mit Furius Licinius zurück.

«So», stellte Licinius fröhlich fest, «wir haben also endlich die Lösung des Rätsels gefunden.»

«Ja, da habt Ihr recht», stimmte Fidelma zu. «Sitzt Cornelius von Alexandria schon hinter Schloß und Riegel?»

Der *tesserarius* bestätigte das mit einem Nicken.

«Ich muß ihn noch einmal kurz sprechen. In der Zwischenzeit, Furius Licinius, könnt Ihr *superista* Marinus bitten, Bischof Gelasius, Äbtissin Wulfrun, Schwester Eafa und die Brüder Sebbi und Ine in sein *officium* zu rufen. Falls die Äbtissin Einspruch erheben sollte, sagt dem *Superista* bitte, daß die Anwesenheit aller genannten Personen zwingend erforderlich ist.»

«Sehr wohl», bestätigte der junge Offizier.

«Ausgezeichnet. Ihr begleitet ihn, Eadulf. Ich werde mit Cornelius sprechen und gleich darauf zu Euch kommen. Wenn wir dann alle versammelt sind, werde ich das Geheimnis lüften. Es ist eine Geschichte, in der das Böse und die Rachlust eine erschreckende Rolle spielen, mein Freund.»

Mit diesen Worten ging sie hinaus und ließ Eadulf und Licinius verwirrt im Zimmer des toten Abts von Stanggrund zurück.

XVII

WIE VON SCHWESTER FIDELMA ANGEORDNET, hatten sie sich alle in dem Zimmer eingefunden, das *superista* Marinus als *officium* diente. Bischof Gelasius thronte auf einem Stuhl vor dem reichverzierten Kamin. Er hatte die Ellenbogen auf die Armlehnen gestützt, die Hände wie in Gebetshaltung an den Fingerspitzen zusammengelegt und das Kinn darauf gesenkt. Sein finsteres Gesicht erinnerte an einen Raubvogel, der mit wachen, schwarzen Augen seine Beute belauert. Auf der anderen Seite des Kamins hatte Marinus Platz genommen. Er wirkte ausgesprochen ungeduldig und gereizt. Marinus war eindeutig ein Mann der Tat – müßig herumzusitzen war nicht seine Art. Schräg hinter ihm stand *tesserarius* Furius Licinius mit verschränkten Armen und undurchdringlichem Blick.

Für Äbtissin Wulfrun, Schwester Eafa und die Brüder Sebbi und Ine hatte man Stühle bereitgestellt. Die Äbtissin wirkte unruhig. Sie tat so, als langweile sie sich, und zupfte ständig an ihrem Schal. Neben ihr saß Schwester Eafa und sah sich blinzelnd um, als wüßte sie nicht, warum sie zu dieser Versammlung gerufen worden war.

Bruder Ine machte einen noch stilleren und gedrückteren Eindruck als sonst und hielt den Blick fest auf den Boden gerichtet, während Bruder Sebbi neben ihm die übliche Selbstgefälligkeit ausstrahlte. Ein spöttisches Lächeln umspielte seine Lippen. Fidelma erinnerte er an eine satte, schnurrende Katze. Zweifellos glaubte Sebbi, der Erfüllung seiner ehrgeizigen Pläne nahe zu sein, denn er hielt sich offenbar für den einzigen geeigneten Nachfolger des verstorbenen, aber nicht sonderlich betrauerten Abts von Stanggrund.

Eadulf, der mit Fidelma ins Zimmer getreten war, bezog an der Tür des *officium* Posten. Er blickte ein wenig finster drein, denn es wunderte ihn, daß Fidelma seit Bruder Eanreds Tod keine Rücksprache mit ihm gehalten hatte. Außerdem war er verärgert, weil sie sich einfach weigerte, der Wahrheit ins Auge zu sehen: Eanred war der Mörder von Wighard, Ronan Rogallach und Abt Puttoc. Allerdings hatte ihn Fidelmas Aussage, sie habe nur eine Vermutung, die sich bisher lediglich auf Indizien stütze, ein wenig besänftigt. Einen Beweis habe sie erst dann, wenn sie die verdächtige Person durch eine Zusammenfassung der Tatsachen zu einem Geständnis zwingen könne. Doch sie hatte sich geweigert, Eadulf den Namen dieser Person anzuvertrauen. Zwar war sie ebenfalls der Meinung, daß Wighards Mörder auch Ronan und Puttoc auf dem Gewissen hatte, aber sie beharrte weiterhin darauf, daß es sich bei dieser Person nicht um den toten Bruder Eanred handelte.

Als sie das *officium* betrat, hob Bischof Gelasius grüßend die Hand und schenkte ihr ein müdes Lächeln. Der *nomenclator* des Lateranpalasts wirkte erschöpft.

«Nun, Schwester», begann der Bischof und ließ die Hand wieder sinken, als er bemerkte, daß sie mehrere Schritte vor seinem Stuhl stehenblieb. Inzwischen hatte er sich fast daran gewöhnt, daß sie die römische Sitte, seinen Amtsring zu küssen, standhaft mißachtete. «Ich glaube, wir können uns die ausführlichen Erklärungen sparen, denn Eanreds Tod scheint all unsere Fragen zu beantworten. Also bleibt uns nur noch, Euch und Bruder Eadulf zu Eurem Scharfsinn zu beglückwünschen.»

Marinus, Sebbi und Ine murmelten zustimmend, während Wulfrun und Eafa keinerlei Regung zeigten.

Mit einem kühlen Lächeln sah Fidelma sich in der Runde um.

«Und uns bleibt die Aufgabe, Bischof Gelasius», sagte sie und wählte sorgfältig ihre Worte, «den Mord an Wighard aufzuklären, indem wir die Person benennen, die ihn getötet hat. Denn die gleiche Peron hat auch Bruder Ronan Ragallach und Abt Puttoc auf dem Gewissen.»

In Marinus' *officium* herrschte auf einmal Anspannung, und alle Augen richteten sich aufmerksam auf Fidelma. Die Anwesenden blickten erstaunt und fragend drein. Hinter einem dieser Gesichter verbarg sich eine gequälte Seele, auf der schwer die Schuld lastete. Fidelma hoffte, daß ihre Schlußfolgerungen zutrafen, aber sie mußte den Sprung ins kalte Wasser wagen.

Schwester Fidelma stellte sich mit dem Rücken zum Kamin zwischen Gelasius und Marinus und faltete bescheiden die Hände.

Bischof Gelasius, der bestürzt schien, betrachtete sie schweigend, dann räusperte er sich. «Das verstehe ich nicht ganz, Schwester. Habt Ihr Bruder Eanred nicht auf frischer Tat ertappt? Ich habe Licinius so verstanden, daß Eanred sich noch über die Leiche seines Opfers beugte, als Ihr und Bruder Eanred in Puttocs Zimmer kamt. Oder hat es sich anders zugetragen?»

«Bitte schenkt mir ein wenig von Eurer kostbaren Zeit», sagte Fidelma, ohne auf seine Frage einzugehen. «Wighards Tod hat uns zahlreiche Rätsel aufgegeben. Und es ist vieles geschehen, das uns den Blick auf die Wirklichkeit verstellte. Das alles müssen wir nun prüfen und dabei die Spreu vom Weizen trennen.»

Hilfesuchend sah Gelasius den *Superista* an, doch Marinus verzog keine Miene. Offenbar wollte er sich seine Ungeduld nicht anmerken lassen. Mit einer Handbewegung, die zugleich auch seine Verwirrung zum Ausdruck brachte, forderte Gelasius die irische Nonne auf weiterzusprechen.

«Nun gut», sagte Fidelma. «Wie Ihr sicherlich bereits wißt, gab es im Grunde zwei Fälle zu lösen. Diese Tatsache hat zu Beginn unserer Ermittlungen Bruder

Eadulf und mir viel Kopfzerbrechen bereitet, denn wie alle anderen auch hielten wir sie für zwei Gesichtspunkte ein und desselben Falles. In Wirklichkeit hatten sie jedoch nichts miteinander zu tun, sondern fielen nur zufällig zeitlich zusammen.»

Die anderen sahen sie verdutzt an. Fidelma begann zu erklären: «Der erste Fall war eindeutig. Wighard war ermordet worden. Von wem? Erst der zweite Fall machte den ersten so verworren. Wighard war auch bestohlen worden. Die kostbaren Geschenke, die er für Seine Heiligkeit mitgebracht hatte, und die Kelche aus den sächsischen Königreichen, die der Bischof von Rom segnen sollte, waren verschwunden. Wer war der Dieb? Zuerst gingen wir von einem einzigen Täter aus: Der Mörder hatte Wighard bestohlen – oder besser: Der Dieb hatte Wighard umgebracht. In Wirklichkeit brachte uns diese Annahme der Lösung kein bißchen näher. Wie sich herausstellte, handelte es sich um zwei völlig eigenständige Verbrechen.»

«Ihr wollt uns sagen, daß die Person, die Wighards Schätze an sich genommen hat, mit dem Mord an Wighard nichts zu tun hatte?» fragte Gelasius erstaunt.

Fidelma nickte. «Ja. Allerdings war uns das anfangs nicht klar, und die irrtümliche Verknüpfung von Raub und Mord stand uns im Wege. In Wirklichkeit hatten sich nämlich Bruder Ronan Ragallach und Bruder Osimo Lando verschworen, um die Schätze, die Wighard von Canterbury nach Rom gebracht hatte, zu stehlen. Sie wollten sie gegen einige sehr wertvolle Bücher eintauschen, die früher einmal in der Bibliothek in Alexandria standen. Wir wissen, daß die Anhänger Mohammeds die alexandrinische Bibliothek und mit ihr einige der kostbarsten Bücher der alten Welt vor etwas mehr als zwanzig Jahren gestürmt und zerstört haben.

Vor etwa einer Woche kam nun ein arabischer Kaufmann nach Rom. Er befand sich im Besitz einiger seltener medizinischer Werke, die auf wundersame Weise vor der Vernichtung gerettet wurden – Werke von Hippokrates, Galen von Pergamon und anderen, Bücher von unschätzbarem Wert, wie es sie nur in Alexandria gegeben hatte. Dieser findige Kaufmann wandte sich an den kundigsten Chirurgus in Rom, einen Mann, der in Alexandria gelebt, studiert und gelehrt hatte und die Stadt hatte verlassen müssen, als sie an die Anhänger Mohammeds fiel. Dieser Mann, wußte der Kaufmann, würde den Wert der Bücher zu schätzen wissen – und natürlich handelte es sich bei diesem Mann um keinen anderen als Cornelius von Alexandria.»

Sie hielt inne. Die anderen schwiegen. Die Kunde von Cornelius' Verhaftung hatte sich im Lateranpalast bereits herumgesprochen.

«Als Vitalians Leibarzt genoß Cornelius viele Vergünstigungen. Dennoch war er bei weitem nicht wohlhabend genug, um den von dem Araber geforderten Preis zu zahlen. Die Summe, die der arabische Händler von ihm verlangte, überstieg seine Möglichkeiten um ein Vielfaches. Und doch wollte er die Bücher unbedingt haben. Er kannte den Wert dieser großen Werke, die für die zivilisierte Welt für immer verloren gewesen wären, wenn er nicht die Mittel gefunden hätte, sie dem arabischen Kaufmann abzukaufen.»

«Warum ist er mit seinem Anliegen nicht zu uns gekommen?» warf Gelasius ein. «Der Himmel weiß, wir sind immer knapp bei Kasse. Aber irgendwie hätten wir es schon geschafft, diese Werke für die Christenheit zu retten.»

Es war Eadulf, der ihm die Erklärung lieferte. Ohne sich von seinem Platz neben der Tür zu lösen, sagte er mit langsamer, gesetzter Stimme: «Dafür gibt es nur einen Grund – Habgier. Cornelius wollte die Bücher selbst besitzen. Er träumte von unermeßlichem Reichtum, wenn ihm diese Werke erst einmal gehörten. Dabei ging es ihm nicht um Geld, sondern um die kostbaren Werke an sich. Er mußte sie haben, ohne sie mit jemandem zu teilen.»

Fidelma nickte anerkennend und fuhr fort: «Deshalb zog er einen Landsmann, den Alexandriner Osimo Lando, ins Vertrauen. Cornelius spielte bereits mit dem Gedanken, einen reichen Mann zu bestehlen, um die Bücher kaufen zu können. Osimo, der als *sub-praetor* im Amt für ausländische Angelegenheiten tätig war, erfuhr aus erster Hand, welche ausländischen Würdenträger nach Rom kamen und welche Schätze sie bei sich führten.

Der Zufall wollte es, daß Wighard wenige Tage zuvor mit seinem Gefolge angekommen war und wertvolle Geschenke mitgebracht hatte, welche die Forderungen des arabischen Kaufmanns mit Sicherheit hätten befriedigen können. Gemeinsam beschlossen sie, diese Geschenke in ihren Besitz zu bringen. Vielleicht handelte Osimo in der Überzeugung, daß es gottgefällig sei, die wertvollen Bücher vor den Ungläubigen zu retten. Und wahrscheinlich hatte ihm Cornelius auch nicht erzählt, daß er die Bücher als seinen persönlichen Besitz betrachten würde.»

Als sie ihre verblüfften Gesichter sah, hielt sie lächelnd inne und fuhr nach kurzem Schweigen fort: «Osimo Lando hatte einen engen Freund, Bruder Ronan Ragallach. Osimo überredete Cornelius, seinen Freund in ihr Vorhaben einzuweihen. Drei Köpfe seien klüger als einer oder zwei. Sie beschlossen, Wighard im Schlaf auszurauben, und Ronan erklärte sich bereit, das *domus hospitale* auszukundschaften und einen entsprechenden Plan zu schmieden ...»

«Das war an dem Abend vor Wighards Tod», ergriff

Furius Licinius das Wort. «Fast hätte ich ihn erwischt, wie er im Innenhof vor dem *domus hospitale* herumschlich.» Er lächelte verlegen. «Doch er täuschte mich und entkam.»

Fidelma nickte. «Ronan hat die Örtlichkeiten sehr genau in Augenschein genommen. Wie Ihr alle wißt, gibt es hinter dem *domus hospitale* einen weiteren, kleineren Innenhof. Unmittelbar unter den Fenstern des Gästehauses verläuft ein schmaler Sims. Doch an dem neueren Gebäude, das an das Gästehaus grenzt, führt ein sehr viel breiterer Sims fast bis zu der Kammer, in der man Bruder Eanred untergebracht hatte. Das Glück war auf der Seite der Verschwörer, denn in diesem neueren Gebäude, von dem ich spreche, befand sich ausgerechnet das *munera peregrinitatis*, in dem Osimo und Ronan ihr *officium* hatten. Der Sims bot ihnen die Gelegenheit, ins *domus hospitale* zu gelangen, ohne dabei die Aufmerksamkeit der auf den Treppen und in den Innenhöfen postierten *custodes* auf sich zu ziehen.

Um ungestört eindringen zu können, mußte allerdings Bruder Eanred rechtzeitig aus seinem Zimmer verschwinden. Cornelius überredete daher Eanred, an dem fraglichen Abend mit in seine Villa zu kommen, und lud ihn zum Wein ein, während seine Komplizen über Eanreds Kammer in Wighards Gemächer eindrangen. Alles lief wie geplant, bis ...»

Fidelma hielt inne und betrachtete aufmerksam die Gesichter der Anwesenden.

Marinus starrte noch immer mit steinernem Gesicht ins Leere, doch bei Gelasius regte sich offenbar Neugier.

«Bis was?» fragte er. «Ist etwas dazwischengekommen?»

«Der Plan sah vor, daß Ronan sich in Wighards Gemächer schlich. Osimo sollte in Eanreds *cubiculum* warten. Ronan hatte die Aufgabe, einen Sack mit den kostbaren Geschenken zu füllen und ihn Osimo zu bringen, der ihn dann über den Sims zurück ins *munera peregrinitatis* schaffte. Ronan würde dann einen zweiten Sack füllen und ihm folgen», erklärte Eadulf.

«Doch als Ronan in Wighards Schlafgemach kam, fand er den zukünftigen Erzbischof tot auf seinem Bett», ergriff Fidelma wieder das Wort. «Zuerst wollte Ronan fliehen, doch dann fiel ihm ein, daß Wighards Tod ihrem ursprünglichen Plan nicht entgegenstand. Er öffnete die hölzerne Truhe, füllte einen Sack, versteckte die Sachen, von denen er annahm, daß sie sich nicht in klingende Münze verwandeln ließen, und eilte zu Osimo. Dieser kehrte über den Sims ins andere Gebäude zurück, während Ronan noch einmal in Wighards Gemächer schlich, um den Rest der Beute zu holen.

Er wollte gerade mit dem zweiten Sack durch Eanreds Kammer hinausklettern, als ihm voller Schreck einfiel, daß er die Tür zu Wighards Gemächern nicht verschlossen hatte. Er traf die folgenschwere Entscheidung, ein drittes Mal auf den Flur hinauszuschleichen. Er ließ den zweiten Sack am offenen Fenster stehen, ging hinaus – und stieß auf *decurion* Marcus Narses, der die offene Tür bereits gesehen hatte. Wie Ronan befürchtet hatte, hatte Narses Wighards Leiche entdeckt, ehe er und Osimo ihre Beute fortschaffen konnten. Ronan saß in der Falle. Geistesgegenwärtig versuchte er, über die Treppe zu fliehen und den *decurio* damit von seinem Freund Osimo und dem Diebesgut abzulenken.»

Fidelma hielt inne und lächelte matt. «Marcus Narses selbst gab mir unwissentlich den entscheidenden Hinweis darauf, daß Ronan den Tatort nicht unmittelbar nach dem Mord verlassen haben konnte. Der *decurion* sagte, als er Wighard gefunden habe, sei die Leiche bereits kalt gewesen. Hätte Ronan Wighard erst kurze Zeit davor ermordet, hätte sie noch warm sein müssen. Wighard war zu diesem Zeitpunkt jedoch mindestens schon eine Stunde oder länger tot.»

Gelasius räusperte sich. «Warum wurde der zweite Sack bei der Durchsuchung des Gebäudes nicht gefunden?»

«Weil Osimo, nachdem er eine Weile auf Ronan gewartet hatte, besorgt war und zurück in Eanreds *cubiculum* schlich. Er fand den verlassenen Sack und hörte die Geräusche draußen im Flur. Als ihm klar wurde, daß Ronan gefaßt worden war, beschloß er, den zweiten Sack an sich zu nehmen und ihn in sein *officium* zu bringen. Anschließend versteckte er beide Säcke in seiner Unterkunft, wo Cornelius sie abholen sollte, um sie gegen die Bücher einzutauschen.»

Kurz ließ Fidelma schweigend den Blick von einem zum anderen schweifen, dann faßte sie das bisher Gesagte zusammen: «Der Diebstahl fand also rein zufällig in der gleichen Nacht statt wie der Mord. Beide Verbrechen haben nichts miteinander zu tun.»

«Aber wer hat Wighard dann ermordet?» ergriff Marinus zum ersten Mal das Wort. «Ihr sagt uns, daß Ronan Ragallach nicht schuldig ist. Und nach Eurer Schilderung war auch Bruder Eanred nicht der Mörder. Aber irgend jemand muß es doch gewesen sein!»

Fidelma sah den *superista* lächelnd an. «Habt Ihr etwas Wasser? Meine Kehle ist furchtbar trocken.»

Furius Licinius ging eilig zum Tisch, auf dem ein Tonkrug und einige Trinkgefäße bereitstanden. Er schenkte etwas Wasser ein und brachte es Fidelma, die dem jungen *custos* dankbar zunickte und an dem Becher nippte. Die anderen warteten ungeduldig.

«Den entscheidenden Hinweis verdanke ich dem toten Bruder Ronan Ragallach«, sagte sie endlich.

Selbst Eadulf beugte sich erstaunt vor, ging stirnrunzelnd sämtliche Ermittlungsergebnisse durch und fragte sich, was ihm entgangen war.

«Wie Cornelius uns erzählte, war Ronan Ragallach nur allzu bereit, bei dem Diebstahl mitzumachen, weil er Wighard verabscheute.» Fidelma stellte das Trinkgefäß auf einen kleinen Tisch. «Ronan erzählte Osimo in diesem Zusammenhang eine Geschichte, die Osimo später an Cornelius weitergab.»

Gelasius seufzte so laut, daß die anderen erschrocken zusammenfuhren. «Können wir nicht zum Wesentlichen kommen? Der eine erzählt dem anderen eine Geschichte, der sie wiederum einem dritten erzählt ...»

Fidelma sah ihn strafend an, und er verstummte. «Ich kann nur auf meine Weise zum Wesentlichen kommen, Bischof Gelasius.»

Ihr scharfer Ton ließ Gelasius zusammenzucken. Nach kurzem Zögern hob er schicksalsergeben die Hand. «Also gut. Aber fahrt bitte fort, so rasch Ihr könnt.»

Fidelma wandte sich wieder an die Runde. «Ronan war dem Namen Wighard schon einmal begegnet. Er hatte Irland vor vielen Jahren verlassen und war auf seinen Reisen schließlich ins Königreich Kent gekommen, wo er an der Kirche des heiligen Martin in Canterbury predigte. Vor etwa sieben Jahren kam eines Abends ein Sterbender in die Kirche, um die Beichte abzulegen. Dieser Mann war ein Dieb und ein gedungener Mörder. Doch ein Verbrechen belastete sein Gewissen mehr als jedes andere: Vor Jahren war ein Geistlicher zu ihm gekommen und hatte ihn für den Mord an dessen Frau und Kindern bezahlt.»

Gelasius beugte sich vor. «Warum sollte ein Geistlicher so etwas tun?» fragte er.

«Weil dieser Geistliche sehr ehrgeizig war», erklärte

Fidelma. «Doch als Familienvater wäre er in Eurer römischen Kirche niemals zum Abt oder zum Bischof ernannt worden. Der Ehrgeiz dieses Geistlichen war stärker als seine Moral.»

Äbtissin Wulfrun lief rot an.

«Ich weigere mich, hier zu sitzen und seelenruhig zuzuhören, wie ein kentischer Geistlicher von einer Fremden verunglimpft wird!» platzte sie heraus und stand wütend auf, die Hand wie immer an ihrem Schal.

Fidelma hielt dem empörten Blick der Äbtissin stand. «Der Mörder führte die Befehle des Geistlichen aus», fuhr sie unbeirrt fort, ohne Äbtissin Wulfrun aus den Augen zu lassen. «Er kam eines Nachts, während der Geistliche unterwegs war, um seinen Pflichten nachzugehen, erschlug die Frau und ließ es aussehen wie einen Überfall der Pikten. Als er auch die Kinder niedermetzeln sollte, gewann seine Habgier die Oberhand. Er beschloß, sie zu Geld zu machen ... Die Sachsen haben die barbarische Sitte, ungewollte Kinder in die Sklaverei zu verkaufen», fügte sie, an Gelasius gewandt, erklärend hinzu. «Der Mörder nahm die Kinder und ruderte mit ihnen über den großen Fluß Tamesis ins Königreich der Ostsachsen, wo er sich als armer Mann in Geldnot ausgab und sie an einen Bauern verschacherte. Es waren zwei Geschwister, ein Junge und ein Mädchen.»

Sie hielt inne, um die Enthüllung wirken zu lassen, dann fügte sie mit leiser Stimme hinzu: «Der Name des Geistlichen, der für den Mord an seiner Frau, seiner Tochter und seinem Sohn zahlte, war kein anderer als Wighard von Canterbury.»

Die anderen schrien erschrocken auf.

Äbtissin Wulfruns Gesicht verzerrte sich vor Wut. «Wie könnt Ihr zulassen, daß ein fremdes Mädchen einen so ungeheuren Vorwurf gegen einen gottesfürchtigen Bischof von Kent erhebt?» ereiferte sie sich. «Bischof Gelasius, wir sind Gäste in Rom. Es ist Eure Pflicht, uns vor solchen Anfeindungen zu schützen. Vergeßt nicht, daß ich mit dem Könighaus von Kent verwandt bin. Also hütet Euch, damit diese Bosheiten nicht den Zorn unseres Volkes gegen Rom anstacheln. Ich bin eine sächsische Prinzessin von königlichem Geblüt, und ich fordere ...»

Gelasius hob besänftigend die Hand. «Ihr müßt Euch etwas taktvoller ausdrücken, Fidelma», sagte er.

«Soll das ein ausreichender Tadel sein?» kreischte Wulfrun empört. «Wer auf so freche Weise das Andenken eines gottesfürchtigen Erzbischofs besudelt, verdient es, ausgepeitscht zu werden. Es ist eine Beleidigung des Königshauses ...»

Fidelma sah sie lächelnd an. «*Io saturnalia*!» murmelte sie leise.

Die Äbtissin verstummte schlagartig. «Was habt Ihr gesagt?» fragte sie.

Auch Eadulf wußte nicht, was Fidelma damit meinte. Er versuchte, sich zu erinnern, warum sie sich so eingehend nach den Saturnalien erkundigt hatte.

«Es war einmal eine sächsische Prinzessin, die hatte eine ihrer Sklavinnen ins Herz geschlossen», begann Fidelma in harmlosem Plauderton, als wolle sie das Thema wechseln. «Als die Prinzessin mit dem König eines Nachbarreichs vermählt wurde, zog sie mit ihm in sein Königreich. Die Prinzessin war sehr fromm und wollte der Christenheit in ihrer neuen Heimat einen gottgefälligen Dienst erweisen. Sie gründete deshalb auf einer kleinen Insel, die man die Insel der Schafe nennt, ein Kloster, schenkte ihrer Sklavin die Freiheit und setzte sie als Äbtissin ein. Sie hatte dieser Sklavin einmal sehr nahe gestanden ... fast so nahe wie einer leiblichen Schwester.»

Wulfruns Gesicht war jetzt kreidebleich. Eine Hand

umklammerte den Schal um ihren Hals. Mit weit aufgerissenen Augen starrte sie Fidelma an und saß da wie ein Standbild.

Der Bann wurde von Gelasius gebrochen, der wie die meisten anderen nicht begriff, wovon Fidelma eigentlich sprach. Nur Bruder Ine lächelte verschmitzt vor sich hin.

«Das ist eine äußerst lobenswerte Geschichte», sagte Gelasius in gereiztem Ton. «Doch was hat das alles mit unserem Fall zu tun? Haben es nicht viele ehemaligen Sklaven in unserer Kirche zu hohem Ansehen gebracht? Ich denke, das brauchen wir nicht eigens zu erwähnen, vor allem nicht mitten in unseren Beratungen über Wighards gewaltsamen Tod.»

«Nun gut», entgegnete Fidelma und schürzte die Lippen, ohne den Blick auch nur eine Sekunde lang von den unergründlichen Augen der Äbtissin abzuwenden. «Nur eines möchte ich noch hinzufügen, nämlich daß die Sünde des Stolzes die besten Absichten zerstören kann. Bei den Saturnalien, einem römischen Fest aus heidnischer Zeit, war es, wie man mir sagte, Sitte, daß die Sklaven die Kleider ihrer Herrinnen und Herren trugen. Die befreite Sklavin, von der ich Euch berichtet habe, wurde von ihrer Herrin großzügigerweise ‹Schwester› genannt, und weil sie sich ihrer Herkunft schämte, versuchte sie, diese Bezeichnung zur Wirklichkeit werden zu lassen. Das Ergebnis war jedoch, daß sie alle um sich herum wie Sklaven behandelte und so tat, als sei sie tatsächlich von königlichem Geblüt, anstatt sich in Gerechtigkeit und Bescheidenheit zu üben.»

Eadulf, dem allmählich dämmerte, was die zunächst unerklärliche Abschweifung zu bedeuten hatte, betrachtete die hochmütige Äbtissin mit neuen Augen.

Wulfrun war früher also Sklavin gewesen? Fingerte sie nicht ständig an ihrem Schal herum? Verbargen sich unter diesem Schal die Narben, die ein eiserner Halsreif dort hinterlassen hatte? Eadulf sah Fidelma an und fragte sich, was aus ihrer Enthüllung folgern würde, doch es schien, als habe keiner von den anderen verstanden, was Fidelma gemeint hatte. Vor allem Gelasius wirkte gänzlich verwirrt.

«Ich muß gestehen, es fällt mir schwer, Euch zu folgen», sagte er schließlich. «Können wir nicht zu dem Mörder zurückkehren, dem Ronan Ragallach die Beichte abgenommen hat?»

Fidelma nickte mit Nachdruck. «Nur allzu gerne! Ronan begrub den Mann, verließ kurze Zeit später das Königreich Kent und reiste nach Rom. Er verletzte das Beichtgeheimnis nicht und gab auch den Namen des Geistlichen, der durch die Ermordung seiner Familie zu hohen kirchlichen Weihen gelangen wollte, nicht preis. Bis er Wighard hier in Rom sah, und zwar nicht nur als gewöhnlichen Pilger, sondern als einen Ehrengast des Heiligen Vaters, der in Kürze von ihm zum Erzbischof von Canterbury geweiht werden sollte. Ronan hatte das Gefühl, das schreckliche Geheimnis nun nicht länger für sich behalten zu können. Also erzählte er Osimo Lando davon, der sein *anam chara* oder ‹Seelenfreund› war, wie wir dies in unserer Heimat nennen, wahrscheinlich aber auch mehr. In jedem Fall führte dieses Gespräch letztlich zu dem schrecklichen Racheakt, der Wighard das Leben kostete.»

Fidelma hielt inne, nahm noch einen Schluck Wasser und fuhr fort: «Der Stein kam dadurch zum Rollen, daß Cornelius sich an Osimo wandte und ihm um Hilfe bei der Rettung der wertvollen Bücher bat. Osimo schlug vor, Ronan in die Sache einzuweihen. Er sagte, Ronan habe sicherlich keine Skrupel, Wighard um seinen Schatz zu bringen. Als Cornelius ihn nach dem Grund fragte, konnte Osimo das Geheimnis seines Freundes nicht länger für sich behalten und erzählte Cornelius, warum Ronan Ragallach auf Wighard alles andere als gut zu sprechen war.»

«Und Cornelius fühlte sich verpflichtet, Puttoc davon zu berichten», warf Eadulf erklärend ein. «Cornelius hielt es für ein Sakrileg, daß ein Mann mit einer solchen Vergangenheit ein hohes Kirchenamt bekleiden sollte, und drängte Puttoc, beim Heiligen Vater Beschwerde einzulegen. Wozu es bei Puttoc allerdings keiner allzu großen Ermutigung bedurfte. Puttoc hatte es nämlich selbst auf den Bischofsthron von Canterbury abgesehen.»

Sie wandte sich an Bischof Gelasius. «Ihr selbst, Gelasius, habt uns erzählt, daß Puttoc Euch von Wighards Familie berichtet hat.»

Gelasius nickte. «Abt Puttoc sagte mir, Wighard sei verheiratet gewesen und habe zwei Kinder gehabt. Er tat so, als stünde dies Wighards Bischofsweihe entgegen. Als ich Wighard darauf ansprach, versicherte er mir jedoch, seine Familie sei vor vielen Jahren bei einem Überfall der Pikten ums Leben gekommen.»

«Darauf hätte Puttoc die Sache allerdings nicht beruhen lassen. Er hätte nach und nach mehr von der Geschichte preisgegeben», sagte Eadulf.

«Aber die Ereignisse kamen ihm zuvor», erklärte Fidelma. «Wir haben es mit einem jener Zufälle zu tun, die im Leben öfter geschehen, als wir uns dies eingestehen möchten.»

Ihre Augen ruhten auf Sebbi. Als ihm dämmerte, worauf sie anspielte, begann er zu kichern. Seine plötzliche Heiterkeit zog die erstaunten Blicke der anderen auf sich.

«Ihr wollt doch nicht etwas sagen, daß Puttoc Wighards Sohn vor dem Erhängen gerettet hat?» gluckste er.

Fidelma sah ihn mit ernster Miene an. «Der Mörder, der Wighards Kinder in die Sklaverei verkauft hatte, kehrte nach Kent zurück. Die Kinder wuchsen als Sklaven auf einem Bauernhof in Ostsachsen auf. In seiner Beichte nannte der Mörder auch den Namen des Mannes, dem dieser Bauernhof gehörte. Diesen Namen werde ich jetzt aufschreiben und *superista* Marinus' sicherem Gewahrsam übergeben.»

Sie hatte Eadulf gebeten, Tontafeln und Stifte mitzubringen. Er reichte ihr eine Tafel, sie schrieb etwas darauf und reichte sie Marinus mit der Bitte, das Geschriebene noch nicht zu lesen. Dann wandte sie sich an Sebbi.

«Bruder Sebbi, da Ihr selbst dabeigewesen seid, möchte ich Euch bitten, die anderen darüber aufzuklären, unter welchen Umständen Puttoc seinen Diener Eanred aus der Sklaverei freikaufte. Eanred hatte nämlich seinen Herrn erdrosselt und sollte dafür gehängt werden.»

Bruder Sebbi gab die Geschehnisse auf ähnliche Weise wieder, wie er sie auch Fidelma und Eadulf erzählt hatte.

«Eanred war also seit seinem vierten Lebensjahr gemeinsam mit seiner Schwester auf einem Bauernhof aufgewachsen. Als Eanreds Schwester zur Frau wurde und ihr Herr sie vergewaltigte, tötete ihn Eanred. Nur Puttocs Eingreifen rettete ihn vor der unausweichlichen Strafe nach sächsischem Gesetz. Eadulf wird Euch jetzt eine Tontafel reichen, Bruder Sebbi. Ich möchte, daß Ihr den Namen des ermordeten Bauern aufschreibt und die Tafel anschließend Marinus gebt.»

Sebbi nickte und tat, worum er gebeten wurde.

«Hat dieses alberne Spielchen irgendwann ein Ende?» fragte Marinus, als er die zweite Tontafel entgegennahm.

«Wir werden in Kürze zu klaren Schlüssen kommen», versicherte ihm Fidelma.

«Wenn ich Euch richtig verstehe, wird einer dieser Schlüsse lauten, daß Eanred der Sohn Wighards war», sagte Gelasius. «Dann wird er wohl sicherlich auch Wighards Mörder gewesen sein.»

Seine voreiligen Worte waren Fidelma gar nicht recht. «Ja, die Namen auf den Tontafeln werden zeigen, daß es sich bei dem Bauern, der Wighards Kinder kaufte, und dem Bauern, den Eanred erdrosselte, um ein und denselben Mann handelte. Eanred war also tatsächlich Wighards Sohn. Das bedeutet jedoch nicht, daß er auch seinen Vater ermordet hat.»

«Dann verstehe ich nicht ...» Gelasius hob ratlos die Hände.

«Geduld, Bischof», beruhigte ihn Fidelma. «Wir haben es fast geschafft.»

Sie wandte sich an Äbtissin Wulfrun und sah ihr unverwandt in das hagere, bleiche Gesicht. «Seid Ihr auch der Meinung, daß es sich um ein und denselben Namen handelt, Äbtissin von Sheppey?» fragte sie in scheinbar harmlosem Ton.

«Woher soll ich das wissen?» knurrte die Frau. Sie wirkte verhärmt. All ihr Stolz und Hochmut waren dahin.

«Ja, woher?» gab Fidelma zurück. «Ihr seid doch im Königreich Ostsachsen aufgewachsen.»

Alle Augen wandten sich jetzt neugierig der Äbtissin zu.

«Ja. Ich bin ... ich war ...»

Plötzlich erkannte Eadulf, was Fidelma mit ihren Anspielungen auf die Saturnalien bezwecken wollte. Er musterte Wulfrun aufmerksam. Wulfrun ... eine frühere Sklavin? Wulfrun ... die verlorene Schwester Eanreds?

«Wollt Ihr damit sagen, daß Wulfrun ...?» begann er.

«Wie ich bereits erwähnte, hatte Wighard zwei Kinder», erklärte Fidelma. «Einen Sohn und eine Tochter.»

«Aber ich bin nicht ...» rief Wulfrun und streckte wütend beide Hände nach Fidelma aus. Dabei fiel ihr Schal herunter und gab den Blick auf eine verräterische Narbe frei – die Spuren des eisernen Rings, den sie einst um den Hals getragen hatte.

Ohne sie weiter zu beobachten, wandte Fidelma sich Schwester Eafa zu.

«Auch Ihr seid als Sklavin auf einem Bauernhof aufgewachsen, nicht wahr, Eafa?»

Das Mädchen blinzelte, ohne jedoch eine Antwort zu geben.

«Ich werde nicht darauf bestehen, daß Ihr Eure Kopfbedeckung abnehmt. Wir wissen, was dort zu sehen ist. Wie Wulfrun tragt ihr die Spuren eines Eisenrings am Hals, habe ich recht?»

Die hellbraunen Augen des Mädchens funkelten vor Zorn. «Wenn Ihr es längst wißt, warum fragt Ihr dann? Ja, ich bin als Sklavin auf einem Bauernhof in Ostsachsen aufgewachsen.»

«Und auf diesem Bauernhof hat Äbtissin Wulfrun Euch dann gefunden, Euch die Freiheit erkauft und Euch als Dienerin mit in ihr Kloster genommen.»

Die Nonne zuckte gleichgültig die Achseln.

«Würdet Ihr uns den Namen des Bauern und seines Hofs aufschreiben?» fragte Fidelma. «Oder sollen wir Äbtissin Wulfrun danach fragen?»

Schwester Eafa biß sich auf die Lippe, dann sagte sie ruhig: «Es ... war Fobbas Bauernhof in Fobba's Tun.»

Fidelma lächelte zufrieden. «Marinus, würdet Ihr uns jetzt bitte die Namen auf den beiden Tontafeln vorlesen?»

Der *superista* nahm die beiden Tafeln zur Hand und las mit fester Stimme: «Fobba in Fobba's Tun.»

«Daß sie auf Fobbas Bauernhof aufgewachsen ist, läßt nicht unbedingt auf ihre Herkunft schließen», warf Wulfrun ein, offenbar in dem Versuch, etwas von ihrem verlorenen Respekt wiederzugewinnen.

«In diesem Fall schon. Denn Eafa hat uns während ihrer Befragung selbst erzählt, daß sie ursprünglich aus Kent stammt und als Kind nach Ostsachsen verschleppt worden ist. Sie ist Eanreds Schwester und Wighards Tochter.»

Das Mädchen hob den Kopf und sah Fidelma wütend an. «Es ist kein Verbrechen, Eanreds Schwester gewesen zu sein.»

Fidelma lächelte traurig. «Nein, das ist es nicht. Und wenn die Ähnlichkeit Eurer hellbraunen Augen nicht ausgereicht hätte, wäre mir die Gewißheit, daß Ihr Bruder und Schwester seid, spätestens bei Eurem vertraulichen Gespräch in der Kapelle der heiligen Helena gekommen. Die Art, wie Ihr Euch umarmt habt ...»

«Eafa war die Frau in der Kapelle?» rief Furius Licinius erstaunt. «Aber Ihr habt uns verschwiegen, daß Ihr sie erkannt habt.»

«Ihr wart es doch, Eafa, oder?» fragte Fidelma.

Wieder zuckte Eafa die Achseln. Ihr Gesichtsausdruck verriet, daß Fidelma die Wahrheit sagte.

«Ich hatte es vermutet, aber ich war mir nicht ganz sicher», seufzte Fidelma. «Wenn sich Bruder und Schwester küssen, ist das etwas anderes als ein Kuß zwischen Liebenden. Eanred wollte Euch beschützen. Er war stets auf Eure Sicherheit bedacht. Als Eure Mutter ermordet wurde und Ihr beide als Sklaven in ein fremdes Land kamt, hat er die Rolle Eures Beschützers angenommen. Ihr standet Euch sehr nahe, und als Ihr beide von Kindern zu Erwachsenen wurdet und Fobba Euch Gewalt antat, war er sofort bereit, Euch zu rächen. Nur Puttocs Eingreifen rettete ihn vor dem

Galgen, und er wurde nach Stanggrund gebracht. Bis zu Eurer Ankunft in Rom saht ihr ihn nicht mehr wieder.»

«Das ist wahr. Ich will es nicht verbergen», gestand das Mädchen mit stiller Würde. «Aber ich verstehe immer noch nicht, was daran ein Verbrechen sein soll?»

«Ihr habt weiter für Fobbas Erben gearbeitet, bis das Schicksal es wollte, daß Äbtissin Wulfrun auf der Suche nach einer ebenso tüchtigen wie gehorsamen Sklavin dort vorbeikam, Euch die Freiheit erkaufte und mit nach Sheppey nahm.»

Fidelma sah Äbtissin Wulfrun an, die verwirrt zu Boden blickte. «Ich hatte keine Ahnung, daß Eafa die Tocher Wighards war», erklärte diese.

«Natürlich nicht», erwiderte Fidelma. «Aber das wußte Eafa zu diesem Zeitpunkt ja selbst noch nicht. Eanred und Eafa hatten nur verschwommene Erinnerungen an ihre frühe Kindheit. Keiner von den beiden ahnte, daß Wighard ihr Vater war und einen Mörder gedungen hatte, der sie und ihre Mutter aus dem Weg schaffen sollte, um sein Fortkommen zu sichern.»

«Und wie ...?» wandte Marinus ein.

Fidelma schnitt dem *superista* das Wort ab. «Wollt Ihr uns selbst sagen, wann und durch wen Ihr von Eurer dunklen Vergangenheit erfahren habt, Eafa?»

Die junge Nonne streckte trotzig das Kinn und schwieg. Nach einer Weile fuhr Fidelma fort: «Abt Puttoc war ein sehr kluger und fähiger Mann, aber er hatte einen großen Fehler: Er frönte dem, was man in Rom die Sünde des Fleisches nennt. Und seine größte Sünde bestand darin, Frauen seine Aufmerksamkeiten aufzuzwingen.»

Eafa rang mühsam um Beherrschung.

«Er wußte, daß Eanred seinen Herrn ermordet hatte, um seine Schwester zu schützen. Er wußte, daß dieser

Herr Fobba von Fobba's Tun war. In einem Gespräch mit Wulfrun hatte er außerdem erfahren, daß auch Eafa in Fobba's Tun aufgewachsen war, und er schloß daraus, daß Eafa und Eanred Geschwister waren.»

«Aber wie ist er auf diesen Gedanken gekommen?» warf Bruder Sebbi ein.

«Ganz einfach», sagte Fidelma. «Ronan Ragallach kannte den Namen des Bauern, der Wighards Kinder gekauft hatte. Er erzählte es Osimo, der erzählte es Cornelius, und Cornelius wiederum ...»

«... erzählte es Puttoc!» schloß Eadulf triumphierend.

«Und Puttoc erzählte es Euch, nicht wahr, Eafa?» fragte Fidelma. «Soll ich Euch sagen, warum?»

Das Mädchen wurde von wildem Zorn ergriffen. Wie eine Furie schrie sie Fidelma an: «Danke, das ist nicht nötig. Er hat versucht, mich zu verführen, und als ich ihn zurückwies, wurde das Schwein ausfallend und erzählte mir alles von ... *meinem* Vater!» Die letzten Worte spuckte sie aus wie fauliges Gift.

«Ihr wußtet also, daß Wighard Euer Vater war?» fragte Gelasius erstaunt.

«Ich habe Wighard noch am gleichen Abend nach dem *cena* darauf angesprochen. Ich wartete, bis er allein im Garten spazierenging, warf ihm an den Kopf, was Puttoc mir gesagt hatte, und hoffte, er würde alles abstreiten ...»

«Ich habe Euch zusammen im Garten gesehen», meinte Bruder Sebbi. «Aber ich habe bloß Wighard erkannt.»

«Und was hat er gesagt?» drängte Fidelma. «Hat er es geleugnet?»

«Im ersten Augenblick war er fassungslos. Aber dann faßte er sich und bat mich, später am Abend zu ihm zu kommen. Er hat sich nicht näher dazu geäußert.»

«Aber Ihr wußtet, daß Wighard Euer Vater war, und Ihr habt es Eanred erzählt. Es war nicht das erste Mal, daß Eanred jemanden für Euch erdrosselt hat. Und Eanred hat sein Wort gehalten, nicht wahr? Er ist in Wighards Schlafgemach eingedrungen und hat ihn getötet, ehe er ins Colosseum ging.»

Selbstsicher wandte sie sich an Bischof Gelasius. «So wie er Fobba erdrosselt hat, erdrosselte Eanred jetzt seinen eigenen Vater, um Rache für das zu nehmen, was Wighard ihm, seiner Mutter und Eafa angetan hatte.»

«Und anschließend nahm er Ronan Ragallach auf genau die gleiche Weise das Leben», griff Eadulf den Faden auf. «Puttoc hatte Eafa erzählt, daß Ronan Ragallach durch die Beichte des Mörders Kenntnis von der ganzen Sache hatte, dabei aber nicht erwähnt, daß er sein Wissen Osimo und Cornelius verdankte. Daher dachte Eafa, daß sonst niemand im Bilde war, und stiftete ihren Bruder an, auch Ronan und Puttoc zu töten!»

Er schloß mit einem triumphierenden Lächeln. Eine ganz einfache Lösung also! Dann jedoch erkannte er die Schwachstelle: Eanred war nach dem Abendessen ins Colosseum gegangen und hatte anschließend mit Cornelius in dessen Villa geplaudert und Wein getrunken. Ine hatte Wighard später noch lebend gesehen. Eanred hätte deshalb gar nicht ...

Als er Fidelmas spöttischen Blick auffing, dämmerte ihm, daß es sich um eine Falle handelte.

«Nein! Das ist nicht wahr!»

Eafa hatte so laut geschrien, daß sich alle zu ihr umdrehten. Sie war von ihrem Stuhl aufgesprungen und zitterte am ganzen Leibe.

«Mein Bruder Eanred war ein grundgütiger Mensch. Sein Gemüt war schlicht, und er hätte keiner Fliege etwas zuleide tun können. Er liebte Tiere und Pflanzen und opferte sich für andere Menschen auf. Er war immer für mich da ...»

«Hätte er auch für Euch getötet?» fragte Licinius verächtlich. Er wandte sich an Gelasius. «Ich glaube, Bischof, was Ihr gehört habt, ist die Wahrheit ...»

«Halt!« Äbtissin Wulfruns schrille Stimme ließ die Anwesenden erschrocken zusammenfahren. Doch schon im nächsten Moment wandten sich alle Blicke wieder Eafa zu, die langsam zu Boden sank. Auf der Vorderseite ihrer *stola* erschien ein roter Fleck.

Rasch fing Fidelma das Mädchen auf.

Das Messer, das in Eafas Brust steckte, sagte mehr als tausend Worte.

Wulfrun stöhnte entsetzt auf.

«Warum habt Ihr das getan?» fragte Fidelma, während sich die anderen in einem Halbkreis um die beiden versammelten.

Eafa schlug mühsam die Augen auf. Ihr Gesicht war schmerzverzerrt.

«Segnet mich ... denn ich habe gesündigt ...»

«Warum habt Ihr das getan?» wiederholte Fidelma.

«Um Eanreds Seele zu retten», stöhnte das Mädchen.

«Erklärt Euch», drängte Fidelma sanft.

Blut quoll über Eafas Lippen.

«Ich habe keine Angst ...», flüsterte sie. Dann sah sie Fidelma unverwandt an. «Ihr habt Euch geirrt, Fidelma. *Ich* bin an jenem Abend in sein Zimmer gegangen.»

«Das war also der Besuch, den er erwartete», murmelte Ine im Hintergrund. «Deshalb wollte er nicht, daß ich ihm helfe, sich für die Nachtruhe fertig zu machen.»

Allen war klar, daß Eafa nicht mehr viel Zeit blieb.

«Ihr seid zu ihm gegangen?» griff Fidelma ihre Worte auf. «Ihr habt Wighard aufgesucht?»

Das Mädchen hustete wieder. Blut lief ihr aus dem Mund. «Ja ... Und ich habe ihm noch einmal erzählt, was ich erfahren hatte. Ich sagte ihm, daß Eanred und ich seine Kinder seien. Außerdem wüßten wir, daß er einen Mörder gedungen hat, um uns und unsere Mutter töten zu lassen.»

«Und er hat es abgestritten?»

«Das ... das hätte ich ... vielleicht noch ertragen. Statt dessen hat er alles gestanden. Er brach in Tränen aus, wandte sich von mir ab und kniete vor seinem Bett nieder. Ach ...» Sie rang nach Atem. «Wenn er doch mich oder Eanred oder unsere arme Mutter um Verzeihung gebeten hätte! Aber nein. Er flehte Gott um Vergebung an. Während ich, seine leibliche Tochter, die er so lange verleugnet hatte, dort neben ihm stand, fiel ihm nichts anderes ein als zu beten! Er hatte mir den Rücken zugewandt. Es schien ...» Ein quälendes Husten unterbrach ihre Rede. «Es kam mir vor wie eine göttliche Eingebung. Ich nahm seine Gebetsschnur. Er war tot, ehe er wußte, wie ihm geschah.»

Selbst im Sterben war ihrer Stimme eine bittere Genugtuung anzuhören.

Gelasius sah sie ungläubig an. «Wie konnte ein zartes Mädchen wie Ihr einen ausgewachsenen Mann erwürgen?»

Eafas Blick verschleierte sich. Blut sickerte aus ihrer Wunde. Dennoch spielte der Anflug eines boshaften Lächelns um ihre Lippen.

«Ich bin auf einem Bauernhof aufgewachsen und habe von Kind auf gelernt, wie man Tiere schlachtet. Wer mit zwölf einem Schwein die Gurgel abdrücken kann, hat mit einem ausgewachsenen Mann keine Schwierigkeiten.»

Ihr Körper bebte, und sie hustete wieder.

Fidelma beugte sich tiefer über sie. «Schwester, die

Zeit rinnt davon. Habt Ihr auch Ronan Ragallach getötet?»

Das Mädchen nickte. «Ihr habt die Gründe schon genannt. Puttoc erwähnte nur, daß Ronan Ragallach eingeweiht war. Ich tötete den irischen Mönch in dem Glauben, daß außer ihm und Puttoc niemand das grausige Geheimnis meines Vaters kannte.»

«Aber woher wußtet Ihr, wo sich Ronan Ragallach aufhielt? Schließlich haben die *custodes* vergeblich nach ihm gesucht», fragte Licinius.

Eafa stöhnte vor Schmerz und verzog ein wenig spöttisch das Gesicht.

Fidelma sprach für sie. «Ihr wart auf dem Friedhof, nicht wahr, Eafa? Ihr wart mit der Äbtissin dort. Ich glaubte, ihre Stimme zu hören, als ich wieder zu Bewußtsein kam.»

Eafa nickte. «Es war reiner Zufall. Die Äbtissin wollte Wighards Grab mit Blumen schmücken. Ich begleitete sie, erkannte den irischen Mönch und folgte ihm.»

«Woran konntet Ihr ihn erkennen?» erkundigte sich Licinius. «Ihr hattet ihn doch bestimmt noch nie gesehen?»

Eadulf beantwortete seine Frage. «Sie erkannte ihn als den Mann wieder, der sie am Morgen vor dem Mord in der Nähe des *domus hospitale* angesprochen und sie über Wighard ausgehorcht hatte. Daß es sich dabei um Ronan Ragallach handelte, wußte sie, seitdem er gesucht wurde und man ihn ihr beschrieben hatte.»

«Es war ein Fehler von Eafa, uns von ihrer ersten Begegnung mit Ronan zu erzählen», sagte Fidelma. «Jedenfalls ist sie Ronan in die Katakomben gefolgt und ...» Sie zuckte die Achseln.

«Ihr habt recht, Fidelma ...», bestätigte Eafa. Ihr Satz endete mit einem Hustenanfall.

«Und Puttoc?» drängte Fidelma.

Eafas Augen loderten auf. «Ja, Puttoc habe ich auch getötet. Puttoc war ein Schwein. Er hat versucht, mich zu vergewaltigen, genau wie Fobba. Schon dafür hatte er den Tod verdient. Außerdem wußte er von dem Geheimnis meines Vaters. Ich glaube, als ich heute nachmittag in sein *cubiculum* kam, ahnte er bereits ...»

«Wenn Ihr Puttoc getötet habt, warum war dann Eanred in seinem Zimmer, als Fidelma und ich kamen, um mit dem Abt zu sprechen? Er sah ganz so aus, als habe er die Tat begangen. Und wenn nicht, warum ist er dann geflohen?» fragte Eadulf verblüfft.

Fidelma sah ihn an. «Als Eafa Puttoc tötete, klammerte sich der Abt an ihrem Gewand fest und riß eine Brosche ab, die sie hier in Rom gekauft hatte», erklärte Fidelma. «Erst als sie in ihre Kammer zurückkehrte, bemerkte sie, daß die Brosche fehlte. Da ihr klar war, daß dies den Verdacht auf sie lenken würde, bat sie ihren Bruder Eanred, hinzugehen und die Brosche aus Puttocs Zimmer zu holen, ehe die Leiche entdeckt wurde. Aber Eanred hatte Pech, wir kamen herein und ertappten ihn auf frischer Tat – allerdings nicht beim Mord an Puttoc, sondern bei dem Versuch, die Schuld seiner Schwester zu vertuschen.»

Eadulf sah sie entgeistert an.

«Das wußtet Ihr alles?» sagte er vorwurfsvoll. «Ihr wußtet schon die ganze Zeit über, daß Eafa die Mörderin war?»

«Ich vermutete schon seit einiger Zeit, daß Eafa in den Mordfall verwickelt ist. Als Eanred Eafa bei unserer ersten Begegnung ‹meine Schwester› nannte, dachte ich noch, er habe sich versprochen und damit seine Glaubensschwester gemeint. Dann dämmerte mir, daß die beiden leibliche Geschwister sein könnten.»

Eadulf war sichtlich verärgert darüber, daß sie ihn

nicht daran gehindert hatte, eine falsche Fährte zu verfolgen.

«Immerhin hätte es ebensogut Eanred sein können», rechtfertigte er sich. «Schließlich hatte Eanred schon einmal für seine Schwester gemordet. Vergeßt nicht, daß er Fobba erdrosselt hat.»

Ein tiefer Seufzer erschütterte den Körper des sterbenden Mädchens.

«Ich ... nicht Eanred ... Ich ... habe Fobba erdrosselt ... Fobba hat mir Gewalt angetan ... Ich habe den Mistkerl getötet ... habe ihn wie ein Schwein abgeschlachtet ... An Eanreds Händen klebt kein Blut.»

Eafas Haut hatte rote Flecken, und ihre Lippen zuckten wild. Noch ein paar schwere, rasselnde Atemzüge, dann lag sie reglos da. Die anderen konnten sehen, wie die Flecken verblaßten und ihre Haut gelb und wächsern wurde.

Fidelma beugte sich über die Tote und drückte ihr die Augen zu. Dann kniete sie nieder.

«*Requiem aeternam dona ea, domine ...*», begann sie feierlich. Einer nach dem anderen stimmten sie in das Totengebet ein und vereinigten sich zu einem vielstimmigen Sprechgesang.

XVIII

DIE SONNE BRANNTE UNBARMHERZIG VOM Himmel und tauchte die leuchtend weißen römischen Häuser in ein gleißendes Licht. Fidelma saß im Schatten eines grobleinenen Sonnensegels auf einem Bootssteg. Ganz in der Nähe spannte sich die Probi-Brücke über das trübe Wasser des mächtigen Tiber, hinter ihr erhob sich der steil ansteigende Aventinus, dessen Schatten jedoch nicht bis zum Ufer des Flusses reichten.

Eadulf konnte nicht stillsitzen. Er wirkte verlegen und schritt ruhelos auf und ab.

«Wann, sagtet Ihr, würde das Boot kommen?» fragte er nicht zum ersten Mal.

Fidelma verkniff sich eine ungehaltene Bemerkung und antwortete auch diesmal geduldig: «Um die Mittagsstunde, Eadulf. Wir sind die ersten. Der Fährmann hat bestimmt eine ganze Reihe von Leuten flußabwärts nach Ostia und Portio zu bringen.»

Eadulfs Miene war besorgt. «Ob es wirklich so klug ist, allein zu reisen?»

Fidelma schüttelte den Kopf. «Bis Ostia wird mir schon nichts geschehen. Und dort treffe ich mit meinen Landsleuten aus Columbans Kloster Bobbio zusammen, die ebenfalls nach Irland wollen. Wir schiffen uns gemeinsam nach Massilia ein, und von dort aus geht es dann weiter nach Irland.»

«Seid Ihr sicher, daß Ihr sie in Ostia auch nicht verfehlen werdet?» fragte Eadulf.

Seine Fürsorglichkeit brachte sie zum Lächeln. Er hatte darauf bestanden, sie von ihrer Herberge durch die Stadt bis zur Anlegestelle zu begleiten. In den letzten Tagen seit der Aufklärung des Mords an Wighard hatte zwischen ihnen eine seltsame Beklommenheit geherrscht.

«Müßt Ihr denn wirklich schon abreisen?» platzte Eadulf schließlich heraus.

«Ja», erwiderte Fidelma schlicht. «Jetzt, da der Heilige Vater die Ordensregeln meines Klosters gebilligt und gesegnet hat, muß ich nach Kildare zurückkehren. Meine Mission ist erfüllt. Außerdem hat man mir mehrere Briefe für Ultan von Armagh mitgegeben.» Sie sah Eadulf nachdenklich an. «Und was meint Ihr, wie lange Ihr noch in Rom bleiben werdet?»

Eadulf zuckte die Achseln. «Möglicherweise wird es mehrere Jahre dauern, bis wir nach Canterbury zurückkehren können. Zuerst müssen wir den neuen Erzbischof unterweisen.»

Fidelma sah ihn erstaunt an. Von der Berufung eines neuen Erzbischofs hatte sie noch nichts gehört.

«Vitalian hat also bereits einen neuen Kandidaten ernannt? Ich hatte mich schon gefragt, warum Ihr Euch gestern nachmittag stundenlang in Klausur begeben habt. Ich befürchtete schon, ich müßte abreisen, ohne Euch noch einmal gesehen zu haben. Ist es Abt Hadrian von Hiridanum?»

Eadulf trat verlegen von einem Fuß auf den anderen. «Eigentlich sollte noch niemand davon erfahren, aber ...» Er senkte die Stimme und raunte ihr vertraulich zu: «Nein, es ist nicht Hadrian. Er hat Vitalians Berufung abgelehnt und einen anderen Abt namens Andrius empfohlen, aber Andrius war offenbar zu krank, um das Amt anzunehmen.»

«Für wen hat der Heilige Vater sich dann entschieden? Doch nicht etwa für Bruder Sebbi ...?»

Eadulf lachte.

«Nein, nicht für Sebbi. Der neue Kandidat ist ein älterer griechischer Mönch aus Tarsus und heißt Theodorus. Er hat die letzten vier Jahre als Flüchtling in Rom gelebt. Tarsus ist an die Anhänger Mohammeds gefallen, er mußte fliehen und hat sich in Rom in Sicherheit gebracht.»

Fidelma war überrascht. «Ein Grieche? Ein Träger der östlichen Tonsur?»

Eadulf lächelte. «Ich wußte, daß Ihr das sagen würdet. Aber Theodorus hat versprochen, sich nach entsprechender Unterweisung zu den Lehren Roms zu bekennen.»

«Das wird Euren sächsischen Königen und Prälaten aber gar nicht gefallen», bemerkte Fidelma. «Und schon gar nicht unserem Freund Wilfrid von Ripon.»

Eadulf nickte. «Deshalb werden wir auch noch eine Weile in Rom bleiben. Hadrian hat von Vitalian den Auftrag bekommen, Theodorus in den Lehren Roms zu unterweisen. Außerdem soll er den neuen Erzbischof nach Canterbury begleiten und ein Auge darauf haben, daß er in den sächsischen Königreichen keine griechischen Sitten einführt. Schließlich unterscheiden sich diese bekanntermaßen nur unwesentlich von den Geboten der Kirche Columbans.»

Fidelma grinste spitzbübisch. «Nun, das wäre doch eine interessante Wendung, Eadulf. Die Entscheidung von Witeba zugunsten Roms wird von einem von Rom berufenen Bischof wieder rückgängig gemacht.»

Eadulfs Miene blieb ernst, obwohl er sich dieser Logik nicht verschließen konnte. «Wie Ihr schon sagtet, werden viele mit dieser Berufung nicht einverstanden sein.»

«Was ist mit den Brüdern Sebbi und Ine?»

«Ine hat zugestimmt, Theodorus' persönlicher Diener zu werden, und Sebbi wird als Abt von Stanggrund nach Kent zurückkehren, so wie er es sich immer gewünscht hat. Zumindest seine ehrgeizigen Pläne haben sich erfüllt.»

Fidelma sah ihn aufmerksam an. «Und Ihr?»

«Ich? Ich habe Vitalian versprochen, Theodorus als *scriptor* und Berater in allen Fragen des sächsischen

Rechts zur Seite zu stehen. Aber es wird eine Weile dauern, bis wir soweit sind, daß wir die Rückreise nach Canterbury antreten können. Theodorus hat nicht nur vieles zu lernen, er ist bisher auch nur ein einfacher Mönch. Er muß erst zur Kirche Roms konvertieren und danach zum Priester, Diakon und Bischof geweiht werden.»

Fidelma betrachtete die Holzplanken des Stegs so angestrengt, als besäßen sie eine geheimnisvolle Anziehungskraft. Eine Weile lang schwiegen sie beide.

«Ihr werdet also hierbleiben, bis Theodorus bereit ist, sein Amt in Canterbury anzutreten?»

«Ja. Und Ihr werdet für immer nach Kildare zurückkehren?»

Fidelma verzog das Gesicht. «Ihr werdet mir fehlen, Eadulf ...», sagte sie anstelle einer Antwort.

Vom Ende des Stegs waren laute Rufe zu hören. Als Fidelma und Eadulf sich umdrehten, sahen sie Äbtissin Wulfrun auf sich zukommen. Sie hatte zwei verschüchterte Nonnen im Schlepptau, die sich mit ihrem umfangreichen Gepäck abmühten, während sie ihnen mit gewohnt barscher Stimme Befehle erteilte. Bei Fidelmas und Eadulfs Anblick wandte sie sich um. Offenbar zog sie es vor, in der glühenden Sonne zu stehen, als sich zu Fidelma in den Schatten des Sonnensegels zu setzen.

«‹Wer zugrundegehen soll, der wird zuvor stolz, und Hochmut kommt vor dem Fall›», zitierte Fidelma.

Eadulf grinste. «Wulfrun scheint wirklich nichts dazugelernt zu haben», sagte er. «Daß die Wahrheit ans Licht gekommen ist, war ein herber Schlag für sie. Lieber würde sie als Prinzessin in einer Traumwelt leben, als sich zu ihrer Vergangenheit als Sklavin zu bekennen.»

«*Veritas odium parit*», gab Fidelma eine Zeile von Terenz wieder. «Wahrheit zeugt Haß. Und doch tut sie mir leid. Es muß traurig sein, wenn man so wenig

Selbstvertrauen hat, daß man glaubt, die Achtung seiner Mitmenschen nur mit einer erfundenen Geschichte erlangen zu können. Viel zuviel Leid auf dieser Welt geht auf Menschen zurück, die sich ständig wichtig machen und andere beeindrucken müssen.»

«Wie lauten noch Epiktets spöttische Worte?» fragte Eadulf, während er stirnrunzelnd überlegte.

«Ihr denkt wohl an seine Frage: ‹Meinst du, die Welt stürzt ein, wenn du stirbst?› Tatsächlich ein äußerst feiner Spott», sagte Fidelma lächelnd. «Wie auch immer, offenbar hat Äbtissin Wulfrun ein paar bedauernswerte Seelen gefunden, die bereit sind, in die Fußstapfen der armen, traurigen Schwester Eafa zu treten. Ich muß gestehen, ich empfinde noch immer Mitleid für sie.»

Sie deutete auf Wulfrun, die vollauf damit beschäftigt war, die beiden jungen Nonnen herumzukommandieren.

«Sie wird sich nicht ändern», meinte Eadulf. «Ich hoffe nur, Ihr braucht sie nicht die ganze Reise über zu ertragen.»

«Ich werde versuchen, sie einfach nicht zu beachten.»

Fidelma suchte Eadulfs Blick, aber seine Augen richteten sich bereits auf einen weiteren Neuankömmling am Ende des Stegs.

Ein kleines Bündel unter dem Arm, schritt *tesserarius* Furius Licinius an Äbtissin Wulfrun und ihren Dienerinnen vorbei und ging direkt auf das große Sonnensegel zu.

«Ich habe erst heute morgen gehört, daß Ihr Rom verlassen wollt, Schwester», begrüßte er Fidelma sichtlich verlegen.

Fidelma lächelte bescheiden. «Ich hätte nicht gedacht, daß die Reisepläne einer armen irischen Schwester für einen Offizier der *custodes* am römischen Lateranpalast von Bedeutung sein könnten, Furius Licinius», sagte sie ernst.

«Ich ...» Licinius biß sich auf die Unterlippe und warf einen kurzen Seitenblick auf Eadulf, der so tat, als interessiere er sich brennend für das rasch dahinfließende Wasser des mächtigen Tiber. «Ich habe Euch ein Geschenk mitgebracht ... Ein Andenken an Eure Zeit in Rom.»

Die Wangen des jungen Mannes röteten sich, als er ihr einen in Sackleinen gewickelten Gegenstand hinschob. Offenbar war es ein Holzkästchen. Fidelma nahm das Bündel feierlich entgegen und schlug das Tuch zurück. Tatsächlich, es war ein hübsches Kästchen aus einem tiefschwarzen Holz, wie Fidelma es noch nie zuvor gesehen hatte.

«Man nennt es *ebenus*», erklärte Licinius.

«Es ist wunderschön», sagte Fidelma und betrachtete die winzigen Silberbeschläge, die zu dem schwarzen Holz einen reizvollen Gegensatz bildeten. «Aber Ihr hättet nicht ...»

«Das Kästchen hat auch einen Inhalt», unterbrach Licinius sie eifrig. «Macht es auf.»

Feierlich öffnete Fidelma das schwarze Kästchen. In den mit Samt ausgeschlagenen Fächern steckten zwölf hübsche Fläschchen aus Glas.

«Sind das Kräutertinkturen?» fragte sie.

Eadulf reckte den Hals, um ihr über die Schultern zu schauen.

Noch tiefer errötend, beugte sich Licinius vor, nahm eine Flasche heraus und zog den winzigen Korkverschluß ab.

Vorsichtig roch Fidelma an dem Fläschchen, dann weiteten sich ihre Augen vor Erstaunen.

«Parfüm!» hauchte sie.

Licinius schluckte aufgeregt. «Bei den Damen Roms

sind solche Duftwässer ganz groß in Mode. Ich hoffe, daß Ihr mein Geschenk als Zeichen meiner großen Hochachtung annehmt, Fidelma von Kildare.»

Fidelma fühlte sich plötzlich sehr verlegen.

«Ich glaube nicht ...», begann sie.

Licinius ergriff ungestüm ihre Hand. «Ich habe von Euch viel über die Frauen gelernt», sagte er ernst. «Ich werde es nicht vergessen. Bitte nehmt dieses Geschenk in Erinnerung an mich an.»

Fidelma wurde von plötzlicher Trauer übermannt, und zu ihrem Ärger traten ihr Tränen in die Augen. Sie dachte an Cian und an Eadulf und wünschte, sie wäre wieder ein junges Mädchen, das die *aimsir togu*, die Zeit der Wahl, und das ganze Leben noch vor sich hatte. Sie versuchte zu lächeln.

«Ich werde Euer Geschenk annehmen, Licinius, und es ebenso ehren wie den Geist, in dem Ihr es mir überreicht habt.»

Licinius bemerkte Eadulfs starren Blick. Ruckartig richtete er sich auf und wurde plötzlich förmlich. «Danke, Schwester. Ich wünsche Euch eine sichere Reise zurück in Eurer Heimatland. Gott sei mit Euch, Fidelma von Kildare.»

«*Dia ar gach bóthar a rachaidh tú*, Licinius, wie wir in meiner Sprache sagen: Gott sei mit Euch auf allen Wegen.»

Der junge Offizier der Palastwache salutierte, drehte sich auf dem Absatz um und schritt davon.

Mit offensichtlichem Mißbehagen sah Eadulf ihm nach. Dann wandte er sich in bemüht scherzhaftem Ton an Fidelma.

«Mir scheint, Ihr habt eine Eroberung gemacht.» Fidelma wandte sich ab, doch ihre ärgerliche Miene war ihm nicht entgangen, und er fragte sich, womit er diese ausgelöst hatte. Betreten stand er da, während sie das

Ebenholzkästchen schloß, es wieder in das Sackleinen wickelte und in ihrem Gepäck verstaute.

«Fidelma ...», begann er verlegen, hielt inne und stieß einen heftigen Fluch in seiner Muttersprache aus.

Sie erschrak so über die ungewohnten Kraftausdrücke, daß sie erstaunt den Kopf hob. Eadulf blickte zum Ende des Stegs, wo gerade eine *lecticula* angehalten hatte. Begleitet wurde sie von einer Gruppe von *custodes*, deren Uniform eher wie ein Relikt aus dem heidnischen Rom der Kaiserzeit als wie ein Symbol der christlichen Gegenwart wirkte. Der hochgewachsene Bischof Gelasius kletterte aus der Sänfte. Er hieß seine Begleiter warten und trat allein auf den hölzernen Steg.

Äbtissin Wulfrun eilte ihm entgegen. Fidelma konnte ihre schrille, durchdringende Stimme hören.

«Ah, Bischof Gelasius! Es ist Euch also zu Ohren gekommen, daß ich Rom heute verlasse?» begrüßte sie ihn.

Gelasius blinzelte sie an, als sehe er sie zum ersten Mal.

«Wie, bitte? Nein», erwiderte er kühl. «Ich wünsche Euch eine gute Reise. Aber ich bin gekommen, um mich von jemand anderem zu verabschieden.»

Er eilte weiter und ließ die empörte Äbtissin von Sheppey einfach stehen.

«‹Hochmut kommt vor dem Fall›», wiederholte Eadulf leise.

Mit großen Schritten ging Bischof Gelasius direkt auf das Sonnensegel zu, unter dem Fidelma saß. Zögernd erhob sie sich, um ihn zu begrüßen.

«Fidelma von Kildare», sagte der *nomenclator* des Heiligen Vaters lächelnd, ohne Eadulf weiter zu beachten. «Ich konnte Euch unmöglich abreisen lassen, ohne Euch meine besten Wünsche für eine sichere Heimreise mit auf den Weg zu geben.»

«Das ist sehr gütig von Euch», erwiderte Fidelma.

«Gütig? Oh, nein, wir verdanken Euch so viel, Schwester. Ohne Eure Einsatzbereitschaft ... und natürlich ohne Bruder Eadulfs Hilfe ... hätte Rom möglicherweise eine folgenschwere Auseinandersetzung zwischen Irland und den sächsischen Königreichen erleben müssen.»

Fidelma zuckte die Achseln. «Ich habe nur meine Pflicht getan, Gelasius», sagte sie.

«Schon das Gerücht, Wighard sei durch die ruchlose Tat eines irischen Mönchs ums Leben gekommen, hätte die Sachsen womöglich ...» Gelasius hielt inne und zögerte, dann sah er Fidelma offen ins Gesicht. «Ich gehe davon aus, daß Ihr die Wünsche des Heiligen Vaters in dieser Angelegenheit achten werdet?»

Er schien erstaunt, als Fidelma auflachte.

«Ist das der wahre Grund Eures Kommens, Gelasius? Sicherzugehen, daß ich Rom nicht in Verlegenheit bringen werde?»

Die Unverblümtheit dieser Frau verschlug Gelasius zunächst die Sprache. Allerdings mußte er sich eingestehen, daß sie im Grunde recht hatte. Hauptsächlich hatte er sich aus Besorgnis auf den Weg quer durch Rom gemacht, um vor ihrer Abreise noch einmal mit der irischen Nonne zu sprechen. Lächelnd sah er Fidelma an.

«Gibt es denn keine Wahrheit, die sich vor Euch verbergen läßt, Fidelma von Kildare?» fragte er.

«Doch einige solcher Wahrheiten gibt es schon», antwortete sie nach einer Weile und warf Eadulf einen kurzen Seitenblick zu. Aber der sächsische Mönch betrachtete aufmerksam den Bischof.

«Nun, da wir die Sache schon einmal angesprochen haben: Meiner Ansicht nach sollten wir in unserem offiziellen Bericht an die sächsischen Könige und Prälaten sagen, daß Wighard von Canterbury und ein Teil seines Gefolges ... Puttoc, Eanred und Eafa ... an der Gelben Pest gestorben sind. Die Krankheit tritt so häufig auf, daß niemand diese Erklärung anzweifeln wird.»

«Darauf hatten wir uns bereits geeinigt», sagte Fidelma. «Ich halte mich an Roms Wunsch, geheimzuhalten, daß die Männer und Frauen der Kirche nur Menschen sind und daß Bischöfe und Äbte ebenso große Sünder sein können wie die gemeinsten Bauern.»

«Wie sollten wir das Volk dazu bringen, dem Wort Gottes zu gehorchen, wenn es keine Achtung vor denen hat, die es predigen?» fragte Gelasius.

«Von mir wird niemand die Wahrheit über Wighards Tod erfahren», beruhigte ihn Fidelma. «Aber es sind noch andere eingeweiht ...»

Sie deutete auf Äbtissin Wulfrun, die ihren beiden jungen Dienerinnen noch immer Befehle erteilte. Gelasius folgte ihrem Blick.

«Wulfrun? Wie Ihr nur allzu gut wißt, ist sie eine eitle Frau, und mit eitlen Menschen hat Rom sich bisher noch immer einigen können. Das gleiche gilt für ehrgeizige Glaubensjünger. Bruder Sebbi haben wir durch seinen Ehrgeiz an uns gebunden. Um Ine brauchen wir uns keine weiteren Gedanken zu machen, als Diener des neuen Erzbischofs haben wir direkten Einfluß auf ihn. Und was Bruder Eadulf angeht ...»

Er betrachtete den sächsischen Mönch nachdenklich.

«Eadulf», sagte Fidelma, «ist ein kluger, von innerer Überzeugung und nicht von Ehrgeiz getriebener Mann, den Ihr mit nichts anderem bestechen müßt als mit einer einleuchtenden Erklärung.»

Gelasius neigte den Kopf.

«Das gleiche gilt für Euch, Fidelma von Kildare. Ich habe von Euch viel über die Frauen Eures Landes gelernt. Vielleicht tun wir Römer unrecht, indem wir unseren Frauen jegliche öffentliche Betätigung untersagen. Begabungen wie die Euren sind wirklich rar.»

«Wenn ich das Thema wechseln dürfte, Bischof Gelasius ...», sagte Fidelma, um ihre Verlegenheit zu verbergen. «Ich hatte Euch um etwas gebeten, und ich wollte fragen, ob es erledigt worden ist?»

Gelasius nickte lächelnd. «Ihr sprecht von dem kleinen Antonio, dem Sohn des Nereus, der auf dem christlichen Friedhof Kerzen verkauft hat?»

Fidelma nickte.

«Die Sache ist erledigt, Schwester. Wir haben ihn nach Lucca in das Kloster des heiligen Fridian gesandt. Fridian ist einer Eurer Landsleute.»

«Ich habe von Fridian gehört», sagte Fidelma. «Er war der Sohn eines Königs von Ulster, der sich entschieden hat, sein Leben Gott zu weihen.»

«Wir hielten es für ein Zeichen unserer Anerkennung, Schwester, daß der junge Antonio in einem Haus erzogen wird, das von einem Eurer Landsleute gegründet wurde.»

«Ich freue mich für ihn», sagte Fidelma. «Er wird dem Glauben Ehre machen. Ich bin froh, daß ich dem Jungen helfen konnte.»

Laute Rufe vom Fluß unterbrachen ihr Gespräch. Ein großes, vom anderen Ufer des Tiber kommendes Boot steuerte in einem großen Bogen auf den Steg zu.

«Das muß Euer Boot sein, Schwester», sagte Gelasius.

Ein plötzlicher Schreck fuhr ihr durch die Glieder. So bald? Obwohl so vieles ungesagt geblieben war?

Gelasius sah ihren Gesichtsausdruck und deutete ihn richtig. Er streckte die Hand aus und lächelte sogar, als Fidelma sie ergriff und kurz den Kopf neigte. Allmählich hatte er sich an die irischen Sitten gewöhnt.

«Unser Dank für alles, was Ihr für uns getan habt,

begleitet Euch, Schwester. Möget Ihr eine sichere Heimreise und ein langes, gesundes Leben haben. *Deus vobiscum.*»

Er nickte Eadulf kurz zu und ging mit großen Schritten zu seiner *lecticula* zurück, ohne Äbtissin Wulfrun weiter zu beachten.

Das von einem Dutzend kräftiger Ruderer angetriebene Boot näherte sich dem Steg.

«Nun», sagte Eadulf zögernd, «die Zeit für Eure Abreise ist gekommen.»

Fidelma seufzte und versuchte, ihre Traurigkeit zu bezwingen. «*Vestigia ... nulla retrorsum*», zitierte sie Horaz und blickte Eadulf forschend an. Doch sie konnte seine Miene nicht deuten.

«Ihr werdet mir fehlen, Eadulf von Seaxmund's Ham», sagte Fidelma leise.

«Und Ihr werdet mir fehlen, Fidelma von Kildare.»

Viel mehr gab es zwischen ihnen jetzt nicht mehr zu sagen.

Sie zwang sich zu einem Lächeln und ergriff seine Hände. «Unterweist den zukünftigen Erzbischof gut in den Sitten Eures Landes, Eadulf.»

«Ich werde unsere Debatten vermissen, Fidelma. Aber vielleicht haben wir doch ein wenig voneinander lernen können.»

Das Boot hatte angelegt. Wulfrun und ihre Dienerinnen hatten ihr Gepäck bereits an Bord verstaut und ihre Plätze eingenommen. Einer der Männer hatte Fidelmas Taschen ins Boot gestellt und schickte sich an, ihr an Bord zu helfen.

Einen Augenblick standen Fidelma und Eadulf einander noch gegenüber und schauten sich in die Augen, dann brach Fidelma den Bann durch ein schelmisches Grinsen. Sie wandte sich um, stieg leichtfüßig ins Heck des Bootes und ließ sich auf einer der Bänke nieder.

Mit einem heiseren Schrei stießen sich die Ruderer ab. Einige Sekunden lang trieb das Boot im Wasser, dann tauchten sie mit einem weiteren Schrei ihre Ruder ins Wasser, um das Boot mit raschen Schlägen stromabwärts zu steuern.

Fidelma hob die Hand und winkte der immer kleiner werdenden Gestalt Bruder Eadulfs zu, der ganz allein auf dem Steg zurückgeblieben war. Erst als er hinter einer Biegung des Flusses verschwand, wandte sie den Blick vom Ufer ab.

Die Ruderer stimmten ein Lied an, das ihnen bei ihrer harten, von der heißen Mittagssonne noch erschwerten Arbeit half:

> Der Himmel klart auf, der Sturm hat sich gelegt,
> unsre Mühe zähmt alles, was sich bewegt ...
> *Heia ulri! Nostrum reboans echo sonet heia!*
> Holt auf, Männer! Ein schallendes Echo
> soll unsre Schläge vorwärts tragen!

Fidelma seufzte leise, lehnte sich auf ihrer Bank zurück und ließ den Blick über das vorüberziehende Flußufer schweifen. Bald hatten sie die Hügel Roms mit ihren dichtgedrängten Häusern und Anlegeplätzen hinter sich gelassen. Das Land war kahl und baumlos, und auch der Fluß hatte nichts mehr von der Schönheit des großen Tiber an sich, die man Fidelma einst so eindringlich gepriesen hatte.

Nur hin und wieder kamen sie an einer von Kiefern gekrönten Anhöhe vorbei, und auf den wenigen Feldern wuchs spärliches Korn. Fidelma hielt sich vor Augen, daß die Armee Kaiser Constans' erst vor kurzem durch diese Gegend gezogen war. Menschen, nicht die Natur, hatten diese Ödnis geschaffen.

Wie Fidelma sich erinnerte, teilte sich der Fluß um die *Isola Sacra* genannte Insel und ergoß sich zwischen den Hafenstädten Ostia und Porto ins Mittelmeer. Die Einfahrt nach Rom durch die tiefliegenden *stagni* oder salzigen Sümpfe konnte man zwar nicht gerade malerisch nennen, aber Ostia und Porto waren nun einmal von alters her die beiden Häfen Roms, in denen Schiffe aus allen Ländern der Welt vor Anker gingen.

Die Landschaft veränderte sich, und das Sonnenlicht spiegelte sich im silbrigen Grün unzähliger Olivenbäume. Anders als die brachen Getreidefelder hatten die Olivenhaine Constans' Plünderungen unbeschadet überstanden. Doch in welchem Gegensatz stand diese helle, silbrige Farbe zu dem Grün, das Fidelma aus ihrem Heimatland kannte, zu den üppigen, schattenspendenden Bäumen, die im gemäßigten Klima Irlands so prächtig wuchsen und gediehen. Sie dachte an die von Fuchsienbüschen gesäumten Wege, die safrangelb gefleckten, grauen Granitfelsen an der steinigen Küste, an die breiten, grünen Hügel und tiefen, dunklen Täler, an die von Brombeerhecken, Heidekraut und Nesseln gesäumten Wälder, an Eiben, Haselnüsse und Geißblatt.

Erstaunt stellte Fidelma fest, daß sie Heimweh hatte. Ihr wurde klar, wie sehr sie sich darauf freute, in ihr Heimatland zurückzukehren, ihre eigene Sprache zu hören, sich geborgen zu fühlen, zu Hause zu sein. Was hatte Homer geschrieben? «Kann ich für mein Teil, als das eig'ne Land, doch sonst nichts Süßeres erblicken.» Vielleicht hatte er recht.

Sie betrachtete die vorüberziehende Landschaft, und ihre Gedanken wanderten zurück zu Eadulf. Warum hatte sie beim Abschied solche Trauer empfunden? Versuchte sie, aus ihrer Freundschaft mit Eadulf mehr zu machen, als in Wirklichkeit vorhanden war? Hatte Aristoteles recht, wenn er sagte, daß Freundschaft nur eine einzige Seele kennt, die in zwei Körpern wohnt? Hatte sie deshalb das Gefühl, daß ihr etwas fehlte? Wütend auf sich selbst, preßte sie die Lippen zusammen. Wie so oft versuchte sie, ihren Gefühlen duch vernünftige Überlegungen auf den Grund zu kommen, anstatt ihnen einfach nachzuspüren. Die Empfindungen anderer Menschen zu verstehen fiel ihr hingegen meist nicht schwer. Wer sagte noch gleich: «Arzt, hilf dir selbst»? Fidelma konnte sich nicht erinnern. Es gab ein altes Sprichwort in ihrer eigenen Sprache: «Jeder Kranke ist zugleich auch Arzt.» Eine Wahrheit, die sie sich zu Herzen nehmen sollte.

Fidelmas Blick schweifte über das Flußufer und seine blaßgrüne Pflanzenwelt. Wieder dachte sie an den starken Gegensatz zu dem satten Grün Irlands. Sie wandte sich zu der Biegung um, hinter der Rom verschwunden war, und dachte wieder an Eadulf.

Sie lächelte traurig. Horaz hatte recht: *Vestigia ... nulla retrorsum* – keinen Schritt zurück. Nein, es gab kein Zurück mehr. Die Heimat erwartete sie.

Aidán Heiliger und Apostel Northumbriens (gest. 651), zunächst Mönch in Iona, später erster Abt des von König Oswald gegründeten Klosters Lindisfarne auf Holy Island an der Ostküste Schottlands. Sein Festtag ist der 31. August.

Antiochia 300 v. C. gegründete Stadt am Orontes in der südlichen Türkei, heute Antakya. Auf die Erwähnung der ersten heidenchristlichen Gemeinde in Antiochia in der Apostelgeschichte (11, 19 ff.) gründete sich der spätere Titel des in der Rangfolge nach Rom, Konstantinopel und Alexandria hoch angesiedelten Patriarchen von Antochia.

Aqua Claudia eine der wichtigsten Wasserleitungen im alten Rom, die das Wasser des Flusses Anio für die Stadt nutzbar machte. Der im Text beschriebene Aquädukt der Aqua Claudia wurde 38 – 53 n. C. erbaut und später in die aurelianische Stadtmauer integriert. Bis 1915 waren die beiden Bögen noch als Stadttore im Gebrauch.

Armagh Stadt in Nordirland, in der St. Patrick im 5. Jahrhundert seine Hauptkirche errichtete. Geistliches Zentrum Irlands, Sitz eines katholischen und eines anglikanischen Erzbischofs.

Augustinus von Hippo Augustinus Aurelius, bedeutendster Kirchenlehrer des christlichen Altertums und Verfasser der in seine innere Entwicklung Einblick gebenden *Confessiones* («Bekenntnisse»). Er wurde 453 in Tagaste (Numidien) geboren und starb 493 in Hippo Regius (Nordafrika).

Augustinus von Rom Heiliger und Apostel der Angelsachsen (gest. 604 n. C.). Als Abt 596 n. C. von Papst Gregor I. nach England gesandt, wurde er 597 erster Bischof von Canterbury. Sein Festtag ist der 28. Mai.

Aurelianische Mauer um 270 n. C. von Kaiser Aurelian (214–275 n. C.) gegen zunehmende Barbareneinfälle neu errichtete Stadtbefestigung Roms. Die Mauer war 18,80 km lang und 7,50 bis 7,80 m hoch, hatte 381 Türme und diente bis 1870 zur Verteidigung der Stadt. Die Tore sind mit wenigen Ausnahmen erhalten. Das im Text erwähnte Metronia-Tor liegt zwischen der Porta Asinaria und der Porta Latina. Die Wölbung des seit dem Mittelalter zugemauerten Tordurchgangs ist bis heute deutlich zu sehen.

Brehon altirisches Gesetz mit eigener Gerichtsbarkeit, deren Schriften in altem Gälisch zum Teil noch erhalten sind und aufschlußreiche Einblicke in eine von Clanstrukturen beherrschte, komplexe Gesellschaft geben.

Calixtus römischer Papst (217 – 222 n. C.) und Heiliger. Begründete bereits als Erzdiakon unter seinem Vorgänger Zephyrin den berühmten Calixtus-Friedhof in Rom. Sein Festtag ist der 14. Oktober.

Columban (auch Columban der Jüngere) Heiliger und irischer Missionar (ca. 530 – 615), der in England, Frankreich, in der Schweiz und in Italien wirkte. In der Emilia-Romagna in Norditalien gründete er 612 das Kloster Bobbio, das später zu einem wichtigen Zentrum mittelalterlicher Gelehrsamkeit wurde und vor allem für seine große Bibliothek berühmt war. Columbans Grabmal kann bis heute in Bobbio besichtigt werden. Sein Festtag ist der 23. November.

Constans II. oströmischer Kaiser (630 – 668 n. C.), Sohn Konstantins III., der nach dem Tod des Vaters mit elf Jahren den Thron bestieg. Seine Regentschaft war durch den Verlust der südlichen und östlichen

Provinzen Roms an die Araber gekennzeichnet. 663 verließ er Konstantinopel und zog durch Norditalien nach Rom, wo ihn Papst Vitalian mit allen Ehren empfing. Die Beschlagnahmung zahlreicher Bronzegegenstände durch seine Soldaten ist historisch verbürgt. Constans ließ sich schließlich in der sizilianischen Hafenstadt Syrakus nieder, die er zu seiner Hauptstadt und wichtigsten Festung zur Verteidigung des römischen Reiches gegen die Araber ausbauen wollte – Pläne, die durch seine Ermordung vereitelt wurden.

Erasistratus von Ceos griechischer Arzt und Anatom, der um 250 v. C. in Alexandria wirkte und von manchen als Begründer der Physiologie angesehen wird. Er entdeckte den Unterschied zwischen sensorischen und motorischen Nerven, glaubte jedoch, daß es sich bei beiden Nerventypen um mit Flüssigkeit gefüllte Hohlgefäße handele.

Galen von Pergamon neben Hippokrates der bedeutendste Arzt der Antike (geb. 129 n. C. in Pergamon, gest. 199 n. C. in Rom). Er faßte das gesamte Wissen der antiken Heilkunde in einem einheitlichen System zusammen, welches das ganze Mittelalter hindurch bis zur Neuzeit nahezu absolute Autorität besaß.

Geiserich König der Vandalen (ca. 389–477 n. C.). Er zog mit seinem Heer von Spanien nach Nordafrika, wo er 442 erstmals ein von Rom unabhängiges Germanenreich gründete, dessen Hauptstadt Karthago war. Mit seiner Flotte eroberte er weite Teile des westlichen Mittelmeers. Seine Plünderung Roms im Jahre 455 führte zu dem von Bischof Grégoire von Blois geprägten Schlagwort vom «Vandalismus».

Helena Heilige und Mutter Konstantins des Großen

(ca. 275–336 n. C.). Sie stammte aus einfachen Verhältnissen und lebte mit Konstantins Vater, Constantius I., im Konkubinat zusammen, bis dieser aus politisch-dynastischen Gründen die Verbindung löste. Von ihrem Sohn für die christliche Religion gewonnen, baute sie in Jerusalem mehrere Kirchen und soll dort der Überlieferung nach das Kreuz Christi gefunden haben. Der Festtag der heiligen Helena ist der 21. Mai.

Herophilus von Chalcedon griechischer Arzt und Hippokrates-Schüler (ca. 335–280 v. C.), der als einer der ersten Menschenleichen sezierte und deshalb häufig als «Vater der Anatomie» bezeichnet wird. Herophilus verfaßte mindestens neun umfangreiche Schriften, darunter einen Kommentar zum Werk seines Lehrers Hippokrates, die durch die Zerstörung der alexandrinischen Bibliothek allesamt verlorengingen.

Hippokrates griechischer Arzt (ca. 460–375 v. C.), Gründer der Ärzteschule von Kos und Begründer der wissenschaftlichen Heilkunde. Hippokrates gilt als Verfasser zahlreicher Schriften, die im *Corpus Hippocraticum* zusammengefaßt sind und zu denen auch die im Text erwähnte Abhandlung über die *Heilige Krankheit* gehört.

Kallimachos griechischer Dichter und Gelehrter (ca. 305–240 v. C.), der den Katalog der alexandrinischen Bibliothek verfaßte.

Johannes Chrysostomus Heiliger und Erzbischof von Konstantinopel (geb. ca. 347 n. C. in Antiochia, gest. 407 n. C. bei Komana in der Verbannung). Johannes Chrysostomus gilt als strenger, sittenreiner Asket und größter Prediger der griechischen Kirche.

Kildare irische Kleinstadt etwa 100 Meilen südwestlich von Dublin. Die heilige Birgit, um die sich zahlreiche irische Sagen ranken, gründete dort im 5. Jahrhundert eine große Abtei.

Laurentius Heiliger und Märtyrer (gestorben 258 n. C. in Rom). Nach der Legende wurde er auf einem glühenden Rost zu Tode gefoltert. Seine Grabkirche *San Lorenzo fuori le mura* ist eine der sieben Hauptkirchen Roms. Laurentius' Festtag ist der 10. August.

Lukan (Marcus Annaeus Lucanus) römischer Schriftsteller und Neffe Senecas (39–65 n. C.). Wegen der Teilnahme an der Verschwörung gegen Kaiser Nero wurde er zum Selbstmord gezwungen. Sein Hauptwerk *Pharsalia* oder *Bellum civile*, ein wahrscheinlich unvollendetes Epos in 10 Büchern, handelt vom Bürgerkrieg zwischen Cäsar und Pompeius und hatte großen Einfluß auf die Dichtung in Mittelalter und Neuzeit, so auf Dante und Goethe.

Macha eine der drei Kriegsgöttinnen der vorchristlichen irisch-keltischen Religion.

Maria Maggiore Eine der sieben Hauptkirchen Roms und zugleich eine der fünf päpstlichen Patriarchalbasiliken, berühmt wegen ihrer großartigen Mosaiken und der hier aufbewahrten «Krippe von Bethlehem». Der Legende nach erschien die heilige Maria in der Nacht zum 5. August 352 im Traum dem Papst Liberius und dem Patrizier Johannes und trug ihnen auf, ihr zu Ehren eine Kirche auf jenem Hügel Roms zu errichten, auf dem am anderen Morgen frischer Schnee gefallen sein würde. Sie fanden auf dem Esquilin ein Schneefeld in Form eines basilikalen Grundrisses und erbauten dort eine Kirche. Auf dieses Wunder, dem die Kirche ihren Beinamen *Santa Maria della Neve* verdankt, geht das Fest Mariä Schnee (*Santa Maria ad Nives*) zurück, das jährlich am 5. August gefeiert wird.

Martin von Tours Heiliger und Apostel Galliens (316/17–397), gründete 361 bei Poitiers das erste Kloster in Gallien und wurde 371 Bischof von Tours. Berühmt ist die Legende, er habe vor dem Stadttor von Amiens seinen Mantel mit einem frierenden Bettler geteilt. Sein Festtag ist der 11. November.

Oswiu König des aus der Vereinigung der beiden nördlichsten angelsächsischen Reiche Bernicia und Deira entstandenen Königreichs Northumbrien (612–670 n. C.) und Gastgeber der Synode von Whitby (Witebia).

Pelagius britischer Mönch, von der römisch-katholischen Kirche 416 der Ketzerei bezichtigt. Er verneinte die Erbsünde und bekräftigte die Fähigkeit des Menschen, durch die Ausübung des freien Willens zur Rechtschaffenheit zu gelangen.

Petronius Arbiter nach einem gescheiterten Aufstand gegen Kaiser Nero 66 n. C. durch erzwungenen Selbstmord gestorbener römischer Schriftsteller. Sein in Prosa und Versen verfaßtes Werk *Satyricon* bietet einen direkten Einblick in die Sitten und Lebensgewohnheiten seiner Zeit.

Pikten (von lateinisch *picti* = angemalt): halbkeltische Stämme im heutigen östlichen und nordöstlichen Schottland, die sich mit den Römern heftige Kämpfe lieferten. Die Vereinigung der Pikten mit den Dál Riadanern und Skoten 843 unter MacAlpin gilt als Ausgangspunkt der eigenständigen schottischen Geschichte.

Piso (Gaius Calpurnius Piso) seit 41 n. C. römischer Konsul, 65 n. C. als Anstifter der «pisonischen Verschwörung» gegen Kaiser Nero zum Selbstmord gezwungen.

Pompeius (Gnaeus Pompeius Magnus) römischer Feldherr (106–48 v. C.), der 60 v. C. mit Cäsar und Crassus das erste Triumvirat bildete, sich aber später gegen Cäsar stellte und im darauf folgenden Bürgerkrieg von Cäsar geschlagen wurde.

Publilius Syrus römischer Mimograph und Sentenzendichter, der im 1. Jahrhundert v. C. lebte. Von ihm stammen viele geflügelte Worte, die wir noch heute kennen, z. B. «Glück und Glas, wie leicht bricht das», «Geld regiert die Welt» oder «Der Erben Weinen ist nur unterdrücktes Lachen» (daher der Ausdruck «lachende Erben»).

Seneca (Lucius Annaeus Seneca) römischer Schriftsteller (ca. 4–65 n. C.) und Erzieher Neros, nach dessen Regierungsantritt zunächst einer seiner engsten Berater, später wegen der angeblichen Beteiligung an der von Konsul Gaius Calpurnius Piso angeführten Verschwörung zum Selbstmord gezwungen. Seneca gilt nach Cicero als bedeutendster römischer Prosaiker, dessen Tragödien das europäische Schauspiel stark beeinflußt haben.

Servius Tullius der Sage nach sechster König von Rom (578–534), der eine neue Verfassung geschaffen und Rom durch eine Stadtmauer («Serviusmauer») befestigt haben soll.

Synode von Whitby (auch Witebia) 664 in der kleinen nordenglischen Hafenstadt Whitby abgehaltene Versammlung, mit der die römische Kirche ihre Vormachtstellung in den angelsächsischen Königreichen entscheidend zu stärken und den Einfluß der irisch-keltischen Kirche zurückzudrängen vermochte. Der Verlauf der Synode und deren Hintergründe sind Gegenstand des ersten historischen Kriminalromans, in dem Schwester Fidelma einen komplizierten Mordfall löst. Er trägt den Titel: «Nur der Tod bringt Vergebung».

Tara (irisch: «Ort der Versammlung»): legendärer

Sitz irischer Könige, heute archäologische Stätte im County Meath.

Tarsus Stadt in der Südtürkei am Tarsus-Fluß, etwa 20 km vom Mittelmeer entfernt. Geburtsort des Apostel Paulus.

Terenz (Publius Terentius Afer) römischer Komödiendichter (ca. 190–159 v. C.).

Theodor von Tarsus hochgebildeter griechischer Mönch, geboren 602 in Tarsus, gestorben 690 in Canterbury. 668 von Papst Vitalian zum siebten Erzbischof von Canterbury ernannt, vollendete er die kirchliche Organisation Englands unter der zentralisierten Vorherrschaft des Erzbistums Canterbury.

Vergil (Publius Vergilius Maro) römischer Dichter (70–19 v. C.) und Verfasser des berühmten Epos «Aeneis».

Vitalian römischer Papst von 657 bis 672. Empfing 663 Kaiser Constans II. in Rom und ernannte 668 Theodorus von Tarsus zum Erzbischof von Canterbury.

Wilfrid von Ripon Heiliger (634–709), Abt von Ripon, seit 664 Bischof von York und einer der einflußreichsten Teilnehmer der Synode von Whitby. Er förderte die enge Beziehung zwischen der angelsächsischen Kirche und dem Papsttum in Rom und machte den Benediktinerorden in Britannien bekannt. Sein Festtag ist der 12. Oktober.

Bestseller

rororo **Bestseller** aus dem Belletristik- und Sachbuchprogramm auch **großer Druckschrift.**

Friedrich Christian Delius
Die Birnen von Ribbeck
Erzählung
(rororo Großdruck 33132)

Elke Heidenreich
Kolonien der Liebe
Erzählungen
(rororo Großdruck 33119)

Martha Grimes
Inspektor Jury besucht alte Damen *Roman*
(rororo Großsdruck 33125)

Raymond Hull
Alles ist erreichbar *Erfolg kann man lernen*
(rororo Großdruck 33122)

Mascha Kaléko
Verse für Zeitgenossen
(rororo Großdruck 33111)

Christian Graf von Krockow
Die Deutschen in ihrem Jahrhundert *1890-1990*
(rororo Großdruck 33103)

Ellen J. Langer
Fit im Kopf *Aktives Denken oder Wie wir geistig auf der Höhe bleiben*
(rororo Großdruck 33127)

Peter Lauster
Die Liebe *Psychologie eines Phänomens*
(rororo Großdruck 33104)

Harper Lee
Wer die Nachtigall stört...
Roman
(rororo Großdruck 33140)

rororo Großdruck

Rosamunde Pilcher
Ende eines Sommers *Roman*
(rororo Großdruck 33134)

Oliver Sacks
Der Tag, an dem mein Bein fortging
(rororo Großdruck 33107)

Kate Sedley
Gefährliche Botschaft *Ein historischer Kriminalroman*
(rororo Großdruck 33116)

Carola Stern
Der Text meines Herzens
Das Leben der Rahel Varnhagen
(rororo Großdruck 33136)

Ein Gesamtverzeichnis der Reihe *rororo Großdruck* finden Sie in der *Rowohlt Revue.* Vierteljährlich neu. Kostenlos in Ihrer Buchhandlung.

Rowohlt im Internet:
http://www.rowohlt.de

3455/6